MW00973647

BASTEI
LÜBBE
TASCHENBUCH

Weitere Titel der Autorin:

Wenn es dämmert
Das alte Kind (auch als Lübbe Audio erschienen)
Der frühe Tod

Edvard

Titel in der Regel auch als E-Book erhältlich

Zoë Beck

DAS ZERBROCHENE FENSTER

Thriller

BASTEI LÜBBE TASCHENBUCH

BASTEI LÜBBE TASCHENBUCH
Band 16 046

1. Auflage: August 2012

Dieser Titel ist auch als E-Book erschienen

Originalausgabe

Copyright © 2012 by Bastei Lübbe GmbH & Co. KG, Köln
Textredaktion: Christiane Geldmacher, Wiesbaden
Kartengrafik: Arne Kirschenberger, Braunfels
Titelillustration: © plainpicture/Millennium;
© shutterstock/Max Bukovski
Umschlaggestaltung: Kirstin Osenau
Satz: Urban SatzKonzept, Düsseldorf
Gesetzt aus der Garamond
Druck und Verarbeitung: GGP Media GmbH, Pößneck
Printed in Germany
ISBN 978-3-404-16046-4

Sie finden uns im Internet unter
www.luebbe.de
Bitte beachten Sie auch:
www.lesejury.de

Der Preis dieses Bandes versteht sich einschließlich
der gesetzlichen Mehrwertsteuer.

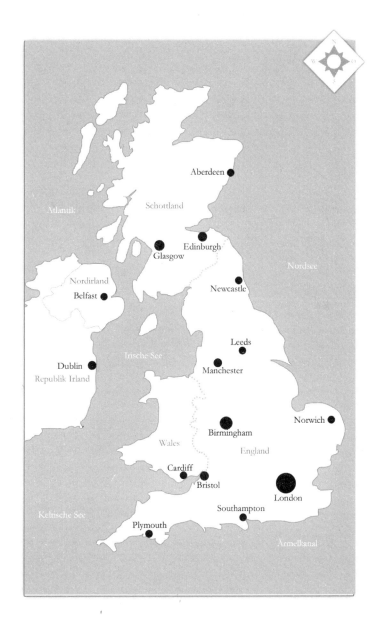

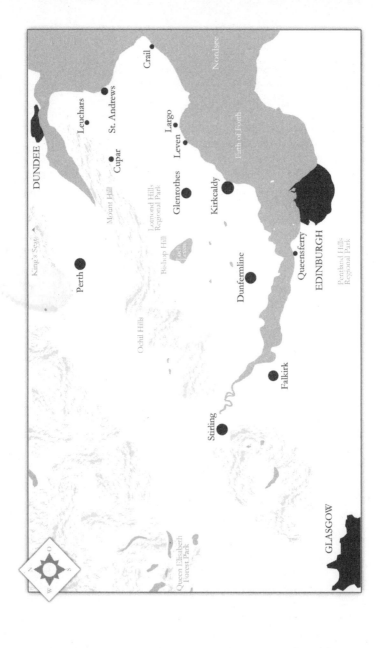

Auszug aus Philippa Murrays Tagebuch

Donnerstag, 11. 12. 2003

Man kann noch das Blut sehen, wenn man genau hinsieht. Ich muss die kaputte Scheibe endlich austauschen. Aber mir haben bisher die Nerven dazu gefehlt.

Seit Dienstag ist er nicht mehr nach Hause gekommen.

Ich habe in drei Tagen Geburtstag.

Kein guter Zeitpunkt, um sitzengelassen zu werden.

Die Arbeit lenkt mich ab. Ich bin den ganzen Tag unterwegs. Alle lassen ihre Klaviere und Flügel vor Weihnachten stimmen. Ich habe sogar den Auftrag für die Instrumente der Universität bekommen. Sehr kurzfristig, vermutlich, weil jemand abgesprungen ist. Kann mir egal sein.

Ich komme erst abends zum Nachdenken. Natürlich schlafe ich schlecht. Aber ich weiß nicht mehr, was ich noch machen soll. Ich habe alle Krankenhäuser abtelefoniert, sogar bis runter nach Newcastle. Ich habe bei der Polizei nachgefragt, ob bei ihnen ein Unfall gemeldet wurde. Heute war ich bei seinen Kollegen und habe nach ihm gefragt. Er ist seit zwei Tagen nicht zur Arbeit erschienen. Sie sagten, er hätte sich krankgemeldet. Ich habe daraufhin noch einmal alle Krankenhäuser in Edinburgh angerufen. Nichts.

Ich werde noch wahnsinnig.

Vorhin war Pete da und hat nach ihm gefragt. Normalerweise meldet sich Sean einmal in der Woche bei seinem Vater, mindestens. Als ich Pete sagen wollte, was los war, musste ich weinen.

Zum ersten Mal, seit er weg ist, habe ich geweint, und es hat gutgetan.

»Ich glaube nicht, dass er dich verlassen hat«, sagte Pete. »Bestimmt gibt es eine ganz einfache Erklärung. Und wenn ihm was wirklich Schlimmes zugestoßen wäre, hätte man uns doch informiert.«

Das wäre der richtige Zeitpunkt gewesen, um mit ihm darüber zu reden, was wirklich passiert war, aber ich schaffte es nicht. Stattdessen sagte ich nur: »Nein. Er ist einfach weg.«

Pete sagte mir, dass mich Sean viel zu sehr liebt, um mich zu verlassen, und irgendwie will ich ihm das auch glauben. Er ist jetzt bei der Polizei, um eine Vermisstenanzeige aufzugeben. Ich habe mich nicht getraut, das zu tun. Schon als ich mich danach erkundigt habe, ob ein Sean Butler einen Unfall gehabt haben könnte, weil er nicht nach Hause gekommen ist, haben die Polizisten die Augenbrauen hochgezogen. Sie dachten sicher: Das ist eins von diesen hysterischen Weibern, die nicht wahrhaben wollen, dass sie sitzengelassen wurden.

Telefon!

Es war meine Mutter.

»Du hast in drei Tagen Geburtstag«, sagte sie.

»Gut, dass du mich erinnerst«, sagte ich.

Sie stöhnte, und ich konnte mir vorstellen, wie sie sich mit dem Zeigefinger die Schläfe massierte, die Augen geschlossen. »Ich rufe an, weil ich wissen will, ob du dir etwas von uns wünschst.«

»Nein.«

»Gut. Dein Vater hat nämlich ausdrücklich gesagt, er wird dir dieses Jahr kein Geld überweisen, weil du es sowieso wieder zurückschickst.«

»Da hat er in den letzten zehn Jahren tatsächlich was dazugelernt.«

»Du bist wirklich nicht normal.«

»Danke.« Nein, wirklich, es freut mich. Ihre Definition von »normal« ist nicht erstrebenswert.

Sie seufzte wieder. »Du feierst mit . . . Sean?«

»Höchstwahrscheinlich.«

Noch zwei, drei Floskeln, ein angeblicher Gruß von »deiner lieben Schwester« (Dana lässt mich nie grüßen, Mutter tut aber immer so), und wir beendeten die Quälerei in beidseitigem Einvernehmen. Ich hasse es, mit ihr zu telefonieren, und sie hat schließlich auch interessantere Zeitvertreibe. Sich mit ihren Freundinnen im Golfclubhaus an der Bar festhalten, zum Beispiel.

Ich habe ihr nicht gesagt, dass Sean verschwunden ist, sie hätte sonst nur wieder angefangen mit dem üblichen »Ich hab dir doch gleich gesagt, er wird nur Ärger machen«-Mist.

Montag, 29. November 2010

1.

Menschen, die seine Privatnummer kannten: fünf.

Davon Menschen, über deren Anruf er sich freuen würde: null.

Schon gar nicht abends um halb zehn. Die Wahrscheinlichkeit, dass es sich um eine gute Nachricht handelte, war: keine. Normalerweise rief man ihn auf seinem Handy an oder schrieb ihm eine Mail auf seinen geschäftlichen Account.

Cedric sah auf das Display: seine Stiefmutter. Er wünschte sich, er könnte neben dem Telefon sitzen und es ignorieren, bis Lillian aufgab. Zwei Dinge, die nicht passieren würden: Erstens, Lillian gäbe auf, wenn sie die Gelegenheit hatte, ihm auf die Nerven zu gehen. Zweitens, Cedric ignorierte einen Anruf. Das Gefühl, etwas Wichtiges verpasst zu haben, würde ihn die ganze Nacht wachhalten. Gegen besseres Wissen.

Also ging er ans Telefon.

»Sean«, sagte sie. Oder etwas, das so ähnlich klang. Ihre Stimme war rau und dunkel.

»Lillian, was soll das? Bist du betrunken?« Nicht unwahrscheinlich.

Lillian sagte nichts. Oder vielleicht sagte sie so etwas wie »Oh«, er war sich nicht ganz sicher und drückte den Hörer fester gegen sein Ohr.

»Lillian? Was ist los?«

Nichts.

»Ist jemand bei dir?«

Nichts.

»Würdest du bitte antworten? Wenn du schon bei mir anrufst, könntest du wenigstens was sagen.«

Er hörte sie schwer atmen. Dann war es still, und die Leitung war tot.

Schlimmer noch, als nicht ans Telefon zu gehen, fand Cedric Fragen, auf die man ihm keine Antwort gab. Es brachte ihn um den Schlaf. Das, und abgebrochene Gespräche. Und noch einiges mehr.

Cedric rief zurück, aber Lillian ging nicht dran. Er rief nach einer Minute noch mal an. Zehn Mal hintereinander, immer mit einer Pause von etwa einer Minute. Dann versuchte er es auf Lillians Handy. Auch da bekam er keine Antwort.

Er versuchte es wieder auf dem Festnetz. Wieder zehn Mal hintereinander. Noch mal das Handy.

Eine halbe Stunde später saß er in seinem Mercedes, ließ Edinburgh hinter sich und fuhr auf die Forth Road Bridge zu, die ihn nach Fife brachte.

Fife, Halbinsel zwischen dem Firth of Forth und dem Firth of Tay, nördlich von Edinburgh und südlich von Dundee. Eintausenddreihundert Quadratkilometer Fläche (ungefähr), knapp über dreihundertfünfzigtausend Einwohner. Verwaltungssitz: Glenrothes, keine vierzigtausend Einwohner.

Fakten beruhigten ihn.

Lillian hatte sich wenige Monate nach der Geburt mit dem Baby in ihr Landhaus in Fife zurückgezogen. Nach dem Verschwinden seines Vaters war sie so gut wie nie dagewesen, nach seinem Tod hatte sie davon gesprochen, es zu verkaufen, weil sie es, Zitat, garantiert nie wieder betreten würde. So viel zu dem Thema. Etwa eine Stunde rechnete Cedric für die Fahrtzeit, was ihm sein Navigationsgerät bestätigte.

Mit Schnee hatte er nämlich nicht gerechnet.

Er reagierte so gut wie nie auf die Wettervorhersage. BBC

Weather hatte seinem Empfinden nach eine Trefferquote von deutlich unter fünfzig Prozent, und da er selten das Haus verließ, interessierten ihn die Witterungsverhältnisse nur mäßig. Heute hatte er sich mit dem Thema noch gar nicht befasst. Andererseits: Er wäre mit hoher Wahrscheinlichkeit auch losgefahren, wenn man eisglatte Straßen und hühnereigroße Hagelkörner vorhergesagt hätte.

Eine unbeantwortete Frage konnte er nicht aushalten.

Er war davon überzeugt, dass Lillian nur deshalb aufgelegt hatte, um ihn zu provozieren. Sicher hatte sie getrunken, und dann war ihr – nach fast einem Jahr des Schweigens – eingefallen, dass sie ihren Stiefsohn auf dieselbe Art quälen könnte, wie es sein Vater manchmal getan hatte. Sein Vater hatte, wenn er sich einen anderen Gesprächsverlauf gewünscht hätte, einfach mitten im Satz aufgelegt und war anschließend nicht mehr ans Telefon gegangen. Seine Art, Cedric dazu zu bringen, persönlich aufzutauchen und das Gespräch von Angesicht zu Angesicht weiterzuführen. Ein einfaches »Bitte komm vorbei« hätte Cedric ablehnen können.

Aber warum wollte sie ihn sehen? Gab es etwas zu bereden, von dem die Anwälte nichts erfahren sollten? War die Frau bereit zu verhandeln?

Cedric hatte sich dem Tempo der anderen Fahrzeuge angepasst und war langsam über die Brücke gerollt. Als er auf die Autobahn kam, war nur noch Schritttempo möglich, und wenige hundert Meter weiter kam der Verkehr ganz zum Stillstand.

Cedric sah aus dem Seitenfenster. Die dicht fallenden Schneeflocken hatten einen Durchmesser von zwei Zentimetern.

Alle Schneeflocken bestehen aus durch Wassertropfen miteinander verklebten Eiskristallen. Eiskristalle sind streng hexagonal und allein durch ihre Perfektion das Schönste auf dieser Welt. Schneeflocken fallen unabhängig von ihrer Größe mit einer Geschwindigkeit von vier Kilometern pro Stunde. Ihr Gewicht müsste man in Milligramm messen. Wenn sie auf Wasser treffen, klirren sie wie zerschellendes Glas. Allerdings in einer Frequenz von circa einhundert Kilohertz, was Menschen nicht hören können.

Die Welt um Cedric herum versank in Watte, die aus dem schwarzen Himmel fiel. Er sah den Flocken zu, wünschte sich, von ihnen hypnotisiert zu werden, wünschte sich auch, alle würden die Lichter und die Motoren ausschalten, aber nichts davon geschah.

Hinter ihm hupte jemand. Niemand ging darauf ein. Danach wirkte das Rattern der Motoren wie ein sanftes Schnurren. Cedric schaltete das Radio ein und erfuhr, dass ein LKW querstand. Es musste eben erst passiert sein und war von jemandem gemeldet worden, der mit ihm festsaß. Er schloss die Augen und dachte an Lillian und warum er sie noch nie hatte leiden können. Die beste Antwort? Instinkt. Wie ein Tier, das den Feind roch, hatte er sie von dem Moment an abgelehnt, als sie ihm von seinem Vater vorgestellt worden war. Sie passt zu ihm, hatte er damals gedacht.

Aber Instinkt war etwas, das nicht zu Cedric passte, weshalb ihm die spontane Antipathie bis heute ein Rätsel blieb.

Die Schneeflocken wurden blau. Von hinten kamen Rettungsfahrzeuge und Polizei. Sie fuhren langsam an ihm vorbei, und er schätzte, dass der LKW gute fünfhundert Meter vor ihm stehen musste. Einige Minuten später färbten sich die Flocken orange. Ein Pannen-LKW schob sich in Zentimeterarbeit durch die wartenden Autos. Im Radio sprachen sie über den überraschenden Wintereinbruch und wann es zuletzt in einem November so heftig geschneit hatte. Cedric hörte nur halb zu, während er in die Schneeflocken starrte, bis sie ihn doch endlich in eine Art Trance versetzten.

Als er aus ihr erwachte, bemerkte er, dass sich weitere Wünsche wenigstens ein bisschen erfüllt hatten: Die meisten Motoren waren abgestellt worden. Der Schnee fiel weiter, ohne dass sich etwas geändert hätte. Der Durchmesser blieb bei zwei Zentimetern, die Fallgeschwindigkeit änderte sich nicht. Und es war windstill.

Es war in Schottland nie windstill.

Er sah, wie die Schneeflocken immer langsamer fielen, bis sie in der Luft schweben blieben.

Er spürte, wie sein Körper nur noch Herzschlag war. Laut, fest und langsam.

Er wusste nicht mehr, wie man atmete.

Und dann hörte er die Schneeflocken. Sie klirrten auf die Windschutzscheibe und ließen sie zerspringen. Sein Herz raste, er atmete zu schnell, sah schwarz, fühlte, wie der Fahrersitz anfing zu schwanken.

Routine: auf die Atmung achten. Mit beiden Füßen Kontakt zum Boden. Die Hände flach irgendwo auflegen. Atmen. Atmen, bis die Welt aufhörte zu tanzen.

Die Schneeflocken klirrten nicht mehr. Die Windschutzscheibe war vollkommen in Ordnung. Wie um es sich endgültig zu beweisen, ließ Cedric die Scheibenwischer an. Dann tastete er nach dem Handschuhfach, zwang seine Finger, es zu öffnen. Er musste die Handschuhe ausziehen, die Flasche mit seinen Tabletten aufschrauben und sich eine davon unter die Zunge legen.

In ein paar Minuten würde sie wirken. Bis dahin musste er sich konzentrieren. Er ballte die Hände zu Fäusten und spannte einige Sekunden lang die Muskeln im Unterarm an, dann entspannte er sie und atmete tief aus. Als Nächstes spannte er die Oberarmmuskeln an. Dann die Muskulatur an den Schultern. Er ging seinen gesamten Körper bis zu den Füßen durch, so lange, bis er die Wirkung des Medikaments spüren konnte.

Der Westwind ließ die Schneeflocken tanzen, und Cedrics Puls war wieder normal. Er nahm sein Handy, prüfte, ob er Empfang hatte, versuchte wieder, Lillian anzurufen. Immer noch ohne Erfolg. Dann ging er ins Internet und checkte seine Mails. Während es nur fünf Leute gab, die seine private Telefonnummer hatten, war er mit seiner privaten Mailadresse etwas freigiebiger. Sie bestand aus einer komplizierten Abfolge von Zahlen und Buchstaben, die keine Rückschlüsse auf seine Identität zuließen, was ihm erlaubte, sich für Newsletter einzutragen, die ihn interessierten. Es waren nicht viele.

Gegen zwölf setzten sich die Wagen vor ihm langsam in Bewegung. Er startete den Motor und folgte. Die Polizei hatte die Unfallstelle abgesperrt, der LKW stand noch immer quer, aber eine kleine Gasse am Mittelstreifen entlang war frei. Cedric fädelte seinen Mercedes durch und sah, wie sich der Fahrer des Pannen-LKWs mit jemandem unterhielt, der im offenen Rettungswagen saß. Der Pannenfahrer sprang auf der Stelle, um sich warm zu halten. Er hielt eine Hand schützend über die Augen.

Cedric nahm die Ausfahrt zur A 92 in Richtung Kirkcaldy, vorbei an Cowdenbeath, Lochgelly und Cardenden, Ortschaften, von denen er nichts sah, weil es zu dunkel war und der Schnee immer noch dicht und unablässig fiel. Er stellte das Fernlicht an, weil er keinen Gegenverkehr hatte, aber dadurch schienen die Flocken nur noch schneller auf ihn zuzurasen, obwohl er kaum mehr als 20 fuhr. Also machte er es wieder aus. Er quälte sich weiter in Richtung Leven, kam endlich nach Upper Largo, die Straßen wurden schmaler, er musste noch langsamer fahren. Mittlerweile war außer ihm niemand mehr unterwegs. Die kurvige, ansteigende Strecke, die zu dem

Landhaus führte, das einmal seinem Vater gehört hatte, ließ ihn fast scheitern. Zweimal drehten die Reifen durch, weil die Straße vereist war, und die Privatstraße zum Anwesen wäre noch eine Tablette wert gewesen. Er redete sich ein, es gleich geschafft zu haben. Die geschlossene, unberührte Schneedecke strahlte Ruhe aus, die langsam Besitz von ihm ergriff. Das Landhaus wirkte friedlich, und Cedric hielt an, bevor er auf den Hof fuhr, um den Anblick wirken zu lassen. Reiner, weißer, unberührter Schnee machte ihn glücklich. Er verbarg Dreck und Unordnung.

Bis die ersten Fußspuren gemacht waren, bis der Dreck sich an die Oberfläche gearbeitet und den Schnee graubraun gefärbt hatte.

Cedric fuhr auf das Haus zu. Im Wohnzimmer brannte warmes Licht: eine Stehlampe und eine Tischlampe, soviel konnte er von außen sagen. Eines der oberen Zimmer war hell erleuchtet. Lillian war also noch wach. Es war mittlerweile fast halb zwei. Er parkte, öffnete die Fahrertür, wusste nicht, wie er aussteigen sollte, weil er den Schnee nicht stören wollte, stieg dann endlich aus und vermied es, auf den Boden zu schauen. Auf dem Weg zur Tür musste er sich gegen den plötzlich auffrischenden Wind stemmen.

Das Landhaus lag zwischen zwei Hügeln mit Blick auf die Mündung des Firth of Forth, aber der Wind wurde nur zum Problem, wenn er drehte und aus Osten kam. Noch kam er aus Westen.

Lillian reagierte nicht auf sein Klopfen. Er wartete, klopfte wieder, wartete, klopfte, benutzte den Schlüssel, den er immer noch hatte. Streifte die Sohlen an der Fußmatte ab, bis sie trocken waren und keine Abdrücke mehr hinterließen. Er rief ihren Namen, bekam keine Antwort. Der Gedanke, dass etwas nicht stimmte, kam ihm erst in diesem Moment. Lillian bedeutete immer eine Katastrophe. Für ihn. Sie selbst schien unantastbar. Immer im richtigen Moment am richtigen Ort.

Auch diesmal: Fast der gesamte Besitz ging an sie. Sie würde die Macht haben, Cedric alles zu nehmen, ihn aus dem Haus zu werfen, in dem er lebte, ihn auf direktem Weg ins Elend zu stürzen. Er ertrug gerade so sein Leben, wie es war. Sie wusste, welcher Veränderungen es bedurfte, um ihn zu quälen. Einer ihrer Anwälte hatte sogar durchblicken lassen, Lillian sei im Besitz medizinischer Gutachten, die besagten, dass Cedrics Gesundheit eine führende Rolle in den Firmen seines Vaters nicht zuließe. Jede Entscheidung, die er in den vergangenen Jahren getroffen hatte, sollte neu bewertet werden. Seine Stiefmutter war in den Krieg gezogen und hatte nicht nur eine Schlacht gewonnen, sondern alles für sich entschieden.

Er rief wieder nach ihr. Nichts. Nur Musik aus dem Wohnzimmer. Er ging hinein, sah, dass der Fernseher angeschaltet war. Das Menü irgendeiner DVD wurde am Bildschirm gezeigt, es hing in einer Endlosschleife, weil noch niemand etwas ausgewählt hatte. Cedric sah die grinsenden Hauptdarsteller und den Titel des Films, konnte aber nichts damit anfangen. Die Titelmusik plärrte ihn an. Er sah sich um nach der Fernbedienung, um den Ton abzuschalten, und fand seine Stiefmutter.

Lillian lag in einem Sessel und schlief.

Er wollte glauben, dass sie schlief.

Ihr Kopf war auf die rechte Schulter gefallen, das Haar hing vor ihrem Gesicht, die Arme lagen schlaff in ihrem Schoß, die Beine hatte sie weit von sich gestreckt.

Er sagte ihren Namen, trat näher an sie heran. Sah die Fernbedienung und schaltete den Ton ab. Dann überlegte er es sich anders und schaltete die gesamte Anlage aus. Die Fernbedienung legte er exakt auf den Platz, von dem er sie genommen hatte. Er schob sie noch zwei Millimeter zurück, um ganz sicher zu sein, dass sie richtig lag. Jetzt gab es nichts mehr, das ihn davon abhielt, Lillian anzusehen.

Wieder sagte er ihren Namen.

Er kam noch näher, bis er sie berühren konnte, wenn er den Arm ausstreckte. Aber er berührte nicht sie, sondern den Sessel.

Sagte ihren Namen.

Cedric rüttelte am Sessel. Zögerte, ging um den Sessel herum und berührte ihren Knöchel mit der Schuhspitze. Einer ihrer Pumps fiel vom Fuß. Sie schlief weiter. Obwohl er längst wusste, dass sie nicht schlief.

Er sah sich in dem Raum um: Es hatte sich vieles verändert, seit er das letzte Mal hier gewesen war. Lillian hatte die Einrichtung der Londoner Wohnung herschaffen lassen. Teppiche lagen übereinandergestapelt, Bilder standen gegen die Wand gelehnt am Boden, zu viele Lampen, Uhren, Spiegel, Stühle, Kommoden, zu viel von allem. Als hätte sie die Dinge gehortet, um sie vor ihm zu verstecken.

Er trat näher heran, beugte sich über sie, streckte seine Hand nach ihrem Gesicht aus und schob das blonde Haar zur Seite.

Zunächst sah er nur eine weitere Schicht ihres Haars, doch diese klebte an Lillians Kopf fest.

War sie es überhaupt?

Er sah die blutige Masse, aus der ein Auge hervortrat, gleich unter dem frei liegenden Stück Knochen, wo die Braue hätte sein müssen. Nase und Mund waren verschoben, oder es war das Blut, das die Perspektive verzerrte. Er war längst zurückgewichen, stand längst gegen den Kamin gepresst, das blonde Haar verdeckte wieder, was er gerade gesehen hatte, und doch sah er es noch immer vor sich.

»Lillian«, sagte er. Natürlich war sie es, wer sonst. Er wandte den Blick ab, drehte sich weg, sah auf die Steinkante des Kamins. An ihr klebte Blut. Auf dem Boden war Blut. Er war hineingetreten, hatte sich dagegen gelehnt, hatte ihr Blut nun an den Schuhen und am Mantel. Cedric rannte aus dem Wohnzimmer, schaffte es bis an den Fuß der Treppe, danach keinen Zentimeter weiter. Er ließ sich auf die unterste Stufe fallen und weinte.

»Sir, wir werden eine Weile brauchen«, sagte ihm die Frau von der Notrufzentrale, nachdem er alles erklärt, alles beantwortet hatte.

»Ja, das Wetter«, sagte er.

»Bitte rühren Sie nichts an.«

»Das sagten Sie mir schon. Ich *habe* bereits alles berührt.«

»Ist noch jemand bei Ihnen?«

»Ich bin alleine.«

»Können Sie abschließen und bei Nachbarn warten? Ist das möglich?«

»Es gibt keine Nachbarn.«

»Und Sie sind sicher, dass niemand mehr im Haus ist?«

»Ich werde hier warten, ich werde nichts weiter anrühren«, sagte er ungeduldig. Er beendete das Gespräch und sah auf seine Füße. Die Schuhe hatte er neben die Treppe gestellt, den Mantel zusammengefaltet und daraufgelegt. Man würde ihm die Sachen abnehmen, um sie zu untersuchen. Man würde sie ihm dann vielleicht zurückgeben, aber er könnte sie nie wieder tragen ...

Und dann fiel es ihm ein: das hell erleuchtete Fenster im ersten Stock.

Er ging hinauf. Die Tür zum Kinderzimmer stand offen,

und er sah William in dessen Bett. Es war das erste Mal, dass er ihn sah.

William saß mit dem Rücken zur Tür und schien still zu spielen. Cedric klopfte an den Türrahmen, aber das Kind reagierte nicht. Er ging auf sein Bettchen zu und sagte: »William?«

Erst, als er aus Versehen mit dem Fuß gegen das Bett stieß, drehte sich das Kind zu ihm um. Lachte ihn an. Streckte ihm die Puppe entgegen, mit der es gespielt hatte. William sah aus wie sein Vater. Stolz wäre er gewesen, wenn er das noch hätte erleben können, dachte Cedric. Wenigstens einer seiner Söhne sah ihm ähnlich. Dieselben Augen, dieselben Gesichtszüge. Derselbe Vorname.

»William, musst du nicht schlafen?«, fragte Cedric. Er brachte es nicht über sich, die Puppe entgegenzunehmen. Oder das Kind anzufassen. Obwohl er immer noch Handschuhe trug. Unwillkürlich trat er einen Schritt zurück, als William sich aufrichtete und mit der Puppe bis an die Gitterstäbe des Bettchens kam.

»Gleich kommt jemand, der sich um dich kümmert«, sagte Cedric und merkte selbst, wie fremd er klang.

William schwenkte die Puppe und sah verunsichert aus.

»Es kommt bestimmt jemand«, sagte Cedric, diesmal ganz langsam und deutlich, und wunderte sich, warum das Kind nicht reagierte. Er hatte keine Ahnung, ab wann Kinder lernten zu sprechen. Anderthalb schien ihm aber das richtige Alter zu sein, um Verständnis zu signalisieren. Vielleicht irrte er sich auch.

Der Junge gab es auf, Cedric die Puppe hinzuhalten. Er ließ sie auf den Boden vor dem Gitterbett fallen und verzog das Gesicht.

»Ich bin sicher, dass es nicht mehr lange dauert, bis jemand kommt und mit dir spielt«, sagte Cedric und verfluchte sich dafür, das Fläschchen mit den Tabletten im Wagen gelassen zu haben. Seine Hände fingen an zu zittern, sein Herz schlug zu schnell, und das Rauschen in den Ohren wurde lauter.

Aber das Rauschen war nicht nur in seinen Ohren. Er hörte wirklich den Wind, wie er draußen aufheulte. Ostwind. Äste schlugen gegen das Fenster. Cedric ging auf den Flur und sah in die anderen Zimmer. Überall war es dunkel, und es schien sich niemand mehr im Haus aufzuhalten. Jedenfalls nicht hier oben. Er musste zum Wagen. Es würde nicht lange dauern. Er brauchte Schuhe. Er könnte seine Schuhe noch einmal anziehen, nur um die Tabletten zu holen. Wenn er es über sich bringen konnte, die Schuhe anzuziehen.

Schuhe mit Lillians Blut.

Im Wagen Tabletten, die ihm halfen, das alles durchzustehen.

Aber Schuhe mit Lillians Blut…

Die zweite Tablette dämpfte ihn noch mehr, sodass er sich seiner Angst und der Aufregung etwas entfernter bewusst war. Er zog die Schuhe aus, stellte sie neben die Treppe, legte seinen Mantel darauf, ging die Treppe hinauf, zurück ins Kinderzimmer. Ihm fiel ein, was sie am Telefon gesagt hatte: Sean. War das der Name ihres Mörders? Er konnte sich nicht richtig konzentrieren, weil er langsam müde wurde. William spielte jetzt mit einem Teddy und machte schmatzende Geräusche mit seinen Lippen. Ob sich Cedric einfach auf das Sofa legen konnte, bis die Polizei kam? Es war ein großes, weißes Sofa, überladen mit Kissen, Kinderspielzeug und Stofftieren. Daneben ein Schaukelpferd, das einmal ihm gehört hatte. Eine Holzeisenbahn. Noch mehr Stofftiere, alte und neue. Lillian hatte nicht nur die Londoner Wohnung, sondern auch noch den Speicher leergeräumt, in dem die Sachen aus seiner Kindheit gelagert waren. Er fragte sich, ob sie die Finger von den Erinnerungen an seine Mutter gelassen hatte. Ob es diese Dinge noch gab. Er starrte auf das Sofa, sehnte sich danach, sich zurückzulehnen, auszuruhen, konnte sich aber nicht überwinden, weil er daran denken musste, dass Lillian dort gesessen hatte. Die Kissen, das Spielzeug berührt hatte.

Und dann klirrte Glas. Keine Schneeflocken, die auf die Frontscheibe fielen. Ein dicker Ast hatte das alte Fenster zerschlagen. Eisige Luft blies in das Zimmer.

Cedric sah nach William und sagte: »Wir gehen besser raus, du wirst sonst krank.« Aber der kleine Junge saß friedlich in seinem Bettchen und ließ den Teddy über seine Beine hopsen. Erst, als ein kalter Windstoß über sein Haar wehte, sah der Kleine verwundert auf und drehte seinen Kopf in alle Richtungen.

»William?«, rief Cedric. William lachte seinen Teddy an. »William!« Der Junge spielte weiter.

Verstört sah er das Kind an, starrte so lange, bis es nach einem weiteren Windstoß endlich doch den Kopf hob und in Richtung des kaputten Fensters sah. Dann drehte es sich zu Cedric und zeigte auf das Fenster.

Und er sagte immer noch keinen Ton.

Auszug aus Philippa Murrays Tagebuch

Freitag, 12.12.2003

Die Polizei war bei mir. Sie kamen in die Werkstatt. Angeblich haben sie versucht, mich anzurufen, um sich anzukündigen. Ich hatte gerade einen Kunden da. Der ältere von den beiden Polizisten stellte sich und seinen Kollegen vor (ich habe die Namen wieder vergessen, aber ein Sergeant und ein Constable, glaube ich) und sagte: »Philippa Murray? Wir müssen Ihnen ein paar Fragen stellen, Sie wissen, worum es geht?« Und schon hatte ich keine Kundschaft mehr.

Sie wollten wissen, wer der Mann gewesen war.

»Ein Kunde«, sagte ich.

»Hat der einen Namen?« Der Ältere sprach mit mir, von dem anderen hörte ich kein Wort. Er schlenderte nur herum und schaute in jede Ecke, ohne etwas anzufassen. Er könnte in meinem Alter gewesen sein, vielleicht auch zwei, drei Jahre jünger. Sein Kollege ist schätzungsweise Mitte dreißig.

»Professor McLean.«

»Und Sie stimmen sein Klavier?«

»Alle seine Klaviere. Und auch die Flügel.«

Das Gesicht des Sergeants wurde für eine Sekunde komisch, aber dann traute er sich bei allem Machogetue doch nicht nachzufragen, sondern nickte nur, als wüsste er genau, worum es geht. Ich erlöste ihn: »An der Uni.«

»Ah. Also, wir sind hier wegen Sean Butler. Ihr Freund, richtig?«

Ich nickte und setzte mich auf eine Klavierbank, weil ich merkte, wie meine Knie weich wurden. Hatten sie ihn gefunden? Der Gedanke kam mir erst in diesem Moment.

»Ist er . . . Ist ihm etwas zugestoßen?«, fragte ich.

»Glauben Sie das?«

Da wusste ich, dass sie nicht hier waren, um mir die Nachricht von Seans Tod zu überbringen. Ich sagte nichts.

»Sein Vater hat ihn als vermisst gemeldet. Er sagt, Sie hätten ihm mitgeteilt, dass Sean bereits seit dem 9. verschwunden ist, richtig?«

Ich nickte.

»Warum sind Sie nicht zu uns gekommen?«

»Ich war bei der Polizei.« Ich erzählte es ihm.

»Sie hätten gleich eine Vermisstenanzeige aufgeben können. Falls ihm wirklich was zugestoßen ist, haben wir wertvolle Zeit verloren. Wir müssen aber zunächst prüfen, ob es wirklich Gründe gibt, sich Sorgen zu machen.« Er setzte sich auch auf eine Klavierbank. Ich schaffte es nicht, ihm zu sagen, dass das Ding jeden Moment zusammenkrachen konnte. Ich dachte nur: Hoffentlich kracht es nicht zusammen.

Der Sergeant stellte viele Fragen. Er wollte herausfinden, ob Sean mich sitzengelassen hat. Natürlich sagte er das nicht so. Aber er stelzte umständlich um diese Formulierung herum. Sagte was von »ausschließen, dass er einem Verbrechen zum Opfer gefallen ist« und »prüfen, welche Schritte einzuleiten sind«.

»Sean hat nichts von seinen persönlichen Sachen mitgenommen«, sagte ich.

»Wie lange wohnen Sie schon zusammen?«

»Ein halbes Jahr, etwa.«

»Das ist noch nicht sehr lange.«

»Wir kennen uns schon länger.«

»Hatte Ihr Freund Probleme auf der Arbeit? Er war bei Tesco als Aushilfe, richtig?«

Ich nickte. Schüttelte dann den Kopf. »Ja, bei Tesco. Nein, keine Probleme. Er hatte auch mit niemandem Streit, und ich kann mir keinen Grund vorstellen, warum er einfach so gegangen sein sollte.« Ich wollte nicht.

Der Sergeant drückte seinen Rücken durch, und die Klavierbank unter ihm fing an zu knarzen. Sein Kollege hatte den Kopf in einen offenen Flügel gesteckt und zupfte an den Saiten herum. Es war ein dreißig Jahre alter Yamaha, und ich hatte ihn noch nicht neu temperiert. Von mir aus konnte er ruhig weiterzupfen. Den Sergeant schien es auch nicht zu stören.

»Erzählen Sie mir von Ihrer Beziehung? Wie haben Sie sich kennengelernt?« Jetzt lehnte sich der Sergeant zurück, und wieder knarzte die Klavierbank. Ich stellte mir vor, wie sie unter ihm zusammenbrechen würde.

»Ich war einige Jahre im Ausland. Dann kam ich zurück nach England, wohnte bei meinen Eltern in Plymouth und lernte Sean kennen. Er jobbte in der Firma meines Vaters. Wir verliebten uns, er ging zurück nach Schottland, eine Weile hatten wir eine Fernbeziehung, und dann erzählte er mir, dass es hier in Edinburgh einen älteren Herrn gäbe, der seine Klavierwerkstatt verkaufen wollte und einen Nachfolger suchte. Wir zogen zusammen in die Wohnung, die zur Werkstatt gehört, waren sehr glücklich, und jetzt ist er verschwunden.«

Der Sergeant nickte gedankenverloren. »Ja, ja . . . Klingt plausibel . . .«, murmelte er. Und dann: »Mehr haben Sie uns nicht zu sagen?«

»Ich habe ihn zuletzt am Dienstag gesehen, als er morgens zur Arbeit gegangen ist.«

»Und als er abends nicht zurückkam, haben Sie versucht, ihn anzurufen?«

Ich zögerte, vielleicht etwas zu lange. »Nein. Ich dachte, vielleicht ist er mit Freunden unterwegs.«

»Und als er die ganze Nacht nicht nach Hause kam?«

»Ich bin irgendwann eingeschlafen und habe es erst am nächsten Morgen bemerkt. Ich dachte, er hätte zu viel getrunken und bei einem Freund übernachtet.«

Der Sergeant lächelte sanft und sah zu, wie der Constable die Finger über die schwarzen Tasten eines Steinways gleiten ließ, ohne sie herunterzudrücken. »Wann haben Sie versucht, ihn anzurufen?«

»Gleich am Mittwochmittag.« Zu schnell gesagt. »Nachmittag vielleicht. Er ging nicht ran, ich dachte, er sei auf der Arbeit.«

»Lassen Sie mich mal so fragen: Wann haben Sie angefangen, sich wirklich Sorgen zu machen?«

Ich hob die Schultern. »Mittwochabend. Ich habe alle Krankenhäuser durchtelefoniert ...«

»Am Donnerstag.«

»Nein, am Mittwoch. Krankenhäuser bis runter nach Newcastle, bis Glasgow, bis Inverness, einfach überall.«

Er stand auf, und die Klavierbank krachte zusammen. Die beiden Polizisten starrten auf die Trümmer.

»Dann sind wir fertig?«, sagte ich.

Der Sergeant überlegte offenbar, ob er den Vorfall erwähnen sollte, aber da ich es nicht tat, sagte er: »Ja, sicher, also dann, danke, Ms Murray. Wir melden uns wieder bei Ihnen.«

Ich stand auf, um die beiden hinauszubegleiten. Der Constable schnippte mit den Fingern gegen eine Stimmgabel. Und jetzt sagte er zum ersten Mal etwas. Er sagte: »Oder wollen Sie uns noch erzählen, warum Sie sich am Montag mit ihm gestritten haben?«

Auszug aus Philippa Murrays Tagebuch

Sonntag, 14.12.2003

Die schwachsinnigste aller Ideen: mit achtundzwanzig den Geburtstag mit der Familie zu feiern.

Ich hatte es zu Hause nicht mehr ausgehalten und war zum Flughafen gefahren. Es gab noch einen Flug nach Exeter, und meine Mutter holte mich dort ab. Erst sprachen wir nur über ganz belanglose Dinge. Neutrale Themen. Wie der Flug war. Ob ich mir etwas Besonderes zum Essen wünsche. Und wie das Wetter in Edinburgh so war.

Das Wichtige überließ sie wie immer meinem Vater.

»Wo ist dein nutzloser Freund?«, fragte er, noch bevor er mir zur Begrüßung die Hand schüttelte.

Ich ging rauf in mein altes Kinderzimmer, stellte meine Tasche ab, setzte mich aufs Bett und atmete ganz tief und ruhig durch. Es sind meine Eltern, dachte ich. Es sind immer noch meine Eltern. Sind Familienbindungen nicht die stärksten, wenn es drauf ankommt? Ich versuchte, mir Mut zu machen, dann ging ich runter. Maria servierte gerade Tee und Kuchen. Mutter saß auf dem Sofa und rieb sich die Schläfen. Sie bekommt von mir seit achtundzwanzig Jahren Kopfschmerzen. Ich hätte daran gewöhnt sein müssen. Vater stand vor dem Panoramafenster, die Hände in den Hosentaschen, und starrte auf die grauen Wellen des Ärmelkanals. Erst, als Maria gegangen war und ich mich gesetzt hatte, drehte er sich zu mir um.

»Hat er dich sitzenlassen?«, fragte er.

»Er wird vermisst.«

Mutters angestrengter Gesichtsausdruck veränderte sich kein bisschen.

»Was soll das heißen, er wird vermisst?«, fragte Vater ungeduldig.

»Er ist weg. Ging zur Arbeit und tauchte nicht mehr auf. Das war am Dienstag. Sein Vater war schon bei der Polizei. Ich habe alle Krankenhäuser angerufen, aber . . .«

»Hat er eine andere?« Jetzt stand er wieder mit dem Rücken zu mir und sah aufs Wasser. »Wahrscheinlich hat er eine andere, bei der schneller was zu holen ist. Hat ihm wohl zu lange gedauert, bis du dein Erbe antrittst. Hat ihm wohl nicht gepasst, dass dir dein Daddy nicht das Geld hinterherwirft, damit der feine Herr ein schönes Leben hat. Ich hab's ja von Anfang an gesagt.«

»Ich auch«, sagte Mutter. Langer Seufzer, Augen geschlossen.

»Deshalb bekommst du dieses Jahr auch kein Geld von mir zum Geburtstag. Wäre ja noch schöner.«

»Mutter hat gesagt, du schickst mir dieses Jahr kein Geld, weil ich es sowieso immer zurückschicke«, sagte ich, aber solche Sachen prallen an ihm ab wie Fett an Teflon.

»Wenn du ein bisschen mehr wie deine Schwester wärst«, sagte Vater.

»Tablettenabhängig und kaufsüchtig?«

Meine Mutter hörte auf, sich an der Schläfe herumzureiben, und sah mich an, als würde sie mir am liebsten eine Ohrfeige verpassen. Vater drehte sich zu mir um und herrschte mich an: »Wenigstens ist sie verheiratet und bringt sich in die Firma ein. Genau wie ihr Mann. Und das ist mehr, als man von dir behaupten kann!«

»Ist das jetzt unser Thema?«

»Ja«, sagte Vater. »Das ist immer unser Thema. Was denkst denn du, warum dir dieser Idiot durchgebrannt ist? Er wollte an unser Geld und hat es nicht bekommen. Ende der Geschichte. Sei froh, dass du ihn los bist.«

»Ich glaube, ihm ist etwas zugestoßen«, sagte ich. »Nein, wirklich, du musst gar nicht so das Gesicht verziehen. Er hat nichts mitgenommen, als er gegangen ist. Alles ist noch in der Wohnung. Sein Ausweis, seine Kleidung, alles. Er hat nur sein Handy mitgenommen und seinen Geldbeutel, mehr nicht.«

»Reicht doch. Wenn er eine Neue hat, die ihm finanziell mehr bieten kann als du, braucht er seinen alten Plunder nicht mehr. Das kommt davon, wenn man unter seinen Möglichkeiten bleibt, mein liebes Kind. Das habe ich dir von Anfang an gesagt.«

Er sagte genau das, woran ich auch schon gedacht hatte. Mal abgesehen von dem Teil, ich sei unter meinen Möglichkeiten geblieben.

»Ich bin kein Kind mehr.«

»Dann benimm dich auch so.«

»Ich habe einen eigenen Betrieb.«

»Einen Ein-Frau-Betrieb. Das ist wohl kaum mit dem zu vergleichen, was du bei uns hättest haben können.«

»Ich habe zwei Geschwister, beide arbeiten für dich.«

Und so weiter. Seans Verschwinden war kein Thema mehr, ich musste mir nur anhören, dass ich mein Leben an ihn verschwendet hatte, dass ich überhaupt mein Leben verschwendet hatte. In den Augen meiner Eltern war ich eine einfache Handwerkerin (was auch stimmte), und Sean nur eine ungelernte Hilfskraft (was nicht stimmte, er hatte nach der Schule Tischler gelernt, nur in den letzten Monaten hatte er eben bei Tesco Regale eingeräumt). Irgendwann seufzte Mutter laut auf und erklärte, ihre Migräne sei so schlimm, wir müssten leider das Zimmer verlassen.

An diesem Abend sprachen Vater und ich kein Wort mehr miteinander.

Am Samstag traf ich beim Spazierengehen meinen Bruder mit seiner Frau und den beiden Kindern. Er hing am Telefon, sie tat so, als würde sie sich um die Kleinen kümmern. Ich hatte die Jungs nicht mehr gesehen, seit ich nach Schottland gezogen war. Sie rannten sofort auf mich zu und klammerten sich lachend an mich. Matt beendete hastig sein Telefonat.

Sarah war wie üblich nicht begeistert, mich zu sehen. Sie nickte mir mit einem falschen Lächeln zu.

Matt umarmte mich, dann hakte er sich bei mir unter.

»Erzähl mir, was los ist«, sagte er, und ich erzählte es ihm. Er hörte zu, ohne mich zu unterbrechen, und als ich fertig war, drückte er meinen Arm und sagte: »Vielleicht braucht er nur ein paar Tage für sich. Es wird alles gut.« Und als ich nichts sagte: »Was glaubst du, wo er ist?«

Ich zuckte die Schultern. »Na, Jungs, morgen hab ich Geburtstag! Malt ihr mir ein Bild?«, rief ich seinen Söhnen zu. Sarah versuchte gar nicht erst vor mir zu verbergen, wie dämlich sie meinen Vorschlag fand, und rollte mit den Augen. Die Kleinen hängten sich sofort an ihre Beine und brüllten, dass sie ihr beim Malen helfen sollte. Sarahs Konzept »Reich heiraten, Kinder kriegen und nie mehr arbeiten müssen« ist nicht ganz so aufgegangen, wie sie es sich vorgestellt hat. Matt bezahlt ihr zwar eine Haushaltshilfe und ein Kindermädchen, aber ein paar Dinge bleiben doch noch an ihr hängen, die sie möglicherweise vom Cappuccinotrinken und Reiten abhalten. Dass ihre Söhne trotz allem die eigene Mutter dem Kindermädchen vorziehen, stört sie am meisten.

Ich vertrieb mir faul den Tag. Ich machte einen langen Spaziergang, mied allerdings die Werft meines Vaters, schaute am Nachmittag noch mal bei meinem Bruder vorbei, sah fern, las in einem Buch, und abends erschien Dana, der man offensichtlich nicht mitgeteilt hatte, dass ihre kleine Schwester zu Besuch war. Sie wurde blass, als sie mich bei Maria in der Küche sah, und erstarrte.

»Vergiss nicht zu atmen«, sagte ich.

»Ist die Hölle zugefroren?«, sagte sie.

»Muss wohl, ich rieche gar keinen Schwefel, obwohl ich dich sehen kann«, sagte ich.

»Wo ist dein Spielzeug?«

Sean, das Spielzeug. »Nicht da. Ich habe morgen Geburtstag, du hast hoffentlich schon was anderes vor.«

»Oh!« Hände vors Gesicht, gespieltes Entsetzen im Blick. »Da hab ich schon was anderes vor!« Umdrehen und brüllen: »Dad, warum hast du nichts gesagt? Ich wäre nicht gekommen, wenn ich das gewusst hätte!«

Und von ihm zurückgebrüllt: »Ihr seid erwachsen, macht das unter euch aus!«

Schwager Simon schaute unsicher in meine Richtung und nickte mir zu, dann verzog er sich schnell wieder. Dana stiefelte ihm hinterher.

Maria sagte: »Muss sie gleich wieder einkaufen gehen.«

Ich lachte zum ersten Mal seit Tagen.

Matt kam kurz vor Mitternacht rüber, um mit mir anzustoßen. Wir saßen in der Küche, und die Eltern ließen uns in Ruhe. Er erzählte von den Jungs und von der Arbeit. Ich erzählte von Edinburgh und der Arbeit. Matt findet es großartig, dass ich als Ein-Frau-Betrieb den Auftrag für die Tasteninstrumente an der Universität bekommen habe, und ich erzählte ihm von der Frau aus Merchiston, die ein Tafelklavier von 1820 bei sich zu Hause herumstehen hat und nicht weiß, ob sie es restaurieren lassen soll oder nicht. Es ist ein so wundervolles altes Stück, aber es wieder spielbar zu machen und das Holz aufzuarbeiten, kostet viele tausend Pfund, die sie nicht hat.

Gegen vier Uhr morgens klingelte sein Handy. Sarah war wach geworden und wollte, dass er endlich nach Hause kam.

»Wie läuft es bei euch?«, fragte ich, bevor er ging.

»Wie immer«, sagte er.

Er hat mir Karten für die Royal Albert Hall geschenkt, inklusive Flugtickets und einer Übernachtung im Savoy. Völlig übertrieben.

Von den Eltern bekam ich einen Blumenstrauß und ein Buch, das mich nicht interessiert, sich aber gerade auf der Bestsellerliste befindet und deshalb als Geschenk herhalten musste. Ich werde es weiterverschenken, und die Blumen habe ich am Flughafen entsorgt.

Dienstag, 30. November 2010

2.

Sein Vater wartete in der Ausnüchterungszelle auf ihn. Behauptete jedenfalls der Polizist, der Ben anrief.

»Mein Vater lebt in England«, sagte Ben. »Das muss ein anderer John Edwards sein.« Der ebenfalls einen Sohn namens Ben hatte.

»Ist Ihr Vater Fan von den Magpies?«

Ben starrte fünf Sekunden lang ins Leere, bevor er sagte: »Bin unterwegs.«

Er brauchte mit dem Auto fast eine Dreiviertelstunde für eine Strecke, die er sonst in fünfzehn Minuten zurücklegte. Es war nur wenig Verkehr wegen des Schnees, aber das Taxi vor ihm fuhr extrem langsam, und er hielt weit Abstand. Kaum jemand mit Winterreifen. In anderen Ländern Europas waren sie gesetzlich vorgeschrieben. Hier rutschte man lieber im Schritttempo herum. Unterwegs versuchte er, bei seiner Mutter anzurufen, aber niemand ging ans Telefon. Sie schlief vielleicht noch.

Ben parkte vor der Polizeistation am Gayfield Square, ging hinein und fragte nach seinem Vater.

»Er will nicht nach Hause«, sagte ihm der Polizist. »Hat uns verboten, seine Frau anzurufen. Freut sich drauf, Sie zu sehen.«

»Ich wusste nicht mal, dass er in Schottland ist. Er war noch nie hier«, sagte Ben.

»Noch nie? Wie lange leben Sie schon hier?«

»Ein paar Jahre?«

Der Mann lachte. »Als ich von Kelso hier raufgezogen bin,

hat es keine drei Tage gedauert, und meine Eltern standen auf der Matte, um nachzusehen, ob ich auch genug zu essen im Kühlschrank hatte. Da haben Sie echt Glück, dass Ihre Sie in Ruhe lassen.«

Ben erwiderte nichts. Er erledigte den Papierkram, wartete, bis sie seinen Vater geholt hatten. Kein schöner Anblick: alter Militärparka mit einem Aufnäher am rechten Oberarm, der die Farben der deutschen Flagge trug, Mütze und Schal der Magpies, fleckige braune Hosen, ausgetretene braune Halbschuhe. Er sah aus, als hätte er tagelang in den Klamotten geschlafen, und er roch auch so. Die grauen Bartstoppeln ließen ihn älter aussehen, als er war. Wäre Ben ihm auf der Straße begegnet, er hätte ihn nicht erkannt, ihm nicht mal einen zweiten Blick gegönnt. Irgendein Penner, der zur Vorweihnachtszeit zum Betteln in die Innenstadt kommt. In den Eingängen der Geschäfte schläft. Keine feste Nahrung mehr braucht, weil ihm die flüssige reicht.

»Junge, dass du da bist.« Er lallte.

Ben packte seinen Vater am Arm, nickte den Polizisten zu, sagte »Danke« und schob John Edwards zum Ausgang.

»Jetzt sag doch mal was«, beschwerte er sich und blieb stehen. »Hast du deine Mutter angerufen? Ruf bloß nicht deine Mutter an.«

»Dad, wir reden später in Ruhe. Nicht hier. Geh weiter.« Er schob seinen Vater an. Der stolperte und fiel gegen eine große, dünne Frau.

»Woah, langsam«, rief sie, fing ihn souverän auf und sorgte dafür, dass er aufrecht an der Wand zu stehen kam.

»Detective Sergeant Isobel Hepburn.« Ben musste grinsen. »Was für eine Freude.«

Hepburn grinste ebenfalls, aber nur kurz. »Wo haben Sie diesen verirrten Newcastle-Fan her, und wie lange hat er nicht mehr geduscht?« Sie wedelte sich mit einer behandschuhten Hand vor der Nase herum. »Ein Informant von Ihnen?«

»Ich bin sein Vater«, kam es laut und vernehmlich von der Wand.

Hepburn wurde rot. »Oh, tut mir …«

»Schon okay«, sagte Ben. »Die Familienähnlichkeit hält sich ja in Grenzen.«

Sie lächelte, wieder nur kurz. »Sind Sie nicht in Fife?«

»Was soll ich in Fife?«

»Cedric …?«

Er hob die Augenbrauen.

»Heute noch keine Nachrichten gehört?«

»Ich dachte, sie bringen sowieso nur, dass die Straßen schlecht sind und die Schulen geschlossen. Und außerdem habe ich frei. Überstunden abbauen. Ihr Kollege hat mich gerade erst geweckt, damit ich …« Er zeigte vage auf seinen Vater. »Was hab ich verpasst?«

Isobel räusperte sich. »Lillian Darney ist tot. Cedric wird gerade vernommen.«

Ben lachte. Es war ein unsicheres Lachen. »Hey, Sergeant, so schräge Scherze am frühen Morgen … Ich dachte, Sie warten mit so was wenigstens, bis es hell ist.«

Sie sagte nichts, sah ihn nur an.

»Kein Scherz?«

Sie schüttelte den Kopf.

»Wer ist Cedric?«, fragte sein Vater.

Ben ignorierte ihn. »Was ist passiert?«

»Ich kann Ihnen nur sagen, was schon an die Presse raus ist. Erkundigen Sie sich bei Ihren Kollegen.«

»Isobel, bitte …«

»Schöner Name. I-so-bel.« John Edwards zog die drei Silben in die Länge.

Hepburn sah nachdenklich von Ben zu seinem Vater und wieder zurück. »Verdammt, kommen Sie mit rein. Und verraten Sie mir, wie viel Ihr alter Herr getankt hat? Muss beachtlich gewesen sein, bei dem Restalkohol.«

»Seine Stiefmutter wurde gestern Nacht auf ihrem Landsitz ermordet. Er fand sie, verständigte die Kollegen, und als sie eintrafen, saß er schlafend neben einem vielleicht anderthalbjährigen Kind in einem Zimmer im ersten Stock und war nicht in der Lage, seine Anwesenheit vor Ort zu erklären. Also nahmen sie ihn mit. Der zuständige Detective ließ einen Bluttest anordnen, da Cedric unter Einfluss von Drogen oder Medikamenten stand.«

»Medikamente. Er nimmt was gegen seine Angstzustände«, sagte Ben.

»Dann muss er gestern sehr große Angst gehabt haben. Nach allem, was ich hörte, war er nicht mehr von dieser Welt.«

»Wann ist er das schon?«

Sie hob nur kurz die Augenbrauen. »Jetzt muss man kein Genie sein, um rauszufinden, dass sich Cedric mit seiner Stiefmutter nicht gut verstanden hat. Sie behalten ihn also noch eine Weile zur Vernehmung.«

»Das wird ihm nicht gefallen. Was sagt sein Anwalt?«

»Ich stehe auf der falschen Seite, wissen Sie.«

»Sie wissen genauso gut wie ich, dass Cedric ...« Er brach ab. Wussten sie es wirklich? Wusste *er* es? Cedric Darney war labil, phobisch, neurotisch. Seit einigen Jahren war er in Therapie, vor ein paar Monaten hatte er sich dazu überreden lassen, unterstützende Medikamente zu nehmen. Wusste er, wie Cedric auf die Medikamente wirklich ansprach? Wie er mit ihnen umging? So wie Isobel ihn ansah, dachte sie genau dasselbe. Ben hatte selbst schon über Skandale im Zusammenhang mit Psychopharmaka berichtet, die neu auf den Markt gekommen waren: Selbstmorde bei jugendlichen Patienten und Autoaggressionen waren signifikante Nebenwirkungen gewesen, die der Hersteller versuchte zu verschweigen. Warum sollte es nicht auch Medikamente geben, die einen ansonsten friedlichen, dazu noch stark introvertierten Menschen zum Mörder machten?

Hepburn sagte: »Die Kollegen kommen in ein abgelegenes Haus und finden dort eine Frau vor, die ermordet wurde ...«

»Wie?«

»Erschlagen.«

»Einbrecher?«

»Ihr fehlt das halbe Gesicht. Aber lassen Sie mich weiterreden. Sie kommen also dorthin, es handelt sich offensichtlich um einen Täter, der eine Rechnung mit ihr offenhatte, und im Haus sitzt ein zugedröhnter junger Mann, er trägt Handschuhe, aber keine Schuhe und keinen Mantel. Die liegen blutverschmiert neben der Treppe. Draußen gibt es im Schnee nur seine Reifenspuren und seine Fußspuren. Was glauben Sie, was die Leute vor Ort denken?«

Bens Vater war eingenickt, aber als Hepburn mit Nachdruck »Eben!«, sagte, schreckte er auf und murmelte etwas, das Ben nicht verstand.

»Ich versuche, ihn anzurufen«, sagte Ben.

»Versuchen Sie's lieber über seinen Anwalt. Die werden ihn nicht so gerne telefonieren lassen.«

Ben schob seinen Vater aus dem Büro, und Hepburn begleitete die beiden nach vorne. Er wollte sich gerade bedanken, als ihm einer der Uniformierten ins Wort fiel.

»Sergeant, ich komm hier nicht weiter. Die Frau will jemanden von der Mordkommission sprechen.«

Er zeigte auf eine Gestalt: dicke Daunenjacke, Wollhandschuhe und Mütze. Das Gesicht kaum zu erkennen. Als die Gestalt mitbekam, dass man über sie sprach, schoss sie auf Hepburn zu.

»Langsam«, sagte Hepburn, und der Uniformierte stellte sich der Frau in den Weg.

»Ich muss einen Mord melden«, sagte sie laut und versuchte, sich an dem Polizisten vorbeizuschieben. Was nicht gelang. »Lassen Sie mich los, verdammt!« Eine klare, kräftige Stimme mit Befehlscharakter. Der Akzent kaum zuzuordnen. Vielleicht amerikanische Oberschicht der Ostküste. Vielleicht eine Engländerin, die zu lange in New York gelebt hatte. »Mein Name ist Philippa Murray. Es geht um diese Lillian Darney. Ich weiß, wer sie getötet hat.«

»Hey, junge Frau. Machen Sie kein Theater. Ganz ruhig bleiben, okay?« Aber der Polizist hätte sich seine Ermahnung sparen können. Die Frau wehrte sich nicht und war auch nicht laut geworden. Sie hatte Hepburns Aufmerksamkeit, das reichte ihr.

»Darney«, sagte John Edwards und klang erstaunlich nüchtern. »Den Namen hab ich doch schon mal irgendwo gehört.«

Ben nahm seinen Vater am Arm und zog ihn ein Stück von Hepburn weg.

»Ruhig«, sagte er leise. Die Frau nahm ihre Mütze ab, und Ben sah ihr Gesicht: Lider und Nase gerötet, als hätte sie geweint, dunkle Schatten unter den Augen, die Lippen trocken, das Haar, das unter der Mütze hervorquoll, struppig.

»Meinst du, wir stören?«, flüsterte sein Vater, und Ben verpasste, was Hepburn zu der Frau sagte.

Sie antwortete gerade: »Sean Butler. Mein Freund. Oder Exfreund. Und ich habe Beweise.«

»Bringen Sie sie nach hinten«, sagte Hepburn zu dem Kollegen in Uniform, strich sich mit einer Hand durchs Haar und sah Ben und John an, als hätte sie ganz vergessen, dass sie noch da waren.

»Kein Wort darüber«, sagte sie Ben. »Auch nicht zu Cedric. Das bedeutet gar nichts.«

Natürlich. Je mehr Medienrummel ein Verbrechen versprach, desto höher die Frequenz der Verrückten, die etwas dazu zu sagen hatten. Entweder waren sie selbst die Täter, oder sie hatten unglaublich wichtige Informationen, hatten eine Nachricht aus dem Jenseits erhalten, wussten, dass der Nachbar der Täter war. Nichts, was es nicht gab. Und eine tote Lillian Darney würde sich lange in den Schlagzeilen halten.

»Komm, Dad, wir müssen nach Hause. Du gehörst in die Wanne und dann in ein richtiges Bett. Und Essen solltest du auch was Anständiges.« Er nickte Hepburn zu, aber sie war längst auf dem Weg in ihr Büro.

Sean Butler, der Name sagte ihm etwas, und es war nicht der Basketballer Da'Sean Butler, an den er dachte. Es war etwas, das mit Edinburgh zu tun hatte und schon lange zurücklag. Ben verfrachtete John in den Wagen und ging mit seinem Smartphone im Internet ins Archiv des *Scottish Independent*. Und wurde fündig.

Sean Butler war seit fast auf den Tag genau sieben Jahren verschwunden. Nur eine kleine Meldung, aus der sich nichts herauslesen ließ. Ben hatte keine Lust weiterzusuchen. Er rief den Kollegen an, der die Meldung damals geschrieben hatte.

»Werde ich nicht so leicht vergessen. Seine Freundin Philippa Murray ging uns regelmäßig auf die Nerven, damit wir drüber schreiben. Erst gab es nichts, was wir hätten schreiben können, aber dann kam sie mit immer neuen Gerüchten und Vermutungen, bis die Sache so richtig eskalierte. Sie hat uns ganz schön aufgemischt. Warum fragst du?«

»Ist er denn wieder aufgetaucht?«

»Bis heute nicht. Weder tot, noch lebendig.«

»Und es gab gar keine Hinweise in sieben Jahren auf ihn?«

»Was weiß ich? Irgendwelche Spinner sehen doch bis heute noch Jesus, Elvis und James Dean zusammen durch die Highlands wandern. Kannst du mir sagen, was sie wirklich gesehen haben?«

»Verstehe.«

»Und könnte ich endlich mal erfahren, warum du fragst?«

»Nicht wichtig.«

»Ja klar. Nicht wichtig. Ben ›nicht wichtig‹ Edwards fragt mal eben so, weil es ihm gerade ins Gehirn geschissen hat.«

»Danke dir. Das nächste Bier geht auf mich«, sagte Ben und beendete das Gespräch.

Die Frau auf der Polizeistation war also Philippa Murray gewesen. Die einen Mann des Mordes bezichtigte, der seit sieben Jahren spurlos verschwunden war. Sie musste verrückt sein. Verlorene Zeit, sich damit zu beschäftigen.

»Vielleicht könnte ich jetzt mal was zu essen vertragen«, sagte sein Vater, als hätten sie die ganze Zeit über nichts anderes geredet als Essen.

»Na klar, Dad. Wir fahren jetzt nach Hause.«

»Nicht nach Hause!«

»Zu mir. In meine Wohnung. Okay?«

John beruhigte sich so schnell, wie er sich aufgeregt hatte. »Gut«, sagte er, schloss die Augen und schnarchte zwei Sekunden später.

Auszug aus Philippa Murrays Tagebuch

Montag, 15. 12. 2003

Ich vermisse ihn.

Ich habe die ganze Zeit gehofft, dass er mich nur bestrafen will und an meinem Geburtstag wieder auftaucht, einfach so, als sei nichts gewesen. Wahrscheinlich bin ich auch deshalb weggefahren, um nicht den ganzen Tag hier zu sitzen und darauf zu warten, dass die Tür aufgeht und er reinkommt. Aber auch heute immer noch nichts. Ich habe bis weit nach Mitternacht wachgelegen. Kein Anruf, kein Sean.

Mein schlechtes Gewissen bringt mich noch um ...

Vielleicht lässt er mich einfach noch einen Tag zappeln.

Oder er kommt einfach nie mehr wieder. Vielleicht hat Vater recht: Sean ist bei einer anderen Frau und braucht mich nicht mehr. Mich nicht und auch nicht seine Sachen, weil er ganz neu anfangen will.

Ich will aber nicht daran glauben, dass er nur wegen des Geldes mit mir zusammen war. Ich habe ihm von Anfang an gesagt, dass ich nichts von meinem Vater annehme. Geld war nie ein Thema zwischen uns.

Nachtrag:

Vater hat angerufen und gesagt, dass die Polizei bei ihm war und sich nach Sean erkundigt hat.

»Sie denken, man hat ihn entführt«, sagte Vater. »Ich habe ihnen gesagt: Warum sollte ausgerechnet ich Lösegeld für ihn zahlen? Absurd. Aber diese Idioten haben mir nicht geglaubt. Gingen mir auf die Nerven, von wegen: Wir gehen diskret vor, Sie können uns vertrauen, reden Sie mit uns, auch wenn man Sie angewiesen hat, nicht mit der Polizei zu reden. So ein Scheiß! Irgendwann haben sie's kapiert und sind gegangen. Bei dir tauchen sie bestimmt auch noch auf.«

Ich sagte: »Du würdest wirklich nicht zahlen, wenn jemand meinen Freund entführt hätte, oder?«

»Er wurde nicht entführt. Er hat sich einfach aus dem Staub gemacht, da wette ich aber.«

»Du würdest eher zusehen, dass man ihn tötet.«

Er sagte wieder: »Er wurde nicht entführt. Und ich muss jetzt weiterarbeiten, wer weiß, was dein Bruder sonst wieder alles verbockt.«

So spricht er immer über Matt. Dabei ist es Matt, der Vater davor bewahrt, den Betrieb mit seinem Dickschädel an die Wand zu fahren. Matt sagt immer, ihm macht das Gerede nichts aus, er weiß, dass Vater ihn schätzt. Wenn das stimmt, hat er mir einiges voraus.

Nachtrag 2:

Die Polizei war wieder da. Dieselben beiden Männer. Jetzt habe ich mir ihre Namen gemerkt: Sergeant Reese und Constable Mahoney. Sie kamen wieder unangemeldet, aber diesmal war ich vorgewarnt. Ich ging mit ihnen in mein Büro und bot ihnen einen Platz auf dem durchgesessenen Chesterfieldsofa an, das noch von dem alten Ogilvy stammt. Mein Glück, dass er damals einfach alles hat stehenlassen, als ich ihm die Werkstatt abgekauft habe. Reese warf einen misstrauischen Blick auf das abgewetzte Leder, und ich sagte: »Es wird schon nicht zusammenbrechen.«

»Tut mir leid mit dem Hocker«, sagte er.

»Klavierbank.«

»Mein Vorgesetzter sagt, dass das die Versicherung übernimmt. Das ist zwar ein Haufen Papierkram ...«

»Sie sind hier, um mir die kaputte Klavierbank zu erstatten?« Zeichen und Wunder.

»Teilweise.« Er schob mir ein paar Formulare zu. Ich ließ sie auf dem Schreibtisch liegen, ohne sie anzusehen, und wartete ab. »Sie haben uns so einiges nicht gesagt, Ms Murray. Wer Ihre Eltern sind, zum Beispiel.«

»Die haben auch nichts mit Seans Verschwinden zu tun.« Ich merkte, dass ich die Arme verschränkte und die Hände zu Fäusten ballte.

»Wir haben nach einem Hintergrundcheck unsere Kollegen in Devon ...«

»... bei meinen Eltern vorbeigeschickt und Vater in den Wahnsinn getrieben. Ich weiß. Er hat mich schon angerufen.«

»Halten Sie es für möglich, dass Ihr Vater nicht mit der Polizei kooperieren will, um das Leben Ihres Freundes nicht zu gefährden?«

»Ich halte es für möglich, dass mein Vater Sean eher verrotten lässt, als auch nur einen Penny für ihn rauszurücken. Und um Ihnen die nächste Frage vorwegzunehmen: Bei mir ist auch keine Lösegeldforderung eingegangen. Und ich habe immer noch nichts von ihm gehört. Was genau tun Sie eigentlich, um ihn zu finden? Ich meine, offenbar tun Sie ja irgendwas.«

Wieder redete nur Reese, und Mahoney blieb still. Der Sergeant sprach von Hintergrundchecks und Umfeldbefragung, dass bei einem gesunden Erwachsenen ohne den kleinsten Hinweis auf ein Verbrechen allerdings anders vorgegangen würde als bei einem Kind oder jemandem, der dringend medizinisch versorgt werden musste oder anderweitig auf Hilfe angewiesen war. Er erzählte von Hilfsorganisationen und psychologischen Beratungsstellen, an die sich die Angehörigen von vermissten Personen wenden können, berichtete von Fällen, in denen Menschen jahrelang verschwunden waren, um dann einfach wieder aufzutauchen. Oder was weiß ich.

»Manch einer steigt aus, weil ihm alles zu viel wird«, sagte er. »Vielleicht hat ihn seine aktuelle Lebenssituation überfordert. Eine erfolgreiche Frau aus reichem Elternhaus, aber er selbst hat nichts vorzuweisen. Er arbeitet nicht in seinem Beruf, sondern als schlecht bezahlte Aushilfe, und das mit Mitte dreißig. Das hält nicht jeder Mann aus.« Er sah mich an und wartete auf meine Reaktion.

»Das ist Unfug«, sagte ich.

»Hätte er denn nicht bei Ihnen arbeiten können? Soweit ich weiß, braucht man zum Klavierebauen auch Tischler . . .«

»Ich restauriere, repariere, ich stimme sie . . . Ich baue nicht von Grund auf neue Instrumente.« Als hätte ich diese Diskussion nicht auch schon oft genug mit Sean gehabt. Warum ich ihm nicht einfach einen Job gebe.

»Verstehe. Aber Sie sehen, es muss nicht zwingend sein, dass Ihrem Freund etwas zugestoßen ist. Wenn dann noch ein Streit mit Ihnen dazukam . . .« Wieder sah er mich an und wartete, was ich sagen würde.

»Es gibt Zeugen«, sagte Mahoney.

»Stimmt, er kann ja reden«, sagte ich, den Daumen in Mahoneys Richtung, und Reese rollte mit den Augen. »Also gut, wir haben uns gestritten, aber ganz sicher nicht zum ersten Mal.«

»Worum ging es?«

»Ich arbeite zu viel«, log ich. »Ich hatte eine Verabredung mit ihm vergessen. Kein Grund, gleich ohne ein Wort auszuwandern.«

Sie schienen es zu akzeptieren.

»Ist es schon mal vorgekommen, dass er sich ein paar Tage lang nicht gemeldet hat?«, fragte Reese.

»Nein.«

Die beiden schwiegen.

»Er ist mal über Nacht nicht nach Hause gekommen, nachdem wir uns gestritten hatten.«

Sie schwiegen immer noch. Reese starrte an die Decke, Mahoneys Blick wanderte durch mein Büro und blieb ungefähr auf Höhe des Hygrometers hängen.

»Vielleicht will er mich nur ärgern und meldet sich heute Abend. Ich hatte gestern Geburtstag ...« Ich wurde nervös.

»Wissen Sie, ob er wieder Kontakt zu seinen alten Freunden hatte?«, fragte Mahoney und betrachtete das vor sich hin vergilbende Glenn-Gould-Poster, das ich schon seit Monaten abhängen will.

»Er hatte dauernd Kontakt zu seinen Freunden, ich denke, Sie haben mit allen geredet?«

»Ich meine nicht diese Freunde. Freunde von früher, von denen er sich fern halten wollte. Hat uns jedenfalls sein Vater versichert. Freunde, von denen er Ihnen offenbar nichts erzählt hat?« Jetzt sah mich Mahoney an.

Ich brauchte einen Moment, bis ich sagen konnte: »Wovon genau reden wir gerade?«

»Sie weiß es nicht«, sagte Reese.

»Nein«, sagte Mahoney.

»Was weiß ich nicht?«

»Ms Murray, hat Ihr Freund nie mit Ihnen über seine Vergangenheit gesprochen?« Mahoney sah fast schon betroffen aus, als er mich das fragte.

»Natürlich hat er das.«

»Dann wissen Sie, dass er mehrere Haftstrafen wegen Diebstahl und Körperverletzung abgesessen hat?«

Ich musste nichts antworten. Sie sahen es mir an.

»Er schien sich nach seiner letzten Haftstrafe gefangen zu

haben, aber statistisch gesehen werden die meisten . . . rückfällig. Besonders in Krisensituationen.«

Ich erwischte mich dabei, wie ich mit dem Zeigefinger meine Schläfe rieb. Wie meine Mutter.

So weit war es also schon.

»Wann . . . ?«

»Das erste Mal wurde er erwischt, da war er zwölf. Klaute ein paar Zeitschriften. Der Zeitschriftenklau war eine Art Mutprobe und wurde als dummer Jungenstreich abgetan. Sean wurde verwarnt. Erst, als er ein paar Monate später mit den Händen in einer Tankstellenkasse erwischt wurde, stellte man ihn vor Gericht, und er bekam Sozialdienst aufgebrummt. Nur wenige Wochen später fand man bei ihm einen Walkman, den ein Mitschüler als gestohlen gemeldet hatte. Sean behauptete, er hätte ihn gefunden, die Eltern des geschädigten Jungen verzichteten auf eine Anzeige. Dann wurde es ruhig, bis er fünfzehn war.«

»Das kann nicht stimmen, Sie haben was in Ihren Akten verwechselt«, sagte ich.

»Sein Vater kann sich sehr gut an alles erinnern.«

Ich schüttelte den Kopf.

Er sprach weiter. »Pete Butler erzählte uns, dass seine Frau zu dieser Zeit gerade gestorben war, er selbst war seit der Zechenschließung im Jahr davor arbeitslos. Deshalb zog er mit seinem Sohn nach Edinburgh, nach Portobello. Sean geriet in die falschen Kreise. Er wurde festgenommen, als er mit ein paar älteren Jungs in eine Villa in Morningside eingebrochen war. Er war geständig, verriet aber nicht seine Komplizen, die entkamen.«

»Unterhalten wir uns jetzt über Jugendsünden?« Ich wollte, dass er schwieg.

»Ich bin noch nicht fertig. Es gab weitere Einbrüche, er konnte aber nicht nachweislich mit ihnen in Zusammenhang gebracht werden. Im Gefängnis machte er seine Ausbildung zum Tischler.

Nach seiner Entlassung wurde er entweder für eine Weile ruhig, oder er ließ sich nicht erwischen.«

»Sie sind ja ziemlich schnell mit Unterstellungen.«

Er fuhr ungerührt fort. »Mit einundzwanzig war er in eine Pubschlägerei verwickelt, es gab nur eine Verwarnung. Eine weitere Schlägerei nach einem Spiel der Hearts nur wenige Wochen später, wieder nur eine Verwarnung. Insgesamt viermal wurde er verdächtigt, etwas mit Einbrüchen zu tun zu haben, aber die Beweise reichten nicht aus.«

»Vielleicht, weil er gar nichts damit zu tun hatte? Daran schon mal gedacht?« Ich verlor die Geduld.

»Mag sein. Aber Sean Butler hatte seinen fünfundzwanzigsten Geburtstag noch nicht gefeiert, als er wieder ins Gefängnis musste. Diesmal nicht nur wegen Einbruchs, sondern auch wegen schwerer Körperverletzung.«

»Nein«, sagte ich. »Nein. Nicht Sean!«

Er hob die Hand, damit ich ihn weiterreden ließ. »Die Bewohner des Hauses, in das er mit zwei anderen eingebrochen war, kamen früher als erwartet zurück und überraschten die Täter. Er schlug den Mann bewusstlos, brach ihm die Nase und zwei Rippen. Die Frau sperrte er ins Bad und floh, konnte aber identifiziert werden. Seine Freunde verriet er wieder nicht. Da sie getürmt waren, ohne etwas mitnehmen zu können und kaum Schaden angerichtet hatten, war der Richter nachsichtig, was diesen Teil der Anklage betraf. Der Mann, den er zusammengeschlagen hatte, war aber schwerer verletzt worden, als zunächst angenommen. Er konnte nur noch eingetrübt sehen, und die gebrochene Nase entstellte ihn. Er hatte als Schauspieler gearbeitet, man hatte ihn in einer TV-Serie als den attraktiven älteren Landadeligen besetzt, und als er wieder aus dem Krankenhaus kam, hatte ihn der Produzent längst aus der Serie rausschreiben lassen. Sean Butler sollte Schmerzensgeld zahlen und die Kosten für eine kosmetische Operation übernehmen, aber zunächst wanderte er für fünf Jahre hinter Gitter. Sein Vater zahlte einen Teil der Schmerzensgeldforderungen ab, aber es war nur ein geringer Teil. Eine vorzeitige Entlassung auf Bewährung kam nicht in Frage, da er im Gefängnis einen Mithäftling, der ihn angeblich sexuell belästigt hatte, zusammenschlug.«

Ich schloss die Augen, auch wenn ich mir lieber die Ohren zugehalten hätte.

»Als er mit dreißig entlassen wurde«, fuhr Mahoney fort, »schien seine kriminelle Laufbahn vorüber. Er ging nach England, um dort bei verschiedenen Werften als Tischler zu arbeiten. So lernten Sie ihn auch kennen, wenn ich mich recht erinnere. Sein Vater zahlt bis heute immer noch die Forderungen des Schauspielers ab.« Er machte eine kleine Pause. »Deshalb haben wir Sie nach alten Freunden gefragt. Hat er wieder Kontakt zu seiner Vergangenheit aufgenommen?«

Ich saß bestimmt ein paar Minuten still da und wusste nicht, was ich zu all dem sagen sollte. Durch meinen Kopf schossen Gedanken wie: Das stimmt nicht. Das denken die sich aus. Das ist ein anderer Sean Butler. Ich träume gerade. Der Mann, den ich liebe, ist kein Krimineller. Aber irgendwie wusste ich auch, dass es die Wahrheit war, und ich fragte mich, ob ich von Anfang an so etwas gespürt und ihn deshalb nie zu seiner Vergangenheit befragt hatte. Ich hatte ihn erzählen lassen, wenn er das wollte, aber ich hatte keine Fragen gestellt. Ich liebte ihn einfach so, wie er war, liebte, was ich von ihm kannte und wusste. Ich hatte viel von meiner Zeit in Deutschland und den USA geredet. Einmal wollte ich wissen, wo er schon überall gewesen war, und da hatte er nur gesagt: »Nie von der Insel runtergekommen.« Er hatte gelacht, aber wahrscheinlich wusste ich in dem Moment schon, dass ich nur das über ihn wissen wollte, was er mir von sich aus erzählte.

Irgendwann raffte ich mich auf, Mahoney anzusehen und zu sagen: »Haben Sie das alles auswendig gelernt?«

»Ich habe ein hervorragendes Gedächtnis«, sagte er gar nicht eitel.

»Sie haben mir besser gefallen, als Sie nichts gesagt haben.«

»Ja, das sagt man mir oft.«

»Um was ging es in Ihrem Streit?«, fragte Reese. »Was war an dem Montagabend, bevor Ihr Freund verschwand?«

Ich hob erschöpft die Schultern und wiederholte meine Lüge. »Es war nichts. Ich sagte Ihnen doch schon, es ging um meine Arbeit. Er fand, ich hätte zu wenig Zeit für ihn, und ich meckerte an seinen Schichten herum und wollte wissen, warum er die nicht einfach anders legen lassen konnte. Von seiner Vergangenheit wusste ich wirklich nichts.«

»Und Ihr Vater?«

Ich musste lachen. »Mit Sicherheit auch nicht, sonst hätte er ihn nie für sich arbeiten lassen. Nicht, weil er im Gefängnis war, sondern wegen der Einbrüche. Ich denke, die Körperverletzung wäre ihm egal gewesen, aber einen Dieb hätte er nicht in seine Nähe gelassen.«

Sie sahen ein, dass ich ihnen nicht mehr erzählen konnte, und verschwanden irgendwann.

Jetzt liege ich wach und warte, was als Nächstes passiert. Als Kind dachte ich, wenn ich ganz fest an jemanden denke, kann derjenige meine Gedanken hören. Ich schickte dann Nachrichten an meinen Großvater, den ich sehr liebte. »Bitte lass mich bei dir wohnen«, versuchte ich ihm mitzuteilen. Schon damals fühlte ich mich nicht wohl bei meinen Eltern, aber mein Großvater, der ganz in der Nähe in einem kleinen Küstendorf in Cornwall lebte, war toll. Er erzählte wunderbar lustige Geschichten, von sich, von meinem Vater, als er noch ein kleiner Junge war (und ich staunte darüber, denn ich konnte mir nie vorstellen, dass mein Vater einmal ein frecher kleiner Kerl gewesen war), mit ihm war alles so unbeschwert und leicht. Er kochte mir Kakao – meine Eltern kochten mir nie Kakao, sie ließen ihn kochen. Er erklärte mir die Natur, zeigte mir die Sterne, brachte mir Klavierspielen bei. Er war der großzügigste, herzlichste und liebenswerteste Mensch, den ich kannte. Ist es bis heute. Er starb, als ich neun war. Der traurigste Tag in meinem Leben.

Ich denke jetzt an ihn, weil ich versuche, Sean Botschaften zu schicken. Natürlich wird er sie nicht hören können. Ich mache es trotzdem.

Auszug aus Philippa Murrays Tagebuch

Donnerstag, 18. 12. 2003

Ich habe wirklich gedacht, er kommt zurück. Ich habe wirklich gedacht, er will mich nur bestrafen, weil ich ihm eine Szene gemacht habe. Es wäre ja nicht das erste Mal. Aber so lange war er noch nie weg. Ich hatte die ganze Zeit Hoffnung, trotz allem, doch, ich hatte Hoffnung, aber jetzt weiß ich es. Es muss etwas Schreckliches passiert sein.

Oder er hat wirklich eine andere Frau und ist bei ihr.

Aber dann hätte er doch seine Sachen geholt. Wenigstens heimlich. Es ist immer noch alles da. Sein Pass, sein Führerschein. Er hatte doch kaum etwas bei sich, als er zur Arbeit gegangen ist, nur seinen Geldbeutel und sein Handy. Er konnte ja hinlaufen.

Sein Vater kam am Dienstag in die Werkstatt. Ich hatte Kundschaft, und er wartete im Büro, bis ich allein war. Er wollte wissen, wie es mir geht.

»Pete, warum hast du mir nicht gesagt, dass Sean im Gefängnis war?«, fragte ich. Ich wurde gar nicht mal laut, weil ich viel zu erschöpft war, um wütend zu sein.

»Es wäre seine Sache gewesen, es dir zu sagen«, sagte Pete.

Natürlich hatte er damit recht.

»Du hättest jetzt etwas sagen können.«

»Was hätte das geholfen?«

»Hat er wieder Kontakt zu ... diesen Leuten?«

»Ich weiß nicht, mit wem er früher Kontakt hatte. Er hat nie darüber geredet, weder vor Gericht, noch mit mir. Ich wusste zwar, dass er mit den falschen Leuten unterwegs war und bis zum Hals in der Scheiße steckte, aber er hat nie Namen genannt. Ich weiß wirklich nicht mehr als du.«

Ich glaubte ihm. Ich sagte: »Was machen wir jetzt? Wir können doch nicht einfach nichts machen.«

»Ich weiß es nicht.«

»Ich rufe jeden Tag Krankenhäuser an. Ich bin sogar schon bis London gekommen. Und ich telefoniere alle Vermisstenstellen durch.«

»Das macht die Polizei sicher auch.«

»Irgendwas muss ich tun«, sagte ich.

»Wir können nur warten«, sagte Pete.

Ich musste los zur Universität. Diese Woche bin ich jeden Tag dort und arbeite an den Instrumenten. Es lenkt mich ab, gibt mir etwas zu tun. Professor McLean schaut oft nach mir, ein sehr witziger, intelligenter Mann mit einer unglaublichen Musikalität, ich unterhalte mich gerne mit ihm. Von Sean habe ich ihm nichts erzählt, irgendwie finde ich in seiner Gegenwart nicht die richtigen Worte.

Sobald ich an der Uni fertig bin, setze ich mich ins Auto und fahre durch Edinburgh. Ich suche die Straßen ab, gehe in Pubs, frage wahllos Menschen, ob sie Sean gesehen haben.

Ich habe ein Foto von ihm ausgesucht und fünftausend Flyer drucken lassen: VERMISST! HABEN SIE DIESEN MANN GESEHEN? Meine Telefonnummer steht drauf. Ich hänge die Flyer überall auf, an Bäumen, Laternen, Hauswänden. Seit heute gehe ich nicht mehr ans Telefon, sondern höre einmal in der Stunde die Mailbox ab. Lauter Irre rufen an, aber keiner, der Sean wirklich gesehen hat. Ich habe sein Bild an alle Zeitungen und Fernsehsender geschickt, aber die Presse reagiert nicht drauf. Solange die Polizei nichts unternimmt, ist es keine Meldung. Bei einem Kind wäre das anders, sagten sie zu mir am Telefon. Aber Erwachsene verschwinden dauernd, und es sieht nicht danach aus, dass er in Schwierigkeiten geraten ist.

Ich sagte: »Ich denke schon, dass man Schwierigkeiten haben muss, wenn man eine Woche lang nicht nach Hause kommen kann.«

Der Redakteur sagte: »Vielleicht liegt er auf Mallorca am Strand und nimmt sich mal eine Auszeit.«

Wenn ich das nur glauben könnte.

Wie soll er weggeflogen sein, ohne seinen Ausweis und ohne viel Geld?

»Beides kann man sich besorgen«, sagte Reese, als ich mit ihm telefonierte.

»Sie meinen also, dass er wieder angefangen hat, Leute zu bestehlen.«

»Ich meine auch noch was anderes. Wenn man die richtigen Leute kennt, kommt man leicht an falsche Papiere. Und ja, ich kann mir vorstellen, dass Ihr Freund weiß, wie er an das nötige Kleingeld kommt.«

Alle haben ihn abgeschrieben.

Ich habe niemanden, mit dem ich reden kann.

Komisch, dass ich erst jetzt merke, wie wenig Freunde ich in Edinburgh habe. Eigentlich gar keine. Ich habe viel gearbeitet, und abends hatte ich Sean. Überhaupt, welche Freunde habe ich denn? Ich war zu lange im Ausland. Ich bin zu oft umgezogen, um tiefe Bindungen entstehen zu lassen. Ich bin einfach nicht gut im Kontaktepflegen. Vielleicht sind das aber auch nur alles Ausreden, weil ich Angst habe, enttäuscht zu werden. Bei Sean hatte ich diese Angst nicht, und er hat mich ganz offensichtlich enttäuscht, mehr als einmal. Meine Menschenkenntnis war noch nie besonders gut. In dem Punkt hat mein Vater recht.

Der Einzige, mit dem ich reden könnte, ist mein Bruder, aber seit er mit Sarah verheiratet ist, ist es auch anders geworden. Ich denke immer, sie ist eifersüchtig darauf, dass wir uns gut verstehen, und deshalb will sie nicht, dass wir zu viel miteinander reden.

Seans Freunde sind nicht meine Freunde, das ist spätestens jetzt klar. Sie glauben alle, er sei mit einer anderen Frau durchgebrannt. Ich glaube das immer weniger. Er hätte sich dann doch bei einem von ihnen gemeldet, und das hat er nicht. Er hätte Pete Bescheid gesagt. Das hat er auch nicht.

Auf meiner Mailbox sind wieder lauter Verrückte. Nachts rufen Männer an, die sagen, sie seien Sean und würden es mir gerne besorgen.

3.

»Würde es Ihnen sehr viel ausmachen, mir ein paar Schuhe zu bringen?«

Der Anruf kam, als Ben mit seinem Vater frühstückte. Cedric Darney saß auf der Polizeistation in Glenrothes. Man hatte ihn zunächst als Zeugen befragt und dann kriminaltechnisch untersucht. Mantel und Schuhe hatte er freiwillig abgegeben, weil darauf Blut war, die Handschuhe wurden ihm auch abgenommen. Ein Bluttest war angeordnet worden, aber Cedric war zunehmend unkooperativer geworden, hatte sich ungeschickt verhalten und war schließlich von einem entnervten Detective Inspector verhaftet worden. Der Staatsanwalt hatte fast einen Herzinfarkt bekommen aus Angst davor, wie die Presse wohl reagieren würde, wenn die Polizei ohne ausreichende Beweise Cedric Darney festnahm. Der Inspector fand, die Beweise seien erdrückend, der Staatsanwalt sah das anders.

Als Ben eintraf, war der DI immer noch genervt, aber er hatte sich die Lektion des Staatsanwalts zu Herzen genommen.

»Wir haben ihn in den Vernehmungsraum gesteckt. Er wollte allein sein und auf Sie warten. Wir hätten ihm ein Taxi gerufen. Oder ihn zum Bahnhof gebracht.«

»Verstehe«, sagte Ben. »Aber jetzt darf er gehen?«

Der DI nickte. »Ich musste mich auf Anweisung des Staatsanwalts sogar bei ihm entschuldigen. Hab ich gemacht. Scheint ihm egal zu sein.«

»Was ist mit seinem Wagen?«

»Muss noch untersucht werden. Kann dauern. Die Kriminaltechniker sind dauernd im Einsatz. Letzte Nacht gab es hier in Fife eine Einbruchsserie. Schreiben Sie da mal drüber.«

»Ich hab frei, danke. Die Kollegen machen das schon.«

»Heute ist die Hölle los. Alle Einsatzfahrzeuge sind da draußen, um Unfälle aufzunehmen. Nehmen Sie ihn mit, und sorgen Sie dafür, dass er so schnell nicht wieder hier auftaucht.« Er führte Ben durch die gespenstisch leere Station zu dem Vernehmungsraum, klopfte energisch an und rief: »Sir, Besuch!« Dann nickte er Ben zu und verschwand.

»Und Sie sind sicher, dass Sie keinen Anwalt wollen?« Ben reichte Cedric eine Einkaufstasche von Harvey Nichols. Darin waren Schuhe und ein Mantel.

Cedric sah in die Tasche. »Wo sind die Handschuhe?«

»Welche Handschuhe?«

»Sie haben meine Handschuhe vergessen?«

»Sie haben nur gesagt, ich soll Schuhe mitbringen.«

»Und dann habe ich Ihnen gesagt, dass sie mir auch Mantel und Handschuhe abgenommen haben.«

»Deshalb habe ich Ihnen auch einen Mantel mitgebracht.«

»Aber keine Handschuhe!« In Cedrics Augen lag Angst.

Ben war gleich bei Ladenöffnung in das Nobelkaufhaus gegangen, hatte in der Herrenabteilung mitgeteilt, dass er für Cedric Darney hier war, musste über sich ergehen lassen, dass er wie ein minderbemittelter Laufbursche behandelt wurde, hatte anschließend fast zwei Stunden bis Glenrothes gebraucht, und statt eines Dankeschöns wurde er nach Handschuhen gefragt. Aber er kannte den jungen Darney lange genug, um zu wissen, was los war.

»Na gut. Ich schau mal, wo ich noch welche bekomme.«

Cedric schüttelte den Kopf und sagte tapfer: »Nein. Sie haben schon genug für mich getan.«

Das personifizierte Elend, wie er da in dem leeren Vernehmungsraum stand und hilflos die neuen Schuhe in den Händen hielt.

»Hat man Ihnen nichts zu essen oder zu trinken angeboten?«

»Ich möchte nichts.«

»Wenigstens Wasser?«

»Ich möchte nichts.«

»Im Auto hab ich eine Flasche Wasser. Ohne Kohlensäure. Noch ganz neu.«

Jetzt lächelte Cedric fast.

»Was ist mit Ihrem Fahrer?«, fragte Ben. Oder dem Butler. Oder wer noch alles für ihn arbeitete.

Cedric setzte sich, die Schuhe immer noch in der Hand. »Wann haben wir uns zuletzt gesehen?«

Ben rechnete nach. »Vor fünf Tagen. Wieso?«

»Ich habe offenbar das Zeitgefühl verloren. Ich dachte, es sei eine Woche her.« Er starrte auf seine Füße, die in Plastikschuhüberzügen steckten, wie sie von Ärzten im OP getragen wurden. Oder von der Spurensicherung.

»Stimmt was nicht mit den Schuhen?«, fragte Ben.

»Nein, sie sind in Ordnung.«

»Was ist los?«

»Ich kann diese Plastikdinger nicht anfassen.« Er sah Ben nicht an, als er das sagte.

»Soll ich ...?«

»Nein!«, rief Cedric, etwas zu heftig. »Vielen Dank. Nein.«

»Dann warten Sie hier, ich besorg Ihnen Handschuhe.«

»Nein, wirklich, das ... müssen Sie nicht.«

»Okay ...« Ben lehnte sich an die Wand, verschränkte die Arme und wartete ab. Cedric starrte weiter auf seine Füße.

»Vor fünf Tagen«, nahm er schließlich die Unterhaltung wieder auf.

»Aber da hatten wir keine Zeit, in Ruhe zu reden. Die hatten wir schon lange nicht.« Er stellte die Schuhe auf den Tisch und beugte sich vor, hielt die Hände aber auf den Knien und wandte den Blick nicht von den Füßen.

»Sie *wollten* nicht, war jedenfalls mein Eindruck.«

»Es gab auch nichts zu erzählen. Alles war in der Schwebe. Bis vergangenen Freitag.« Cedric setzte sich wieder aufrecht hin und schob die Schuhe auf dem Tisch zur Seite. Sehr ordentlich und mit größter Sorgfalt. »Da wurde entschieden, dass das Testament meines Vaters gültig ist. Lillian ist Alleinerbin. Mein monatliches Einkommen wurde begrenzt. Das Haus wurde Lillian zugeschrieben. Ich muss Ende des Jahres ausziehen und mir eine Wohnung suchen. Ob ich weiter Herausgeber der Zeitung bleibe, steht noch nicht fest. Auch nicht, ob und welche geschäftlichen Tätigkeiten ich außerdem übernehme.«

»Und die Zeitung?«, fragte Ben. »Muss ich mich doch wieder woanders bewerben? Sagen Sie's mir früh genug, die Selbstständigkeit bringt mich sonst wieder nur an den finanziellen Abgrund.«

»Es ist noch, man könnte sagen, in Verhandlung. Seit dem Tod meines Vaters wird auch immer noch geprüft, ob ich in der Zeit zuvor sein Vermögen, wie es heißt, ›sinnvoll verwaltet‹ habe. Lillian war der Meinung, ich hätte Gelder veruntreut oder fahrlässig verschleudert und ihr damit geschadet. Kurz: Seit das Gericht immerhin schon mal darüber entschieden hat, wie mein monatliches Einkommen auszusehen hat, kann ich mir so einiges nicht mehr leisten. Keine Sorge, das Geld für Schuhe und Mantel bekommen Sie natürlich zurück.«

»Ich habe das nicht bezahlt«, sagte Ben. »Ich habe es auf Ihren Namen anschreiben lassen.«

Cedric hob den Blick und nickte.

»Sie mussten also ein paar Ihrer persönlichen Angestellten entlassen?«

»Alle. Lillian hat ihnen eine hohe Abfindung gezahlt, damit sie eine fristlose Kündigung hinnehmen. Sie wollte mich damit selbstverständlich quälen.« Er atmete tief durch, hob einen Fuß an und riss das Plastik herunter. Dann biss er sich auf die Lippen, schloss die Augen und wiederholte das Ganze mit dem anderen Fuß. Er setzte die Füße nicht auf den Boden, sondern hielt sie gute zehn Zentimeter darüber.

»Wären Sie so nett, mir die Schuhe hinzustellen?«, murmelte er.

Ben konnte nicht anders, er musste lächeln. »Klar.«

»Anziehen kann ich sie alleine.«

»Alles okay«, versicherte Ben. »Aber Ihren Anwalt haben Sie noch?«

»Ich brauche ihn nicht. Ich habe nichts getan. Die Blutspuren an meiner Kleidung kann ich erklären, so wie auch jeden einzelnen Fußabdruck, und wenn man hier bei der Fife Constabulary endlich so weit ist, das Bewegungsprofil meines Mobiltelefons auszuwerten, kann man lückenlos überprüfen, wann ich wo war. Das sollte sogar diesen Herrn, der mich verhaftet hat, überzeugen. Man hat mich nicht informiert darüber, wie man die Tatzeit einschätzt, aber ich vermute, dass Lillian schon eine Weile tot war, als ich ankam. Zur Tatzeit stand ich schätzungsweise im Stau.«

»Nachts im Stau?«

»Ein LKW war umgekippt.«

»Das lässt sich rausfinden.«

»In der Tat.« Cedric überprüfte ein letztes Mal die Schnürsenkel, stand auf und nahm den Mantel aus der Einkaufstasche. »Und irgendwann werden diese Herrschaften hier verstanden haben, dass ich kein Motiv gehabt hätte, Lillian zu töten.«

Ben hatte die Tür des Vernehmungsraums schon halb geöffnet. Jetzt schloss er sie schnell und drehte sich zu Cedric um. »Sie hatten jedes Motiv! Diese Frau hat Ihnen Ihr Haus, Ihr Geld, alles abgenommen. Jetzt ist sie tot, und ...«

»... und alles geht an ihren Sohn William. Ihr Tod bringt mir nichts. Im Gegenteil, ich wollte über ein paar Punkte mit ihr in Ruhe diskutieren. Sie wäre die Einzige gewesen, die zu meinen Gunsten etwas hätte ändern können. Das geht jetzt nicht mehr.«

Es wurde bereits dunkel, als sie die Polizeistation in Glenrothes verließen. Auf dem Weg nach Edinburgh erfuhr Ben von den Ereignissen der vergangenen Nacht. Er ließ Cedric erzählen, wartete mit seinen Fragen, bis er fertig war.

»Warum hat sie Sie angerufen?«

Cedric zuckte nur mit den Schultern.

»Blöde Frage. Woher sollten Sie das wissen.«

»Neben ihrem Telefon lag ein Zettel mit meiner Privatnummer. Darunter stand ›Sohn‹.«

»Sohn?«

»Mein Vater hat sich nie meinen Namen notiert. Er hat immer nur ›Sohn‹ geschrieben. Er mochte meinen Namen nicht. Ich wurde nach meinem Großvater benannt, seinem Vater. Die beiden haben sich nicht besonders gut verstanden. Wenn mein Vater ›Sohn‹ sagte, klang das meist eher abfällig. Ich vermute, Lillian hat diese schöne Tradition übernommen.«

»Haben Sie ihr diese Nummer gegeben? Ich meine, nicht mal *ich* ...«

»Ja, sie hat sie von mir. Ich habe sie ihr nach meinem Einzug in Edinburgh gesagt – für den Notfall, sie hat sie auf einen Zettel gekritzelt, und ich bin mir sicher, es war genau dieser Zettel, der gestern Nacht neben dem Telefon lag.«

»Was ist eigentlich mit dem Kind? Wo ist es?«

»Das Jugendamt kümmert sich. Wo haben Sie dieses Wasser her?« Er hielt die Flasche hoch, die Ben ihm gegeben hatte.

»Aus meinem Kühlschrank. Es hat noch niemand davon getrunken. Hat Lillian keine näheren Verwandten, die sich um den Jungen kümmern? Sie muss doch Eltern haben.«

»Der Verschluss war schon mal offen«, sagte Cedric.

»Ja, ich hab ihn aufgedreht, weil ich sichergehen wollte, dass es stilles Wasser ist. Was ist mit Lillians Eltern?«

»Es steht drauf, dass es stilles Wasser ist.«

»Manchmal steht es drauf, und es hat ein bisschen Kohlensäure. Das weiß ich doch von Ihnen.«

»Diese Marke hat nie Kohlensäure.«

»Trinken Sie's jetzt? Ich habe es nur auf- und gleich wieder zugedreht.«

Cedric drehte den Verschluss auf und zu, als imitierte er, was Ben gemacht hatte.

»Lillians Eltern sind geschieden. Der Vater ist zurück nach Schweden gegangen. Die Mutter lebte eine Weile in Newcastle, dann zog sie wieder ins Ausland, aber soweit ich weiß, hatten die beiden keinen Kontakt.«

»Vielleicht entdeckt sie ihre Mutterliebe, wenn sie hört, dass es etwas zu erben gibt.«

»Möglich.« Nach kurzem Zögern setzte Cedric hinzu: »Ich vertraue Ihnen, das wissen Sie, oder?«

»Das weiß ich erst, wenn Sie endlich von dem verdammten Wasser getrunken haben.«

Sie hatten die Forth Road Bridge erreicht. Ben fuhr Schritttempo, da es seit einigen Minuten wieder heftig schneite. Er konnte die Scheibenwischer so schnell einstellen, wie er wollte, er sah kaum etwas.

Cedric trank einen Schluck von dem Wasser, setzte die Flasche ab, trank dann wieder davon, immer nur in kleinen Schlucken.

»Und? Leben Sie noch?« Ben wollte einen Scherz machen, aber er kam nicht an. Schnell wechselte er das Thema. »Ich bin mir übrigens nicht sicher, ob Sie wirklich so ganz raus aus der Sache sind. Rache ist für die Polizei ein starkes Motiv, selbst, wenn Sie finanziell keine Vorteile durch Lillians Tod haben.«

»Absurd«, sagte Cedric. »Wenn ich mir schon die Mühe mache, jemanden zu töten, dann möchte ich doch auch etwas davon haben.«

Er trank die Flasche aus. Es war vier Uhr nachmittags. Ben schätzte, dass Cedric seit mindestens fünfzehn Stunden nichts mehr getrunken hatte. Jeder andere hätte nach fünfzehn Stunden ohne Wasser angefangen, Schnee zu essen. Cedric musste sich überwinden, aus dieser Plastikflasche zu trinken.

Sie krochen durch die im Schnee versinkende Stadt. Zwei Männer glitten in voller Sportmontur auf Skiern über den Bürgersteig. Ben stellte das Radio an. Die Sprecherin berichtete von Läden, die nicht beliefert werden konnten, von Schulen, die bis zum Ende der Woche geschlossen waren, von erschwerten Bedingungen in der Krankenversorgung. Sie warnte jeden davor, das Haus zu verlassen, wenn es nicht unbedingt nötig war. Außerhalb der Städte waren Menschen in ihren Häusern eingeschneit. Ben vermutete, dass damit gemeint war, dass sie ihre Autos nicht aus der Garage bekamen. Von geplatzten Wasserleitungen und defekten Heizungen war die Rede. Ein Meteorologe – Wetterexperte, wie sie ihn nannte – wurde zugeschaltet. Er erklärte, wie Schnee entstand und wann er warum fiel. Auf die Frage, wie lange der ungewöhnlich starke Schneefall noch anhalten würde, prognostizierte er mit Drama in der Stimme, dass bis zum Wochenende keine Änderung in Sicht sei.

Nach nur einem Tag Schnee war Schottland im Ausnahmezustand.

»Wo fahren Sie hin?«, fragte Cedric und sah sich nervös um.

»Zu Ihnen.«

»Warum? Ich weiß nicht, ob ich nach Hause will.«

Ben fuhr unbeirrt weiter. »Sie nehmen Ihre Tabletten, duschen eine Runde, legen sich ins Bett und schlafen sich aus.«

»Gegenvorschlag: Ich nehme meine Tabletten, dusche, ziehe mich um und fahre mit zu Ihnen.«

»Zu mir?«

»Ja. Abendessen. Über alles reden. Wir müssen überlegen, wie es weitergeht.«

»Wir?«

Ben spürte Cedrics Blick auf sich. Spürte seine Not. Wusste, dass Cedric niemanden hatte. Keine Freunde, keine Verwandten, auf die er sich verlassen könnte. Und er hatte Angst davor, alleine sein zu müssen, obwohl er sich gleichzeitig nichts mehr wünschte, als alleine zu sein. Dieses Paradox zerriss ihn.

Ben seufzte. »Sorry. Mein Vater ist zu Besuch, und ich hätte mich schon den ganzen Tag um ihn kümmern müssen. Und Sie sollten schlafen. Wir reden morgen.«

Er hielt vor Cedrics imposanter Villa in Merchiston, ließ ihn aussteigen und wartete, bis er im Haus Licht sah. Dann drehte er und fuhr ans andere Ende der Stadt, um nach Hause zu kommen.

Hoffentlich hatte sein Vater nicht wieder irgendeinen Scheiß gebaut. Eins hatten John Edwards und Cedric Darney, so unterschiedlich sie auch sonst waren, gemeinsam: Sie konnten nicht für sich selbst sorgen. Nicht einen einzigen Tag.

Auszug aus Philippa Murrays Tagebuch

Sonntag, 21. 12. 2003

Sonntage sind schrecklich. Ich kann nichts machen außer Flyer zu verteilen. Pete fragte, ob wir zusammen Weihnachten feiern. Ich habe gesagt, dass ich zu meiner Familie nach Devon fahre.

Natürlich werde ich das nicht tun, aber ich will auch nicht mit Pete herumsitzen. Ich muss mir noch was überlegen.

Ich könnte ein paar Leute in New York anrufen, ob ich die Feiertage bei ihnen verbringen kann. Ich habe mich über ein Jahr nicht mehr bei ihnen gemeldet.

Vielleicht doch keine gute Idee. Außerdem zu kurzfristig.

Matt hat angerufen und gefragt, wie es mir geht und ob er etwas für mich tun kann. Er hat vorgeschlagen, eine Homepage einzurichten und den Link an alle Bekannten per E-Mail zu schicken mit der Bitte, ihn weiterzuverteilen. So, wie es die Leute mit den Aufrufen zu Knochenmarks- oder Blutspenden machen.

»Man braucht in ein paar Jahren keine Zeitungen mehr«, sagt er immer. »Und auch kein Fernsehen. Es findet alles nur noch im Internet statt.«

Ich habe keine Ahnung von diesen Dingen. Ich habe sicher einiges an technischem Fortschritt verschlafen. Wenn man mit den Händen arbeitet . . . wenn man mit allen Sinnen arbeitet, dann braucht man Computer nicht. Ich jedenfalls nicht. Ich bin lieber bei den Instrumenten und kümmere mich darum, dass sie wieder so klingen, wie es ihnen bestimmt ist. Ich schreibe ja sogar mit der Hand. Es hilft mir, meine Gedanken zu ordnen, und es zwingt mich, mit allem genau zu sein. Ich habe noch nie Tagebuch geschrieben, aber seit Sean weg ist, habe ich das Gefühl, alles festhalten zu müssen, damit nichts vergloren geht. Vielleicht kann ich es ihm zum Lesen geben, wenn er wiederkommt.

Ich gehe jetzt runter in die Werkstatt und arbeite. Sonst werde ich verrückt. Ich arbeite nun doch an dem Klavier der netten alten Dame in Merchiston. Es ist so ein wunderbares Stück . . . Wir haben uns darauf geeinigt, dass sie nur einen Teil der Kosten übernehmen muss. Den Transport, zum Beispiel. Ich habe einen besonderen Platz für das Instrument geschaffen, damit das Licht stimmt und ich gut daran arbeiten kann. Ich will seinen Charme spüren, wenn ich die Werkstatt betrete, und ich glaube, das ist mir gelungen. Es wird sehr viel Zeit kosten, es wiederherzustellen.

Nachtrag:

Jemand war auf der Mailbox, eine Frau. Sie glaubt, Sean gesehen zu haben. Sie klang vernünftig, als ich sie zurückrief. Sie wohnt in Glasgow und ist gerade zu Besuch bei einer Freundin in Edinburgh, und sie meint, Sean in Glasgow in einem Pub gesehen zu haben. »Hinter dem Tresen, nicht davor«, sagte sie. »Es ist ein Pub im West End, nicht weit vom Botanischen Garten. Es heißt Curlers Rest. Ich weiß nicht, ob er da jeden Abend arbeitet, aber ich habe ihn letzte Woche zwei Mal dort gesehen. Ich bin mir ganz sicher. Er ist ein Fifer, oder?«

Sean spricht heute noch wie sein Vater. »Ja, aus St. Andrews.«

»So genau weiß ich es natürlich nicht, aber wir haben kurz gesprochen. Was man eben so sagt. Hey, du bist aber nicht aus Glasgow, habe ich gesagt, und er, nein, aus Fife. Er hat gesagt, er heißt Jim, aber ich kann mich auch verhört haben.«

Ich habe ihn gefunden!

Ich muss Pete anrufen.

4.

Dana Murray saß mit einer Freundin im Waterfront und sah aufs Wasser. Ihre Freundin redete, und Dana hörte kaum zu. Den Schneeflocken dabei zuzusehen, wie sie im Plymouth Sound ertranken, war spannender. Diese Freundin war die Art Frau, die nur jemanden brauchte, der hin und wieder mit dem Kopf nickte, wenn ihr Mann nicht zu Hause war und die Hausangestellten geschickt genug Vollbeschäftigung vortäuschten. Das letzte Mal, als Dana kurz zugehört hatte, war es um Strumpfhosen gegangen. Jetzt horchte sie wieder auf, merkte sich grob den Themenbereich musikalische Früherziehung (die Freundin hatte zwei Kinder, die sie so schnell wie möglich in ein Internat abgeschoben hatte, um mehr Zeit »für sich« zu haben), und blendete sich aus. Man hatte von hier aus einen wunderbaren Blick über den Sound, den Hoe Park mit dem hübschen rot-weißen Leuchtturm, Mount Batten, der eigentlich kein Berg war, sondern nur eine winzige Erhebung. Das Land lag unter einer weißen Decke, das Wasser war schiefergrau, der dicht fallende Schnee gab dem Ganzen etwas Surreales. Wenn sie sich etwas vorbeugte, konnte sie die Küste von Drake's Island sehen, und auf der Terrasse eine Palme. Sie sah gar nicht so schlecht aus mit der Schneeschicht. Dana war schon lange nicht mehr hier gewesen. Überhaupt hatte sie schon ewig nicht mehr irgendwo einfach nur gesessen und aufs Wasser geschaut. Die Klinik, in der sie die Sommermonate verbracht hatte, lag in den Midlands, zu weit vom Meer entfernt.

Normalerweise wäre sie mit dieser Freundin shoppen gegangen. Oder sie wäre allein shoppen gegangen. Vor ihrer Therapie hatte sie es oft nicht gewagt, das Haus allein zu verlassen, und Simon war niemand, der sich einfach nur in ein Restaurant setzte, um aufs Wasser zu sehen. Sie hatte den Sommer verpasst, diesen und viele Sommer zuvor, und sie musste sich sehr anstrengen, um sich an die Bilder von leuchtendem Sonnenlicht zu erinnern, das auf dem blauen Wasser tanzte, während die Fähren aus Spanien und Frankreich träge vorbeiglitten, winkende Menschen auf den Decks.

Scheiße, sie hatte tatsächlich eine romantische Ader, wenn sie nicht aufpasste. Dana grinste spöttisch über sich selbst und klinkte sich wieder in den Vortrag ihrer Freundin ein.

Jetzt ging es um die Garnelenspießchen, die die beiden gegessen hatten, aber Dana hatte keine Ahnung, auf was die Freundin hinauswollte.

Diese Frau war eigentlich gar nicht ihre Freundin. Eine Bekannte vielmehr. Jemand, mit dem sie manchmal Zeit verbrachte. Weniger noch: eine Frau, mit der sie sich hin und wieder verabredete, um zur selben Zeit für eine Weile am selben Ort zu sein. Wenn sie ehrlich war, interessierte sie sich weder für sie, noch für ihr Leben. Sie wusste nicht einmal, wie ihre Kinder hießen. Und was der Ehemann von Beruf war. Sie hatte es mal gewusst und wieder vergessen. Sie kannten sich schon seit Jahren.

»Ah, mhm«, sagte sie nun in höherer Frequenz als zuvor, damit es etwas natürlicher wirkte, wenn sie ihrer Freundin/ Bekannten bei einer Atempause das Wort abnahm.

»Ich fürchte, ich muss langsam aufbrechen«, sagte sie, als sich eine Lücke ergab. »Ich habe Simon versprochen, noch was für ihn zu erledigen.«

Sie wurde nicht gefragt, was das sein sollte.

Als sie im Wagen saß, fasste sie den Entschluss, an die Küste zu fahren. Der Sound reichte ihr nicht, hier schien alles zu beengt, sie brauchte einen weiten, offenen Blick auf das Wasser. Das Wetter war ihr egal. Sie programmierte ihr Navigationsgerät und war eine Stunde später in Rame, dem äußersten Südosten Cornwalls. Touristen hatte sie nicht zu befürchten, und die Heiratswütigen, die sich gerne am Strand der Halbinsel ins eheliche Unglück stürzten, bevorzugten ebenfalls den Sommer. Dana war allein. Sie stieg aus dem Wagen, ging vor bis an die steil abfallende Küste, zog den Schal fester, die Mütze tiefer und sah aufs Wasser. Es gab nichts Besseres, als aufs Wasser zu sehen.

Wäre es wärmer gewesen oder hätte es wenigstens nicht geschneit, sie hätte einen der schmalen Pfade hinunter an den Strand genommen. So stand sie da, bis die Sonne untergegangen war und sich ihre Füße trotz wärmender Fellschuhe wie Eisklötze anfühlten. Dann fuhr sie ohne weitere Umwege nach Hause.

»Da kommt man einmal früher von der Arbeit, und du bist nicht da«, begrüßte Simon sie. Er war in die Garage gekommen. Seinen Blick kannte sie: vermeintlich unauffälliges Überprüfen des Wagens auf Einkaufstaschen.

»Ich war in Cornwall«, sagte Dana. »Rame. An der Küste.«

»Bei dem Wetter?« Jetzt machte er einen langen Hals, um zu sehen, ob etwas auf dem Beifahrersitz stand. Oder auf dem Rücksitz. Er würde einen Vorwand suchen, den Kofferraum öffnen zu können.

»Vorher war ich im Waterfront. Es war so schön, einfach nur dazusitzen und rauszusehen … Ich dachte, du kommst nicht vor acht.«

»Wollte dich überraschen«, murmelte er. »Sag mal, sind meine Golfschuhe zufällig in deinem Kofferraum?«

»Was willst du jetzt mit deinen Golfschuhen?« Es machte ihr Spaß zu sehen, wie er sich wand, weil er nicht zugeben wollte, worum es ihm wirklich ging.

»Ich wollte aufräumen. Vergiss es. War nur ein Gedanke.«

Sie drückte die Fernbedienung für den Kofferraum. »Ich war nicht shoppen.«

»Oh! Nein!« Er hob abwehrend die Hände. »Das hab ich auch gar nicht ... Wirklich. Ich wollte nur ...«

»Es ist okay, Simon.« Sie ließ den Kofferraum offen und ging ins Haus. Kälte und Seeluft hatten sie hungrig gemacht. Sie sah in den Kühlschrank und fand nichts, was sich ohne Aufwand zubereiten ließ. Im Gefrierfach war eine Tiefkühlpizza, Simons Lieblingssünde, wenn er sich die Nächte mit Arbeit um die Ohren schlug. Er würde es überleben, wenn sie sie ihm wegaß.

»Dana, Schatz, ich dachte, wir essen zusammen?«, hörte sie seine Stimme, als sie die Pizza aus dem Karton nahm.

»Ich brauche *jetzt* was.«

»Aber ... Ach nein, schon gut, ich mach mir ein Sandwich.« Nicht zum ersten Mal fragte sich Dana, wie es wohl war, eine normale Beziehung zu haben. Mit einem Menschen, der sagte, was er dachte und fühlte. Anders als Simon. Sie wusste nicht einmal, ob sie ihm einen Gefallen tat, wenn sie es über sich ergehen ließ, mit ihm zu schlafen, oder ob er dachte, er täte ihr einen Gefallen, weil er das vorgetäuschte Stöhnen für wahre Lust hielt. Sie schob die Pizza gerade in den Ofen, als das Telefon klingelte.

»Für dich«, sagte Simon und reichte ihr den Hörer. »Es ist Michael.«

»Was verschafft mir das seltene Vergnügen?«, sagte sie.

»Ich wollte ... ist Pippa bei euch?«

Dana zögerte. »Pippa?«

»Ich hab schon bei euren Eltern angerufen. Und bei eurem Bruder. Aber da ist sie nicht.«

»Hat sie denn gesagt, dass sie herkommen will?«

Jetzt zögerte Michael. »Nein, sie ... ist verschwunden. Bestimmt nur ein Missverständnis«, fügte er hastig hinzu. »Ich erreiche sie nicht. Das Handy ist ausgeschaltet, sie ist nicht in ihrer Werkstatt, bei niemandem, den wir kennen ...«

»Und nur, weil sie ein paar Stunden nicht auffindbar ist, glaubst du, dass sie sich in ihre gute alte Heimat verzogen hat? Sie hasst es hier. Also, was ist wirklich los? Habt ihr euch gestritten?«

»Nein, das ist es nicht.«

Dana ging aus der Küche, um Simons weit aufgerissenen, neugierigen Augen zu entgehen, und machte es sich auf dem Wohnzimmersofa gemütlich. Der rote Perserkater sprang schnurrend auf ihren Schoß. »Sag mir die Wahrheit.«

Sie hörte Michael in den Hörer schnaufen. »Gestern ... ist Pippa einfach weggefahren, ohne zu sagen wohin. Sie ist die ganze Nacht weggeblieben. Vorhin stand dann die Polizei vor der Tür, ich dachte erst, sie hätte einen Unfall gehabt ... Ich meine, als sie wegging, lag noch kein Schnee, vielleicht ist sie vom Wetter überrascht worden. Ich hatte wirklich gehofft, sie fährt zu euch ...«

»Sie fährt nie mit dem Auto zu uns. Das ist viel zu weit.« Ihre freie Hand kraulte den Kater, aber sie spürte, wie sich ihr Arm verspannte.

»Ich weiß. Ja. Sie waren auch gar nicht wegen eines Unfalls da. Sie wollten Pippa sprechen. Es stellte sich heraus, dass sie heute Morgen auf dem Polizeirevier gewesen war, um einen Mord anzuzeigen.«

Der Kater spürte ihre Anspannung und sprang mit einem beleidigten Maunzen von ihrem Schoß.

»Mord an wem?«, fragte Dana leise.

»Das hast du bestimmt in den Nachrichten gehört. Lillian Darney, die Witwe von diesem Medienmogul, der letztes Jahr ermordet wurde und davor schon eine Weile verschwunden war.« Michael zögerte wieder. »Seit ich Pippa kenne, geht es irgendwie dauernd um verschwundene Menschen.«

»Was ist mit dieser Lillian? Auch verschwunden? Oder hat sie jemanden umgebracht, und Pippa hat's gesehen?«

»Sie *wurde* ermordet. Und Pippa sagte der Polizei, Sean wäre der Täter.«

Dana schloss die Augen. »Was für ein Wahnsinn. Wie kommt sie darauf?«

»Ich weiß es nicht.« Er klang, als würde er jeden Moment losheulen.

»Michael, sie liebt *dich*.«

»Ich bin mir da nicht so sicher.«

»Wieso sagt sie, Sean hätte diese Frau ermordet? Das ergibt doch keinen Sinn.«

»Ich will einfach nur wissen, wo sie ist …« Dana hörte ein verdächtiges Schniefen. Gequält hielt sie den Hörer ein Stück vom Ohr weg und wartete, bis Michael sich wieder beruhigt hatte.

»Pippa meldet sich bestimmt heute noch«, sagte sie, weil ihr nichts anderes einfiel. »Hast du der Polizei gesagt, dass du sie seit gestern nicht gesehen hast?«

»Ja.« Schnäuzen.

»Gut. Sie kümmern sich ganz bestimmt um alles. Mach dir keine Sorgen.«

»Dana …«

»Ja?«

»Ihr ist etwas zugestoßen.«

»Nein. Das glaub ich nicht. Vielleicht ist sie einfach …« Aber ihr fiel nichts ein.

»Dana, kannst du … kannst du bitte herkommen?«

»Äh – was?«

»Ich hab deinen Bruder gefragt, aber er kann nicht weg, sagt er. Und er hat gesagt, ich soll dich fragen, du hättest vielleicht Zeit.«

Natürlich hatte sie Zeit. Sie hatte nach ihrem Klinikaufenthalt im September aufgegeben so zu tun, als sei ihre Arbeit im Betrieb ihres Vaters wichtig, und sich ein halbes Jahr offiziell beurlauben lassen. Keiner hatte versucht, es ihr auszureden. Und jetzt hatte sie Zeit.

»Ja, natürlich, aber was soll ich machen? Für dich kochen?« Er lachte sogar ein bisschen. »Helfen, sie zu finden.«

Simon meldete sich aus der Küche. »Dana, deine Pizza ist gleich fertig!«

»Moment!«, rief sie ungeduldig. »Michael, ich hab das Gefühl, dass du mir nicht alles sagst, kann das sein?«

Michael schwieg.

»Okay …« Sie wartete, aber er schwieg immer noch. »Was willst du hören? ›Ja, ich komme, gleich morgen‹?«

»Sag mir, wann du landest, ich hol dich ab.«

»Michael, ich …«

»Bitte!«

»Was verschweigst du mir? Ihr habt euch gestritten, oder?«

»Ja.«

»Warum?«

»Sean.«

»Details?«

»Komm einfach morgen. Dann erzähl ich dir alles.«

»Du bist lästig, weißt du das?«

»Danke, Dana. Bis morgen.« Er beendete das Gespräch.

Dana sah zu dem Kater, der jetzt in exzentrischer Pose langgestreckt auf dem Teppich vor der Heizung lag und schnarchte.

Ihre Schwester war verschwunden? Und meldete bei der Polizei einen Mordfall, den ihr Ex begangen haben sollte? Verrückt. Wie alles, was von Pippa kam. Das Telefon klingelte wieder, diesmal war es ihr Bruder.

»Ja, Matt, ich fahr hin«, sagte sie, bevor er sich melden konnte.

»Danke.«

»Sie macht immer nur Ärger.«

»Das ist nicht fair, Dana. Sie hatte es nicht leicht.«

Sie wollte sagen: Und ich? Hatte ich es leicht? Bin ich etwa glücklich? Fragt mich das mal irgendjemand von euch? Aber sie sagte nur. »Ich melde mich, wenn ich da bin.«

»Dana! Essen!«, rief Simon.

Genervt brüllte sie: »Ich habe keinen Hunger mehr, danke!«

Der Kater schreckte auf und verschwand unter dem Sofa.

Zwei Stunden später tippte sie die Nummer ihrer Kreditkarte in den Laptop. Der Gesamtwert des Online-Einkaufswagens betrug fünftausenddreihundertfünfundneunzig Pfund. Mit einem Seufzer, irgendwo zwischen Qual und Erleichterung, schickte sie die Bestellung ab.

Zehn Minuten später hatte sie schon wieder vergessen, was sie sich im Internet bestellt hatte, und gegen Mitternacht orderte sie Schuhe für insgesamt viertausendvierundachtzig Pfund.

Auszug aus Philippa Murrays Tagebuch

Montag, 22. 12. 2003

Es ist jetzt drei Uhr morgens, ich komme von Seans Vater zurück. Wir sind am Ende mit den Nerven.

Mein Auto ist in der Werkstatt. Pete und ich fuhren deshalb mit dem Zug nach Glasgow, und dann weiter mit der U-Bahn. Jedenfalls haben wir das versucht. Die Leute, die wir fragten, meinten, es sei ganz einfach, aber wir stiegen in unserer Aufregung in die falsche U-Bahn, und irgendwann wussten wir gar nicht mehr, wo wir waren. Wir mussten ein Taxi nehmen, was unheimlich teuer war, ich denke, der Taxifahrer hat uns verarscht. Dann waren wir irgendwann endlich im Curlers Rest. Hinter der Theke arbeiteten zwei Mädchen, und als wir ihnen das Foto von Sean zeigten und fragten, ob sie ihn kennen, zuckten sie nur unentschieden die Schultern. Ich erzählte von dem Anruf, den ich bekommen hatte, und eins der Mädchen sagte, vielleicht meinte die Anruferin Jim, aber der hätte nur zwei Wochen ausgeholfen und sei jetzt wieder weg.

Ich bat sie, mir alles zu erzählen, was sie über Jim wusste. Sie sagte, sie hätte sich nur einmal ein bisschen länger mit ihm unterhalten, sonst hatten sie immer unterschiedliche Schichten. Was sie wusste: Mitte dreißig, stammt aus Fife, gerade arbeitslos und auf der Suche nach Gelegenheitsjobs, um genug Geld zusammenzukratzen, damit er ins Ausland gehen kann. Er träumt davon, in die USA auszuwandern. Nach New York, das hatte sich das Mädchen gemerkt, weil sonst immer alle nach Kalifornien wollen, meinte sie. In New York gäbe es Jobs für ihn, aber was er da genau machen wollte, das wusste sie nicht mehr. Vielleicht hätte er es auch gar nicht gesagt. Einfach nur von Jobs geredet. Hinter der Theke sei nun mal viel los, da hätte man nicht die Zeit zum Quatschen, und vor allem würde sie sich auch nicht immer alles merken können, was ihr die Leute aufs Ohr drückten, ob es nun Gäste oder Kollegen waren.

Es muss Sean gewesen sein! Ich hatte ihm einmal erzählt, dass sie bei Steinway in Queens immer wieder Handwerker suchen. Tischler auch, natürlich. Er hat sich oft von meiner Zeit dort erzählen lassen. Zwei Jahre hatte ich in den Werkstätten gearbeitet, bevor ich einzelne Pianisten oder Konzerthallen betreuen durfte. Ich habe schnell Karriere gemacht. Ich hätte dort bleiben sollen.

Warum nennt er sich Jim?

Ich zeigte ihnen noch mal das Foto, und jetzt sagte die eine: Ja, kann schon sein, aber irgendwie sah er auch anders aus, die Haare waren ganz anders, und er war viel dünner. Und die andere sagte: Ich weiß nicht, ich bin sehr schlecht mit so was, aber ich glaube nicht, dass er es ist. Sie hatte ihn auch nur zwei, drei Mal beim Schichtwechsel gesehen.

Ich durfte die Flyer im Pub aufhängen. Ich verteilte sie unter den Gästen. Ein junger Typ um die zwanzig sagte zu mir: »Nimm dir doch nen neuen Kerl, warum willst du den zurück? Der knallt garantiert längst ne andere. Also such dir nen Neuen.« Ich starrte ihn nur an und wusste nicht, was ich darauf sagen sollte, als Pete dazwischen ging und dem Typen einen Stoß versetzte. Der Junge fiel gegen einen Tisch, der Tisch fiel um, Leute sprangen auf und schrien. Ich packte Pete am Arm und zog ihn auf die Straße.

»Was war das denn?«

Er schloss die Augen und ließ den Kopf hängen. »Tut mir leid. Ich wollte das nicht.«

So hatte ich Pete noch nie erlebt. Der ruhige, nette, zurückhaltende Pete. Aber bei uns allen lagen die Nerven blank ...

Wir zogen nach ein paar Minuten Durchatmen weiter in die umliegenden Pubs, verliefen uns zwischendurch, fuhren mit dem Taxi durch die schrille, bunt blinkende Weihnachtsbeleuchtung zum Bahnhof, klapperten dort die Pubs ab, bis wir keine Flyer mehr hatten. Da erst merkte ich, wie schlecht es Pete ging. Pete spricht nicht viel, und er lässt die anderen nicht merken, wenn es ihm nicht gut geht. Aber es war nicht mehr zu übersehen. Er hatte tiefe, schwarze Ringe unter den Augen, die Haut war fast weiß, und er zitterte. Kälte und Erschöpfung. Was für ein Wahnsinn, mit einem fast siebzigjährigen Mann, der sich seine Gesundheit bis in die achtziger Jahre hinein als Minenarbeiter ruiniert hat, durch Glasgow zu ziehen. Es war nicht nur eiskalt, es blies auch noch ein feuchter Westwind, und wir waren an diesem Abend wahrscheinlich mehr herumgelaufen, als Pete in einem Monat zu Fuß zurücklegte.

Wir bekamen noch den letzten Zug nach Edinburgh, und ich begleitete Pete nach Hause. Er wohnt draußen in Portobello, sein Haus liegt an der Nachtbusroute. Wir saßen eine Weile in der Küche, ich machte ihm Tee.

»Glaubst du, dass dieser Jim ... dass es Sean ist?«, fragte er mich.

»Es spricht eine Menge dafür.«

»Und wie finden wir ihn jetzt?«

»Ich fahre morgen wieder nach Glasgow und suche weiter. Meine Werkstatt ist noch bis zum 12. Januar für Kundschaft geschlossen, und Termine habe ich in der Zeit auch keine. Vielleicht gibt es mal einen Notfall ... verstimmter Flügel vorm Familienkonzert ... verklemmte Pedale ... Nein, ich habe Zeit, um ihn zu suchen.«

»Du willst doch über Weihnachten wegfahren?«

Stimmt, das hatte ich ihm erzählt. »Nur ein paar Tage. Ich komme zum Jahreswechsel zurück.«

Er sah erleichtert aus. »Bestimmt meldet sich Sean an Weihnachten. Er hat sich immer an Weihnachten gemeldet.«

Warum Weihnachten, warum nicht mein Geburtstag?

Weil er mich bestrafen will. Weil er mich satt hat.

Er ist wegen mir gegangen, und jetzt will er sogar auswandern, weil ihn hier nichts mehr hält. Sein Vater nicht, und ich schon gar nicht.

»Glaubst du, Sean ist in Schwierigkeiten?«

Pete zuckte die Schultern. »Wäre nicht das erste Mal.«

»Warum macht er das?«

»Ich habe mich oft gefragt, was wir falsch gemacht haben. Er hing sehr an seiner Mutter«, sagte Pete. »Sie ist früh gestorben. Genau heute, vor neunzehn Jahren. Es war eine schlimme Zeit, nicht nur für den Jungen. Wir waren seit Monaten im Streik, weil die Regierung die Zechen schließen wollte. Du wirst dich daran nicht mehr erinnern können. Du warst – wie alt?«

Ich rechnete nach. »Neun.« In Plymouth waren die Bergarbeiterstreiks kaum Thema gewesen. Jedenfalls nicht in meiner Schule. Nicht in meiner Familie. Vielleicht in den Nachrichten, aber mit neun interessiert man sich nicht für Nachrichten. Außerdem war damals mein Großvater gerade gestorben, was mich über Wochen und Monate in eine tiefe Verzweiflung gestürzt hatte. Ich versuchte zusammenzukratzen, was meine Allgemeinbildung hergab.

»Der Streik war nicht sehr populär, oder?«

Pete nickte. »Wir hatten kaum Rückhalt in der Bevölkerung. Viele Kumpels, besonders in England, hatten gegen den Streik gestimmt und sich damit gegen die Gewerkschaft gestellt.«

»Es sollte die Hälfte der Zechen in Großbritannien geschlossen werden.«

»Nein, jede dritte. Und wir wussten, dass wir betroffen waren. Wir befanden uns von Anfang an auf verlorenem Posten, aber das wollten wir damals nicht einsehen. Die Folge war, dass wir kein

Geld mehr hatten. Sean fehlte oft in der Schule, weil er oft krank wurde, und er wurde oft krank, weil er nicht genug zu essen bekam. Er war mitten in der Pubertät und hasste mich dafür, dass ich mich am Streik beteiligte. Aber ich glaubte an die Sache! Ich glaubte, das Richtige zu tun. Meine Frau bekam im Dezember 1984 die Grippe, und sie war so schwach, dass sie nach nicht ganz drei Wochen starb. Ich hatte bis dahin nicht mal gewusst, dass man an der Grippe sterben kann. Als alter Mensch sicher, als kleines Kind, aber doch nicht als erwachsene Frau! Um Sean hatte ich mir jeden Tag mehr Sorgen gemacht als um sie. Sie sagte immer: Es geht mir gut, wir schaffen das ...« Er hielt inne, rieb sich die Augen. »Ja, so war das. Sean beschimpfte mich als Feigling, weil ich kein Streikbrecher sein wollte, und machte mich für den Tod seiner Mutter verantwortlich. Und nicht nur er. Ich mache mir bis heute Vorwürfe.«

Was sollte ich sagen? Zu so etwas kann man nichts sagen. Nur sitzen und nicken und beruhigende Worte murmeln. Ich tat mein Bestes. Es half nichts. Seine Augen waren feucht und trüb, und er bat mich zu gehen.

~~Ich weiß gar nicht mehr, ob ich mich freuen soll, dass wir Seans Spur aufgenommen haben. Er will nicht gefunden werden. Warum soll ich weiter nach ihm suchen?~~

~~Ich wünschte, ich könnte aufhören, ihn zu lieben ...~~

~~Aber ich vermisse ihn. Er ist der einzige Mensch, der mich geliebt hat, wie ich bin. Er konnte mir das Gefühl geben, zu Hause zu sein.~~

Vielleicht ist das alles Quatsch.

Ich kannte ihn ja nicht mal richtig.

Auszug aus Philippa Murrays Tagebuch

Donnerstag, 25. 12. 2003

eindeutig – clearly

Matt hat mir dieselbe Frage gestellt: »Warum suchst du nach ihm, wenn er doch eindeutig nicht gefunden werden will?«

»Aber warum meldet er sich dann nicht wenigstens bei seinem Vater?«

»Er weiß, dass ihr Kontakt habt.«

»Was ist denn so schlimm daran, wenn ich weiß, wo er ist?«

»Er braucht einfach Zeit für sich alleine und will nicht, dass ihm jemand reinredet. Er muss Entscheidungen treffen.« Es kam so schnell und klang so logisch, so klar . . .

»Da denkt offenbar noch jemand dran auszuwandern.«

Er hob die Schultern. »Zwei Kinder können ganz schön laut sein, manchmal.«

»Und dann noch Vater, und Sarah, und Mutters Migräne . . .«

Matt lachte nur. Ich weiß nicht, wie er es mit Sarah aushält. Sie passt nicht zu ihm. Er sagt immer, dass sie sich verändert hat, seit die Kinder da sind, und bestimmt wird sie irgendwann wieder so wie früher.

Egal, wie sie früher war: Sie hat meinen Bruder nicht verdient.

Wir rauchten heimlich eine Zigarette. Er darf zu Hause nicht rauchen.

Ich sagte: »Ich muss einfach wissen, was los ist. Wenn er mir ganz klar sagt, dass er mich verlassen will, kann ich damit besser leben als mit dieser Ungewissheit.«

Aus Glasgow kommen noch sehr viel mehr Hinweise. Ich gehe

immer noch nicht ans Telefon, sondern höre weiter die Mailbox ab. Eine Frau sagte, Sean sei ein Heiratsschwindler, auf den sie reingefallen war, als er sich noch George nannte. Ein Mann behauptete, neben ihm im Kino gesessen zu haben, er wusste aber nicht mehr, wann und wo das gewesen war. Er war ein zweites Mal auf der Mailbox und sagte, es sei ihm wieder eingefallen, er hätte nicht neben ihm im Kino gesessen, er wäre auf der Leinwand gewesen und hätte in dem Film mitgespielt, aber er konnte sich an den Film nicht mehr erinnern. Eine Frau sagte, Sean sei die Reinkarnation ihres Sohnes, der vor zwanzig Jahren bei einem Autounfall gestorben war. Einer sagte, der Mann auf dem Foto hätte am Montag einen Zeitschriftenladen ausgeraubt. Viele Segenswünsche laufen auf. Menschen, die mir versichern, dass sie für mich und Sean beten. Hoffnungsbotschaften. Bibelzitate. Manche wollen meine Adresse, um mir Briefe zu schreiben oder Bücher zu schicken oder magische Glückssteine oder Engelsfiguren oder was nicht alles.

Ich schreibe mir alles genau auf, was die Leute sagen, notiere mir die Telefonnummern und leite die Informationen an Sergeant Reese und Constable Mahoney weiter. Sie bedanken sich immer höflich und sagen, sie würden sich melden, sobald es was Neues gibt, und ich soll mir eine Pause über die Feiertage gönnen. – allow

Ich gehe ihnen auf die Nerven. Aber das ist nicht mein Problem.

Natürlich können sie nichts machen. Selbst wenn sie ihn irgendwo finden, können sie ihn nur bitten, sich bei mir oder seinem Vater zu melden. Mehr nicht. Es ist sein verdammtes Recht, einfach so zu verschwinden.

Sie versichern mir, dass sie intensiv ermittelt haben und keine Hinweise auf ein Verbrechen finden konnten. Sie kommen ständig mit Adressen von Beratungsstellen an und legen mir Statistiken vor, wie viele Erwachsene in Großbritannien im Jahr verschwinden. Das bringt mich nicht weiter. Ich will ihn nur noch einmal sehen,

counseling – Berat

mit ihm sprechen, eine Antwort haben. Ich will wissen, dass er lebt und dass es ihm gut geht, und wenn er Zeit für sich braucht, dann soll er sie bekommen, aber diese Ungewissheit bringt mich um.

Ich werde im Januar nach New York fliegen. Wenn er vorhat, dort zu arbeiten, finde ich ihn.

Unser letztes Weihnachten war so schön. Damals lebte ich in London, wir verbrachten den größten Teil der Feiertage im Bett. Und wenn wir nicht im Bett waren, waren wir in irgendeinem Pub und feierten mit den Leuten, die gerade da waren. Oder wir zogen durch die Clubs und tanzten.

Ich mag kein familiäres Weihnachten. Es hat immer nur Streit gegeben, lange Gesichter, schlechte Laune, Tränen. Weihnachten ist für mich der Inbegriff von Zwang und Falschheit. Während des ersten Jahrs meiner Ausbildung in Hamburg war ich für die Feiertage nach Plymouth gekommen, aber danach nie wieder. Mir reichten die Weihnachtsfeiern mit den Kollegen, ob nun in Deutschland oder in den USA. In New York meldete ich mich freiwillig für den Konzertservice an den Feiertagen und verbrachte zwischen den Jahren mehr Zeit in der Carnegie Hall als in meiner Wohnung.

Und in diesem Jahr sitze ich nicht nur an meinem Geburtstag, sondern auch gleich wieder an Weihnachten in Plymouth. Wegen Sean.

Was ist nur passiert, dass ich mein Leben so auf einen Mann ausgerichtet habe? Wo ist meine Selbstständigkeit hin? Warum brauche ich mit einem Mal so dringend jemanden, der mit mir Weihnachten feiert, dass ich mich freiwillig zu meiner Familie begebe, statt allein zu Hause zu bleiben? Ich hätte genug zu tun. Das schöne alte Klavier, das ich restaurieren möchte, ist noch lange nicht fertig. Die Buchhaltung muss gemacht werden. Aber nein, ich bin geflohen. Zu Hause erinnert mich alles an Sean, und daran, dass er mich nicht mehr will.

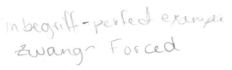

Weihnachten bei meinem Bruder, Sarah und den Kinder zu sein, ist absurd. Immer noch besser, als bei den Eltern zu wohnen. Wir waren heute kurz bei ihnen, morgen kommen sie her. Dana war auch da, sie hatte für niemanden Geschenke gekauft, nicht mal für die Kinder. Simon hatte das übernommen, und Dana war in einem schrecklichen Zustand. Sie sprach so gut wie kein Wort, starrte nur vor sich hin, aß nichts, trank viel, so lange, bis Simon sie nach Hause brachte. Sie ließ sich widerstandslos von ihm mitnehmen. Wahrscheinlich hat sie mal wieder irgendwas falsch dosiert. Oder Simon hat sie für die Zeit über die Feiertage sediert, damit sie nicht wieder mehrere tausend Pfund für sinnlosen Weihnachtsschrott verbrennt. Wobei ich sagen muss, dass die beiden mittlerweile ein hervorragend eingespieltes Team sind. Simon bringt ihre Frustkäufe immer nach ein paar Tagen zurück und lässt sich das Geld wiedergeben. Sie packt die Sachen sowieso nie aus. Man kennt die beiden schon in jedem Laden in Plymouth, und es gibt immer wieder Anfragen von Talkshows, in die Dana und Simon eingeladen werden sollen. Simon lässt dann jedes Mal Vaters Anwälte antworten.

Letztens war sie in London shoppen. Sie kam aber mit keiner einzigen Einkaufstasche zurück. Simon rief gleich bei der Bank an und ließ sich durchgeben, was über die Kreditkarte meiner Schwester gerauscht war. Sie kennen ihn dort schon, und zum Glück für Dana hat er eine Vollmacht über all ihre Konten, um Schlimmeres zu verhindern. Jedenfalls fanden sich ein paar unerklärliche Posten auf der Kreditkarte. Dana behauptete, man hätte sie bestohlen, was Simon gleich bei der Polizei meldete. Aber dann kam ihm die Geschichte irgendwie komisch vor, und er fing an, die Läden abzutelefonieren, in denen sie gewesen war. Überall sagten sie ihm dasselbe: Dana war tatsächlich dort gewesen, hatte bezahlt und dann die Sachen einfach stehenlassen. Vor den Boutiquen. War einfach weiter in den nächsten Laden gegangen. Natürlich hatten die Verkäuferinnen gedacht, sie sei etwas zerstreut und käme irgendwann wieder.

Ich habe ein bisschen mit meinen Neffen gespielt, hauptsächlich, um mich nicht mit Sarah unterhalten zu müssen. Sie waren sehr glücklich über meine Weihnachtsgeschenke, aber die hatte ich auch mit Matt abgesprochen: für jeden ein neues Fahrrad. Ehrlich gesagt hat Matt sie auch mitfinanziert.

Als Sarah die Jungs ins Bett brachte, sagte Matt zu mir: »Ich geb dir das Geld für den Flug nach New York. Sieh es als mein Weihnachtsgeschenk an.«

»Du hast mir schon was Teures zum Geburtstag geschenkt und gesagt, dafür gäbe es dann nichts zu Weihnachten«, sagte ich.

»Ich hab dich angelogen.«

»Es ist nicht so, dass ich kein Geld verdiene, das weißt du, oder?«

»Lass mich doch, es macht mir Spaß.«

»Und was sagt Sarah dazu?«

Matt lächelte und hob die Schultern. »Es ist mein Geld, und du bist meine Schwester.«

»Sie kann mich nicht leiden.«

»Du kannst sie nicht leiden.«

»Sie kommt mit Dana klar.«

»Tut sie nicht. Sarah fühlt sich Dana nur moralisch überlegen. Und dir fühlt sie sich unterlegen.«

»Moralisch?«

»Weil du eine Ausbildung hast und arbeitest und im Ausland warst und dein Ding machst.«

»Sie wollte doch Kinder und *bloß* nie arbeiten und ach ist das Leben schön an der Seite eines wohlhabenden Ehemanns?«

»Sie wusste nicht, wie langweilig es sein würde.«

»Das rührt mich zu Tränen.«

86

»Sie unterstützt mich sehr.«

Und ich schwieg.

»Würdest du ihn zurücknehmen, wenn sich herausstellt, dass er jetzt bei einer anderen Frau ist? Mit ihr Weihnachten feiert statt mit dir?«, fragte Matt nach einer Weile.

Ich denke immer noch darüber nach.

Mittwoch, 1. Dezember 2010

5.

Eine Nacht nicht zu schlafen, brachte sein gesamtes System durcheinander. Jetzt war es drei Uhr morgens, und er war wach. Todmüde, aber wach, und er konnte nicht wieder einschlafen. Versuchte es eine Weile, gab dann auf und ging in die Bibliothek.

Noch einen Monat, und er würde keine Bibliothek mehr haben. Kein Haus. Keine Arbeit. Nur noch ein Taschengeld, ein großzügiges, sicher, gemessen an dem, was andere Menschen monatlich zur Verfügung hatten und in Anbetracht dessen, dass er nicht einmal dafür arbeiten musste.

Er hatte es nicht kommen sehen. Er hatte damit gerechnet, dass das Erbe seines Vaters zu gleichen Teilen auf ihn und seinen Halbbruder überging. Lillian hätte den Anteil ihres Sohnes verwaltet, bis dieser volljährig war, man hätte sich abgesprochen, was die Unternehmensführung anging. Aber dann war es anders gekommen: Lillian präsentierte ein Testament, das besagte, sie würde im Falle, dass sie einen Sohn von ihrem Ehemann bekam, sein gesamtes Vermögen erben, im Falle einer Tochter ginge das Erbe in gleichen Teilen an Lillian und Cedric. Blieb sie kinderlos, bekäme sie eine lebenslange Witwenrente sowie ein lebenslanges Wohnrecht auf dem Anwesen in Fife.

Wie passend, dass sie kurz vor seinem Tod einen Jungen bekommen hatte.

Cedric hatte versucht, das Testament anzufechten. Er war überzeugt gewesen, dass es eine Fälschung war. (Nicht, weil sein

Vater ihn in gewisser Weise enterbt hatte. Er war ein Versager, nie Vaters Liebling gewesen. Er hätte Lillian eine Fälschung einfach zugetraut.) Natürlich hatte Lillian damit gerechnet, dass er nicht klein beigab. Sie war auf alles vorbereitet.

»Zu viele Zufälle? Ich bitte dich. Es hat alles seine Richtigkeit. Dein Vater wollte noch ein Kind. Wir waren uns aber nicht über den Zeitpunkt einig. Ich fühlte mich zu jung, und William meinte, er müsse sich erst noch von seinem ersten … Vaterschaftsdurchlauf erholen.« Sie saßen mit ihren Anwaltsarmeen in Lillians Londoner Penthousewohnung. Lillian ließ eine Hausangestellte Tee und Gebäck für den Besuch bringen, für sich einen Gemüsesaft. »Dein Vater hat also seinen Samen einfrieren lassen. Zur Sicherheit, sagte er. Wer weiß schon, was in fünf oder zehn oder zwanzig Jahren ist. Das Argument, ich wäre gegen seinen Willen schwanger geworden, greift nicht.« Sie wandte sich an ihre Anwälte. »Stimmt doch?« Lillians Armee nickte.

»Er ist seit 2007 verschwunden«, sagte Cedric. »Zumindest, was den Zeitpunkt der Schwangerschaft angeht, konnte er nicht seine Zustimmung geben. Und es ist auch nicht sicher, ob er sich nicht mittlerweile gegen die Verwendung des Samens entschieden hat.« Er machte eine kurze Pause, um seinen Ekel zu unterdrücken. »Oder hast du Kontakt zu ihm? Die Polizei wäre daran sicherlich sehr interessiert.«

»Ich habe *keinen* Kontakt zu deinem Vater«, sagte sie. Nicht zu schnell, nicht zu zögerlich, möglicherweise stimmte es. Oder sie hatte Übung mit dieser Aussage. Er würde nicht der Erste sein, der sie danach fragte, ob sie etwas über den Verbleib des mit internationalem Haftbefehl gesuchten mutmaßlichen Schwerverbrechers (seinem Vater) wusste. »Lord Darney – König des organisierten Verbrechens« hatten die Zeitungen getitelt. Die urschottische Geschichte von Jekyll und Hyde bis zum Erbrechen als Vergleich bemüht. Und damit recht gehabt. Sein Vater: Waffenhändler, Menschenhändler, Drogenhändler. Medienmogul, Charitykönig, Titelseitenliebling. Nach einer Fehde mit einem seiner Konkurrenten, die einige unschuldige Opfer gefordert hatte, waren beide Männer spurlos verschwunden und wurden seither erfolglos gesucht. Etwas mehr als zwei Jahre später hatte Cedric erst wieder von seinem Vater gehört. Es war die Nachricht von seinem Tod. Jemand hatte ihn in seinem Haus in der Schweiz, wo er unter falschem Namen lebte, ermordet.

»Wenn mein Vater seine Zustimmung für die Verwendung des Samens nicht geben konnte ...«, hob Cedric an.

»Er hat sie gegeben. Er hat schließlich gespendet. Ich habe alles schriftlich. Das ist wasserdicht.« Wieder der Blick zu ihren Anwälten. »Ist es doch?« Die Armee nickte.

»Und dass es ausgerechnet ein Junge geworden ist, wieder so ein Zufall.«

»In der Tat.« Diesmal kam ihre Antwort etwas zu schnell. Diesmal log sie. Cedric wusste es und musste es ihr nur noch beweisen. Sie wusste auch, dass er es wusste. Und dass er es ihr noch nicht beweisen konnte.

»Deine Frauenärztin ist bekannt dafür, dass sie Babys auf Wunsch liefert. Geschlecht, Haarfarbe, Augenfarbe, IQ, einfach alles. Und das ist nicht legal. Die Präimplantationsdiagnostik darf nur feststellen, ob der Embryo gesund ist.«

»Oder ob sich das Baby als Organspender für kranke Geschwister eignet«, fügte einer von Lillians Anwälten hinzu. »Die PID wird immer wieder neu diskutiert, und die Gesetzgebung wird entsprechend nachgebessert. Es gab zum Beispiel kürzlich den Fall, als sich ein taubes Ehepaar unbedingt ein taubes Kind wünschte und deshalb über den Weg der PID ...«

»Halten Sie den Mund!«, fuhr Lillian ihn an.

Er schwieg. Machte große Augen, sagte aber nichts.

»Das ist jetzt wohl kaum das Thema«, fügte sie schnell hinzu.

Wunder Punkt getroffen, dachte Cedric. Aber er hatte es von Anfang an gewusst. »Genau das *ist* unser Thema. Deine Ärztin hat eine Menge Geld von dir bekommen, damit du ein männliches Baby bekommst. Wie viele weibliche Embryos habt ihr weggeworfen? Kannst du nachts schlafen, wenn du daran denkst?«

Er hatte es ganz ruhig gesagt, ganz leise, und es hatte gereicht, Lillian durchdrehen zu lassen. Sie schrie und tobte, und ihre Anwaltsarmee konnte sie nur mit Mühe davon abhalten, Cedric den Hals umzudrehen. Das Ganze war irgendwo zwischen peinlich und erbärmlich.

Er musste es ihr nur noch beweisen, dass sie auf illegalem Weg schwanger geworden war. Dann würde sie ihr Erbe nicht antreten können.

Über ein Jahr lang hatte er also versucht, es ihr nachzuweisen, aber es war ihm nicht gelungen. Und jetzt, in dieser schlaflosen Nacht nach ihrem Tod, war sowieso alles vorbei. Irgendjemand aus Lillians Verwandtschaft, die er übrigens nie kennengelernt hatte, würde das Vermögen seines Vaters für William verwalten, denn William als ihr einziger Sohn und damit nächster Verwandter, würde alles erben. Ein anderthalbjähriges Kleinkind.

Er hatte verloren.

Cedric setzte sich an den Computer und schloss sein iPhone an. Er lud die Daten hoch, die er sich von Lillians Laptop gezogen hatte, bevor die Polizei eingetroffen war. Er hoffte, Antworten zu finden. So viele unbeantwortete Fragen, die zwischen ihnen gestanden hatten. Warum hat dich mein

Vater geheiratet. Wer bist du überhaupt. Welches Recht hast
du, mich zu hassen. Warum hast du nie nach meiner Mutter
gefragt.

Cedric klickte sich durch die Dokumente. Nichts von Interesse. Ein paar Fotos, ein paar Musikdateien, keine Videos.
Nächster Schritt: ihre Mails lesen. Es war einfach gewesen, das
Passwort ihres Laptops zu knacken. »William«. Manche Menschen hatten einfach kein Gespür für Sicherheit. Cedric hätte
längst ihr Postfach geknackt, wenn er ihre Adresse gekannt
hätte. Aber die hatte sie vor ihm geheim gehalten, gehütet wie
einen Schatz. Natürlich hatte sie von seinem Vater gewusst,
dass er in der Lage war, ihren Account zu knacken. Aber Lillians Laptop hatte ihm dieses Geheimnis wenigstens verraten,
und als Nächstes probierte er verschiedene Passwörter durch.

Immerhin ihre Mails hatte sie gut gesichert. Jedenfalls besser als den Laptop.

Er probierte es weiter, ließ ein illegales Programm laufen,
und keine halbe Stunde später las er sich durch die Korrespon-
denz seiner Stiefmutter der vergangenen drei Jahre.

Es war nicht viel. Sie hatte diesen Account entweder selten
benutzt oder alles sorgfältig gelöscht. Vielleicht gab es einen
weiteren, vielleicht hatte sie von seinem Vater gelernt und war
vorsichtig gewesen. Vielleicht gab es irgendwo einen einfachen Aktenordner, in dem ihre gesamte wichtige Korrespon-
denz ordentlich ausgedruckt und abgeheftet lag. Vielleicht in
einem Safe. Er hatte sie unterschätzt. Sie machte es ihm nicht
leicht. Cedric ging jede einzelne Mail durch. Gesendete
Objekte, empfangene Objekte. Er durchforstete die persona-
lisierten Ordner, und morgens um halb acht, als im Osten
ganz langsam blau aus schwarz wurde, fand er etwas, das sie
übersehen haben musste. Oder das ihr so wichtig gewesen
war, dass sie es nicht über sich gebracht hatte, es zu löschen.

Der Betreff lautete: »Zweitgutachten«. Er öffnete die Mail, lud den Dateianhang runter und begann zu lesen.

.

Eine halbe Stunde später nahm er sein iPhone und rief Ben an.

»Ich habe Urlaub.« Er klang verkatert.

»Ich habe möglicherweise ein Motiv für den Mord an Lillian gefunden«, sagte Cedric.

Ben zögerte, aber nur kurz. »Ja. Spannend. Sagen Sie's der Polizei.«

»Ich würde zuerst gerne mit Ihnen ...«

»Cedric, das Einzige, was Sie interessieren sollte, ist, dass man Sie hat laufen lassen. Den Rest erledigt die Polizei. Also reden Sie mit denen.«

»Ungern. Ich bin auf nicht ganz legalem Weg an die Informationen gelangt.«

Er hörte das Rascheln von Bettzeug. »Wollten Sie sich nicht ausschlafen?«

»Das hat nicht wirklich funktioniert. Ich bin seit drei Uhr wach.«

»Legen Sie sich wieder hin und schlafen Sie drüber, egal, was es ist.«

»Ben, es ist wichtig. Es geht um das Erbe!«

»Oooh, na dann! Warten Sie, ich bin in zwei Minuten da. Oder lieber in anderthalb?«

»Es ist wirklich wichtig.«

»Und ich habe wirklich Urlaub. Und wirklich meinen Vater in meiner Wohnung rumhängen. Das wird mir ein bisschen viel. Können wir auch heute Nachmittag reden?«

Cedric schwieg, unsicher, was er antworten sollte. Hatte es bis nachmittags Zeit? Nicht für ihn. Aber wie würden normale Menschen in so einer Situation reagieren?

»Cedric? Sind Sie noch dran?« Er klang sanfter.

»Ja. Entschuldigung. Ich hätte Sie nicht ... das war dumm von mir. Schlafen Sie weiter.«

»Nein. Schon gut. Erzählen Sie's mir, aber die Kurzfassung.«

»Lillian wurde ein kranker Embryo eingepflanzt.«

Schweigen.

»Verstehen Sie?«

»Ich verstehe das Motiv nicht. Hört sich eher an, als hätte *Lillian* einen Grund gehabt, jemanden umzubringen.«

»Sie zahlt tausende Pfund und bekommt ein krankes Kind. Wenn das rauskommt, sind die, die ihr geholfen haben, auf diesem Weg schwanger zu werden, ruiniert.«

»Da diese Leute illegal unterwegs sind, kann sie sie schlecht verklagen, und diese Typen haben nichts zu befürchten! Sorry, aber das ist Schwachsinn.«

»Sie kann gedroht haben, alles auffliegen zu lassen. Sie anzuzeigen. Irgendwas.«

»Dann wäre sie mit dran. Nein.«

»Aber ...«

»Cedric, ich soll es Ihnen eigentlich nicht sagen, aber bevor Sie weitermachen mit Ihrer Paranoia: Gestern hat sich eine Zeugin gemeldet und gesagt, dass sie den Täter kennt. Rufen Sie Ihre Freundin Hepburn an. Die kann Ihnen mehr sagen, wenn Sie höflich fragen. Und jetzt schlaf ich noch eine Stunde. Sollten Sie auch tun.«

»Ich bin nicht paranoid«, sagte Cedric.

»Nehmen Sie Ihre Tabletten.«

Lillian hatte die Krankheit ihres Sohnes verschwiegen, da das Testament seines Vaters eine Klausel enthielt, die alles zunichte gemacht hätte: Es war immer die Rede von einem *gesunden* Nachfahren. Lillian hätte bei Bekanntwerden der Krankheit nichts geerbt. Er würde mit seinen Anwälten reden, damit ihr das Erbe nachträglich aberkannt wurde. Er würde nicht nur die Hälfte erben, sondern alles.

Er brauchte das Geld. Nicht, weil ihm so viel an Luxus lag, sondern weil er anders nicht leben konnte. Allein mit Geld konnte er sich schützen vor dem, was die Welt ihm abverlangte.

Er lehnte sich zurück und betrachtete den Raum, in dem er sich befand, als sähe er ihn zum ersten Mal: die altmodische Bibliothek mit den hohen Bücherreihen aus schwerem, dunklem Holz, die großen Fenster, die Art-Déco-Leuchten. Eine kleine Sitzgruppe aus schweren Ledersesseln. Der Mahagonischreibtisch, an dem er saß. Eine Reminiszenz an vergangene Zeiten. Manche würden sagen: ein Statussymbol. Für ihn war es nichts anderes als ein Versteck. Hier kannte er die Spielregeln, sie waren seit Generationen dieselben. Hier musste er sich dem Leben da draußen nicht stellen. Bibliotheken waren für ihn schon immer ein Rückzugsort gewesen. Zu Schulzeiten das einzige Versteck, in dem ihn seine Mitschüler nicht zu fassen bekamen. Zu Studienzeiten die Oase, in der er nicht gezwungen war, mit den Kommilitonen zu reden, zu lachen, zu feiern. Jetzt hatte er seine Bibliothek zu Hause. Er würde sie nie mehr aufgeben müssen, weil Lillian kein Penny vom Erbe seines Vaters zustand. Genauso wenig wie seinem Halbbruder. Er konnte sich wieder einen Fahrer leisten, Hausangestellte, alles, was er brauchte, um sich zu schützen vor diesem Leben, das ihm solche Angst machte.

Cedric stand auf, ging an den Regalreihen entlang, ließ die Finger einen Zentimeter über den Buchrücken durch die Luft gleiten. Er probierte ein Lächeln, ging zur Tür, drehte sich noch einmal um. Die aufgehende Sonne schien durch die Ostfenster und warf warmes Licht auf die oberste Reihe eines

Regals. Der goldene Schriftzug auf einem Buchrücken reflektierte die Strahlen. Cedric wusste, welches Buch es war: eine Gesamtausgabe von Edgar Alan Poes Erzählungen. Er schloss die Tür hinter sich, ging den Flur entlang und dachte: Was für ein beschissenes Leben habe ich da eigentlich.

Auszug aus Philippa Murrays Tagebuch

Freitag, 26. 12. 2003

Als ich heute Morgen aufwachte, war mir ganz klar, welche Optionen ich habe: Wenn er wegen einer anderen Frau gegangen ist, will ich ihn nicht zurück. Ich will nur Klarheit. Ich brauche Klarheit. Wenn er eine Weile seine Freiheit braucht und sich die Welt ansehen will – ich kann auf ihn warten. Wenn er wieder straffällig geworden ist – darüber kann man reden. Kommt drauf an, was er gemacht hat.

Matt sagte: »Er muss ja was ganz Besonderes sein, wenn du dich auf einen Ex-Knacki einlässt. Der vielleicht wieder was angestellt hat.« Er versuchte, es leicht klingen zu lassen. Es klang aber wie der Vorwurf, der es war. Wir gingen zusammen spazieren und rauchten heimlich. Ich erzählte ihm von Sean, auch wenn er die Geschichte schon kannte, aber er hörte geduldig zu, weil er wusste, wie gut es mir tat, darüber zu reden, und ich werde die Geschichte hier aufschreiben, weil ich sie nie vergessen will:

Ich lernte Sean vor anderthalb Jahren kennen, als ich gerade aus den USA zurückgekommen war. Bis dahin hatte ich alles getan, um meiner Familie zu entkommen. Kein Studium, sondern eine handwerkliche Ausbildung. Ich war nach Hamburg gegangen, um Klavierbauerin bei Steinway&Sons zu lernen. Anschließend nach New York, um in den Werkstätten in Queens Flügel zu bauen. Ich war schnell aufgestiegen und durfte mich um immer exklusivere Kunden, immer bekanntere Pianisten und ihre Instrumente kümmern.

Bis ich wieder genau in der Welt angekommen war, vor der ich weg-gelaufen war. Bei den Reichen und Schönen. Nur waren sie in New York noch hundertmal reicher und schöner als in Plymouth. Oder in England überhaupt. Mein beruflicher Erfolg verstellte mir eine Weile den Blick für das, was mit mir geschah.

Ich hatte Eltern in England zurückgelassen, die mich dafür ver-achteten, nur ein Handwerk zu lernen, statt mich akademisch zu bilden und einen gut bezahlten Job sowie einen gewissen Status im Leben zu erreichen. Vater hätte mir vermutlich verziehen, dass ich nicht in die Firma einsteigen wollte, wenn ich Ärztin geworden wäre. Oder Anwältin. Oder Professorin. Aber er sagte immer: »Du bleibst unter deinen Möglichkeiten. Du verschenkst deine Ta-lente.« Ich galt mittlerweile als die Beste in meinem Job, die gro-ßen Konzertsäle, die berühmten Pianisten verlangten nach mir. Ein Fernsehsender brachte ein Portrait über mich als »Piano-flüsterin«. Andere würden einen Steinway vielleicht perfekt stimmen und temperieren, aber ich würde ihn verzaubern. So redeten sie über mich. Ich war stolz drauf. Ich hatte das Gefühl, Vater endlich gezeigt zu haben, dass ich das Richtige mit meinem Leben machte.

Kaum war das Porträt ausgestrahlt worden, kamen die Ein-ladungen zu Partys. Ich erwartete, dort auf Künstler zu treffen, die über ihre Musik und ihre Instrumente und das alles reden wür-den. Ich geriet an die Reichen und Schönen, die sich hier und da mit einem bekannten Musiker schmückten. Und mit mir, weil ich jetzt irgendwie bekannt war, zumindest in der Szene. Oder vielmehr war ich eine Kuriosität, mit der man die gelangweilte Partygesell-schaft aufwertete. In dieser Zeit boten sie mir bei Steinway die richtig große Karriere an.

»Wir haben viel mit dir vor«, sagte man mir. »Wir müssen da-rüber reden, was du willst, und du wirst es von uns bekommen.«

Ich sollte in Ruhe nachdenken, wie ich mir meine Zukunft vorstellte.

Ich dachte eine Woche nach, packte alle meine Sachen zusammen, kündigte und flog zurück nach England.

Das Leben meiner Eltern kam mir klein und beschränkt vor nach allem, was ich in New York erlebt hatte. Gleichzeitig widerte mich an, wie sauber hier alles war. Sauber, aufgeräumt und – weiß. Nach sieben Jahren in New York war ich es nicht mehr gewohnt, ausschließlich von Weißen umgeben zu sein. Ich merkte, wie sich mein Denken, mein Empfinden, sogar mein Akzent verändert hatten. Ich war noch mehr Außenseiter geworden als zuvor. Oder nein, nicht Außenseiter – jetzt war ich ein Fremdkörper. Früher hatte es sich einfach nur falsch angefühlt, Teil dieser Familie zu sein. Nun war es, als hätte ich nie dazugehört.

In der Tür geirrt.

Aus Höflichkeit hereingebeten worden.

Aber ich wusste zunächst nicht, wo ich sonst hinsollte.

Ich würde kein Problem haben, einen neuen Job zu finden. In London würden sie mich vom Fleck weg einstellen. Ich könnte mich selbstständig machen und hätte nach einer Woche einen vollen Terminkalender. Mein Ruf war bereits über den Atlantik geschwappt. Dass ich wieder in England war, verbreitete sich ebenso schnell, und mein Postfach quoll mit Mail-Anfragen über.

Nur, dass ich das alles nicht mehr wollte. Ich brauchte immer noch Bedenkzeit. Saß in meinem alten Kinderzimmer, starrte an die Wand und dachte nach.

Matt hatte nur wenig Zeit, er arbeitete viel in der Firma, und wenn er rauskam, musste er nach Hause, um nach seinen winzigen Söhnen und seiner überforderten Frau zu sehen. Also fing ich an, ihn im Büro zu besuchen, und wenn ich ihn auf seinen Rundgängen durch die Werfthallen und die Werkstätten begleitete, bekam ich Sehnsucht nach meiner Arbeit. Nach echter Arbeit mit den Händen.

Ich fragte ihn: »Kannst du mich nicht für irgendwelche Holzarbeiten einsetzen? Irgendwas muss ich tun, sonst drehe ich durch.«

»Vater hätte lieber, dass du ein Büro in der Chefetage beziehst.« Er lachte, als er das sagte.

»Gerne. Und die Erde ist eine Scheibe.«

Am nächsten Tag durfte ich in der Tischlerei arbeiten. Ich war die einzige Frau, aber daran hatte ich mich längst gewöhnt. Auch daran, wie mich die Männer behandelten. Wie wenig sie mir zunächst zutrauten, wie die einen mich unverschämt anmachten, die anderen noch viel unverschämter mobbten. Niemand wusste, dass ich die Tochter des Chefs war, und ich würde es ihnen auch nicht erzählen. Ich arbeitete mindestens so hart wie alle anderen. Wir rauchten zusammen unsere Pausenzigaretten, tranken unser Feierabendbier, gingen an den Wochenenden ins Pub, um Fußball und Rugby zu schauen. Irgendwann hörte das Mobbing auf, und ich war eine von ihnen geworden. Sie wussten nicht, dass ich abends nicht in einer kleinen Wohnung am Stadtrand verschwand, auch nicht in einem der schäbigen Pensionszimmer oder Wohnwagen, in denen die Saisonarbeiter untergebracht waren, sondern in der Villa des Chefs. Nach drei Wochen wagte keiner von ihnen mehr, in meiner Gegenwart anzügliche Sprüche loszulassen. Sie respektierten mich genug, um nicht mehr zu versuchen, mich ins Bett zu kriegen.

»Fang mir bloß nichts mit einem von denen an«, sagte Vater an den Wochenenden, und Mutter rieb sich die Schläfe.

»Wie lange hattest du eigentlich vor zu bleiben?«, fragte sie nach vier Wochen. Ich hatte längst mit dieser Frage gerechnet.

»Ihr zahlt mir Gehalt, ich kann mir ein Zimmer nehmen«, sagte ich gleichgültig.

»Du bleibst hier«, sagte Vater. »Du bist immer noch meine Tochter. Wie sieht das denn aus, wenn du in Plymouth woanders wohnst.«

»Wie sieht das denn aus, wenn sie bei uns als Leiharbeiterin ein paar Pfund Taschengeld verdient?«, sagte Mutter.

»Matt hat mich als Fachkraft angestellt«, sagte ich. »Und ich kann nichts dafür, wenn ihr schlechte Löhne zahlt.«

»Ich zahle genug! Ich kann es mir gar nicht leisten, schlecht zu zahlen. Diesem verschissenen Blair haben wir die Mindestlöhne zu verdanken. Und dass alle zu den Gewerkschaften rennen. Die haben doch mittlerweile mehr Rechte auf ihrer Seite als ich. Versuch heute noch mal, einem von denen zu kündigen! Zwei Minuten später hast du einen Gewerkschaftsvertreter im Büro stehen, der was von Abfindung faselt. Nein, mein liebes Kind, ich zahle anständige Löhne.« Sagte es, stand vom Tisch auf und vergrub sich in seinem Sessel hinter der Zeitung.

Mir ging in diesem Moment erst auf, wie sehr ich die Politik in meiner Heimat aus den Augen verloren hatte. Ich hatte ein von der Eisernen Lady Margaret Thatcher geprägtes England verlassen – ihren Nachfolger John Major hatte ich schon gar nicht mehr richtig in Erinnerung – und war während der zweiten Amtszeit einer Labourregierung zurückgekehrt. Neun Jahre New York, davor drei Jahre Deutschland. Gehörte ich noch in dieses Land, dieses »Cool Britannia«, das ich erst neu kennenlernen musste? War es je meine Heimat gewesen? Was war überhaupt Heimat? Und welchem Zufall war es zuzuschreiben, dass diese seltsamen Menschen, zu denen ich keinerlei positive emotionale Bindung mehr aufbauen konnte, meine Eltern sein sollten?

Trotz allem blieb ich bei ihnen wohnen. Arbeitete weiter in der Tischlerei. Fühlte mich, als würde ich ein Doppelleben führen. Tagsüber gehörte ich zu den Arbeitern. Abends gehörte ich nicht zu meiner Familie.

Nach sechs Wochen fing Sean an, in der Werft meines Vaters zu arbeiten. Ja, es gibt Liebe auf den ersten Blick. Ich sah ihn und wollte ihn unbedingt kennenlernen, mehr als nur kennenlernen, und als sich unsere Blicke zum ersten Mal trafen, wusste ich, dass es ihm genauso ging.

Die anderen merkten sofort, was los war, aber sie ließen uns in Ruhe. Rückblickend fast ein Wunder. Wir verbrachten die Zigarettenpausen zusammen, waren abends die letzten im Pub, wir redeten, wann immer wir die Gelegenheit dazu hatten. Die sexuelle Anziehungskraft, die von Sean ausging, war eine Sache. Aber sehr viel stärker war das Gefühl, dass ich mich in seiner Gegenwart fallenlassen konnte. Ich musste mich nicht verstellen, nicht so tun, als würde ich mich für Dinge interessieren, die mich nicht interessierten. Er nahm mich ernst, mochte mich so, wie ich war. Und wenn ich in seine Augen sah, schien es keine anderen Menschen auf der Welt mehr zu geben, nur uns beide.

Und dann geschah etwas Großartiges: Es war ein verregneter, grauer Tag, wir hatten früher angefangen als sonst, weil Termindruck herrschte, Lieferungen zu spät gekommen waren, mehr zu tun war. Am Nachmittag machten Sean und ich unsere erste Pause, sogar das Mittagessen hatten wir ausfallen lassen. In dem Moment kam mein Vater vorbei – es wusste immer noch niemand, dass ich die Tochter des Chefs war. Vater murrte etwas Albernes, in etwa »Ja ja, rumstehen und auf meine Kosten rauchen, demnächst regelt das die Gewerkschaft auch noch«.

Sean warf seine halb gerauchte Zigarette auf den Boden, stellte sich meinem Vater in den Weg und hielt ihm einen sehr langen Vortrag, in dem es nicht nur um die Rolle der Gewerkschaften und die Situation der Arbeiterklasse, sondern auch – oder vor allem – um mich ging. Wie unverschämt er es fände, dass Mr Murray, Chef hin oder her, so über seine fleißigste, wenn nicht beste Mitarbeiterin sprach. Und so weiter. Ich glaube, so hatte noch nie jemand mit meinem Vater gesprochen, und ich glaube auch, dass das einer der Gründe ist, warum er Sean nie mochte. Es war aber auch das erste Mal, dass sich jemand so für mich eingesetzt hatte. Wie hätte ich Sean nicht lieben können?

Es dauerte noch zwei oder drei Wochen, erst dann verbrachten wir zum ersten Mal eine Nacht zusammen in dem schmalen Bett seines Pensionszimmers. Meine letzte Beziehung lag zu diesem Zeitpunkt schon zwei Jahre zurück, danach hatte ich nur unbefriedigende Affären gehabt, die nie länger als eine Woche gedauert hatten. Ich war sexuell ausgehungert, und Sean konnte mir genau das geben, was ich wollte. Es brauchte keine Worte, keine Erklärungen, er reagierte auf meinen Körper und ich auf seinen, als wären wir füreinander gemacht. Eine so perfekte Übereinstimmung hatte ich noch nie erlebt.

Nach dieser Nacht wollte ich nicht mehr ohne ihn sein. Ich fühlte mich aufgehoben und angekommen. Wenn Sean mich in die Arme schloss, war die Welt in Ordnung. Die nächsten Wochen vergingen wie im Rausch, aber dann kam die Ernüchterung: Sean sagte mir, dass er wieder nach Schottland gehen würde.

Ich weiß nicht genau, was es war. Ob ich ein Zögern hineininterpretierte, wo keins war, ob ich einfach etwas anderes hören wollte als das, was er sagte. Jedenfalls fühlte ich mich verraten, weil er wegging. Warum blieb er nicht? Es gab hier genug Arbeit für ihn. Erwartete er etwa, dass ich mit ihm ging? War das sein Verständnis von Partnerschaft – er fällte Entscheidungen, und ich hatte mich zu fügen? Ich wünschte ihm alles Gute für Schottland, er erwiderte nichts. Dann ließ ich ihn in seinem düsteren Pensionszimmerchen sitzen. Nachdem er abgereist war, blieb ich eine Woche im Bett und weigerte mich aufzustehen. Unser alter Hausarzt, der von Matt gerufen worden war, diagnostizierte Liebeskummer. Er kannte mich noch gut von früher. Und er kannte die Menschen. Ich benahm mich so albern und jämmerlich, wie man es nur tut, wenn man Liebeskummer hat. Ich dachte, die Welt ginge unter. Als mein Vater erfuhr, was mit mir los war, verlangte er, dass ich den Kerl auf der Stelle vergesse. Ich packte meine Sachen, ging nach London und nahm einen gut bezahlten Job im Steinway Restoration Centre an. Ich fand eine Wohnung im West End, von der aus ich zu Fuß zur Arbeit gehen konnte. Ich lernte Alfred Brendel kennen und durfte für ihn arbeiten.

Als man in New York davon erfuhr, dass ich in London arbeitete, wurde alles versucht, um mich zurückzuholen, aber ich sagte, ich müsste aus familiären Gründen in England bleiben. Man ließ mich in Ruhe, und meine Chefs taten alles, um mir das Leben zu versüßen.

Es war eine schöne Zeit. Sean fehlte mir, ~~aber ich wäre früher oder später über ihn hinweggekommen.~~ Nein. Ich will mich nicht selbst anlügen. Ich dachte jeden Tag an ihn. Als er eines Tages vor mir stand, war ich die glücklichste Frau auf der Welt. Er hatte nach mir gesucht, er hatte mich gefunden, er wollte mir sagen, dass er ohne mich nicht leben wollte, und er war bereit, dort zu leben, wo ich war. Ich war davon so überwältigt ... ich war glücklich, ihn wiederzuhaben, und ich fühlte mich – natürlich – auch geschmeichelt, dass er bereit war, alles für mich aufzugeben. (Nicht, dass dieses »Alles« viel gewesen wäre ...)

Wir weinten, lachten, redeten viel und liebten uns. Ich wollte von ihm wissen, warum er nicht mehr um mich gekämpft hatte, nicht versucht hatte, mich zu überreden, mit ihm zu kommen.

»Du hattest mir kurz vorher gesagt, wer dein Vater war. Und ich dachte, okay, sie hatte eine nette kleine Affäre mit einem Arbeiter, vielleicht sogar, um Daddy zu ärgern, und jetzt ist sie froh, dass sie einen Anlass hat, mit ihm Schluss zu machen.«

Also hatten wir beide völligen Unsinn gedacht ... um ein Haar hätten uns diese Missverständnisse für immer auseinandergebracht. Jetzt waren wir aber zusammen, und es schien klar, dass das auch so bleiben würde.

Es folgten einige Monate Fernbeziehung. Ich hatte nur sporadisch Kontakt zu meinen Eltern – wie eigentlich seit meinem siebzehnten Lebensjahr, als ich ausgezogen war und die Lehre angefangen hatte. Matt schrieb ich regelmäßig, und er rief spätestens alle zwei Wochen an. Ich hielt die Augen offen nach einem Job für Sean. Dann erzählte er mir von der Klavierwerkstatt, für die der Besitzer, den alle nur den »alten Ogilvy« nannten, einen Nachfolger suchte – einen Mann, eigentlich –, und ich wusste im selben Moment, dass es genau das war, was ich machen wollte. Bei Steinway versuchten sie alles, um mich zu halten. Sie glaubten, ich sei von Bösendorfer abgeworben worden, und hatten Angst, ich würde überlaufen, um deren Prestige aufzupolieren. Ich überzeugte sie davon, dass ein Mann dahintersteckte, aber das stimmte nur teilweise. Ich suchte immer noch nach dem, was ich wirklich machen wollte, und die Arbeit am Instrument war das Einzige, was mich wirklich erfüllte. In London war mir der Trubel um meine Person schon wieder zu viel, auch wenn alles wesentlich diskreter ablief als noch in New York. Alfred Brendel hatte mich in einem Interview erwähnt, die Feuilletons waren aufmerksam geworden und wollten über mich schreiben, andere Pianisten kratzten an meiner Tür ... Ich kündigte fristgemäß, zog nach Edinburgh und steckte all meine Ersparnisse in die Werkstatt und die dazugehörige Wohnung.

Wir hatten ein schönes Leben. Wir liebten uns. Wir hatten nicht immer dieselben Interessen, waren nicht immer einer Meinung, aber das sah ich als Bereicherung an. Es störte mich nicht, dass Sean keinen Job bekam und als Aushilfe bei Tesco arbeiten musste, und ich weiß, dass es auch für ihn kein Problem war. Wir hatten eine gleichberechtigte Partnerschaft. Wir hatten manchmal Streit, aber nie ging es um etwas Ernstes.

Ich rede von ihm schon in der Vergangenheit. Aber es ist noch nicht vergangen, oder? Er wird wieder zurückkommen.

~~Ich habe doch so viel für ihn aufgegeben.~~

6.

Der nächste Anruf, der ihn weckte, kam von Isobel Hepburn, die sich darüber beschwerte, dass er ihr Cedric »auf den Hals gehetzt« hätte. Ben legte auf, noch bevor sie mit Fluchen fertig war, und sah auf die Uhr. Elf war eine Zeit, zu der jemand, der Urlaub hatte, ruhig aufstehen konnte. Im Wohnzimmer lag sein Vater auf der Couch, im Sessel schnarchte leise D. L., Nachbarssohn, fünfzehn und sehr glücklich darüber, dass der schottische Schnee die Schulen geschlossen hielt. An seiner Schule war die Heizung ausgefallen, und wann die Reparaturen stattfinden würden, war vorerst nicht abzusehen. D. L. hieß, was er ungern verriet, mit vollem Namen Cuthbert Dalziel, und da er mit zwölf schon keine Lust mehr auf seinen Rufnamen Bertie gehabt hatte, war er dazu übergegangen, seinen Nachnamen zu benutzen. Dalziel, gesprochen »Die-Ell«. Er hatte sogar seine Eltern dazu gebracht, ihn D. L. zu nennen. Die meisten seiner Freunde kannten ihn nur als D. L. und dachten wirklich, er hieße so: D. L. Dalziel. Abkürzung für David oder Daniel oder Douglas und irgendwas mit L. Der Junge unterschrieb mittlerweile auch mit D. L., und Ben musste zugeben, dass er ihn dafür bewunderte. Er hätte mit zwölf nicht diesen Mut gehabt, sich einen eigenen Namen, eine eigene Identität, die nicht die Eltern bestimmt hatten, zuzulegen. Nicht mal mit fünfzehn.

Ben ging in die Küche, machte Kaffee, Toast, Eier, Pilze, Tomaten und Speck für alle. D. L. hatte offenbar eingekauft. Das machte er manchmal, ungefragt. Irgendwann hatte Ben ihm ein paar Pence extra gegeben, als ihm D. L. Milch aus dem Laden unten an der Ecke mitgebracht hatte, seitdem verdiente sich der Junge auch mal unaufgefordert etwas dazu. Er wusste, Ben würde bezahlen, und er kaufte nie etwas, das Ben nicht auch wirklich brauchte.

Vielleicht sollte er sich seinen Ersatzschlüssel bei Gelegenheit mal wieder zurückholen. Aber die Dalziels waren die Einzigen im Haus, mit denen er hin und wieder ein Wort gewechselt hatte.

Er rief nach seinem Vater und D. L., als das Frühstück fertig war. Der Junge stand Sekunden später in der Küche und rieb sich die Augen. Von John kam unverständliches Gebrumme.

Natürlich sollte er einem Fünfzehnjährigen nicht erlauben, mit ihm und seinem Vater die halbe Nacht aufzubleiben und anschließend hier zu übernachten. Er hätte ihn gegen elf spätestens runterschicken sollen. Hätte ihm nicht erlauben sollen, mit ihnen Bier zu trinken. Nur: Ben wusste, was D. L. unten seit zwei Monaten erwartete, und deshalb hatte er nichts gesagt, würde wohl nie etwas sagen, wenn der Junge vor seiner Tür stand.

John polterte durch die Wohnung, während D. L. und Ben schweigend aßen. Sie waren bereits fertig, als er frisch geduscht, glatt rasiert und in einem sauberen Jogginganzug auftauchte, von dem Ben dachte, er hätte ihn längst weggegeben.

»Ich hab meine Reisetasche irgendwo verloren«, brummte John.

»Du hast sie dir klauen lassen«, sagte Ben.

»Soll ich ein paar Sachen besorgen?«, fragte D. L. »Ich denke da an Zahnbürste, Unterhosen, Socken ... wenn du mir deine Größe verrätst? Vielleicht auch ein paar Klamotten?«

Ben sah, wie sich D. L. schon im Kopf eine Einkaufsliste zusammenstellte. Selbst, wenn er die Schule nicht schaffen sollte –

so wenig Begeisterung, wie er in dieser Hinsicht an den Tag legte, war das durchaus eine Option –, würde er clever genug sein, um einen Job zu finden. Vielleicht musste man sich um D. L. keine Sorgen machen, trotz allem.

John schickte den Jungen mit Bens Geld einkaufen und stocherte in seinem Frühstück herum.

»Mutter geht nicht ans Telefon«, sagte Ben.

»Glaub ich«, sagte John.

»Was ist los?«

»Nichts.«

Er sah weiter zu, wie sein Vater das Essen herumschob.

»Netter Abend, gestern«, sagte John. Sie hatten Fernsehen geschaut, zu viele Chips gegessen, zu viel Bier getrunken und über alles geredet: Fußball, das Wetter, D. L.s Schule, die Hauspreise in Großbritannien, David Cameron und Nick Clegg, ob man bei Morrisons oder bei Tesco besser einkaufen konnte, wohin sie auswandern würden, wenn sie auswandern würden. Je mehr Bier sie getrunken hatten, desto absurder wurden die Themen, aber nie sprachen sie darüber, was John eigentlich in Edinburgh machte.

»Ja, nett«, sagte Ben und wartete ab.

John piekte lustlos ein Stück Tomate auf seine Gabel und starrte es an. »Wie lange hast du noch Urlaub?«

»Die ganze Woche.«

»Und, was hast du vor?«

»Ausschlafen. Aufräumen. So was.«

Sein Vater brummte und ließ die Gabel sinken.

»Willst du was anderes?«

»Nein, alles gut.«

Sie schwiegen wieder eine Weile. John sah weiter mit aufgerissenen Augen aufs Essen, als wollte er es hypnotisieren. Oder mit seinem Blick in Brand setzen.

»Der Junge«, sagte er irgendwann so unvermittelt, dass Ben auf seinem Stuhl hochschreckte und sich fragen musste, ob er kurz eingenickt war. »Der Junge, der hat doch Familie? Ich meine, warum hängt er bei dir rum?«

Fast hätte Ben gesagt: »Du hast auch Familie und hängst bei mir rum.« So wenig fühlte er sich zugehörig.

»Und Freunde in seinem Alter«, fuhr John fort. »Von der Schule oder so. Was macht er hier?«

»Er hängt normalerweise mit seinen Freunden rum. Vielleicht sind die nicht weggekommen wegen dem Wetter. Oder er wollte nicht raus.«

»Und warum war er dann nicht bei seinen Eltern?«

Ben hob die Schultern. »Interessiert dich das wirklich?« Er versuchte, gelangweilt zu klingen, um seinen Vater vom Thema abzubringen.

John schlug mit der flachen Hand auf den Tisch. »Ja, verdammt! Hat der Junge denn keine Eltern, die wissen wollen, wo er sich rumtreibt?« Er schob den Teller so heftig von sich weg, dass das Besteck vom Tisch fiel. Ben packte den Teller, bevor er in seinem Schoß landete.

»Ihr wart auch nie besonders daran interessiert, wo wir uns rumgetrieben haben.«

»Ja«, sagte John leise. »Und deine Brüder wissen nicht mal, welche von den Kindern, mit denen ihre Freundinnen nach Hause kommen, von ihnen sind. Haben wir euch wirklich so erzogen?«

»Woher die späte Einsicht?«

John ging nicht darauf ein. »Also, was ist jetzt mit dem Jungen? Warum steht nicht sein Vater spätestens um Mitternacht vor der Tür und jagt ihn ins Bett?«

»Weil er seit zwei Monaten tot ist.«

»Scheiße.«

»Ja.«

»Krank?«

»Selbstmord.«

»Scheiße.«

»Ja.«

Sie schwiegen. Standen irgendwann auf und räumten herum. Geschirr abspülen. Wäsche waschen. John ging Ben zur Hand, als hätte er nie was anderes getan, und es brauchte kaum ein Wort zwischen den beiden. Trotzdem konnte Ben die Mauer, die sie trennte, vor sich sehen.

Als D. L. zurückkam und John im Wohnzimmer stolz seine Ausbeute zeigte, verzog sich Ben in die Küche und aß das kalt gewordene Frühstück seines Vaters, checkte Mails auf seinem Smartphone. Die Kollegen ließen ihn in Ruhe. Fiona, seine On-Off-Beziehung, hatte ihm geschrieben. Er überflog die Mail, lächelte, schrieb eine kurze Nachricht zurück – dass er sie vermisste, dass sein *Vater* zu Besuch war, dass er sich melden würde – und wechselte zur Startseite des *Scottish Independent*.

»Passt wie maßgeschneidert«, hörte er D. L. stolz sagen und sah auf. John stand vor ihm: dunkelblauer Rollkragenpullover, dunkelgraue Stoffhose, schwarze, halbhohe Stiefel, vermutlich wintertauglich. Er hatte seinen Vater noch nie so gut gekleidet gesehen. D. L. hatte definitiv eine Zukunft.

»Was hat mich das gekostet? Hab ich dir so viel Geld mitgegeben, D. L.?«

Der Junge grinste. »Alles Second Hand. Im Wohnzimmer ist noch mehr. John, zieh den Mantel an.«

John drehte sich auf dem Absatz um und kam zwei Sekunden später mit einem hellgrauen Wollmantel zurück. Er ging so aufrecht wie schon seit dreißig Jahren nicht mehr, und er schmunzelte wie der Star eines West-End-Musicals, der eben einen Filmvertrag mit Hollywood unterschrieben hatte.

Ben sah sich die Sachen aus der Nähe an: natürlich Second Hand. Hier und da abgewetzt und oder ausgebeult. Kleidung, die aussah, als hätte John sie schon eine Weile besessen. Sie passte wirklich wie maßgeschneidert.

»D. L., du bist genial. Wie hast du die Sachen gefunden? Und so schnell?«

»Ich kenne diese Stadt«, sagte D. L. und zwinkerte ihm zu. »Ich weiß, was es wo gibt.«

John stolzierte durch die enge Küche wie über einen Laufsteg. Wann immer er kurz stehenblieb, wippte er in den Schuhen herum, als müssten sich seine Füße erst richtig in ihnen verteilen.

»Drücken sie?«, fragte D. L. besorgt.

»Nein, gar nicht.«

»Warum machst du dann so rum?«

»Weil ich mich wundere, dass sie nicht drücken.«

»Das ist alles Topqualität«, sagte D. L., stolz und ernst. »Designer.« Er zeigte auf das Label im Mantel. »Kostet neu ein paar Hundert.«

Jetzt sah John aus, als würde er jeden Moment losheulen.

»Wunderbar, meine Herren«, sagte Ben. »Wenn Sie sich dann bitte in den Konferenzraum zurückbegeben, die Kantine wird anderweitig gebraucht.«

Sein Laptop stand im Wohnzimmer, aber er würde heute nicht arbeiten. Er würde vielleicht nicht einmal ans Telefon gehen, wenn Cedric anrief. Er rief wieder die Startseite des *Scottish Independent* auf und überflog die regionalen Nachrichten: Überall ging es ums Wetter. Den Schnee im Osten. Den eisigen Regen im Westen. Warnungen an die Bevölkerung. Berichte über Zugausfälle, PKW-Unfälle, Stromausfälle. Läden, die nicht mehr beliefert wurden. Schulen, die geschlossen hatten. Man konnte meinen, die Welt ginge unter. Eine Meldung mit einem anderen Thema, endlich: Einbruchserie in Fife. Ben wunderte sich, warum die Meldung so weit unten stand, dann sah er, dass sie bereits einen Tag alt war. Er tippte den Beitrag an: In der Gegend um St. Andrews hatte es fünf Einbrüche gegeben. Kein Hinweis auf die Täter. Polizei geht davon aus, dass es sich jeweils um dieselben handelt. Und so weiter. Keine Verletzten, keine Brandstiftung, nur ein paar reiche Menschen, die jetzt noch nicht einmal weniger reich waren, weil ihnen die Versicherungen ihren Schaden ersetzen würden. Und wer weiß, selbst, wenn sie kein Geld bekamen, würden sie es wahrscheinlich auch nicht merken, dass etwas fehlte.

Ben war ohne Geld, ohne nennenswerte Bildung aufgewachsen. Sein Vater war nach der Schließung der Minen im County Durham arbeitslos geworden und hatte seitdem auch keinen Job mehr gefunden. Nicht, dass er sich um einen bemüht hätte. Seine Mutter hatte nie gearbeitet. Sie war Hausfrau und Mutter, beides nicht besonders gut, aber es war ihr Platz gewesen. Bens Brüder hatten nie Ambitionen entwickelt, eines Tages ein anderes Leben zu führen. Aber er hatte alles getan, um so schnell wie möglich wegzukommen. Er hatte Stipendien bekommen, studiert, gearbeitet. Er hatte in den Kreisen derer verkehrt, die nie um etwas kämpfen mussten. Seine Exfreundin Nina war aus wohlhabendem Hause gekommen. Er hätte sie heiraten und in der Firma ihres Vaters einen überbezahlten, bequemen Job bekommen können. Beides hatte er nicht getan. Sein Chef Cedric Darney, der millionenschwere Herausgeber des *Scottish Independent*, war auf seltsame und sehr einseitige Weise eine Art Freund geworden. Ben hatte auch durch ihn alle Türen offen vor sich gefunden. Und er hatte sie selbst für immer zugeschlagen. Weil er trotz allem doch nicht dazugehörte, weil er aus einer runtergekommenen Arbeitersiedlung in Nordengland kam, weil er seine Familie niemals zur

Hochzeit mit Nina hätte einladen können, niemals zu einem gemeinsamen Weihnachtsfest oder einem Geburtstag. Zurück nach Durham konnte er genauso wenig. Also hatte er sich irgendwo zwischen den Welten eingerichtet, ohne vergangene Familie, ohne zukünftige Familie, ohne Pläne für die Zukunft, einzig mit dem Wunsch, als Journalist arbeiten zu dürfen, weil er davon schon immer geträumt hatte.

Auch da war sein Platz irgendwo zwischen den Welten. Ben arbeitete investigativ. Er ermittelte verdeckt für die nächste Story, arbeitete mit Informanten, lebte manchmal wochenlang unter falschem Namen und mit erlogener Identität, um dann, wenn er seinen Bericht abgegeben und ein paar Tage Urlaub genommen hatte, wieder in der Redaktion mit den Kollegen Kaffee zu trinken, an Sitzungen teilzunehmen, das Tagesgeschehen zu beobachten, bis die nächste Story auftauchte und die Recherche von vorne begann. Chamäleon nannten sie ihn, bewundernd sicherlich. Ben traf es jedes Mal. Hieß es doch nur, dass er sich überall unsichtbar machen konnte. Anpassen und in der Menge verschwinden. Aber wo blieb sein eigenes Profil? Er hatte Jahre damit verbracht, seine Herkunft loszuwerden, nur um am Ende feststellen zu müssen, dass er seine Ecken und Kanten zur Unkenntlichkeit glatt geschliffen hatte. Ihm fehlte ein Zuhause, ein Ort, an den er gehörte. Manchmal fühlte er sich zu Hause, wenn er bei Fiona war. Er liebte sie, das hatte er sich lange nicht eingestanden, und dann war sie zum wichtigsten Menschen in seinem Leben geworden. Aber sie war niemand, mit dem man zusammenleben konnte. Fiona ertrug andere Menschen nur für ein paar Stunden, und sie war ebenfalls nur für ein paar Stunden zu ertragen. Wenn sie sich trafen, war es intensiv, danach aber brauchte jeder wieder Zeit für sich alleine. Vielleicht war es nicht sein Weg, mit jemandem zu leben, vielleicht würde er allein bleiben.

Und im Alter eine Rentner-WG mit Cedric gründen.

Ein Albtraum.

»Was war deine letzte Geschichte?« Johns Frage riss ihn aus seinen Gedanken. Er schien die Verwirrung seines Sohnes zu bemerken und sagte schnell: »Weil, der Junge meinte, du würdest nicht so oft was schreiben, aber wenn, dann würden sie in ganz Schottland über deine Geschichte reden, und einen Tag später wäre es Thema auf der ganzen Insel.«

Ben war wahnsinnig geschmeichelt. »Ach, D. L. spinnt rum.«

»Also, worum ging's denn? Hab ich auch davon gehört?«

»Kleidung aus Biobaumwolle.«

»Aaah! Das, wo die Besserverdienerökos in den T-Shirts rumgerannt sind, wegen denen Kinder gestorben sind?«

Auch eine Art, den Skandal zusammenzufassen, dachte Ben. Ein neues schottisches Bekleidungslabel hatte damit geworben, faire und schadstofffreie Kleidung zu vertreiben: »Ein gutes Gewissen muss nicht die Welt kosten«, lautete der Slogan. Monatelang wurde das Label gehypt und machte Umsätze und Gewinne, in Millionenhöhe. Bis das Gerücht aufkam, es handele sich gar nicht um Biobaumwolle. Ein Nachwuchswissenschaftler in St. Andrews wollte es beweisen, aber als Ben sich wenige Stunden nach Verbreitung des Gerüchts im Internet mit ihm unterhalten wollte, litt der junge Mann bereits an Gedächtnisschwund und behauptete, er hätte sich nur wichtigmachen wollen. Wenige Tage später wusste Ben, dass sich die finanzielle Lage des Doktoranden deutlich verbessert hatte, und genauso wusste er, dass er eine Story hatte. Kurz: Die Baumwolle war tatsächlich nichts für das grüne Gewissen. Viel schlimmer aber sah es in den Fabriken in Thailand aus, in denen Kinder die Kleidung zusammennähten. Sie mussten nahezu ohne Pause sechzehn Stunden arbeiten. Sie bekamen nicht ausreichend Essen und Trinken. Sie wurden krank. Einige starben.

Der Aufseher sagte: »Dafür kommen die Geschwister. Und es ist einer weniger, der mitisst.«

Die Zentrale in Edinburgh sagte: »Das sind Lügen. Wir behandeln unsere Zuarbeiter mit größtem Respekt und absoluter Fairness. Die Arbeiterinnen und Arbeiter sind mindestens vierzehn, und es ist eine hervorragende Alternative für junge Frauen, die sich ansonsten prostituieren müssten, um das Überleben ihrer Familien zu sichern.«

Ben veröffentlichte seine Geschichte, und das ganze Land regte sich über das verlogene Ökolabel auf.

Nach ein paar Wochen kauften die Leute wieder dort ein, und Ben bekam ein riesiges Paket in die Redaktion geliefert mit falscher Ökokleidung in seiner Größe.

Er nahm das Paket mit zu einem der Obdachlosenasyle in der Stadt, stellte sich mit ein paar Dosen Bier daneben und verschenkte die Kleider wie ein mittelalterlicher Marktschreier. Ein Kollege fotografierte ihn und brachte das Bild am nächsten Tag: Ben, der auf einer Holzkiste stand und die Kleidung anpries, umringt von begeisterten Obdachlosen, die ihm zuprosteten oder Beifall klatschten. Wenn er Pech hatte, wurde es zum »Foto des Jahres«.

Es war das erste Mal, dass sie sich so lange über seine Arbeit unterhielten. Er spürte, wie fremd seinem Vater Bens Leben war und welche Schwierigkeiten er hatte zu begreifen, dass es tatsächlich sein Sohn war, der all das, von dem er gerade erfuhr, erlebt hatte. D. L. hatte sich zu ihnen gesetzt und füllte die Lücken, die Ben gerne gelassen hätte.

»Wie im Fernsehen«, sagte John. »Ehrlich, so was kennt man nur aus dem Fernsehen. Das ist, was Leute aus dem Fernsehen machen.« Er nickte, klopfte seinem Sohn auf die Schulter, nickte wieder. Seine Art zu loben. Mehr, als Ben erwartet hatte.

»Und jetzt bist du dran, John«, sagte D. L.

John verstand nicht.

»Na, was ist bei dir so los? Irgendwelche Pläne? Arthur's Seat kannst du bei dem Wetter vergessen, das Schloss hast du bestimmt schon gesehen, für den Zoo bist du zu alt.« Er lachte über seinen eigenen Witz. »Also? Was habt ihr vor?«

»Ich hab das Schloss noch nicht gesehen«, sagte John.

»Er hat das Schloss noch nicht gesehen?« D. L. sah Ben an.

»Er ist zum ersten Mal hier«, sagte Ben.

Der Junge brauchte nicht lange, um zu verstehen. Er biss sich auf die Lippe, verabschiedete sich, verschwand nach unten. John tat so, als inspiziere er aufs Genaueste seinen Mantel.

»Und? Was hast du vor? Schloss anschauen?« Ben senkte den Blick zu seinem Smartphone.

»Lohnt es sich?«

»Warum bist du hier?« Er tippte auf der Seite des *Scottish Independent* herum, gab sich beschäftigt und interessiert, ohne aber wirklich etwas zu lesen.

»War halt noch nie hier«, sagte John.

»Und das ist dir jetzt eingefallen?« Er ging auf die Seite mit den internationalen Nachrichten. Las sie nicht.

»Ich musste mal raus. Was anderes sehen. Wenn der Junge sagt, dass das Schloss schön ist, können wir doch zum Schloss gehen. Ich muss mal was anderes sehen.«

»Nach sechzig Jahren fällt dir ein, dass du mal was anderes sehen willst?« Er hatte den Satz noch nicht beendet, als ihn ein Gedanke ins Gesicht schlug. »Bist du krank? Ich meine, so richtig ...?«

»Quatsch«, sagte John.

»Sag die Wahrheit.«

»Ich bin nicht krank. Ich hab nur Kopfschmerzen. Ich bin nicht krank.«

Ben sah auf, tippte blind auf dem Touchscreen herum. »Es wäre ziemlich schwachsinnig, mich bei so etwas anzulügen, das weißt du, oder?«

John schüttelte den Kopf.

»Soll ich deshalb nicht zu Hause anrufen?«

»Vergiss es, ich bin nicht krank.«

»Was dann? Du hast dich sechzig Jahre lang nicht aus diesem Scheißkaff rausbewegt. Nicht mal nach Durham, um dir die Kathedrale anzuschauen. Und dann kommst du unangemeldet nach Edinburgh und fragst, ob wir zum Schloss gehen?«

»Ich hab die Kathedrale schon mal gesehen«, sagte John beleidigt.

»Du bist seit fünfundzwanzig Jahren arbeitslos. Du warst nie im Urlaub. Du hast nie Ausflüge gemacht, weder mit uns Kindern noch mit Mutter, und alleine schon gar nicht. Du unterstützt ein Fußballteam, das du ewig nicht mehr live im Stadion gesehen hast, weil du in fünfundzwanzig Jahren nicht genug Geld beisammen hattest, um dir eine Karte zu kaufen. Und jetzt bist du in Edinburgh und willst das *Schloss* sehen?«

John sprang auf. »Scheiß auf das Schloss!« Dann fuhr er sich mit der Hand übers Gesicht, setzte sich wieder hin und sagte leise: »Scheiß auf das alles.«

»Wie bist du überhaupt hergekommen?«

»Per Anhalter.«

»Ist nicht dein Ernst!«

»Wie denn sonst?«

Jetzt fuhr sich Ben mit der Hand übers Gesicht. Dieselbe Geste, er merkte es zu spät. Sohn deines Vaters, dachte er. »Also, sag, was los ist.«

John seufzte, wand sich, schloss die Augen, und als er sie öffnete, konnte Ben darin Tränen sehen. »Ich habe deine Mutter verlassen«, sagte John und klang irgendwie feierlich. »Nach vierzig Jahren habe ich deine Mutter verlassen. Und jetzt muss ich irgendwo wohnen.«

»Nicht hier«, sagte Ben, viel zu schnell, und hasste sich dafür.

»Wo denn sonst?«, fragte John.

Auszug aus Philippa Murrays Tagebuch

Samstag, 27. 12. 2003

Ist Weihnachten schon wieder vorbei? Was habe ich davon mitbekommen? Ich sehe die Dekoration, die Lichter, die Kerzen, aber ich
fühle nichts. Sonst habe ich immer irgendwann einen Punkt erreicht, an dem ich zur Ruhe kam und über das Jahr nachdenken
konnte. Diesmal gelingt es mir nicht.

Matts Jungs merken natürlich, dass mit mir etwas nicht
stimmt. Ich glaube, Matt hat ihnen gesagt, mein Freund sei gerade
sehr krank und ich deshalb sehr traurig. Sie kennen Sean nicht einmal. Ich mag die Jungs, und ich weiß, dass sie mich mögen. Aber ich
mag ihre Mutter nicht, und ich mag den Einfluss nicht, den Vater
mehr und mehr auf sie nimmt. Matt kann nichts dagegen tun.
Das heißt, er könnte schon, aber er tut es nicht. Dazu müsste er
aus Plymouth weggehen und woanders Arbeit suchen, und Sarah
müsste auf das bequeme Leben, das sie jetzt hat, mit Kindermädchen und Haushälterin verzichten ... Ich kann mir nicht vorstellen, dass Matt woanders so viel Geld bekommt wie bei Vater.
Vater übertreibt es, er bewirft ihn mit Geld, um ihn zu halten. Es
ist Erpressung, sage ich, aber Matt ist zu wenig Kämpfer, braucht
die Harmonie, hat keine Rechnung mit Vater offen. Niemand hat je
versucht, Matts Willen zu brechen.

Gestern Nacht mussten wir Dana ins Krankenhaus bringen.
Simon rief an und stammelte etwas davon, dass sie bewusstlos sei.
Sarah fragte ihn spitz, warum er nicht den Krankenwagen gerufen
hätte, und Simon wurde hysterisch. Ich nahm Sarah den Hörer aus

der Hand und versprach, sofort rüberzukommen. Ich rief die Rettung und fuhr gleich mit Matt zu den beiden rüber. Dana lag im Badezimmer auf dem Boden und rührte sich nicht. Aber sie atmete, ihr Herz schlug, wenn auch sehr schnell und etwas unregelmäßig. Simon war so aufgelöst, dass er nicht richtig erzählen konnte, was geschehen war. Er heulte Matt voll. Ich brachte Dana in die stabile Seitenlage und versuchte, sie wieder wach zu bekommen, aber es war nichts zu machen. Der Notarzt kam ein paar Minuten nach uns und nahm sie mit. Wir fuhren dem Krankenwagen hinterher.

Nach ungefähr einer Stunde im Krankenhaus konnte man uns immerhin mitteilen, dass man sie wach bekommen hätte und sie offenbar eins ihrer vielen Medikamente über- oder unterdosiert hätte. Ich habe es mir nicht so genau gemerkt, wenn ich ehrlich bin. Ich verstehe nicht, dass keiner von den anderen etwas unternimmt. Sie ist seit fünfzehn Jahren eine wandelnde Apotheke und trinkt trotzdem zu viel, aber niemand redet ihr ins Gewissen. Alle sitzen nur daneben und heben die Augenbrauen und werfen sich Blicke zu. Was muss noch passieren?

Ich kann nichts sagen, sie hasst mich. Simon hat Angst vor ihr. Matt ist zu harmoniesüchtig, Sarah interessiert sich für nichts außer für sich selbst, und die Eltern ... Warum wundere ich mich eigentlich? Wer sollte was sagen?

Ich muss hier dringend wieder weg. Aber heute ist es zu spät, wir sind erst am Vormittag aus der Klinik zurückgekommen, dann bin ich sofort eingeschlafen, und jetzt ist es schon wieder Abend.

Ich habe noch mal durchgelesen, was ich gestern geschrieben habe. Der letzte Satz ... was habe ich für Sean aufgegeben? Ich wollte das Leben in London nicht mehr. Ich habe nichts für ihn aufgegeben.

Wie kam ich drauf?

Ich wollte wahrscheinlich schreiben: »Ich habe doch so viel für ihn getan.« Dann klingelte das Telefon, weil Dana umgefallen war, und ich kam ganz durcheinander.

Ich habe wirklich nichts für ihn aufgegeben. Im Gegenteil. Ohne ihn hätte ich diese wunderbare Werkstatt von dem alten Ogilvy gar nicht gefunden. Ich bin ganz allein für das verantwortlich, was ich mache. Genau das wollte ich doch immer.

Wie kam ich darauf, ich hätte etwas für ihn aufgegeben? Absurd.

Ich muss morgen endlich zurück nach Schottland.

Auszug aus Philippa Murrays Tagebuch

Sonntag, 28. 12. 2003

Wieder in Edinburgh. Ich habe Pete versprochen, Hogmanay mit ihm zu verbringen. Er feiert nie wirklich Weihnachten, er sagt, als alter Schotte ist das keine große Sache für ihn, dafür Hogmanay und Ne'erday. Ich muss erst lernen, was das alles genau bedeutet. Man hört immer davon, und die Schotten in New York hatten jedes Mal ganz feuchte Augen, wenn sie davon sprachen, die meisten sind dafür extra nach Europa geflogen, aber ich habe so etwas noch nie erlebt. Ich denke mir, es wird viel getrunken, gegessen und gesungen, und irgendwann wird ein Feuerwerk abgebrannt. Kann mir nicht vorstellen, dass ich in Feierlaune sein werde, Pete sicher auch nicht. Ich sagte es ihm.

»Es geht nicht ums Feiern wie bei einer Geburtstagsparty. Es geht darum, mit dem neuen Jahr Glück ins Haus zu bekommen. Der erste Besucher bringt das Glück mit. Und er bringt Geschenke mit. Brot oder Salz oder Whisky oder eine Münze ... Ich wünsche mir, dass Sean im neuen Jahr derjenige sein wird, der den ersten Fuß über meine Schwelle setzt.«

Erst dachte ich: abergläubischer Mist. Aber dann ... Wenn Weihnachten für Pete keine so große Bedeutung hat wie Hogmanay, dann geht es Sean sicher genauso. Und das wiederum könnte doch bedeuten, dass er sich wirklich bis zum Jahreswechsel zurückgezogen hat, um dann mit großem Paukenschlag aufzutauchen.

Würde das zu ihm passen?

Was passt überhaupt zu ihm ...

Matt hat mich gefragt, ob ich mich auch in Sean verliebt hätte, wenn ich von Anfang an gewusst hätte, dass er im Gefängnis war. Ehrliche Antwort? Wahrscheinlich nicht. Und es wäre doch ein Fehler gewesen, ihm keine Chance zu geben. Wir hatten eine wunderbare Zeit! (Ich darf nicht immer nur in der Vergangenheit von ihm reden, als sei schon alles für immer vorbei …) Wir passen gut zueinander. Wir verstehen uns ohne viele Worte. Wir lieben uns. Das alles hätte es nicht gegeben, wenn ich gewusst hätte, dass er ein Ex-Häftling ist. Hat nicht jeder eine zweite Chance verdient? Matt würde jetzt sagen: Er hatte seine zweite Chance schon, er saß ja nicht nur einmal ein. Er würde es sagen und lächeln, als wäre es nur so ein Gedanke, eine Überlegung.

Als ich vorhin zur Tür reinkam, lagen da lauter Briefe. Natürlich riss ich sie alle sofort auf (und hoffte, einer von Sean sei dabei, aber da war keiner). In einem Umschlag war ein Infoflyer von einer Vermisstenorganisation. Die anderen sind Weihnachtskarten von Kunden, aber auch von Nachbarn. Eine ist von Professor McLean, sie ist viel persönlicher, viel netter als die Standardwünsche der anderen Kunden. Er hat keine Karte im Geschäft gekauft, sondern offenbar eine eigene entworfen. Vorne klebt ein wunderbarschönes Foto von einem verschneiten schottischen Berg bei strahlendem Sonnenschein, die Schneedecke ist unberührt bis auf ein erstaunlich symmetrisches Muster, das ein Vogel hinterlassen hat. Er schreibt: »Möge das alte Jahr mit seinen Sorgen davonfliegen, und sich mit dem neuen Jahr das Glück einnisten. Alles Gute. Michael.«
Noch eine fällt aus dem Rahmen, sie ist von den beiden Polizisten, aber sie sieht privat aus. Sie wünschen mir »eine gesegnete Weihnachtszeit und ein glückliches neues Jahr«. Ich weiß nicht, was ich davon halten soll. Machen sie das immer so? Schicken sie auch Karten an die Hinterbliebenen von Mordopfern? Was schreiben sie denen rein? »Auf bessere Zeiten!«? »Wird schon wie-

der!«? »Kopf hoch!«? Dürfen sie das überhaupt, privat Verbindung zu mir aufnehmen? Ich weiß, bestimmt haben sie es nur gut gemeint. Ich bin undankbar.

Ich habe alle Karten weggeworfen. Bis auf die von McLean. Mir gefällt das Foto. Ich habe es auf den Kaminsims gestellt. In der Stadt liegt nämlich kein Schnee, hier fällt das Thermometer nicht mal unter null.

Was im Moment auch ganz gut ist. Die Wohnung wird nicht richtig warm. Wir haben zwar eine Zentralheizung, aber sie scheint nicht anzuspringen, und der Kamin ist kein echter Kamin. Am besten gehe ich bei Pete vorbei und wärme mich auf. Er braucht ohnehin Gesellschaft.

Nachtrag:

Ich bin doch nicht zu Pete gegangen. Ich habe mit Simon telefoniert, um zu hören, wie es Dana geht, und weil Simon offenbar mit niemandem in unserer blöden Familie reden kann, hat er sich bei mir ausführlich ausgeheult. Zwei Stunden lang! Wann hab ich zum letzten Mal mit jemandem zwei Stunden telefoniert?

Er rollte noch einmal die gesamte Beziehung zu meiner Schwester auf. Wie er sie kennengelernt hat und warum er sie so sehr liebt und weshalb er sich so große Sorgen um sie macht. Ich weiß immer noch nicht, wie ich ihm sagen soll, dass sich Dana nicht erst in den letzten Jahren verändert hat, sondern schon immer so war. Sie hat sich vielleicht am Anfang der Beziehung mit ihm etwas zusammengerissen. Und vielleicht war sie sogar glücklich, ihre Kaufräusche setzten nämlich wirklich eine Weile aus. Aber irgendwann ging es wieder los. Ich kenne die meisten Geschichten nur aus zweiter Hand, weil ich weg war, ich kann nicht sagen, welche Therapie ihr wann wie geholfen hat und welche Tabletten sich wie auswirken, also hörte ich mir schweigend Simons Vortrag und seine Theorien, was für Dana wohl das Beste wäre, an. Irgendwann

126

musste ich den Faden verloren haben, denn er sprach nicht mehr von Dana, sondern von seinem Verhältnis zu Vater.

»Er traut mir nichts zu!«, sagte er.

»Da bist du in guter Gesellschaft. Er traut außer sich selbst keinem was zu. Nicht mal Matt.«

»Aber Matt vertraut er wenigstens. Mich kontrolliert er ständig. Und dann bin ich ihm nicht gut genug für seine Tochter. Offenbar ist man nur was wert, wenn man seine Gene trägt. Sarah ist ihm auch nicht gut genug, aber sie hat wenigstens zwei männliche Enkel produziert.«

»Ich trage fünfzig Prozent seiner Gene, und ich bin ihm auch nicht gut genug«, sagte ich.

»Na ja, bei dir ist das was anderes.«

Ehrlich, ich war erstaunt. »Warum?«

»Du machst das doch alles absichtlich, um ihn zu provozieren.«

»Ich ... was mache ich absichtlich?«

»Na ja, nicht studieren, ins Ausland gehen, mit einem Mann zusammenziehen, der nur ein einfacher Arbeiter ist ... solche Sachen.«

»Ich verstehe nicht, worauf du hinauswillst«, sagte ich vorsichtig, auch wenn ich so eine Ahnung hatte.

»Dana sagt immer, du ärgerst euren Vater, damit er sich mehr um dich sorgt und dich deshalb ihr und deinem Bruder vorzieht.«

»Was ist das für eine verdrehte Logik? Ich lebe mein Leben, wie ich es will, obwohl es Vater nicht passt! Nicht weil!«

»Dana sagt immer«, wiederholte er, »dass er ihr und mir mehr Aufmerksamkeit schenken würde, wenn ich kein promovierter Jurist mit einem MBA wäre. Dann würde er sich mehr um sie kümmern.«

Es war so absurd, ich konnte nur noch lachen. »Gerade hast du dich noch beschwert, dass Vater dir zu wenig zutraut, und jetzt sagst du, du seist akademisch überqualifiziert, um seine Zuneigung zu bekommen?«

»Das sagt Dana. Und es ist auch was anderes. Es sind zwei unterschiedliche Dinge. In der Firma traut er mir nichts zu. Privat kümmert er sich nicht genug um Dana, weil er denkt, sie sei gut versorgt.«

»Niemand denkt, Dana sei gut versorgt, und sorry, aber das hat nichts mit dir zu tun.«

»Ihr wisst alle, dass sie Probleme hat, aber ihr kümmert euch nicht um sie, weil sie mich hat.«

»Äh – und was heißt das jetzt? Ihr trennt euch, damit Dana wieder bei Mum und Dad wohnen kann, wo man ihr morgens das Frühstück macht?«

»Nein, natürlich nicht. Nur . . .«

»Hör mal, Simon. Wenn es jemanden gibt, der meinem Vater so richtig egal ist, dann bin ich das. Ich bin mit nicht mal siebzehn ausgezogen und nach Deutschland gegangen. Meine Eltern haben ihr Einverständnis dafür schneller gegeben, als ich piep sagen konnte. Sie haben mich kein einziges Mal in Hamburg besucht. Dann war ich in New York, und auch da haben sie mich kein einziges Mal besucht. Für mich war es schon ein Übermaß an Fürsorge, wenn ich eine Geburtstagskarte von ihnen bekommen habe.«

»Sie haben immer nur über dich gesprochen«, sagte Simon.

Seine Worte ließen mich fast k.o. gehen. Ich merkte, wie sich Wasser in meinen Augen sammelte, und blinzelte es weg.

»Kein Tag, an dem die Rede nicht auf dich kam«, sagte er, als ich schwieg. »Du saßt immer mit am Tisch, warst bei jeder Familienfeier dabei. Es war, als wärst du nur mal kurz im Bad verschwunden. Dana hat das wahnsinnig gemacht.« Es klang nach Vorwurf, und ich wechselte das Thema. Zurück zu Danas Zustand, zurück zu Simons Funktion in der Firma.

Aber was er gesagt hat, nagt immer noch an mir. Dana war nie das Gefühl losgeworden, ich als ihre kleine Schwester hätte sie vom Prinzessinnenthron gestoßen. Und ich hatte immer geglaubt, ich sei das fünfte Rad am Wagen, vollkommen überflüssig, da sich die Welt, wenn nicht das Universum ausschließlich um Danas Bedürfnisse drehte. Aber verdammt, ging es nicht den meisten Geschwistern so? War das wirklich immer noch ein Thema in unserem Alter?

Das allein war es nicht, was mich umtrieb. Viel stärker nagte an mir der Vorwurf, ich hätte mein Leben so ausgerichtet, um Vater zu provozieren. Stimmte das? Wollte ich ihm etwas beweisen? Nur was? Dass ich ihn nicht brauchte? Dass ich nicht dazugehörte? Warum wollte ich das? Oder hatte ich von vornherein Angst gehabt, seinen Erwartungen nicht entsprechen zu können?

Simons – oder vielmehr Danas – Vorwurf war nicht ganz unbegründet. Dass ich nicht studieren wollte, hatte viel mit Teenagerrevolution zu tun gehabt. Und viele Entscheidungen habe ich getroffen, weil ich nicht so werden wollte, wie meine Eltern mich haben wollten.

Habe ich mir deshalb Sean ausgesucht?

Ich liebe ihn doch.

Nachtrag 2:

Termin mit der Organisation gemacht, die Angehörigen von Vermissten hilft. Sie sind auch sonntags erreichbar. Ich kann sofort vorbeikommen.

7.

In dem zivilen Polizeiwagen, der vor der Werkstatt parkte, saß ein junger Mann auf dem Rücksitz und starrte aus dem Fenster.

»Ist das ein Verdächtiger?«, fragte Dana die Polizistin.

»Nein. Ignorieren Sie ihn. Wo können wir uns unterhalten?« Sie hatte sich an Michael gewandt, der hilflos mit den Schultern zuckte.

»Gehen wir ins Büro«, sagte Dana und ging vor. Die Polizistin zögerte, ließ ihren Kollegen mit Michael vorangehen. Dana wartete auf die Frau. »Stimmt was nicht?«

Die Polizistin lachte verlegen. »Ich wollte schon immer Klavier spielen. Ich habe es leider nie gelernt. Spielen Sie?«

»Wir wurden alle durch den Unterricht gequält. Pippa mit deutlich mehr Erfolg als Matt und ich. Wie man sieht.« Sie sah sich um, versuchte, mehr zu sehen als jeder andere, weil es um ihre Schwester ging. Seit ihrem letzten Besuch hatte sich vieles verändert: Pippa hatte neu gestrichen, den Boden machen lassen, das Büro vollkommen umgebaut. Früher war es vom Eingang aus gesehen hinten rechts gewesen, jetzt war es in der linken Ecke. Sie kannte den Grund für den Umbau. Aber durch die Veränderungen hatte die Werkstatt ihren Charme verloren. Früher war es einfach nur eine Werkstatt gewesen. Es hatte nach Holz gerochen, nach Arbeit, die auseinandergenommenen Instrumente hatten herumgestanden, alles war im Fluss gewesen. Jetzt war es hier viel zu aufgeräumt. Zu sauber. Ein noch nicht fertig restaurierter Flügel war abgedeckt, als gelte es, ihn schamhaft vor Blicken zu schützen. Die anderen Klaviere und Flügel sahen so sauber, unbenutzt und charakterlos aus, als stünden sie in einem Ausstellungsraum, nicht in einer Werkstatt. Es gefiel Dana nicht. Die Polizistin schien nichts zu bemerken. Sie kannte es nicht anders.

»Sie waren sicher alle sehr stolz auf Ihre Schwester«, sagte die Frau gerade.

»Oh, natürlich«, antwortete sie automatisch, korrigierte sich aber gleich: »Ich lüge Sie an. Unsere Eltern hätten alles getan, um Pippa dazu zu bringen, etwas Ordentliches zu studieren, statt nach Deutschland zu gehen und eine Lehre als Klavierbauerin zu machen. Im Betrieb arbeiten, das war für uns geplant. Aus der Reihe tanzen nicht.«

»Es gab also Ärger?«

»Ununterbrochen. Selbst, als sie weg war. Pippa war Dauerthema. Aber Matt hat sie immer unterstützt.« Sie hoffte, dass die Polizistin nicht weiterfragen würde, und hatte Glück.

»Das ist ein wunderschöner Flügel«, sagte sie und berührte mit den Fingerspitzen das schwarz lackierte Holz eines Steinways. »Ich habe keine Ahnung, ob man darauf gut oder schlecht spielen kann, ich denke nur: wunderschön.« Sie lachte, verlegen, dann sah sie Dana an und sagte: »Sehen Sie Ihre Schwester, wenn Sie so einen Flügel sehen?«

Dana war selbst überrascht von der Intensität der Frage. Was sie in ihr auslöste. Sie vergaß für einen Moment, Atem zu holen.

»Ja«, sagte sie, distanzierte sich und lächelte. »Gehen wir zu den anderen? Ich darf doch vorgehen.«

Sie fragten und fragten, obwohl sie alles schon zu wissen schienen. Sie gingen davon aus, Pippa wolle nur verhindern, dass Sean für tot erklärt wurde. Es ließ sich allerdings nicht ausschließen, dass sie mehr über den Tathergang wusste, als sie der Polizei bisher gesagt hatte, und deshalb mussten sie sie sprechen. Dass Pippa nun seit gestern Morgen verschwunden war, konnte sich niemand erklären, es fielen Andeutungen, Pippa könnte vielleicht direkt etwas mit der Tat zu tun haben. Dana hielt das für ausgeschlossen. Sie überlegte, ob das Verschwinden ihrer Schwester nicht vielmehr Teil einer Inszenierung sein könnte. Aber würde das zu ihrer Schwester passen? Zu ihr selbst, ja. Aber zu Pippa?

Allerdings musste sie sich beim Anblick der umgestalteten Werkstatt fragen, wie gut sie ihre Schwester noch kannte. Sie waren zusammen aufgewachsen, aber dann hatten sie jahrelang so gut wie keinen Kontakt gehabt. In den letzten Jahren sporadisch. Zeitweise sehr intensiv. Aber reichte das, um zu behaupten, sie würde ihre Schwester so gut kennen, wie man eine Schwester kennen sollte?

Dana hörte zu, wie Michael und die beiden Polizisten rekonstruierten, wann Pippa wo von wem zuletzt gesehen worden war. Michael zählte auf, wen er bereits angerufen hatte, um sich nach ihr zu erkundigen, und die Polizistin versicherte ihm, dass sie sich der Sache sehr gründlich annehmen würde.

»Und wer ist der Typ in Ihrem Wagen?«, fragte Dana, als sie die Polizisten zur Tür begleitete.

»Ein Zeuge«, sagte der Mann und klang wenig begeistert.

»Der hält es aber lang aus«, sagte sie.

»Sie haben ja keine Ahnung«, murmelte die Polizistin und verschwand mit ihrem Kollegen. Dana sah ihnen nach. Der junge Mann auf dem Rücksitz starrte sie an, drehte sogar den Kopf nach ihr, als der Wagen langsam wegrollte und dabei grauen Matsch auf weißen Schnee spritzte. Das Gesicht des

Mannes war so weiß wie der Schnee, seine Augen größer als die eines Kindes, das Angst hatte.

»Was heißt das, sie werden sich der Sache sehr gründlich annehmen?«, fragte Michael und stellte sich hinter sie. Dana spürte seine Wärme in ihrem Rücken.

»Dass sie nach Pippa suchen, nehme ich an. Gibt es etwas, das du der Polizei nicht gesagt hast?« Sie drehte sich nicht zu ihm um. Sie hörte nur, wie er empört nach Luft schnappte. Bevor er antworten konnte, sagte sie: »Ich muss hier raus. Ein paar Schritte laufen.«

Er begleitete sie. Erkundigte sich danach, wie ihr Flug war, die Taxifahrt in die Stadt. Ob sie Hunger hatte oder Durst. Ob sie nicht doch in seinem Haus wohnen wollte statt in der kleinen Wohnung über der Werkstatt, die es immer noch gab, die immer noch eingerichtet war, die Pippa nicht hatte loslassen können.

»Hat sie die Wohnung auch komplett renoviert?«, fragte sie ihn, als sie über die vereisten Bürgersteige in Richtung Princes Street gingen. So dunkel, dachte sie, so früh wird es hier im Winter dunkel.

»Nicht nur renoviert. Umgebaut. Nicht mehr wiederzuerkennen.«

»Und es hat nichts geholfen?«

»Nein.«

Sie kamen an John Lewis vorbei. Dana blieb vor einem der Schaufenster stehen, nicht, weil sie sich für die ausgestellten Waren interessierte, sondern um das Verlangen abzuwarten, in das Kaufhaus zu gehen. Sie sah aus dem Augenwinkel, wie sich eine Frau damit abmühte, Spikes an ihren Gummistiefeln zu befestigen. Eine andere blieb stehen und bot ihre Hilfe an. Sie fummelten zu zweit die Spikes auf die bunt geblümten Stiefel. Sehr zu Danas Enttäuschung fielen sie nicht zusammen um. Der Wunsch, das Kaufhaus zu erobern, blieb bei Dana aus.

»Wollen wir weitergehen oder brauchst du noch eine Minute, um den Anblick dieses Toasters auch wirklich zu verinnerlichen?«, fragte Michael und lächelte.

»Vielleicht wünsche ich mir so einen zu Weihnachten«, behauptete sie und ging weiter. »Weißt du, Michael, sie liebt dich wirklich.«

Er schwieg.

»Wirklich.«

»Und da bist du dir so sicher, weil ihr beide so ein unglaublich enges Verhältnis zueinander habt?« Jetzt lächelte er nicht mehr.

»Ich kenne sie. Auch, wenn wir unsere … Spannungen haben.«

»Und warum dann das ganze Theater? Warum immer wieder Sean? Seit sieben Jahren spukt er noch hier herum, als wäre er nie verschwunden.«

»Gegen einen Geist kann man nicht viel ausrichten, hm?« Sie hakte sich bei ihm unter, eine Geste, über die sie nicht nachdachte. Als sie seinen verwunderten Blick sah, ließ sie ihren Arm, wo er war und sagte: »Ich darf doch, es ist glatt.«

»Wenn Sean nur ein Geist wäre«, sagte er. »Manchmal habe ich das Gefühl, er ist lebendig. Manchmal habe ich das Gefühl, er liegt mit uns im Bett.«

»Sie braucht nur Gewissheit, was mit ihm ist. Sie gibt sich immer noch die Schuld an seinem Verschwinden.«

»Als ob ich das nicht wüsste«, murmelte Michael.

»Und was willst du jetzt tun?«

»Sie suchen.«

»Würdest du sie in sieben Jahren immer noch suchen?«

»Nein.«

»Sicher?«

»Nein.«

»Siehst du.« Sie war neidisch. Sie glaubte nicht, dass irgendjemand nach ihr sieben Jahre suchen würde. Dafür fielen ihr spontan genügend Menschen ein, die auch noch siebzig Jahre nach Pippa suchen würden.

»Glaubst du, sie ist verschwunden, um mir zu zeigen, wie sie sich fühlt?«, fragte Michael.

Sie lenkte ihn zum St Andrew Square und ignorierte seine Frage. »Was denkst du, wer bei den Polizisten auf dem Rücksitz saß?«

Michael zuckte die Schultern. »Sie haben doch gesagt, es sei ein Zeuge. Was glaubst du? Dass sie den Mörder dieser Frau gefunden haben und jetzt von ihm wissen wollen, wo Pippa ist?« Es klang nicht halb so lächerlich, wie es klingen sollte.

»Er kam mir bekannt vor. Ich weiß nur nicht mehr woher.« Sie hatten Harvey Nichols erreicht. Das Kaufhaus war hell erleuchtet. Innen würde es warm sein. Dana blieb davor stehen. Das Verlangen regte sich.

Michael sah sie an. »Ich weiß nicht, ob sie hier Toaster haben«, versuchte er zu scherzen.

»Ich brauche ein paar Kleinigkeiten. Essen, zum Beispiel.«

»Du kannst kochen?«

»Ich kann es versuchen.«

Er hob die Augenbrauen. »Harvey Nichols hat eine Feinkostabteilung, aber ...«

»Wo soll ich denn sonst einkaufen?«, fragte sie.

»Es gibt Supermärkte«, antwortete er trocken. Sie wusste nicht, was sie sagen sollte, und er verstand nach einem Moment endlich. »Du warst noch nie in einem Supermarkt?«

Dana versuchte, ihn zur Eingangstür zu schieben, aber

Michael blieb stehen. »Ich habe recht, oder? Du warst noch nie in einem Supermarkt!«

»Ich arbeite den ganzen Tag. Wir haben eine Haushälterin, die das übernimmt. Was? Was ist los?«

Michael lachte. Konnte nicht mehr aufhören. Er stand vor ihr und lachte, bis ihm die Tränen über das Gesicht liefen und die Luft knapp wurde. Passanten drehten sich nach ihm um, aber es störte ihn offenbar nicht. Er lehnte sich an einen Laternenpfosten und lachte, wischte sich mit dem Handschuh die Tränen aus dem Gesicht. Lachte immer noch.

Dana ließ ihn schulterzuckend stehen und betrat das Luxuskaufhaus.

Auszug aus Philippa Murrays Tagebuch

Dienstag, 30.12.2003

Nichts Neues, überhaupt nichts. Ich war bei Pete und habe ihm geholfen einzukaufen und sein Haus sauber zu machen. Ich hatte die Handwerker bei mir wegen der Heizung, jetzt läuft sie wieder. Irgendwas mit den Thermostaten. Es wird bestimmt sehr teuer. Ich habe Bürokram erledigt, damit ich das Jahr abschließen kann. Ich habe Seans Sachen aufgeräumt, unser Bettzeug gewaschen, neue Handtücher hingehängt. Dann dachte ich, vielleicht dekoriere ich ein wenig um, also habe ich Sofakissen gekauft und eine hübsche neue Tischlampe ausgesucht. Es hat mir so gut gefallen, dass ich gleich wieder losgezogen bin – John Lewis ist ja nicht weit. Ich habe einen neuen Toaster und einen neuen Wasserkocher gekauft, farblich passend, und ebenfalls passende Untersetzer und Topflappen und Geschirrtücher. Als ich zu Hause war und alles ausgepackt hatte, kam ich mir vor wie eine brave Hausfrau aus den fünfziger Jahren, die auf ihren Ehemann wartete. Doris Day und Rock Hudson. Fehlt nur noch, dass ich mir eine Schürze umbinde und Lockenwickler reindrehe. Ich glaube, ich mache das alles gerade, weil ich mir einbilde, es könnte Sean zurückbringen. Ich versuche, ihm das schönste Zuhause zu geben, das er jemals hatte, damit er nie wieder weggeht. Aber dafür müsste er erst mal wiederkommen …

Wenn ich gewusst hätte, wie sein Leben wirklich verlaufen ist, hätte ich mich bestimmt nicht so oft mit ihm wegen dieser blöden Hausarbeiten gestritten. Ich habe ihm immer vorgeworfen, viel zu wenig zu machen und mich zu wenig zu unterstützen. Statt ihm Halt zu geben und einen Platz, an dem er sich geborgen fühlen kann ...

Sie feiern schon überall. Sobald es dunkel wird, und es wird ja schon gegen halb vier dunkel. Sie laufen mit Fackeln herum, überall spielen Bands ... Ich stelle mir vor, dass sich Sean unter den vielen Menschen versteckt, um uns zum Jahreswechsel zu überraschen ...

Bei dieser Vermisstenorganisation konnten sie mir kein Stück weiterhelfen. Sie sagten nur so Dinge wie: Manchmal brauchen Menschen eine Auszeit und können nicht mit denen darüber reden, die ihnen am nächsten stehen. Wir hatten mal einen Fall ... Und dann haben sie versucht, mir mit irgendwelchen Geschichten Mut zu machen. Die Frau, mit der ich sprach, war ungefähr Ende dreißig, hatte lange rote Dreadlocks und hieß Sophie.

»Ein neunzehnjähriger Student, alles lief gut in seinem Leben. Dachten jedenfalls alle. Und dann – verschwunden. Die Familie war verzweifelt, die Freundin am Ende. Sie wissen besser als ich, wie es ihnen ging. Er hat sich dann auf den Tag genau ein Jahr später bei uns gemeldet und darum gebeten, dass wir Kontakt mit seinen Angehörigen aufnehmen. Und ...«

»Er wollte nicht zurück?«, unterbrach ich Sophie.

»Er brauchte noch Zeit, um sich über einige Dinge klar zu werden. Manchmal stauen sich Gefühle in uns an, mit denen wir ...«

»Ich weiß gerade nicht, ob das eine Erfolgsgeschichte ist, die mir wirklich Mut macht.«

Sophie nickte verständnisvoll mit einem angedeuteten Lächeln. Ich glaube, in diesem Moment beschloss ich, sie nicht zu mögen.

»Sie trauern um Sean«, sagte sie. »Sie durchlaufen ungefähr dieselben Trauerphasen wie bei einem Todesfall. Am Anfang steht, dass Sie nicht wahrhaben wollen, dass er weg ist. Bei Ihnen ist alles sehr frisch, Sie sind mitten in dieser Phase. Wenn Sie nach einer Weile einsehen, dass er wirklich weg ist, kommen die starken *wütend - fierce ; enraged*

Gefühle. Vielleicht werden Sie wütend, vielleicht depressiv. Wie auch immer, ich rate Ihnen, spätestens dann Hilfe anzunehmen. Die finden Sie bei uns, wir haben außerdem Adressen . . .«

»Ja, ja«, sagte ich ungeduldig. »Was bringt mir das jetzt? Kommt er davon wieder? Ich meine, gibt es irgendwas, das Sie tun können, um nach ihm zu suchen? Also, etwas anderes als das, was die Polizei macht?«

»Lassen Sie mich bitte noch erläutern, warum ich Ihnen von dem Jungen erzählt habe, der sich nach einem Jahr bei uns gemeldet hat. Die Familie war überglücklich, von ihm zu hören. Sie wussten, dass er lebt und dass es ihm gut geht, und sie können jetzt normal weiterleben. Das ist der Unterschied, wenn jemand verschwindet: die Ungewissheit. Wenn jemand stirbt, wollen Sie es auch erst nicht wahrhaben, aber Sie begreifen mit der Zeit, dass dieser Mensch nicht zurückkehrt. Wenn jemand verschwindet, haben Sie nie Gewissheit.«

Da hatte sie aber ganz groß aufgepasst bei der Schulung.

»Kurz gesagt: Sie können nichts tun, außer mir Sachen sagen, die ich sowieso schon weiß? Oder rührselige Geschichten von anderen erzählen?«

»Wir stehen Ihnen bei, wenn Sie uns brauchen.«

»Tut mir leid, ich habe etwas anderes erwartet. Mein Fehler.«

Ich stand einfach auf und ging. Sie versuchte nicht, mich aufzuhalten.

Vielleicht war ich keine gute Partnerin für Sean. Vielleicht hat er sich eine ganz andere Art Frau gewünscht. Eben eine, die sich mehr um ihn kümmert. Mehr Zeit für ihn hat. Ich habe die Wohnung jetzt so schön gemacht, wie sie noch nie war. Gut, ein bisschen sehr wie ein Abklatsch aus »Ideal Home«. Ich lege ja vor allem Wert darauf, dass die Einrichtung praktisch ist. Aber ich erinnere mich, dass Sean manchmal gesagt hat: »Mir fehlt ein bisschen Wärme in der Wohnung, und damit meine ich nicht die Raumtemperatur.«

Ich habe ihn vertrieben.

Nachtrag:

Es bringt mich noch um . . . Sophie hat natürlich recht. Wenn ich wüsste, was mit ihm ist . . . Oder wenigstens, warum er gegangen ist.

Er muss wegen mir gegangen sein . . . Warum musste ich mich nur wieder mit ihm streiten?

Donnerstag, 2. Dezember 2010

Taub - deaf

8.

»Sie können ihn ruhig anfassen«, sagte die Ärztin.

Cedric sah auf seine Hände, die noch in Handschuhen steckten. Er hatte nicht vor, sie auszuziehen. »Ich bin nicht so gut mit so was«, sagte er und bemühte sich, entschuldigend zu klingen.

»Aber Sie haben vor, sich um Ihren Bruder zu kümmern?« Die Ärztin klang misstrauisch.

»Halbbruder«, sagte Cedric und starrte immer noch auf seine Hände. Die Ärztin warf ihm einen düsteren Blick zu und setzte sich zu William auf den Boden. Er stapelte mit tiefernstem Gesicht Klötzchen aufeinander, die kurz darauf von einem der anderen Kinder umgeworfen wurden. Die anderen tapsten und krabbelten lärmend um ihn herum. Cedric gratulierte ihm innerlich zu seiner Taubheit. Er hielt das Geschrei kaum aus.

Die Ärztin half William mit seinen Bauklötzchen. Wenn sie etwas zu ihm sagte, tippte sie ihn vorher an und zeigte auf ihren Mund. Beim Reden benutzte sie gleichzeitig Gebärdensprache. Cedric drehte sich um, ging auf den Flur und setzte sich ins Wartezimmer.

Er hasste Krankenhäuser. Er hatte das Gefühl, jede einzelne Krankheit in seinen Blutkreislauf aufzunehmen, kaum, dass er das Krankenhaus betrat. Dasselbe galt für Arztpraxen. Hinterher hatte er mindestens eine Woche lang Symptome von Schwindel über Übelkeit, Sehstörungen, Taubheitsgefühle, Wadenkrämpfe, Herzrhythmusstörungen und Atemnot bis hin zu Kopfschmerzen. Cedric wollte sich gar nicht vorstellen, wie er sich fühlen musste, nachdem er das Kinderkrankenhaus verlassen hatte. Er hatte jetzt schon das Gefühl, dass es ihn am ganzen Körper juckte.

Cedric war viel zu früh. Die beiden Anwälte – einer von seinen, einer von Lillian – würden erst in einer Viertelstunde eintreffen. Aber er hatte wieder nicht richtig schlafen können. War seit vier Uhr morgens wach, hatte sich im Internet Berichte von Menschen durchgelesen, die dieselbe Krankheit hatten wie sein Halbbruder, war sogar zum Krankenhaus gelaufen, eine halbe Stunde durch den kalten, grauen schottischen Morgen, um die Zeit totzuschlagen.

Die Anwälte hatten Lillians Mutter kontaktiert, damit sie sich um William kümmerte. Noch vor vierundzwanzig Stunden hatte sich Cedric gefragt, wie es werden würde: Sie würde als Vormund und gesetzlicher Vertreter Williams Erbe verwalten. Welche Auswirkungen das für die Firmen hatte, für die Zeitung, die Cedric herausgab, wollte er sich nicht vorstellen. Seine Anwälte hatten ihm Mut gemacht: »Wir können verhandeln. Wir können darauf drängen, dass Sie als Geschäftsführer dabei bleiben. Mit einem entsprechenden Gehalt. Mrs Kjellberg wird ohnehin Leute einstellen müssen. Sie hat vermutlich nicht die nötige Qualifikation, ein Medienunternehmen von dieser Größe zu leiten.«

Aber was, wenn diese Frau ihn nicht haben wollte? Irgendwo Arbeit zu finden, um seinen Lebensunterhalt zu verdienen, schien ihm unmöglich. Nicht, dass er sich vor der Arbeit scheute. Nur vor den Menschen, mit denen er dann zu tun haben würde.

Mittlerweile war die Lage eine andere. Über diese Dinge musste er sich keine Gedanken mehr machen.

Er hatte keine Ahnung, was Lillians Mutter für eine Frau

war. Er wusste nur, dass sie mit einem Isländer liiert war, und dass sie seit einigen Jahren mit ihm in dessen Heimat lebte. Wahrscheinlich würde sie William mit nach Island nehmen.

Die beiden Anwälte erschienen pünktlich und begrüßten ihn mit einem knappen Nicken. Nicht ihre Uhrzeit, er sah es ihnen an, auch wenn sie alles taten, um wach und frisch zu wirken.

»Wir haben Mrs Kjellberg gestern Nacht nicht mehr erreicht«, sagte Flynn, Lillians Anwalt und Nachlassverwalter. »Aber wir bringen den Jungen bei einer Pflegefamilie unter. Die Frau ist ausgebildete Krankenschwester und spezialisiert auf taube und taubblinde Kinder. Ihr Mann unterrichtet an der Schule für Hörbehinderte in Linlithgow. Eine bessere Unterbringung konnten wir nicht finden.«

»Sollte er nicht hier bleiben?«, fragte Cedric.

»Wozu?« Flynn klang genervt. »Er ist nicht akut krank.«

»Er könnte operiert werden, damit er wieder hört. Ich habe gelesen, dass man Kindern in seinem Alter ein Cochlear-Implantat einsetzen kann. Wenn er schon mal hier ist, kann er doch ...«

»Mr Darney«, unterbrach Flynn ihn. »Wenn Sie sich schon so schlau gemacht haben, können Sie die OP auch gleich selbst durchführen, was? Der Junge braucht erst mal jemanden, der sich um ihn kümmert, und zwar rund um die Uhr. Eine Bezugsperson. Es ist alles schon schwer genug, aber irgendwie müssen wir die Zeit sinnvoll überbrücken, bis seine Großmutter kommt, um ihn zu holen. Sie ist nun mal die einzige lebende Verwandte.«

»Gibt es denn in Island ... also ... kann man sich denn da um den Jungen kümmern?«

»Island ist nicht Äthiopien. Aber die Vorliebe von Mrs Kjellberg für die skandinavischen Männer macht die Sache gerade nicht einfacher, da haben Sie recht. Irgendwie kommen die Kollegen in Reykjavík nicht in die Gänge.«

»Auch eingeschneit.« Bolithos Stimme klang rau, entweder von einer Erkältung oder noch vom Schlaf. Er war der jüngste unter Cedrics Anwälten, aber auch der mit dem besten Verhandlungsgeschick.

»Gut, diese Pflegefamilie ist sicher eine gute Idee«, sagte Cedric, um Flynn zu beruhigen. »Bringen Sie ihn hin?«

»Aber ganz sicher. Höchstpersönlich.« Als hätte er Angst, Cedric oder Bolitho würden den Jungen entführen. »Jeden Tag schaut jemand von unserer Kanzlei nach ihm, bis sich Mrs Kjellberg aufgetan hat. Man sollte meinen, bei dem, was es zu erben gibt, stünde sie schneller auf der Matte.« Er sah auf die Uhr. »Gleich kommt Williams Pflegemutter.«

»Wir können dann gehen?« Bolitho sah erwartungsvoll von Cedric zu Flynn und wieder zurück.

»Ich muss mit Ihnen beiden reden«, sagte Cedric.

»Hier?« Bolitho verzog das Gesicht. Vielleicht auch eine Krankenhausphobie.

»William hat das Usher-Syndrom. Er wird eines Tages auch noch Sehprobleme bekommen, im schlimmsten Fall blind werden.«

Die Anwälte nickten stumm.

»Verstehen Sie, worauf ich hinaus will? Das Usher-Syndrom ist eine Erbkrankheit. Sie wird autosomal-rezessiv vererbt und spielt in der Präimplantaldiagnostik keine Rolle.« Er sah die beiden an. Sie verstanden immer noch nicht, was er sagen wollte. »William ist ein Designerbaby. Er wurde nur deshalb geboren, weil die Ärztin, die ihn *gemacht* hat, der Meinung war, er sei hundertprozentig gesund.«

Flynn zuckte die Schultern. »Und was sagt uns das jetzt?«

»Ist das kein Motiv, Lillian zu ermorden?«

»Eher ein Motiv für Lillian, diese Ärztin zu ermorden.«

Flynn sprach aus, was auch Ben schon gesagt hatte. Der Schlafmangel zehrte an Cedric, und er überlegte, ob er heute schon seine Tablette genommen hatte. Ob es nötig war, eine zweite zu nehmen. »Lillian hatte diese Ärztin in der Hand. Sie konnte sie erpressen, sie konnte Schadenersatz fordern. Vielleicht wollte die Ärztin nicht zahlen, oder sie wollte nicht auffliegen. Lillian wird nicht die einzige Frau gewesen sein, der sie zu einem maßgeschneiderten Baby verholfen hat. Nur, wie wir wissen, ist William nicht ganz nach Maß. Sie erinnern sich, was im Testament meines Vaters steht? Da ist von einem gesunden Jungen die Rede.« Er sah Flynn an, dessen Arroganz sich zusammen mit seiner frischen Gesichtsfarbe verflüchtigte. »Lillian hat ein Verbrechen begangen, um an das Geld meines Vaters zu kommen. Das ist Punkt eins. Punkt zwei: Sie hätte sowieso nichts geerbt, wenn rausgekommen wäre, dass William krank ist. Mein Vater hat schon Menschen mit Schnupfen verachtet. Was glauben Sie, was er über einen tauben Sohn gesagt hätte?«

Flynn schluckte, murmelte etwas von den Kollegen in London und englischem Recht und verschwand, das Handy hektisch ans Ohr gepresst.

Bolitho hob die Augenbrauen. »Glückwunsch. Sie sind reich«, sagte er. »Aber warten Sie noch eine Weile, bevor Sie alles auf einmal ausgeben. Es wird sich vor Gericht noch etwas hinziehen. Und Sie müssten dazu mal wieder öfter nach London.« Bolitho nahm sein Telefon und tippte jemandem eine Nachricht. »*Was* für ein Theater, all die Monate.«

»Ich glaube, das ist die Pflegemutter.« Cedric nickte einer Frau zu, die aus der Richtung kam, in die Flynn verschwunden war. Sie war ungefähr Ende vierzig und machte einen einschüchternden Eindruck auf Cedric. Ihre direkte Art, ihre distanzlosen Fragen, ihr lautes Lachen verwirrten ihn. Als sie ein paar Minuten später William auf dem Arm hatte, war klar, dass dieser sie lieben würde.

Sie waren sehr ungleiche Brüder, William und er.

Eigentlich könnte ihm sein Vater egal sein. Ebenso, wer ihn umgebracht hatte. Genauso könnte ihm seine Stiefmutter egal sein, und wer sie umgebracht hatte. Und die Tabletten dämpften ihn ausreichend, sodass es ihm wirklich fast egal war.

Nur reichte »fast« nicht.

Cedric hatte seit der Pubertät Depressionen, begleitet von einer Vielzahl Phobien. Die Angst vor Menschen, die Angst davor, aus dem Haus zu gehen, war der Grund, warum er schließlich zu einem Psychiater geschickt wurde. Und vom Psychiater zum Psychologen. Er redete mit keinem, er verweigerte Tabletten. Im Internat schoben sie sein Verhalten auf den Tod seiner Mutter. Da allerdings Gerüchte umgingen, sie hätte gar keinen Autounfall gehabt, sondern sich umgebracht, hatte die Schulleitung ein besonderes Auge auf ihn. Sie hatten schon genug Selbstmorde in Eton. Sie brauchten nicht noch einen. Der Schulpsychologe versuchte, mit ihm zu reden, und auch da verweigerte sich Cedric. Wenn keiner hinsah, griffen ihn sich die älteren Jungs und nahmen ihn mit auf ihre Zimmer. Erst sperrten sie ihn nur in ihre Schränke ein oder klauten ihm die Kleidung. Manchmal steckten sie ihn auch mit dem Kopf in die Kloschüssel. Das Übliche. Er gewöhnte sich auf seltsame Art daran. Irgendwann aber machten zwei von ihnen etwas anderes. Darüber würde er nie reden. Er sorgte nur dafür, möglichst nicht mehr alleine zu sein. Keine Sekunde. Dabei sehnte er sich nach nichts mehr als nach ein paar einsamen Stunden, in denen er ganz er selbst sein konnte.

Seine Depressionen nannte er die »Grauen Tage«. Er wusste immer, wann sie kamen. Ihnen ging eine merkwürdige Hochstimmung voraus. Eine überfallartige Leichtigkeit. Diese Phase dauerte nur wenige Stunden, dann fiel er sehr tief und schlug sehr hart am Boden des dunkelsten Lochs der Welt auf. Er erwachte an einem Ort, an dem es keine Zeit und kein Licht gab. Unfähig, sich zu bewegen, lag er im Bett, und das kleinste Geräusch schmerzte in den Ohren. Er konnte nicht lesen, weil er das, was er las, nicht mehr verstand. Er schaffte es kaum, sich darauf zu konzentrieren, zusammenhängende Sätze zu bilden und sie klar auszusprechen. Er glaubte, sein Kopf müsste platzen, wenn irgendwo Musik spielte oder mehrere Leute gleichzeitig sprachen. Manchmal waren die Grauen Tage einfach nur grau. Die Konturen seiner Welt waren unscharf, die Grautöne flossen kaum unterscheidbar ineinander. Nach einer Weile wurden die Konturen schärfer, und es gab tausend Farben grau. Er konnte wieder erkennen, was um ihn herum geschah. Er konnte wieder aufstehen. Manchmal jagten die Grauen Tage schwarze Wolken durch seine Welt, und die schwarzen Wolken warfen schwarze Schatten, so groß wie seine Angst, vor der er sich nicht mehr verstecken konnte. Dann dauerte es länger, bis er wieder auftauchte. Wenn die schwarzen Wolken kamen, brachten sie ihn auf die Krankenstation. Sie wollten keine Selbstmörder.

Cedric schaffte seinen Abschluss, und er ging zum Studieren nach St. Andrews. Er nahm die Grauen Tage mit, und mit den Grauen Tagen die Angst. Neu war die Panik, die ihn hinterrücks überfiel und für Stunden niederdrücken konnte. Erst kam ein Summen im Ohr. Dann schwankte der Boden, und die Wirklichkeit war keine mehr. Als Nächstes fing das Herz an zu rasen. Schwitzen, zittern, keuchen. Beim ersten Mal dachte er, er bekäme einen Herzinfarkt und ließ sich in die

Notaufnahme bringen. Beim zweiten Mal landete er wieder in der Notaufnahme, fest überzeugt, nun wirklich einen Herzinfarkt zu haben. Oder einen Schlaganfall. Beim dritten Mal erklärte er der Krankenschwester, dass er vermutlich eine Panikattacke hatte, aber gerne sicherstellen würde, dass es kein Herzinfarkt war. Nach dem vierten Mal erklärte ihm sein Psychiater, dass er niemanden kannte, dessen innere Selbstkontrollinstanz sogar noch während einer schweren Panikattacke anspringen konnte. Er empfahl Tabletten. Cedric lehnte ab. Er hatte Angst vor Tabletten. Seine Mutter hatte sie genommen, und zwei Wochen später war sie gestorben.

Erst nachdem sein Vater verschwunden war und es sich herausstellte, dass er für den Tod sehr vieler Menschen verantwortlich war – indem er Morde in Auftrag gegeben oder sogar selbst begangen hatte –, fing Cedric mit einer alltagsbegleitenden Psychotherapie an. Er kam nicht darum herum, über seine Vergangenheit zu reden. Darüber, dass er seinen Vater immer nur enttäuscht hatte, weil er nicht so war wie er, sondern wie seine Mutter. Und dann war er auch noch krank geworden, wie seine Mutter. Er hatte die falschen Lieblingsfächer in der Schule gehabt, die falschen Interessen, später das falsche Studienfach. Er war nie ein Sportler gewesen, kein Rugby, kein Polo, nichts, was ihn mit seinem Vater je hätte verbinden können. Bis heute war er kaum in der Lage, sich mit seiner Sexualität auseinanderzusetzen, nicht einmal in der Therapie. Sein Therapeut versicherte ihm, er könne sich damit Zeit lassen. Er hatte das Thema nur einmal angesprochen, seitdem nie wieder. Er überließ es Cedric, und Cedric verschloss es immer tiefer in sich. Sein Vater hatte erzählt, dass er bei Hundert aufgehört hatte zu zählen, mit wie vielen Frauen er schon geschlafen hatte. Und dass er die Hundert zu Unizeiten hinter sich gebracht hatte. Er hätte sich einen Sohn gewünscht, der genau so war wie er.

Cedric hatte es nicht leidgetan, dass sein Vater verschwunden war. Seine Ermordung zwei Jahre später war ein Schock gewesen, die Trauer blieb aus. Der Streit mit Lillian um das Darney-Erbe aber belastete ihn so sehr, dass er sich schließlich Tabletten verschreiben ließ. Erst Tabletten, die ihn schlafen ließen, aber sie hielten die Angst nicht auf. Dann Tabletten, die die Grauen Tage fernhalten sollten, aber sie dämpften nur den Aufprall nach dem tiefen Fall, vertrieben nicht das Grau, hielten die Panik nicht auf. Wieder bekam er etwas anderes, wieder dauerte es Wochen, bis er herausfand, ob das neue Medikament wirkte.

Diesmal half es etwas besser. Die Grauen Tage kamen zwar noch, aber sie blieben seltsam auf Distanz. Cedric wusste, dass sie da waren, aber er konnte trotzdem aufstehen, trotzdem essen, trotzdem funktionieren. Die Panik blieb so lange aus, dass er sie fast schon vergessen hatte.

Bis sich abzeichnete, dass Lillian ihm alles nehmen würde. Sein Psychiater gab ihm Tabletten für den Notfall. Er nahm sie mittlerweile jeden Tag.

In den Gesprächen mit dem Therapeuten ging es nun fast nur noch um seinen Vater. Cedric wünschte sich, er wäre ihm egal. Er wollte abschließen mit diesem Mann, auf dessen Anerkennung er umsonst gewartet hatte und die er nicht bekommen hätte, selbst wenn er hundert Jahre alt geworden wäre. Vielleicht musste er erst Gewissheit darüber haben, was mit seinem Vater geschehen war. Wer ihn getötet hatte.

Sein Therapeut warnte ihn. Sagte, er müsse von sich aus einen Schlussstrich ziehen. Nicht einen äußeren Anlass suchen. Das könnte nicht funktionieren. Cedric glaubte trotzdem, wissen zu müssen, wer der Mörder war. Was er sich davon versprach? »Ruhe«, sagte er dem Therapeuten. Wieso ihm dieses Wissen Ruhe verschaffen sollte, konnte er nicht begründen.

Eine Weile hatte er versucht, sich damit abzufinden, dass man den Mörder möglicherweise nie fassen würde. Die Schweizer Behörden hatten gründliche Arbeit geleistet und trotzdem niemanden verhaftet. Sie waren sicher, dass es sich um einen Auftragsmord handelte. So gut wie unmöglich, denjenigen zu schnappen, wenn die Hintermänner, wie anzunehmen war, von ganz oben kamen. Ganz oben im organisierten Verbrechen, ganz oben in Politik oder Wirtschaft, je nachdem, mit wem sich sein Vater angelegt hatte.

Eine Beziehungstat sah anders aus.

Er hatte Ben überredet, sich der Sache anzunehmen und seine Kontakte spielen zu lassen. Nach einem Monat gab es immer noch keine neuen Ergebnisse. Cedric vertraute ihm und versuchte, sich endgültig damit abzufinden, dass man den Täter nie finden würde.

Aber jetzt der Mord an seiner Stiefmutter. Konnte es ein Zufall sein, dass die beiden im Abstand von nicht einmal zwei Jahren getötet wurden? Er hatte beide Tatorte gesehen. Einen auf Fotos, am anderen war er selbst gewesen. Lillians Tod sah nach einer Beziehungstat aus, nicht nach einem Auftragsmord.

Lillian war ihm egal. Sie war jahrelang mit seinem Vater verheiratet gewesen, aber sie hatte nie auch nur versucht, seine Mutter zu ersetzen. Er hatte nie versucht, sie als Ersatz anzusehen. Sie waren sich aus dem Weg gegangen, wenn er zu Besuch an einem Wochenende oder in den Schulferien zu Hause war. Doch auch dieses Rätsel ließ ihn nicht schlafen. Er musste wissen, was in der Nacht geschehen war. Warum sie ihn angerufen hatte. Hatte sie ihm etwas mitteilen wollen? Ihn um Hilfe bitten? Er konnte das Gefühl, dass ihr Tod mehr mit ihm zu tun hatte, als ihm recht war, nicht abschütteln. Er brauchte Gewissheit.

Die Zeugin, von der Ben gesprochen hatte, Philippa Murray, schien eine Sackgasse zu sein. Isobel, die einzige Freundin, die er je gehabt hatte, hatte gesagt, diese Frau wolle wahrscheinlich nur verhindern, dass ihr seit Jahren vermisster Freund für tot erklärt wurde. Es gäbe keinerlei Verbindung zwischen ihr oder ihrem Freund und Lillian. Außerdem sei die Frau mittlerweile verschwunden, möglicherweise untergetaucht, sodass man sie nicht weiter fragen könne.

Eine Sackgasse. Warum sollte ein Fremder Lillian so zugerichtet haben? Etwas Persönliches musste dahinterstecken, etwas, das sie vielleicht geahnt hatte, weshalb sie ihn angerufen hatte ...

Cedric war eine Dreiviertelstunde durch die dicken Schneeflocken gelaufen. Die Kälte spürte er erst, als Ben ihn in seine Wohnung ließ.

»Wunder der Pharmaindustrie«, sagte Ben. »Sie sind gelaufen. Wie weit?«

»Kinderkrankenhaus«, sagte Cedric.

»Bei den Meadows? Wow.«

»Es sind wirklich gute Tabletten, diesmal.«

»Sieht ganz so aus.«

Ben leitete ihn in die Küche. »Mein Vater belegt das Wohnzimmer. Wie es aussieht, bleibt er eine Weile.« Er klang nicht begeistert.

»Ich muss Sie um etwas bitten«, sagte Cedric. »Finden Sie die Ärztin, die bei Lillian die künstliche Befruchtung vorgenommen hat.«

»Shannon Chandler-Lytton? Wozu?«

Shannon Chandler-Lytton war unter Verdacht geraten, der britischen High Society auf Bestellung Wunschkinder zu liefern, sorgfältig ausgewählt nach Geschlecht, Haarfarbe, Augenfarbe, Intelligenz und anderen Merkmalen. Ihr Mann Andrew, ein millionenschwerer Geschäftsmann, war mit seinem Konzern in Verruf geraten. Beide waren innerhalb kürzester Zeit verschwunden, bevor man Ermittlungen gegen sie einleiten konnte. Danach war es sehr still um sie geworden. Das alles war nach dem Tod von Lord Darney geschehen.

»Ich glaube, dass Lillians Tod etwas mit William zu tun hat. Er hat diese Krankheit, das Usher-Syndrom. Ich weiß, wir haben schon kurz darüber gesprochen, und Sie sind da anderer Meinung, aber – ich glaube wirklich, dass das Motiv da liegen muss.«

Ben sagte nichts. Er sah ihn ruhig an, die Arme verschränkt.

»Keine Widerworte? Ich bin erstaunt. Jedenfalls würde ich Sie bitten herauszufinden, ob Lillian und ihre Ärztin in der letzten Zeit Kontakt hatten.«

»Das muss die Polizei machen«, sagte Ben.

»Das wird die Polizei ganz sicher auch machen. Das und noch andere Spuren verfolgen. Ich habe sogar noch eine andere Theorie, der kann ich selbst nachgehen. Wenn Sie wollen, reden wir darüber.« Er zögerte kurz, aber von Ben kam nicht der Hauch einer Andeutung, dass er über diese Theorie mehr hören wollte. »Gut«, fuhr er fort. »Aber das hier müssten Sie für mich erledigen. Sie müssen nach Kanada fliegen und ...«

»In die Schweiz.«

Cedric hielt einen Moment verwirrt inne, dann sagte er: »Nein, in die Schweiz müssen Sie nicht. Sie sollen sich vorerst nur auf ...«

»Die Chandler-Lyttons sind nicht mehr in Kanada. Sie leben seit über einem Jahr in der Schweiz.«

Er brauchte ein paar Sekunden, um zu antworten: »Wo genau?«

Ben zog sein Smartphone aus der Hosentasche und tippte

darauf herum. Dann hielt er es Cedric hin. Er hatte eine Landkarte geöffnet.

»Ich habe mir den Spaß erlaubt, den genauen Wohnort für mich zu markieren«, sagte Ben.

Cedric sah sofort, was er meinte. »Das kann kein Zufall sein«, sagte er.

»Möglich ist alles.«

»Was bedeutet das?«

»Vielleicht nichts.«

»Glauben Sie das wirklich? Woher wissen Sie, wo die beiden sind?«

»Recherche. Ich dachte mir schon, dass Sie das irgendwann wissen wollen. Und man sollte immer auf alles vorbereitet sein.« Ben lächelte.

»Glauben Sie, es gibt da eine Verbindung?« Cedric sah sich die Karte noch einmal an, zoomte näher heran. Wenn sich Ben oder dessen Informant nicht mit der Adresse geirrt hatten, dann wohnten die Chandler-Lyttons nur wenige Fußminuten von der Villa entfernt, in der sein Vater umgebracht worden war.

Auszug aus Philippa Murrays Tagebuch

Mittwoch, 31. 12. 2003

Es ist so still ... Ob sich die Stadt auf heute Nacht vorbereitet? Ich dachte, es würde auf den Straßen wieder viel los sein ... Aber nein, sogar das Wetter scheint zu schlafen.

Pete kommt nachher vorbei, er hat Pässe für die Straßenparty in der Princes Street, und offenbar noch Karten für andere Events (»Schon vor einem halben Jahr gekauft«, sagte er), und natürlich werden wir uns das Feuerwerk ansehen. Gestern Abend war ich noch mal draußen, nur auf einen Spaziergang, dachte ich, und dann waren in der New Town überall Theatergruppen und Bands und Tanzgruppen ... Ein paar Leute wollten mich in der überfüllten George Street überreden, beim Cèilidh mitzumachen, aber sie merkten schnell, dass ich wirklich nicht in der Stimmung dazu war. Ich verschwand in den ruhigeren Seitenstraßen und ließ mich durch die Nacht treiben ... Die vielen Melodien verwoben sich und begleiteten mich bis nach Hause. Ich war froh, die Tür schließen zu können, als gerade das Feuerwerk losging. Mein erster Impuls war, wieder rauszugehen, um es mir anzusehen, aber ich blieb im Haus.

Ich war vorhin bei der Polizei. Neuerdings gehe ich zu den Geschäften im Leith Walk. Sie sind viel weiter weg von unserer Wohnung, aber ich kann nicht einkaufen, wo Sean gearbeitet hat. Auf dem Rückweg kam ich also am Gayfield Square vorbei und dachte, es wäre doch eine schöne Geste, mich bei Reese und Mahoney für die Karte zu bedanken. Mir fiel ein, dass ich etwas mitbringen könnte, eine Art Weihnachtsgeschenk oder etwas, um das neue Jahr zu begrüßen. Ich kaufte noch schnell zwei überteuerte Flaschen Wein und betrat die Polizeistation.

»Sorry, er geht nicht ans Telefon. Ist wohl gerade nicht in seinem Büro. Wollen Sie warten?« Jemand in Uniform.

Ich nickte und wartete, nicht sehr lange. Reese und Mahoney stürzten zehn Sekunden später den Flur entlang. Ich stand auf und warf dem Uniformierten einen fragenden Blick zu. Er rief: »Sergeant, da ist jemand für Sie.«

Mahoney rannte weiter, ohne mich anzusehen. Reese bremste ab und blieb etwa fünf Meter vor mir stehen. Bewegte die Lippen, ohne was zu sagen. Sein Blick blieb an meinen Einkaufstaschen hängen. Ich nahm schnell die Weinflaschen raus.

»Gerade schlecht? Ich ... wollte nur rasch Danke sagen, für Ihre Karte, Sie wissen schon, und kommen Sie gut ins neue Jahr und ... hier. Für Sie und Ihren Kollegen.« Ich zeigte vage in die Richtung, in der Mahoney verschwunden war. »Ich kenne ja nur Sie beide, deshalb hab ich jetzt nicht für alle ...« Ich zuckte die Schultern.

Reese gab sich einen Ruck. »Danke. Entschuldigen Sie, wir müssen gerade zu einem Einsatz. Stellen Sie ... Geben Sie doch ...« Er drehte sich zu dem Uniformierten um. »McKee, nimm der Dame die Flaschen ab und stell sie in unser Büro. Nein, die Flaschen, nicht die Frau, Vollidiot.« Und dann wieder zu mir: »Tut mir leid. Ich muss los. Vielen Dank. Und ... alles Gute. Ich ... wir melden uns.« Er drückte mir die Hand, ungewöhnlich herzlich.

Komischer Typ. Weihnachten scheint ihn weichgespült zu haben.

Nach Hause gegangen, Einkäufe eingeräumt, Abendessen vorbereitet, ein bisschen Klavier gespielt für die Nerven, vom Telefon unterbrochen worden.

»Seit wann rufst du mich an?«, fragte ich Dana.

»Simon hält es für eine gute Idee, dass ich mich bei dir bedanke. Er behauptet, du hättest mir das Leben gerettet. Stimmt das?«

156

»Ich helfe auch alten Omis über die Straße und denke drüber nach, eine Katze aus dem Tierheim zu holen. Keine Sorge, mit schwesterlicher Zuneigung hatte das nichts zu tun.«

»Hey, Pippa, ich mein es ernst.«

»Das wäre neu.«

»Es war wirklich knapp, haben die Ärzte gesagt.«

»Simon klang doch ganz zuversichtlich . . .?«

»Magen ausgepumpt und an den Tropf gehängt, danach ging es. Aber eine halbe Stunde später . . .«

»Gut. Freut mich für dich«, sagte ich und biss mir auf die Unterlippe.

»Ja. Also, danke. Und . . . alles Gute. Du weißt schon.«

»Ja. Dir auch.«

Sie schnaufte.

»Bitte was?«

»Das wird nichts mehr«, sagte sie. »Egal. Ich muss jetzt aufhören.«

Und schon hatte sie aufgelegt.

Ich frage mich wirklich, ob ich diesen Anruf halluziniert habe.

Da kommt Pete.

Auszug aus Philippa Murrays Tagebuch

Donnerstag, 1.1.2004

Kann man sich selbst ein frohes neues Jahr wünschen? Ich wünsche es mir. Frohes neues Jahr, Pippa!

Hogmanay war eine Katastrophe.

Ich holte Pete von der Bushaltestelle ab, und wir gingen zur Princes Street. Pete wollte sich einen Platz vor der Cèilidh-Bühne sichern, aber dann merkten wir, dass er Karten für das Erasure-Konzert am anderen Ende der Princes Street hatte. Wir kämpften uns also durch und suchten uns einen Platz. Es war noch früh, erst halb neun, um zehn sollte es anfangen. Das Wetter hatte sich verschlechtert, ich fror, und irgendwie hatte ich das Gefühl, dass etwas nicht stimmte. Pete schien ähnlich unruhig. Ein paar Bekannte von ihm kamen vorbei und erkundigten sich nach Sean. Sie nickten mir zu und wünschten alles Gute. Keine großen Worte, aber sie taten gut. Meine Eltern hatten sich nicht nach Sean erkundigt.

Kurz vor zehn sagte Pete: »Ich kann hier nicht bleiben. Interessiert dich das Konzert? Ich glaube, mich interessiert es nicht.«

Also suchten wir ein Pub, in dem es nicht ganz so voll war, und tranken ein Bier. Ich ließ mir von Pete ein wenig über die Hogmanay-Feierlichkeiten der vergangenen Jahre erzählen, wie er früher mit seiner Frau und Sean in St Andrews gefeiert hatte, alles Mögliche. Es schien ihm gutzutun.

»Es wäre das erste Hogmanay seit Seans Geburt, das ich nicht mit ihm verbringe«, sagte er.

»Und als er im Gefängnis war?«

»Habe ich ihn dort besucht.«

»Das ging einfach so?«

Pete schüttelte den Kopf. »Nicht einfach so.« Er lachte. »Leicht war es nicht. Leicht war es nie mit Sean ...« Und dann wurde er traurig.

Ich überlegte, ob ich das Thema wechseln sollte, aber worüber sollten wir reden, wenn nicht über Sean? Ich legte meine Hand auf seinen Arm. »Du hast sicher immer getan, was du konntest. Und der Sean, den ich kennenlernen durfte, ist ein wunderbarer Mensch.«

»Ein wunderbarer Mensch verschwindet nicht einfach so.«

Das Pub füllte sich von Minute zu Minute. Mein Gefühl, dass etwas nicht stimmte, nahm zu.

»Was denkst du, was mit ihm passiert ist?«, fragte ich. Ich hatte es schon oft gefragt, aber er hatte immer nur geantwortet: »Ich weiß so viel wie du. Nichts.«

Diesmal sagte er: »Ich denke, dass er tot ist.«

Es traf mich wie ein Stromschlag, und ich kam nicht mehr dazu, etwas zu sagen. Es zu negieren, den Gedanken aus der Welt zu reden. Jemand knallte gegen unseren Tisch, und Petes Bierglas fiel um. Die Frau am Nebentisch bekam das meiste ab und sprang kreischend auf. Da sich die Menschen mittlerweile wie Dosensardinen aneinanderdrängten, löste sie damit eine Kettenreaktion aus, und an einer Ecke begann die erste Schlägerei. Pete schob mich schnell nach draußen, wo wir stehenblieben und nach Luft schnappten.

Die Bekannten von Pete kamen gerade an uns vorbei.

»Woher wusstet ihr, dass es ausfällt?«, fragte einer. »Hättet uns ja auch was sagen können.«

»Dass was ausfällt?«, fragte Pete.

»Das Konzert.«

»Erasure sind nicht aufgetreten?«, fragte ich verwirrt.

»Ach, ihr habt es nicht gewusst? Wir dachten, ihr seid gegangen, weil ihr es gewusst habt.«

»Warum ist es denn nun abgesagt worden?«, wollte Pete wissen.

»Das Wetter. Heute passiert nichts mehr! Kein Feuerwerk, nichts!«

Es regnete, und der Wind frischte auf, aber es machte nicht den Eindruck einer Wetterkatastrophe.

»Die Bühne ist denen um die Ohren geflogen, und ein paar sind auch verletzt worden. Sicherheitsrisiko, haben sie gesagt. Jetzt gehen wir nach Hause. Was macht ihr?« Der Mann sah uns mit zusammengepressten Lippen an. Als hätte er Angst, wir würden erwarten, von ihm eingeladen zu werden.

»Ich habe eingekauft, wir machen uns etwas zu essen«, sagte ich schnell, und Pete sah mich dankbar an. Offenbar wollte er so wenig eingeladen werden, wie der Mann uns einladen wollte.

»Komische Bekannte hast du da«, sagte ich, als die Leute weg waren. »Scheinen erst ganz nett zu sein, aber dann doch irgendwie auf Abstand?«

Pete lächelte. »Nein, alles in Ordnung. Man hilft sich, wo man kann. Er hat ein Auto, für das ich einen Schlüssel habe. Ich darf es mir nehmen, wenn ich es brauche. Ich muss nur wieder auftanken. Manchmal kommt er rüber und borgt sich Werkzeug. Man schätzt sich, aber man will nicht so dringend aufeinander hocken. Es ist gut, wie es ist. Hast du wirklich eingekauft?«

Wir gingen in unsere Wohnung – ich schreibe immer noch unsere, natürlich, es ist die Wohnung von Sean und mir! Ich kochte etwas, wir sahen uns ein Feuerwerk im Fernsehen an, und dann klopfte es an der Wohnungstür.

Sean! Wir dachten es beide. Sprangen gleichzeitig auf und rannten zur Tür, um sie zu öffnen.

Es war eine Gruppe Männer aus der Nachbarschaft. »Frohes neues Jahr!«, riefen sie lachend, und jeder reichte mir ein kleines Päckchen. Sie kamen lärmend rein, ließen sich von Pete einen Whisky einschenken, plapperten belangloses Zeug über das Wetter und dass es eine Schande sei, kein Feuerwerk zu haben, und dann zogen sie weiter.

Danach klopfte niemand mehr. Wir saßen stumm in der Küche, starrten auf die Mitbringsel – Brot, Kuchen, Salz, ein paar Münzen – und warteten auf etwas, das nicht passieren würde.

Gegen ein Uhr sagte Pete: »Dann mache ich mich mal auf den Heimweg.«

»Ich bringe dich«, sagte ich.

»Das musst du nicht.«

»Doch.« Ich zog mir den Mantel an und quetschte die Füße in die dick gefütterten Stiefel.

»Er wird auch nicht bei mir sein«, sagte Pete.

»Er ist nicht tot«, sagte ich. »Ich bringe dich. Wir fahren mit dem Taxi.«

Wir bekamen kein Taxi und mussten den Nachtbus nehmen. Es war nicht weit von der Bushaltestelle zu Petes Haus, aber er zögerte.

»Vielleicht kommt ein Taxi, dann kannst du zurück in die Stadt fahren«, sagte er und blieb am Straßenrand stehen.

»Ich kann den Bus zurücknehmen.«

Pete zuckte die Schultern. »Ich warte, bis er kommt.«

Hier draußen in Portobello, so nah am Wasser, war der Wind viel stärker als in der Innenstadt. Und jetzt wurde alles sehr seltsam. Wir diskutierten, wie ich zurückfahren sollte, ich warf ihm vor, dass er sich seltsam verhielt und mich offenbar nicht im Haus haben wollte. Ich forderte ihn auf, mir zu sagen, was er vor mir verbarg, und schließlich stritten wir uns richtig. Pete behauptete zu spüren, dass Sean tot war, und ich warf ihm Senilität vor. Bis einer der Anwohner aus seinem Haus kam und fragte, was los sei. Als er Pete erkannte, bot er uns an, uns zu Petes Haus zu begleiten. Die beiden blieben noch vor einem anderen Haus stehen, um mit Nachbarn zu reden, und ich ging zu Petes Haus vor, weil mir kalt war.

Er hatte offenbar vergessen abzuschließen, also ließ ich mich selbst herein und setzte mich ins Wohnzimmer.

Zwei Minuten später rannte Pete mit dem Nachbarn ins Haus. Sie sahen mich erschrocken an.

»Na ja, sie ist Engländerin«, sagte der Nachbar.

»Und blond«, sagte Pete leise.

Der Nachbar klopfte ihm auf die Schulter. »Wird schon nichts sein.« Und verabschiedete sich von uns.

Pete starrte mich düster an.

»Was?«

»Im neuen Jahr achten wir darauf, wer als erster Besucher über die Schwelle tritt. Es bringt Unglück, wenn es Rothaarige oder Blonde sind. Oder Frauen.«

»Oder Engländerinnen.«

»Wahrscheinlich auch das.«

»Glaubst du den Quatsch wirklich?«, fragte ich ungeduldig.

»Es bringt Unglück.«

»Pete, entschuldige, aber ich wusste das nicht. Außerdem . . .«

»Du wirst schon sehen, es bringt Unglück. Und jetzt geh endlich.«

Ich hatte ihn noch nie so erlebt. Pete war immer ein geduldiger, liebenswürdiger Mensch gewesen, immer freundlich, immer ein offenes Ohr, eher mal zu anhänglich als abweisend. Glaubte er wirklich an diesen Unsinn?

Ich nahm den Nachtbus zurück und sah zu Hause im Internet nach, was ich über Hogmanay finden konnte: Ein großer, dunkelhaariger Mann brachte Glück ins Haus, wenn er im neuen Jahr als Erster über die Schwelle trat.

162

Sean war groß und dunkelhaarig. Er hätte demnach Glück ge-bracht ... Ich nicht.

Das konnte nicht Petes Ernst sein.

Bevor ich ins Bett ging, sah ich, dass der Anrufbeantworter blinkte. Seit drei Wochen brachte mich dieses Blinken jedes Mal fast um den Verstand. Die Sekunden der Hoffnung, die anschlie-ßende Enttäuschung, jedes Mal. Ich hatte schon Angst vor dem Ding, heute noch mehr als zuvor. Ein paar Minuten stand ich davor und wagte nicht, die Taste zu drücken, um mir die Nachricht anzu-hören, obwohl ich mir sicher war, dass es nicht Sean war. Wieder nicht.

Es war Pete, der sich entschuldigte, so überreagiert zu haben, aber er sei nun mal mit den Nerven am Ende, und ich würde das sicher verstehen.

Er klang immer noch ungewohnt kühl.

Statt ins Bett ging ich in die Küche und machte eine Flasche Wein auf.

Ich trank sie ganz alleine aus. Zwischendurch beantwortete ich lustlos die SMS, die mir meine Familie gnädigerweise geschickt hatte. Dann schrieb ich eine an Seans Handy, auch wenn ich wusste, dass er sie nicht bekommen würde. Ich schrieb: »Sean, ich liebe dich. Bitte komm zurück. Frohes neues Jahr!«

Gegen sieben Uhr morgens schlief ich ein.

Das war mein Start ins neue Jahr. Alles Gute, Pippa. Es kann nur besser werden.

Auszug aus Philippa Murrays Tagebuch

Freitag, 2.1.2004

Pete ist ins Krankenhaus gekommen, er hatte so eine Art Schwächeanfall.

Er will mich nicht sehen. Er sagt, ich hätte ihm Unglück gebracht.

Für mich hört sich das verdächtig wirr an. Sagte ich auch der Ärztin. Natürlich bin ich ins Krankenhaus gefahren.

»Die psychische Belastung durch das Verschwinden seines Sohnes«, sagte sie. »Legt sich wieder. Er ist nicht besonders belastbar. Hinzu kommen die chronischen Leiden, die er aus der Zeche mitgenommen hat . . .«

»Nein, das meine ich nicht«, unterbrach ich. »Er entwickelt gerade so eine Art Aberglauben.«

Sie zuckte die Schultern. »Die meisten Menschen sind abergläubisch. Manche gehen jeden Sonntag in die Kirche. Für mich dasselbe.«

»Er war vorher nicht so.«

»Ich bin keine Psychologin, aber ich kann mir vorstellen, dass er jetzt irgendwas braucht, an das er sich klammert. Sie wissen schon: Wenn dasunddas eintritt, dann kommt mein Sohn ganz sicher zurück ... Wenn ich drei Mal hintereinander ein rotes Auto sehe, dann passiert dies oder jenes ... Gibt sich bestimmt. Machen Sie sich mal keine Sorgen.«

Dann verschwand sie. Hatte sie mich gefragt, wie es mir geht, seit Sean weg ist? Nein. Ich bin nur seine Freundin. Das ist nicht dasselbe wie Familie. Ich leide offiziell nur halb so sehr. Oder noch weniger.

Vielleicht ist das mit der Psychologin ein guter Hinweis ... Könnte uns beiden guttun.

Bei der Vermisstenorganisation haben sie Adressen. Ich könnte diese Sophie anrufen.

Auszug aus Philippa Murrays Tagebuch

Samstag, 3. 1. 2004

Matt hat eine Homepage eingerichtet. Darauf sind mehrere Fotos von Sean, die ich ihm gegeben habe, Informationen zu seiner Person, letzter bekannter Aufenthaltsort, der Hinweis mit Glasgow und dass er eventuell nach New York unterwegs ist . . .

Ich habe die URL der Homepage an alle Leute geschickt, mit denen ich Mailkontakt habe, und sie gebeten, den Link weiterzuverbreiten. Ich habe den Link auch an die Polizei geschickt und an die Vermisstenorganisation. Meine Handynummer steht auf der Homepage, und Matt hat mir geraten, ein zweites Handy zu kaufen, das ich privat nutze, damit ich die wichtigen von den unwichtigen Anrufen unterscheiden kann. Aber was ist wichtiger als ein Hinweis darauf, wo Sean sein könnte? Und wie wichtig könnte wohl ein Anruf meiner Mutter sein? Nein, ich werde weiterhin regelmäßig die Mailbox abhören.

Es kommen immer noch Sexanrufe, erstaunlich, wie sehr ich mich daran gewöhnt habe. Vor zwei Wochen ist mir davon noch schlecht geworden, und ich habe mich aufgeregt. Aber jetzt – löschen und weiter. Und man lernt zu unterscheiden, mit welcher Intention die Menschen anrufen. Ich habe mich immer gefragt, wie die Polizei die Spinner aussortieren kann, jetzt weiß ich es. Man hört es, man spürt es. Ich habe mir Polizeiarbeit immer etwas, na ja, wissenschaftlicher vorgestellt.

Ich schicke den Link der Homepage auch an die Presse. Ich werde sie dort so lange nerven, bis sie mich ernst nehmen.

Obwohl ich nicht glaube, dass so eine Homepage irgendetwas bringt.

Aber ich muss ja was tun.

Matt hat mir außerdem den Link zu einem Forum geschickt, in dem sich die Angehörigen von vermissten Personen austauschen. Ich habe stundenlang die Einträge gelesen und weiß immer noch nicht, ob es mir hilft zu wissen, dass ich nicht allein bin mit meinem Schmerz, oder ob es mir einfach Angst macht.

Auszug aus Philippa Murrays Tagebuch

Sonntag, 4.1.2004

Sergeant Reese hat angerufen, er holt mich gleich ab. Er sagt, sie haben jemanden gefunden ...

Sean ist tot.

Pete hat es gewusst ...

Auszug aus Philippa Murrays Tagebuch

Montag, 5.1.2004

Den Toten sehen zu müssen, hat mich kaputt gemacht.

Reese und Mahoney holten mich ab. Wir fuhren zusammen zum Revier. Albern, die kurze Strecke zu fahren, aber sie bestanden darauf. Im Büro zeigten sie mir Fotos von dem Gesicht eines Mannes, der die Augen geschlossen hatte. Er war ganz weiß. Sogar die Lippen waren fast weiß. Weiß und fleckig. Verquollen, verformt, verfärbt. Aufgeplatzt, eingerissen, kaputt. Die Haare dunkel, wie die von Sean. Die Nase ganz gerade, wie die von Sean.

Das ist nicht Sean, dachte die eine Hälfte meines Gehirns, und die andere drehte durch und schrie: Du willst ihn nur nicht erkennen, du verweigerst dich, du kannst dir selbst nicht mehr trauen.

»Ich weiß es nicht«, sagte ich. »Was ist mit ihm passiert?«

»Hatte er irgendwelche besonderen Kennzeichen? Bei der Vermisstenmeldung wurden keine angegeben, keine Narben, keine Tätowierungen oder Piercings oder Ähnliches, aber vielleicht hat sein Vater etwas vergessen?«, wollte Reese wissen.

Ich schüttelte den Kopf. »Er hatte Schnittverletzungen, bevor er ... also ...«

»Wo?«

»Am Arm. Schnittverletzungen. Einige davon waren sehr tief, ich weiß nicht, wie schnell so etwas heilt.«

»Und die hat er sich wann geholt?«

»Einen Tag, bevor er verschwand.«

»Und wie?«

»Er ist in eine Glasscheibe gestürzt.«

Reese hob die Augenbrauen. »Wow. Dann hat er vermutlich noch Glück gehabt.«

Ich sagte nichts, zuckte nur die Schultern.

»Wie ist er in diese Glasscheibe gefallen?«, fragte er.

»Ist der Tote Sean oder nicht?«

»Sie müssten mir schon sagen, wie er sich die Schnitte zugezogen hat.«

»Also ist er es?«

Reese sagte nichts.

Und ich brach weinend zusammen. Ich kann mich an nicht viel erinnern, nur, dass Reese mir dauernd sagte, ich solle mich beruhigen, und dass er irgendwann sehr laut sagte: »Er ist es nicht! Hören Sie mich, er ist es nicht!« Aber es war zu spät, ich konnte mich nicht beruhigen. Ich hatte so lange nicht mehr richtig geschlafen, ich hatte keine Nerven mehr, ich hatte die ganze Zeit Hoffnung gehabt, aber seit Hogmanay ist diese Hoffnung gestorben, und vielleicht mit ihr auch Sean, und dann zeigten sie mir auch noch Fotos von einem Toten, der Sean sein könnte oder auch nicht, woher sollte ich das wissen, und Pete lag im Krankenhaus, deshalb waren sie damit zu mir gekommen . . . Nein, es ging nicht, ich weinte und konnte einfach nicht mehr. Reese und Mahoney brachten mich nach Hause. Ich weigerte mich, ins Auto einzusteigen, also gingen wir zu Fuß, und an der frischen Luft beruhigte ich mich wieder. Ich wollte nicht mit ihnen in unsere Wohnung, ich ging in die Werkstatt und setzte mich auf das alte Sofa im Büro. Mahoney machte sich wortlos daran, uns Tee zu kochen.

»Es war die Glasscheibe von der Bürotür, richtig?«, sagte Reese ruhig.

Ich nickte, wischte mir die Tränen ab, schnäuzte mich.

»Und Sie haben ihn gestoßen, als Sie Streit mit ihm hatten.«

Ich nickte wieder.

»Worum ging es in dem Streit?« Er nickte Mahoney knapp zu, als dieser jedem von uns eine Tasse reichte.

»Egal. Er ist nicht der Tote, haben Sie gesagt. Er ist es doch nicht?«

Er murmelte etwas von »Rücksprache mit der Rechtsmedizin« und »Endgültige negative Identifizierung durch den Vater abwarten«, aber irgendwie wusste ich, dass er nicht mehr glaubte, dass der Tote Sean war.

»Wo haben Sie ihn gefunden?«, fragte ich.

»Salisbury Crags.«

»Oh nein, ist er gesprungen?«

»Milzriss. Offenbar in eine Schlägerei geraten, verletzt worden, nicht sofort gemerkt, wie schlimm es ist, in den Holyrood Park zurückgezogen – warum auch immer ... Dort zusammengebrochen und innerlich verblutet.«

»Dann ist das ...«

»Ein Tötungsdelikt, ja.« Er sah mich direkt an.

»Was wollen Sie von mir hören? Dass es Sean ist und ich ihn umgebracht habe?«

»Warum haben Sie ihn gegen die Tür gestoßen?«

»Das war vor vier Wochen! Selbst, wenn der Tote Sean wäre ...«

»Das weiß ich. Aber ich habe Sie gefragt, warum Sie sich so heftig gestritten haben, dass Sie ihn gegen die Tür gestoßen haben und er dabei in die Glasscheibe gefallen ist. Sie haben die Glasscheibe ja sehr schnell ersetzen lassen.«

»Ich kann so was selbst«, sagte ich und sah zu Mahoney rüber, der die Tür inspizierte, als sei er ein Fachmann in solchen Dingen.

»Also?«

»Ich möchte nicht darüber reden. Es ist privat.«

Reese ließ das natürlich nicht durchgehen. Er breitete alle seine Theorien vor mir aus:

– Ich hätte davon erfahren, dass Sean wieder einen Einbruch oder Ähnliches begehen will und versucht, ihn davon abzuhalten.

– Ich hätte an dem Tag zum ersten Mal erfahren, dass er eine kriminelle Vergangenheit hatte.

– Ich hätte mich mit ihm wegen Geld gestritten, weil er meiner Meinung nach zu wenig verdiente und sich endlich etwas überlegen sollte, wie er zu Geld kam.

– Ich hätte mich nur verteidigt, weil er aus irgendeinem Grund handgreiflich gegen mich geworden war.

Waren das alle seine seltsamen Ideen? Vielleicht habe ich noch eine vergessen. Er erfand zu jeder Theorie eine kleine Geschichte, wie der Tag unseres Streits abgelaufen sein könnte.

Ich sagte nichts dazu. Ich sah nur zu, wie mein Tee vor sich hin dampfte. Mahoney hatte an meinem Schreibtisch Platz genommen und den Kopf in den Nacken gelegt, als fände er an der Decke die Antwort auf das Universum.

»Sind Sie deshalb nicht gleich zu uns gekommen?«

Ich hatte den Faden verloren. »Weshalb?«

»Weil Sie uns nichts von dem Streit erzählen wollten.«

»Ich bin irgendwann ausgestiegen, sorry. An welcher Theorie kauen Sie gerade rum?«

»Ach, schön, Sie werden wieder biestig, es geht Ihnen schon wieder besser«, sagte Reese zufrieden.

Aber er lag falsch, es ging mir nicht besser. Ich war vollkommen leer und bereit, ihm etwas zu geben.

»Ich hab den Streit angefangen«, sagte ich, und jetzt setzte sich Mahoney ganz gerade hin. »Es ging nicht um Einbrüche oder was Sie sich da vorstellen. Es ging um ... verdammt ist das unangenehm. Ich ...« Räuspern. »Ich bin sehr eifersüchtig.«

»Hatten Sie Grund dazu?«

»Sean sagte Nein.«

»Was sagen Sie?«

»Heimliche Anrufe und SMS, späterer Feierabend ...«

»Fremdes Parfum, Lippenstift, der falsche Name im Bett?«

»Nein, nichts davon. Nur Heimlichtuerei. Und eine Distanz, die ich mir nicht erklären konnte.«

»Haben Sie ihm nachspioniert? Sein Handy kontrolliert?«

»Ich hab mich nicht getraut, ihm nachzugehen. Und er löschte immer alles in seinem Handy. Da war nichts zu finden.«

»Was einen nur noch misstrauischer macht«, sagte Reese.

»Ja.«

»Und dann haben Sie ihn zur Rede gestellt?«

Ich schloss die Augen und sah den Tag ganz genau vor mir. Zu Reese sagte ich nur: »Ja. Ich sagte ihm, dass ich glaube, dass er mich hintergeht, und er sagte, ich soll ihn endlich in Ruhe lassen. Es war nicht das erste Mal, dass ich diesen Verdacht hatte ... Komischerweise war ich nie eifersüchtig, als wir noch eine Fernbeziehung hatten. Aber nachdem wir zusammengezogen sind ... irgendwann fing es einfach an. So schlimm wie an dem Tag haben wir uns noch nie gestritten. Er stand vor mir und brüllte mich an, ich soll mit diesem Scheiß aufhören. Er hatte die Hand erhoben, aber ich wusste, dass er mir nichts tun würde ... Wirklich. Es war nicht, weil ich Angst vor ihm hatte. Ich wollte nur, dass er nicht mehr so nahe vor mir steht. Ich stieß ihn weg. Er fiel gegen die Tür, mit der Schulter ins Glas ...«

»Und am nächsten Tag war er verschwunden«, beendete Reese die Geschichte für mich, weil ich nicht mehr weitersprechen wollte. Ich nickte. »Deshalb haben also nicht Sie ihn vermisst gemeldet, sondern erst ein paar Tage später sein Vater. Sie dachten, er hätte Sie verlassen und sei bei einer anderen Frau.«

»Ich dachte, er wollte mich bestrafen ...«

»Und jetzt? Was denken Sie jetzt?«

»Pete sagt, dass er tot ist.«

Reese reagierte nicht.

»Ich ... weiß es nicht.«

Er sagte immer noch nichts. Mahoney hatte den Kopf schiefgelegt und betrachtete mich. Ich wurde nervös.

»War's das jetzt? Dann wäre ich nämlich gerne alleine. Sie haben mir schon eine Menge zugemutet. Ich ... muss das erst alles verdauen.«

Die beiden standen auf, murmelten ein paar Worte zum Abschied und gingen.

Keiner von ihnen hat den Tee auch nur angerührt.

Ich sitze immer noch auf dem Sofa, und mein Kopfkino spielt mir wieder und wieder den Streit mit Sean vor, das Letzte, was wir zueinander gesagt haben, bevor er verschwand.

Auszug aus Philippa Murrays Tagebuch

Dienstag, 6.1.2004

Mein letzter Tag mit Sean, 7.12.2003:
Ich war in meiner Werkstatt und baute einen gerissenen Stimmstock aus, als Sean hereinkam. Zwei Stunden später als Feierabend. Ich wollte wissen, wo er gewesen war.

»Was trinken.«

»Kommt oft vor«, sagte ich. »Mit wem denn?«

»Kollegen.«

»Haben die Namen?«

»Bist du meine Mutter?« Drehte sich um und wollte in die Wohnung gehen.

»Bleib hier! Ich will mit dir reden!«

»Wozu? Es gibt keine andere Frau, also beruhig dich wieder und lass mich in Ruhe. Ich hab Hunger und will was essen.«

Ich ließ mein Werkzeug fallen und rannte ihm nach. Packte ihn an der Schulter. »Was ist los mit dir? Wir reden seit Wochen nicht mehr miteinander!«

»Doch, dauernd. Du sagst: Wo warst du, hast du eine andere Frau, betrügst du mich, was ist mit dir los. Ich sage: Alles in Ordnung, nur ein bisschen müde, beruhig dich wieder. Und du sagst: Ich glaub dir nicht, du lügst mich an. Hab ich das so ungefähr richtig zusammengefasst?« Verschränkte Arme.

»Das meine ich nicht mit reden. Ich weiß nichts mehr über dich. Du erzählst nichts. Nicht von deinen Kollegen, nicht von deinem Vater. Das war mal anders!«

Ich: verzweifelt.

»Wir wohnen jetzt zusammen. Du erlebst doch alles hautnah, wo ist dein Problem?«

»Na, eben nicht, ich erlebe nichts mehr! Ich hocke den ganzen Tag in der Werkstatt oder bin bei Kundenterminen, und wenn du nach Hause kommst, redest du nicht mit mir, hörst nicht zu, wenn ich dir etwas erzähle. Das ist doch kein Zusammenleben!«

»Und das liegt jetzt natürlich nur an mir, was?«

»Etwa an mir?«

»Ich arbeite nicht so viel wie du.«

Sprachlos für einen Moment, dann schaffte ich zu sagen: »Ich arbeite dir zu viel?«

»Ja.«

»Aber ... ich muss mir eine Existenz aufbauen. Ich muss Geld verdienen, damit wir ...«

»Ich verdiene auch Geld.«

»Das ist doch nur ...« Und schon hatte ich verloren. Alles.

»Nur ein Aushilfsjob? Ich hätte auch eine kleinere Wohnung genommen.«

»Sie gehört zur Werkstatt! Ich musste sie mitkaufen!«

»Du hättest sie vermieten können. Ich kann mit weniger leben. Aber du nicht. Du kannst auch, wenn du ehrlich bist, nicht mit einem einfachen Arbeiter leben. Vögeln, ja. Aber so richtig zusammenleben? Da sind dann wohl die Unterschiede zu groß, man hat sie jeden Tag vor Augen, stimmt's? Daddy eins reinwürgen ist in der Theorie ganz lustig, aber das dann konkret durchzuziehen, na? Hast du dir einfacher vorgestellt, richtig?«

Es war nie ein Problem für mich. Ich arbeitete, um ein gutes Leben zu haben. Ich wollte mein eigenes Geld verdienen, nicht das meines Vaters ausgeben. Aber eben auch nicht das eines Mannes. Dass Sean so darauf reagieren könnte – es war mir nie in den Sinn gekommen. Wie naiv.

»Für mich ist alles in Ordnung«, sagte ich, ruhiger diesmal. »Ich will nur wieder mehr Zeit mit dir haben. Aber du entziehst dich mir. Kommst nie nach Feierabend nach Hause ...«

»Ich habe Freunde. Ein Leben. Ich habe nicht nur dich! Du solltest dir auch Freunde suchen. Ein paar Mädels, mit denen du ins Kino gehen kannst. Shoppen. Cocktails trinken. Dieses Zeug.«

»Das bin ich nicht.«

»Aber du kannst doch nicht nur an mir kleben!« Verzweiflung, jetzt bei ihm. Als wollte er mich loswerden. Als ...

»Du hast eine andere, oder? Früher konntest du nicht genug Zeit mit mir verbringen, und jetzt ist es – wie lange her, dass du mit mir geschlafen hast? Zwei Wochen? Sonst bist du nach zwei Tagen schon unruhig geworden. Und beim letzten Mal hast du keinen hochgekriegt. Das kann doch nur eins heißen: Du hast eine andere!« Und willst mich nicht mehr.

Was es war, das ihn explodieren ließ – ich weiß es nicht. Weil ich gesagt hatte, dass er keinen hochgekriegt hatte? Oder weil ich ihm nicht zum ersten Mal in den letzten drei Monaten unterstellte, er hätte eine andere? Jedenfalls stürmte er auf mich zu, holte aus und – schlug nicht zu. Seine Hand schwebte in der Luft, er sah aus wie ein Handballer, der aufs Tor zielte, nur ohne Ball. Er sagte nur ganz leise: »Du bist echt das Dümmste, was mir je untergekommen ist.«

Ich schlug zu. Ich stieß ihn mit einem lauten Schrei von mir weg, und er fiel nach hinten. Er hatte nicht damit gerechnet, konnte sich nicht fangen. Knallte mit der Schulter in das Glasfenster, das in der Tür eingelassen war. Eine alte Tür, eine uralte Scheibe, dünn, brüchig, kein Sicherheitsglas natürlich.

Ich wollte ihn ins Krankenhaus bringen. Sein Sweater war zerrissen, und er blutete stark. Aber er sah mich nur wütend an, presste seine Hand auf die Wunde und rannte aus der Werkstatt. Ich folgte ihm, rief ihm nach. Er winkte ein Taxi ran und stieg ein.

Nachts lag ich wach. Ich hörte, wie er zurückkam, aber er kam nicht ins Schlafzimmer, sondern blieb auf dem Sofa. Ich ging zu ihm, er tat so, als würde er schon schlafen.

Ich setzte mich in einen Sessel, aber dann schlief ich irgendwann ein und wurde erst wach, als er die Wohnungstür zuzog.

Das war das letzte Mal, dass ich ihn gesehen habe.

Natürlich ist er wegen mir gegangen. Um mich zu bestrafen. Aber dann muss ihm etwas zugestoßen sein. Hätte er mich verlassen wollen, wäre er irgendwann zurückgekommen, um seine Sachen zu holen. Er hätte sich bei Pete gemeldet.

Pete hat recht.

Sean muss tot sein.

9.

Dana, die Königin des Shoppings, betrat zum ersten Mal in
ihrem Leben einen Supermarkt. Sie hatte gestern Abend bei
Harvey Nichols ein paar Flaschen Wein, Schokolade, Tee, Gebäck und eine Portion frisches Sushi gekauft. Ans Frühstück
hatte sie nicht gedacht, und sie konnte sich auch nicht erinnern, so etwas wie Cornflakes gesehen zu haben. Oder Brot.
Oder Milch. Möglicherweise Marmelade, aber sie war sich
nicht sicher. Sie frühstückte also Teegebäck, Schokolade und
Tee, und dann verließ sie das Haus. Sie trug elegante Stiefel
aus feinem Wildleder mit zwölf Zentimeter hohen Absätzen.
Nach zehn Metern spürte sie, wie ihre Füße kalt wurden. Zwei
Schritte später rutschte sie und musste sich an einem parkenden Auto abstützen. Sie fluchte, ging weiter und stürzte auf
dem vereisten Kopfsteinpflaster. Jemand half ihr auf die Beine
und machte eine Bemerkung über ihre Schuhe. Kaum, dass sie
wieder sicheren Boden unter den Füßen hatte, tippelte sie
zurück zum Haus ihrer Schwester, um sich umzuziehen und
den Schnee abzuklopfen.

Die Fellstiefel, die sie gestern getragen hatte, waren die einzigen Schuhe ohne Absatz, die sie dabeihatte. Sie zog normalerweise nie zweimal hintereinander dasselbe an.

Normalerweise.

Sie musste eine Ausnahme machen und nachher einkaufen
gehen. Schuhe hatten sie bei Harvey Nichols. Aber erst war
das Essen dran.

Dana lief ein wenig herum, bis sie einen Tesco sah. Davon

hatte sie gehört. Dort gab es Lebensmittel. Sie blieb kurz stehen, um ganz sicherzugehen. Die Menschen, die aus dem Laden kamen, trugen prall gefüllte Einkaufstaschen. Einer gab dem Penner, der in dicke Decken gewickelt auf dem Bürgersteig vor dem Eingang saß, ein paar Münzen. Dana fragte sich, warum er sich nicht woanders hinsetzte, wo es wärmer war.

Sie betrat den Laden. Grelles Licht blendete sie. Die Sorte Licht, in der jeder krank und bleich wirkte. Wieder blieb sie stehen, diesmal um zuzusehen, was die anderen machten. Sie verstand schnell das Prinzip, holte einen Einkaufskorb und nahm sich den ersten Gang vor. Die Fülle des Angebots überforderte sie, sodass sie nur einzelne Dinge wahrnahm. Und die gefielen ihr gar nicht.

Dana hatte noch nie abgepacktes Essen gesehen. Roast Beef und Bacon und Lachs und Käse scheibchenweise in kleinen Portionen unter durchsichtiger Folie auf einer Art schwarzem Plastikteller. Paprikaschoten in Plastikfolie. Fertige Sandwiches in durchsichtigen Plastikschachteln. Suppe in Pappschachteln. Sie hastete in den nächsten Gang. Eine Fülle von Süßigkeiten erwartete sie, Süßigkeiten und Chips. Im nächsten Regal Konservendosen und Plastikflaschen. Sie rannte weiter, nahm aus dem Augenwinkel Toilettenpapier und Zeitschriften wahr, musste dann stehenbleiben, weil eine kleine Gruppe Studenten ihr den Weg versperrte. Sie sah ins Regal vor ihr: Milch. Sie brauchte Milch. Sie könnte welche kaufen. Es gab viele verschiedene Sorten Milch, und es gab sie in vielen verschiedenen Größen. Sie nahm einfach eine der Plastikflaschen und legte sie in ihren Korb. Dann sah sie Toastbrot. Wieder viele verschiedene Sorten, aber sie riss sich zusammen, las aufmerksam die Aufschriften durch, entschied sich für eine Packung. Schließlich fand sie auch Butter und Marmelade. Brot, Butter, Marmelade, Milch. Das klang nach einem Frühstück. Nicht gerade üppig, aber den Plastikbacon wollte sie nicht. Und als sie vor den schreiend bunten Cornflakespackungen stand, verging ihr die Lust darauf. Sie bemerkte, dass so ziemlich alle anderen, die hier einkauften, anscheinend genau wussten, welche Dinge wo standen. Sie griffen zielsicher in die Regale, wie programmierte Einkaufsautomaten, und schoben sich zu den Kassen vor. Dana ging nun ebenfalls zu den Kassen. Stellte sich, wie alle anderen, in die Reihe, wartete, bis ihr ein Kassierer ein Zeichen gab, dass sie zu ihm kommen durfte, und alles andere war ganz leicht. Er packte ihre Einkäufe aus dem Korb in Plastiktüten, sie bezahlte mit ihrer Karte, und dann durfte sie gehen.

Als sie wieder draußen in der Kälte stand, war sie unheimlich stolz auf sich. Sie war einkaufen gewesen, wie andere, ganz normale Menschen auch. Sie konnte für sich selbst sorgen. Und sie musste unbedingt mit ihrer Haushälterin reden, ob sie auch diese grässlichen abgepackten Sachen kaufte. Gab es denn keine Metzger? Keine Gemüsehändler? Als Kind war sie manchmal mit dem Kindermädchen auf dem Markt gewesen, und sie hatte sich immer vorgestellt, dass ihre Haushälterin ebenfalls auf den Markt ging. Nicht in so einen Supermarkt. Sie würde sich erkundigen müssen, wo es in Edinburgh einen Markt gab. Sie würde Michael fragen. Er war schon auf dem Weg zu ihr.

Dana ließ ihre Einkäufe extra in der Küche stehen, um Michael zu beeindrucken. Als er kam und die Tescotüten sah, fing er wieder an zu lachen, nur nicht so manisch wie am Abend zuvor. Diesmal klang es traurig und hohl. Michael sah aus, als hätte er nicht geschlafen. Er räumte die Tüten aus und stellte Butter und Milch in den Kühlschrank.

Darauf hätte sie auch selbst kommen können. Sie ärgerte sich.

Michael zählte ihr auf, was er alles unternommen hatte, um Pippa zu finden: Krankenhäuser durchtelefoniert. Freunde und Bekannte angerufen. Stundenlang mit der Polizei gesprochen. Dort schien man die Möglichkeit, sie könnte vorhaben, sich etwas anzutun, nicht auszuschließen, weshalb mit Hochdruck nach ihr gesucht wurde.

Sagte man jedenfalls.

Auch eine Entführung schloss die Polizei nicht aus. Michaels Telefone wurden nun überwacht, falls jemand anrief, und offenbar wollten sie auch in Plymouth die Anrufe der Murrays überwachen.

»Deinen Eltern geht es nicht gut«, sagte Michael.

Dana stellte sich vor, wie ihre Mutter wieder Migräne bekam und ihr Vater wutschnaubend durch sein Haus polterte.

»Dana? Hörst du mir überhaupt zu? Irgendwie hab ich nicht das Gefühl, dass du dir Sorgen um Pippa machst.«

Dana atmete lange aus. »Natürlich mache ich mir Sorgen. Ich bin extra hierhergekommen, weil du mich darum gebeten hast, ist das etwa nichts? Und jetzt sag mir, was ich tun kann, um zu helfen.« Sie setzte ein Lächeln auf.

»Hast du dich hier umgesehen? Irgendeinen Hinweis darauf gefunden, wo sie sein könnte?«

Sie war nicht mal auf die Idee gekommen, sich nach Hinweisen umzusehen. »Ich wollte warten, bis du da bist, damit wir zusammen im Büro ihre Unterlagen durchsehen.« Sie improvisierte, aber Michael schien es nicht zu merken. Er war vollkommen am Ende seiner Kräfte, weil er Pippa liebte. So wie alle Pippa liebten. Michael. Sean. Ihre Eltern, auch wenn sie versuchten, es zu verbergen. Ihr Bruder Matt.

Ihr Ehemann.

Im Büro der Werkstatt fanden sie nichts, was da nicht hingehörte. Michael fing an, die Kunden der letzten Wochen anzurufen und zu fragen, ob sie etwas von Pippa gehört hätten. Ob ihnen irgendetwas aufgefallen sei, als sie das letzte Mal mit ihr gesprochen hatten. Ob sie die Augen offen halten könnten. Dana sah sich in der Zeit den Computer ihrer Schwester an, doch anscheinend hatte sie diesen nur geschäftlich genutzt. Alle Dateien waren sorgfältig abgelegt und in Ordner sortiert. Vorbildlich. Wenn das ihr Vater wüsste, er wäre ja so stolz.

Als Nächstes nahm sie sich den Internetbrowser vor. Das war schon interessanter. Pippa hatte in den letzten Wochen viel an der Homepage der Werkstatt gearbeitet, aber auch immer wieder Facebook benutzt. Ihre Schwester machte es ihr leicht, Benutzername und Kennwort waren im Browser gespeichert, und Dana kam spielend leicht auf Pippas Profil. Sie hatte über viertausend sogenannte »Freunde«. Und sie hatte eine Seite angelegt, mit der sie auf Seans Verschwinden aufmerksam machte. Diese Seite hatte über zehntausend »Gefällt mir«-Klicks. Pippa hatte regelmäßig etwas gepostet, aber wenige Antworten bekommen. Meistens schrieben die Leute nur etwas Aufmunterndes, aber nichts, was wirklich ein Hinweis darauf war, was mit Sean geschehen sein könnte.

»Ich dachte, sie hätte nichts mehr unternommen, um Sean zu finden«, murmelte Dana.

Michael, der gerade jemandem am Telefon zuhörte, sah zu ihr herüber. Er deckte den Hörer mit der Hand ab. »Was?«

Sie drehte den Bildschirm so, dass er ihn sehen konnte. Er ließ den Hörer sinken. »Nein.«

»Das ist Pippas Account.«

»Nein!«

Dana nahm ihm den Hörer aus der Hand und legte auf. »Ich

kann nicht sehen, wann sie diese Seite eingerichtet hat, aber es scheint sie schon eine Weile zu geben.«

»Ich verstehe das nicht«, sagte Michael. »Was bedeutet das? Was hat sie auf Facebook gemacht?«

Dana sah ihn prüfend an. »Du weißt nicht, was das ist?«

»Woher denn? Wozu ist es gut? Zum Verabreden?«

Sie gab ihm eine kurze Einführung in die Welt der sozialen Netzwerke und merkte nach zwei Minuten, dass sie ihn verloren hatte. »Na gut, du musst nicht verstehen, wie es funktioniert. Du musst nur wissen: Das da ist eine Art Suchanzeige. Nur, dass hier die Leute direkt antworten können. Sie können etwas dazu schreiben, andere können darauf antworten. Sie können Bilder reinstellen, sogar Videos. Pippa hat Fotos von Sean hochgeladen, damit man ihn erkennt. Sie hat über zehntausend Menschen online auf ihn aufmerksam gemacht. Sie hat gehofft, dass ihn eines Tages jemand auf der Straße erkennt und sich über Facebook bei ihr meldet.«

Michael starrte auf den Monitor. Ob er sich die Einträge durchlas, wusste Dana nicht. Schließlich sagte er: »Sie hat doch versprochen, damit aufzuhören. Nach ihrer Therapie vor drei Jahren hat sie es doch versprochen. Dana, du warst dabei, als sie es versprochen hat!« Seine Stimme klang nach Tränen. Gleich würde er weinen.

Dana legte ihm ihre Hand auf die Schulter. »Michael, es tut mir leid. Ich hätte dir das nicht zeigen dürfen.«

»Weiß die Polizei davon?« Er rieb sich die Augen, hielt sie einen Moment geschlossen, um ihr seine Tränen nicht zeigen zu müssen.

»Nein, aber wir müssen es ihnen sagen.«

»Dann werden sie wieder davon anfangen, Pippa sei nur verschwunden, um zu verhindern, dass Sean für tot erklärt wird.«

»Dazu müsste sie nicht verschwinden.«

»Hat sie mich denn die ganze Zeit angelogen? Hat sie immer nur ihn geliebt, und ich war zweite Wahl?« Er biss sich auf die Unterlippe.

Sie tätschelte seine Schulter. »Glaub mir, ich weiß ganz genau, wie du dich fühlst.«

Sie war seit Pippas Geburt zweite Wahl. Obwohl sie die Ältere war. Oder weil. Pippa schien alles sehr viel leichter zu fallen, und sie musste sich auch keine Privilegien erkämpfen. Die Kämpfe hatten ihre älteren Geschwister schon ausgetragen. Sie bekamen es von ihr gedankt, indem sie sich wie eine Prinzessin behandeln ließ. Und aus der Prinzessin wurde ein eigensinniges, starrköpfiges Ding, daran gewöhnt, seinen Willen durchzusetzen, koste es, was es wolle. Sie schmiss die Schule und machte eine Ausbildung in Deutschland. Ging danach in die USA. Blieb jahrelang weg von zu Hause.

Ihre Eltern zerrieben sich zwischen Wut und Sorge.

Erst war Dana froh gewesen, ihre Schwester aus dem Haus zu haben. Jetzt war sie wieder die Nummer eins. Sie würde in den Betrieb einsteigen, vorbildliche Arbeit leisten, die Lieblingstochter werden. Heiraten, Kinder kriegen, das ganze Programm. Ihre Eltern würden sie wieder lieben und Pippa vergessen.

Das Gegenteil war der Fall. Pippa blieb Gesprächsthema. Kein Tag verging, an dem nicht über sie geredet wurde. Es war, als wäre Dana unsichtbar. Sie heiratete mit Simon einen Mann, von dem sie keine Kinder bekommen konnte, aber sie stellte fest, dass sie ohnehin keine wollte. Sie hätte sie ihren Eltern zuliebe bekommen, aber ihre Eltern sprachen nur von Pippa. Als sie aus den USA zurückkam, verliebte sich Simon in sie. Er sagte es mit keinem Wort. Dana sprach ihn nie darauf an. Aber es würde für immer zwischen ihnen stehen.

Die beiden Schwestern mochten ungleich in ihrer Art sein, aber sie sahen sich ungemein ähnlich. Beide hatten immer sehr sorgfältig darauf geachtet, sich im Kleidungsstil nicht in die Quere zu kommen. Sie hatten unterschiedliche Frisuren gehabt. Sich unterschiedliche Sprechweisen angewöhnt. Aber es war unverkennbar, dass sie Schwestern waren. Vor ein paar Jahren hatte man sie sogar für Zwillinge gehalten. Die Vorliebe aller Menschen für Pippa war immer geblieben. Selbst als Pippa in Therapie war, um sich endlich von dem Gespenst Sean lösen zu können, waren alle Pfleger, alle Ärzte, alle Patienten in sie verliebt gewesen. Dana, die ewige Nummer zwei.

Sie war froh, dass ihre Schwester verschwunden war. Natürlich machten sich wieder alle Sorgen. Aber Dana konnte bereits fühlen, wie sich in kürzester Zeit ein schaler Beigeschmack unter die Sorgen mischen würde. Pippa – war sie etwa verrückt geworden? Hatte sie sich doch nie von Sean lösen können, diesem Versager? Michael schien endlich verstanden zu haben, dass er sich in Pippa getäuscht hatte. Bei ihren Eltern würde es wahrscheinlich auch nicht mehr lange dauern, zu viel hatten sie wegen ihr durchmachen müssen, das Maß war voll.

Dana betrachtete Michael, der stumm vor Wut Pippas Facebookeinträge durchlas. Sie versuchte, nicht zu lächeln.

Auszug aus Philippa Murrays Tagebuch

Montag, 9.2.2004

Keine Kraft mehr gehabt zu schreiben. Ich habe immer noch keine Kraft ... Aber ich habe seit über einem Monat nichts mehr aufgeschrieben. Ich habe dieses Tagebuch angefangen, als Sean verschwunden ist, und ich muss es auch weiterführen, bis er wiederkommt.

Ich fing damit an, weil ich dachte, es hilft mir. Weil ich dachte, ich werde verrückt, wenn ich nichts tue. Weil ich die Gedanken in meinem Kopf ordnen musste. Weil ich sicher sein muss, dass ich alles tue, um ihn zu finden. Es ist wahrscheinlich wichtig weiterzuschreiben, auch wenn nichts passiert. Aber ich hatte keine Kraft.

Die Polizei tut nichts, was auch. Sie werden mich immer nur dann rufen, wenn sie eine Leiche gefunden haben, deren Alter zu Sean passt.

Vielleicht ist er tot.

Vielleicht hasst er mich auch einfach nur so sehr, dass er dafür sorgt, dass ich nie wieder etwas von ihm höre.

Sollte ich nicht einfach aufhören, nach ihm zu suchen? Die Sache auf sich beruhen lassen?

Nur eine gescheiterte Beziehung mehr ... Vergessen und weitermachen.

Wenn ich das doch nur könnte.

Ich habe einen Privatdetektiv beauftragt, aber der kommt auch keinen Schritt weiter. Er hat sich regelmäßig gemeldet, um mir zu berichten, wo er überall mit wem geredet hat. Absolut keine Resultate, nichts. Er hat auch die Spur, wie er es nennt, nach New York weiterverfolgt und dort einen befreundeten Privatdetektiv beauftragt, nach Sean zu suchen. Aus den USA kommen aber auch keine Neuigkeiten. Ich zahle und zahle unglaubliche Summen. Ich habe kein Geld mehr. Und ich kann auch nicht mehr. Was soll ich noch tun?

Auszug aus Philippa Murrays Tagebuch

Freitag, 13.2.2004

Es gibt eine Lösegeldforderung. Vater hat ein Video bekommen.
Ich muss nach Devon.

Ransom Demand

Auszug aus Philippa Murrays Tagebuch

Sonntag, 15. 2. 2004

Ich weiß nicht, was ich denken soll.

Es gibt ein Video, das total verwackelt und unscharf ist, und jemand mit einer Maske behauptet, sie hätten Sean entführt (»Wir haben Sean«, sagt er, keine Ahnung, wer »wir« ist), im Hintergrund sieht es nach einer leeren Fabrikhalle oder Tiefgarage aus. Auf dem Boden liegt jemand, der gefesselt wurde. Aber diese Person hat eine Kapuze über dem Kopf, man kann kein Gesicht erkennen.

Die Polizei in Plymouth hat Scotland Yard eingeschaltet, das Video wurde genau untersucht, aber es kam nichts dabei raus. Jemand liegt gefesselt auf dem Boden. Es ist Sean, das weiß ich, ich erkenne ihn, seinen Körper. Aber die von der Polizei sagen, es ließe sich nicht zweifelsfrei feststellen, um wen es sich handelt. Es gibt wohl Hinweise darauf, wo das Video aufgenommen worden sein könnte, ich frage mich, wie sie so etwas herausbekommen haben wollen.

Eine Million Pfund für Sean.

Ich weiß, dass es Sean ist.

Das Haus meiner Eltern ist voller Polizei. Unauffällig, ha ha. Wir werden rund um die Uhr bewacht, eine Polizistin ist nur dazu da, uns zu beruhigen. Alle Telefone werden abgehört, auch die von Matt und Dana, und Techniker sitzen hinter Laptops und Bildschirmen und irgendwelchen Geräten und tragen Headsets und machen den Eindruck, dass sich Sean irgendwo in ihren Computern versteckt.

Mutter liegt die meiste Zeit im Bett und hat das Schlafzimmer abgedunkelt, Migräne, behauptet sie. Vater ist unglaublich wütend. Sie zwingen ihn, morgen wieder ganz normal ins Büro zu gehen. Ich glaube, er hasst mich jetzt richtig.

»Warum erst jetzt?«, fragte mein Vater.

»Dafür kann es viele Gründe geben«, sagte die Polizistin.

»Ich kann mir keinen einzigen vorstellen«, sagte Vater.

Doch, ich schon. Er ist abgehauen. Zu einer anderen Frau. Zu einem Freund, den ich nicht kenne. Irgendwann ist jemand darauf aufmerksam geworden, dass es Menschen gibt, die verzweifelt nach ihm suchen. Und hat beschlossen, diese Verzweiflung auszunutzen.

Aber wieso wendet er sich an Vater?

»Wegen der Homepage«, erklärte die Polizistin. »Dort stehen Sie als Kontaktperson mit einer Handynummer und einer E-Mail-Adresse, aber Ihr Bruder hat sich als Webmaster verewigt. Und wenn man ihn im Web sucht, kommt man ganz schnell auf Ihre gesamte Familie. Alles Weitere ist nicht mehr schwer.«

»Oder er hat das Ganze selbst inszeniert«, sagte Vater.

Diesmal stand ich vor dem großen Panoramafenster und sah auf die raue See. »Dann hätte er sich gleich gemeldet. Abgesehen davon, dass das totaler Blödsinn ist.«

»Er hat abgewartet, bis du so richtig mürbe bist. Und jetzt schlägt er zu. Eine Million! Pah.«

»Wirst du zahlen?«, fragte ich ihn, drehte mich um und sah ihn an. Die Antwort stand in seinem Gesicht.

»Wir werden die Geldübergabe überwachen«, mischte sich die Polizistin ein. »Es werden präparierte Geldscheine übergeben ...« Und so weiter. Sie hatten bereits alles abgesprochen. Ich war am Freitag spätabends in Plymouth eingetroffen, und da hatten sie alle Entscheidungen getroffen. Was hatte ich auch schon zu sagen? Ich hatte nicht das Geld. Ich war nur seine Freundin. Seine sitzengelassene Freundin. Eine Verbindung, die niemand je ernst genommen hat. Und daran wird sich auch nichts ändern.

Nach dem Video passierte erst einmal vierundzwanzig Stunden lang nichts. Am Samstag kam eine Mail an die Adresse meines Vaters. Wo auch schon das Video hingeschickt worden war. Diesmal ein anderer Absender als beim ersten Mal. Nicht zurückzuverfolgen, hieß es wieder, und ich fragte mich, warum irgendjemand da draußen, der Leute entführte, besser mit dieser Technik umgehen konnte als diese ganzen Scotland-Yard-Nerds. In der Mail wurde der Übergabezeitpunkt bekanntgegeben: Dienstag um neun Uhr morgens.

»Und sagen die mir auch vielleicht noch mal, wo das Ganze steigen soll?« Vater lachte, es klang hysterisch. »Oder kommen die vorbei und holen das Geld ab?«

»Sie werden wahrscheinlich erst sehr knapp vorher über den Ort informiert. Wenn überhaupt. Vielleicht lotst man Sie auch irgendwo hin, um auszuschließen, dass Polizei dabei ist«, sagte die Polizistin.

»Sie meinen, ich muss im Ernst diese Scheißgeldübergabe selbst machen?« Jetzt schrie er.

»Das sollten wir alles in Ruhe . . .«

»Ich mach es«, sagte ich. »Mein Vater wird es versauen. Ich mach es.«

»Ich werde es nicht versauen«, immer noch am Brüllen, »ich habe nur keine Lust, mich wegen diesem Heiratsschwindler da erschießen zu lassen oder was weiß ich, zu was diese Idioten fähig sind!«

»Er ist kein Heiratsschwindler«, brüllte ich zurück.

»Wenn du dich nicht mit diesem Arschloch eingelassen hättest, dann hätten wir jetzt nicht diese Scheiße am Hals!«

»Ich habe ihn geliebt!« Und jetzt sprach ich von ihm schon in der Vergangenheit.

»Wie kann man so einen lieben! Er war nicht besonders intelligent, Geld hatte er auch keins – obwohl, jetzt wird er ja bald welches haben, jedenfalls, wenn es nach ihm geht!«

»Geld war nie ein Thema zwischen uns!«

Die Polizistin saß ruhig daneben und blätterte in einem Notizbuch. Vater und ich brüllten uns so lange weiter an, bis er dunkelrot im Gesicht war und ich türenschlagend nach oben rannte und mich in mein altes Kinderzimmer verzog.

Zwei Minuten später klopfte es leicht an die Tür. »Pippa? Hier ist Nicky.«

Wer zur Hölle war Nicky?

»Detective Sergeant Salisbury.«

Die Polizistin von Scotland Yard.

»Ist was passiert?« Ich stürmte zur Tür und riss sie auf.

»Alles in Ordnung«, sagte sie.

Ich muss sie angesehen haben, als sähe ich sie zum ersten Mal, und ganz ehrlich, so kam es mir auch vor. Ich hatte mir keinen von dem Team im Haus genau angesehen. Würde ich ihnen auf der Straße begegnen, ich würde sie nicht wiedererkennen. »Nicky Salisbury«, wiederholte ich. Sie lächelte. Sehr hübsch, in meinem Alter, lange schwarze Haare, große schwarze Augen, indischer Einschlag, vermutete ich. Dem Namen nach wahrscheinlich von Seiten der Mutter. Verheiratet schien sie nicht zu sein, sie trug jedenfalls keinen Ring.

»Sie haben andere Sorgen, als sich alle unsere Namen zu merken«, sagte sie. »Ich wollte hören, wie es Ihnen geht.«

»Sie werden es nicht glauben, aber mir geht es beschissen.«

»Wollen Sie reden? Oder wollen Sie einfach nur in Ruhe gelassen werden?«

Ich wollte natürlich reden. Wir saßen wie zwei Schulmädchen auf dem Boden und unterhielten uns. Maria brachte Tee und Sandwiches und Saft, und ich erzählte von Sean, aber nicht nur, ich erzählte auch von meinen Eltern, und warum ich mit nicht mal siebzehn die Schule beendet habe und ausgezogen bin, um im Ausland meine Ausbildung zu machen. Sie hörte zu und erzählte auch ein wenig von sich, und es lenkte mich ab. Es half, mal etwas anderes zu hören, mal ein anderes Leben zu entdecken. Nicht lange, und ich fragte ihr Löcher in den Bauch, wollte alles wissen über ihre Kindheit mit zwei jüngeren Schwestern, mit Eltern, die bei Ärzte ohne Grenzen gearbeitet hatten, warum sie zur Polizei gegangen war, ob sie es dort als Frau schwer hatte, ob sie diskriminiert wurde, weil sie nicht weiß war, oder ob es ein Vorteil war. Ich fragte und fragte, und irgendwann merkte ich, dass ich mich seit Jahren nicht mehr so gut mit jemandem unterhalten hatte, abgesehen von meinem Bruder. Weil ich seit Jahren keine Freundin mehr hatte. Mir fehlte eine beste Freundin. Sean hatte es immer wieder zu mir gesagt, und ich verstand erst jetzt, warum ihm das komisch vorgekommen war. Mir hat jahrelang etwas gefehlt, und ich habe es nicht einmal gemerkt.

Jämmerlich.

Nach einer Weile kam Maria noch mal rein und brachte uns Pizza. »Kollege hat bestellt für alle«, sagte sie zu Nicky. »Muss ich nicht kochen. Aber muss auf Teller, nicht auf Pappschachtel.« Sie reichte uns Besteck und verschwand wieder. Wir lachten und aßen die Pizza mit den Händen.

Sie ging später runter zu ihren Kollegen, und ich legte mich schlafen. Ich hatte die Nacht davor kein Auge zugetan. Dann wachte ich um vier Uhr morgens auf und ging runter, weil ich nicht wusste, was ich sonst tun sollte. In der dunklen Küche standen zwei Polizisten, von denen ich nicht wusste, ob ich sie schon gesehen hatte. Sie tranken Kaffee und unterhielten sich leise. Nicky lag auf der Couch und schlief. Die Techniker waren verschwunden. Ich stellte mich an das Panoramafenster und starrte in die Nacht.

Jetzt bin ich wieder in meinem Zimmer und schreibe alles auf.
Wenigstens ist Sean nicht tot.
Noch nicht.

Auszug aus Philippa Murrays Tagebuch

Montag, 16.2.2004

Nicky coacht mich für die Geldübergabe.

Ich habe mir das Video bestimmt noch fünfzig Mal angesehen. Es muss Sean sein. Die Bewegungen, die Kleidung, alles stimmt. Nicky sagt, das Video sei in einer alten Lagerhalle in Croydon gemacht worden. Man hätte die Halle beobachtet und keine Aktivitäten feststellen können. Die Entführer hatten sich ein neues Versteck gesucht, und die Spurensicherung war noch mit Auswerten beschäftigt.

»Lange haben sie sich dort nicht aufgehalten, so viel können wir schon sagen«, sagte Nicky.

»Vielleicht nur, um das Video zu drehen«, sagte ich und wurde ganz eifrig. »Weil sie dort, wo sie Sean gefangen halten, kein Video machen können ... weil Sie sonst wüssten, wo sie sind ... oder?«

Nicky legte mir eine Hand auf den Arm. »Pippa, wir tun alles.«

Hätten Reese und Mahoney ihren Job von Anfang an richtig gemacht, statt mir dauernd zu sagen, dass jeder Erwachsene das Recht hatte, einfach so zu verschwinden, wann immer es ihm passte, dann wäre es nie so weit gekommen.

Ich habe Reese angerufen. Er wusste längst Bescheid, natürlich. Hatte auch nur beruhigende Phrasen drauf. »Ganz ehrlich, Ms Murray«, sagte er zu mir. »Scotland Yard hin oder her, die können auch nicht zaubern. Ich habe da keine große Hoffnung. Für mich sieht das nach jemandem aus, der sich an die Sache dranhängen will. Mit Sean hat das wahrscheinlich gar nichts zu tun.«

»Ich habe Sean auf dem Video gesehen«, sagte ich.

»Hat man Ihnen ein anderes Lebenszeichen geschickt? Nein. Verstehen Sie mich nicht falsch, ich möchte nur verhindern, dass Sie hinterher komplett zusammenbrechen.«

Erfrischend, dieser Typ. Immer wieder.

Natürlich hatte Vater nach weiteren Lebenszeichen gefragt. Per Mail. Sie wurde ihm von der Polizei diktiert, sonst hätte er wohl geschrieben: »Behaltet den Bastard, bringt ihn von mir aus um, mir ist er keinen Penny wert.«

Als Antwort kam ein paar Stunden später ein weiteres Video. Es war noch verwackelter, noch dunkler. Jemand saß gefesselt auf einem Stuhl, zu hören war Keuchen und Stöhnen. Jemand anderes – wieder maskiert – ging auf ihn zu, riss ihm die Kapuze vom Gesicht, riss ihm den Kopf an den Haaren nach hinten, sodass er in die Kamera schauen musste.

Schnitt.

Das war's.

»Ist das Sean Butler?«, fragte Nicky.

»Ja«, sagte ich.

»Wie willst du denn darauf was erkennen?« Vaters Stimme kippte wieder ins Hysterische.

»Es ist Sean. Ich kenn ihn nun wirklich gut genug.«

»Sie sind sich hundertprozentig sicher?«, fragte Nicky.

»Hundertprozentig.« Egal, wie schlecht das Licht auf dem Video war, egal, wie sehr die Kamera gewackelt hatte, ich hatte Sean erkannt. Sie zeigten mir noch tausendmal die Aufnahme, vergrößerten das Gesicht, versuchten, so viel wie möglich per Bildbearbeitung rauszuholen. Ja, es war Sean.

»Du kannst mich gerne enterben, wenn das hier vorbei ist«, sagte ich zu Vater.

»Als ob das diese Spinner da draußen interessieren würde«, sagte Vater.

Matt stand mir bei. Er sagte all die netten Dinge, die ich hören musste. Von »Alles wird gut« bis hin zu »Du tust genau das Richtige«. Er machte sich Vorwürfe, weil er seinen Namen auf die Homepage geschrieben hatte.

»Das war nur, damit sie dir nicht auch noch so einen Scheiß schreiben wie ›Die Seite wird in meinem Browser aber nicht richtig angezeigt‹. Wenn ich gewusst hätte, was ich damit anrichte . . .«

»Man hätte es auch anders rausfinden können«, beruhigte ich ihn. Gab ihm innerlich einen beträchtlichen Teil der Schuld und schämte mich gleichzeitig dafür.

»Lass mich die Geldübergabe machen«, sagte er. »Es ist zu gefährlich. Du hast auf dem Video gesehen, wie sie mit Sean umgehen. Sie sind brutal.«

»Du hast eine Frau und zwei Kinder«, sagte ich. »Ich hab niemanden. Außer Sean.«

Morgen früh ist es so weit.

10.

Ausdauersport, hatte sein Therapeut gesagt, sei das beste Anti-
depressivum. Sein Psychiater hatte bestätigt, dass sich dadurch
auch die Panikattacken und die Phobien herunterregeln ließen. Nichts, was die Pharmaindustrie gerne bestätigte, aber die
Ergebnisse, die durch eine Sporttherapie erzielt wurden, seien
weitaus besser, vor allem auf lange Sicht, als alles, was man mit
Pillen erreichte.

Cedric hasste Sport. Er hatte schon zu Schulzeiten alles
getan, um sich vom Unterricht befreien zu lassen. Mit den beiden Ärzten hatte er sich auf lange Spaziergänge geeinigt. Eine
Stunde pro Tag, hatte der Psychiater gesagt, aber der Therapeut war der Meinung, dass man sich nicht überfordern solle.
Dreimal in der Woche reiche für den Anfang vollkommen.

Dreimal in der Woche eine Stunde spazieren gehen. Bis jetzt
hatte er es einmal in drei Monaten geschafft. Den Rückweg
von Ben trat er mit dem Taxi an, dann fuhr er mit seinem eigenen Wagen los. Er fuhr über die Forth Road Bridge nach Fife.
Es waren nicht viele Autos unterwegs, weil es wieder unent-
wegt schneite, und er fuhr nur sehr langsam. Er umklammerte
das Lenkrad so fest, dass die Fingergelenke weiß hervortraten.

Fingergrundgelenke, man nummeriert sie durch, I ist der
Daumen, II-V die anderen Finger. Die Fingergrundgelenke
II-V sind anatomisch betrachtet Kugelgelenke. Wegen ihrer
eingeschränkten Beweglichkeit sind sie, funktional gesehen,
aber Eigelenke. Das obere Handgelenk ist ebenfalls ein Ei-
gelenk. Das zwischen Atlas und Schädel auch.

Er fuhr an Kirkaldy vorbei, an der Küste entlang. Nicht zum einstigen Haus seines Vaters (wem gehörte es jetzt – vermutlich ihm?). Er hielt in dem Fischerörtchen Anstruther, fuhr weiter nach Crail, sah sich dort um, ohne auszusteigen, fuhr weiter nach Kingsbarns, wo er etwas langsamer wurde, ohne stehenzubleiben, fuhr weiter nach St Andrews, kurvte durch ein paar Straßen, fuhr weiter an einem Wohnwagenstellplatz vorbei, weiter in Richtung Largo, ließ den Weg, der zum Haus seines Vaters führte (von dem er nicht wusste, ob es ihm gehörte), links liegen, hielt erst wieder an einem Golfplatz kurz vor Leven, fuhr zurück nach Edinburgh, zu Isobel. Er fand einen Parkplatz am Grassmarket, ging die wenigen Meter zu Fuß durch den dreckigen Schnee. Cedric rief auf Isobels Handy an, weil ihre Klingel kaputt war. Sie öffnete die Tür.

»Da hat man mal Feierabend...«, sagte sie, lächelte aber. »Willst du reinkommen?«

Sie hatte eine Wohnung in der Candlemaker Row, einer kleinen Straße in der Old Town, die vom Grassmarket hoch zur George IV Bridge führte. Isobel wohnte direkt über einem Antiquariat. Die Zimmerwände waren schief, die Decken niedrig, die Türen klemmten und quietschten, aber sie liebte ihre Wohnung. Cedric traute sich erst, sie zu besuchen, seit ihn seine Medikamente stabilisierten. Er war zum zweiten Mal bei ihr zu Hause.

»Ich weiß, warum du hier bist«, sagte sie und ging vor in die Küche. Zu seiner Erleichterung war es dort sehr sauber, und er musste sich nicht überwinden, Platz zu nehmen. »Ich kann dir aber nichts zu den Ermittlungen sagen. Sie werden von Fife aus geleitet. Wir haben nur bei einer Zeugenbefragung ausgeholfen.«

»Ich habe eine Idee, was in der Nacht passiert sein könnte«, sagte Cedric.

Sie sah ihn neugierig an.

»Die Einbrüche in der Nacht von Montag auf Dienstag, bevor es anfing zu schneien«, sagte er. »In den Zeitungen standen unterschiedliche Angaben, wo sie stattgefunden haben. Meist war nur ›in der Nähe von St Andrews‹ zu lesen. Aber ich habe die genauen Zeitabläufe rekonstruiert ...«

Sie unterbrach ihn. »Wie hast du das gemacht?«

»Es gibt ein Nachbarschaftsforum, jedenfalls nennt es sich so, für die Fifer. Privat initiiert. In diesem Nachbarschaftsforum kann man über alles diskutieren, wo es den besten Fish and Chips gibt, wo das beste Bier, Bands suchen nach Schlagzeugern oder Sängern, Männer suchen Frauen ...« Er zeigte ihr die Startseite des Forums auf seinem iPhone.

»Schon mal drüber nachgedacht, bei uns anzufangen? So in der Art wie ›Monk‹?«

»Nicht witzig«, sagte er. »Ich kenne diese Fernsehserie.«

»Sorry.«

»Schon gut. Bist du mit dem Fall vertraut?«

Sie schüttelte den Kopf. »Nicht unsere Zuständigkeit.«

»Der erste Einbruch war in Anstruther gegen acht Uhr abends. Der nächste um kurz vor neun Uhr in Crail, das liegt zehn Minuten mit dem Auto entfernt. Dann ein versuchter Autoklau in Kingsbarns eine halbe Stunde später. Von Crail wieder zehn Minuten mit dem Auto. Nächste Station St Andrews. Zwei Einbrüche in Villen in Hepburn Gardens. Zwanzig Minuten von Kingsbarns dorthin. Es ist ungefähr zehn. Gegen elf versucht jemand, in einen Wohnwagen südlich von St Andrews an der A915 einzubrechen und wird fast erwischt. Wenig später fängt es an zu schneien. Ich stehe im Stau. Lillian wird ermordet.«

»Moment. Woher willst du die Zeiten der Einbrüche wissen? Gibt's Zeugen?«

»Ich habe sie rekonstruiert. Gerade eben. Ich habe die Zeiten mit dem Navigationsgerät errechnet, und dann bin ich die Strecke selbst abgefahren. Natürlich ist der Echtzeitversuch unter diesen Wetterbedingungen nicht haltbar, daher die Zeiten aus dem Navi. Aber ich musste mir die Strecke ansehen, um sicherzustellen, dass ich nichts übersehe. Der versuchte Einbruch auf dem Wohnwagenstellplatz lässt sich zeitlich bestimmen. Der versuchte Autoklau ebenfalls. Und die Bewohner des Hauses in Anstruther haben gesagt, dass sie gegen sieben weg sind. Ich habe den Rest rekonstruiert. Wenn man nämlich die von mir errechnete Route annimmt, könnten die Einbrecher auf ihrem Rückweg ...«

»Rückweg wohin?«

Er hob die Schultern. »Das weiß ich nicht.«

»Dann sprich nicht von Rückweg.«

»Doch. Nachdem es schon geschneit hat, muss jemand Teile der Beute weggeworfen haben. Die Einbrecher sind wahllos vorgegangen. Sie haben nicht gezielt nach Wertgegenständen gesucht, sondern mitgenommen, was sie kriegen konnten. Und sie hatten, wie ich dir erklärt habe, nicht viel Zeit. Einen Teil also warfen sie in Leven auf dem Scoonie Golf Course, der direkt an der A915 liegt, ab. Und der Weg von St Andrews vorbei an dem Stellplatz nach Leven führt am Anwesen meines Vaters vorbei.« Er sagte immer noch »Anwesen meines Vaters«.

Als er sah, dass Isobel immer noch zweifelte, sagte er: »Sollen wir die Strecke jetzt gemeinsam abfahren? Mein Mercedes hat Winterreifen.«

»Nein«, sagte sie. »Ich frage mich nur ... wer begeht solche Einbrüche, will zwischendurch noch ein Auto klauen, bricht nach ein paar großen Häusern und Villen in einen Wohnwagen ein und wirft dann die Beute auf den nächsten Golfplatz?«

»Mutprobe? Zerstörungswut? Langweile? Ich habe keine Ahnung.«

Isobel rieb sich die Augen. »Sean Butler hat wegen Einbrüchen gesessen …« Sie hielt inne, hatte offenbar etwas gesagt, das sie bereute. —▷ regretted

»Hast du gerade Sean gesagt?«

»Vergiss es. Geht dich nichts an. Du weißt schon wieder viel zu viel.«

»Sean?«

»Ich sagte: Vergiss es.«

»Lillian hat am Telefon Sean zu mir gesagt. Es war das Einzige, das sie gesagt hat. Nur den Namen Sean. Jedenfalls habe ich ihn verstanden. Und jetzt redest du von einem Sean? Ist das ein Zufall? Ich rekonstruiere eine Einbruchsserie, weil ich denke, Lillian könnte diesen Leuten in die Quere gekommen sein, was sie das Leben gekostet hat, und du sprichst von einem Sean, der mal wegen Einbruchs verurteilt wurde? Verstehe ich das richtig?« ▵ convicted

Isobel seufzte. »Ben hat dir doch von einer Zeugin erzählt. Es war die Frau, in deren Werkstatt wir waren, während du im Auto gewartet hast. Sie ist verschwunden, seit sie bei uns war. Sie hat behauptet, ihr früherer Freund, Sean Butler, sei Lillians Mörder.«

»Aber du hast mir versichert, die Zeugin sei unglaubwürdig?«, fragte Cedric leise. »Hast du mich belogen?« ▷ lied

»Nein. Wir dachten wirklich, sie macht sich nur wichtig. Du weißt nicht, dass Sean Butler seit sieben Jahren als vermisst gilt. Sein Vater will ihn für tot erklären lassen, und alles sprach dafür, dass diese Frau es verhindern wollte. Mit dieser wilden Anschuldigung.«

»Und sie ist jetzt verschwunden?«

»Ja.«

»Das kommt dir nicht komisch vor?«

»Doch. Aber es kann alles bedeuten. Vielleicht weiß sie noch mehr, vielleicht ist sie sogar in die Sache verwickelt, vielleicht macht sie sich nur wichtig. Jedenfalls suchen wir überall nach ihr.«

Cedric dachte kurz nach, dann nahm er sein iPhone und durchforstete das Internet. »Es gibt eine Suchseite für diesen Sean auf Facebook, es gibt eine Homepage, und sein Name wird in Foren für vermisste Personen genannt. Soll ich mir erst alles durchlesen oder kürzt du es ab?«

»Butler saß wegen Einbruchs und Körperverletzung. Und ich weiß, was du jetzt denkst.«

»Und was denkst du? Könnte diese Zeugin recht haben, und ihr verschwundener Freund hat was mit Lillians Tod zu tun?«

»Sean Butler ist wahrscheinlich tot. Warum hätte er außerdem Lillian umbringen sollen? Es gibt überhaupt keine Verbindung.«

Cedric spürte, wie ihn Adrenalin durchflutete. »Gegenfrage: Warum hätte diese Frau mit so einer wirren Geschichte zu euch kommen sollen? Dadurch verhindert sie doch nicht, dass Sean Butler für tot erklärt wird. Geh mal eine Minute davon aus, dass sie recht hatte. Dass etwas an ihrer Geschichte dran ist: Sean Butler hat Lillian getötet. Nur, dass diese Frau keine Gelegenheit mehr hat, es zu beweisen. Vielleicht ist es umgekehrt. Vielleicht ist die Zeugin tot, und der Freund verschwunden.«

Isobel saß im Schneidersitz auf ihrem Stuhl, rieb sich das Kinn und starrte auf den Boden.

»Lillian hat wirklich Sean zu dir gesagt?«

»Das ist, was ich verstanden habe. Sie rief an, ich meldete mich mit Hallo, und sie sagte: Sean? Ich dachte, sie hätte mich verwechselt. Dann legte sie auf, und ich dachte, sie wollte mich ärgern.«

»Und jetzt denkst du, sie wollte sich dir mitteilen. Verstehe. Warum lag eigentlich deine Telefonnummer auf einem Zettel neben dem Apparat? Das haben dich die Kollegen in Fife sicher schon gefragt. Kennt sie die Nummer nicht?«

Cedric hob die Schultern. »Sie wusste nicht, wie man sie einspeichert. Ich gab sie ihr für den Notfall, als ich nach Edinburgh zog, und bat sie, sie nie weiterzugeben. Sie notierte sie auf einem Zettel, und ich glaube, sie sagte mal, dass sie den Zettel in einem Ordner aufhob. Offenbar hat sie ihn herausgenommen und ist damit zum Telefon gegangen, um mich anzurufen.«

»Altmodisch.«

»Lillian war so. Glaube ich.«

Isobel stand auf, schaltete den Wasserkocher ein und fragte: »Auch einen Tee?«

Er schüttelte den Kopf. »Was denkst du?«

»Du hast sie gesehen ... Würde ein überraschter Einbrecher so zuschlagen?«

»Er wurde schon einmal wegen Körperverletzung verurteilt, hast du gesagt.«

»Aber er hat niemanden totgeschlagen. Nicht mal halb tot. Ich habe die Fotos von Lillian gesehen.« Sie nahm sich eine Tasse und warf einen Teebeutel hinein.

»Isobel, es wäre eine Möglichkeit.«

»Das heißt, es gibt noch andere. Und ich bin sicher, die Kollegen in Fife nehmen sie sich sehr gründlich vor.« Sie trommelte ungeduldig mit den Fingern auf der Küchentheke neben dem Wasserkocher herum. Es ging ihr nicht schnell genug.

»Ich denke an eine Verbindung zum Tod meines Vaters. Ich denke an ein Motiv, das mit Williams Behinderung zu tun hat.

Ich denke an einen Liebhaber, von dem niemand etwas wusste. Aber ich denke auch an eine Zeugin, die seltsamerweise spurlos verschwindet, nachdem sie bei euch eine Aussage gemacht hat.«

Das Wasser kochte. Isobel goss es in die Tasse, goss daneben, verbrannte sich die Finger. Die Tasse fiel klirrend in die Spüle. Sie drehte den Wasserhahn auf und ließ fluchend kaltes Wasser über die Hand laufen. »Warum erzählst du mir das und nicht den Kollegen in Fife?«, fragte sie schließlich.

»Du meinst, sie würden mir zuhören?«

Isobel lachte, während sie sich die Hand rieb. »Ach, du bist also nur hier, weil dir außer mir niemand zuhört?«

Cedric wusste, dass er hier eine scherzhafte Bemerkung machen musste. Aber er hatte zu wenig Übung im sozialen Miteinander. Also sagte er: »Nein. Ich bin hier, weil du das Verschwinden dieser Frau bearbeitest, richtig? Diese Frau müssen wir finden. Und dann wissen wir, welche Verbindung es zwischen Lillian und diesem Sean gibt.«

Isobel hob die Augenbrauen. »*Wir?*«

»In gewisser Weise. Ja.«

Sie stand nun mit dem Rücken zu ihm und unternahm einen zweiten Versuch, sich Tee zu machen. Sie kochte das Wasser nicht noch einmal auf. Cedric dachte darüber nach, welche Stoffe sich wohl nicht richtig entfalten würden, wenn das Teewasser nicht heiß genug war, dachte an grünen Tee, bei dem das Wasser nicht kochen sollte, dachte an die Zubereitung von Kaffee und kam mit den Gedanken ganz vom Thema ab. Das passierte ihm öfter, schon immer eigentlich, aber seit er Tabletten nahm, schien es häufiger vorzukommen. Isobels Stimme holte ihn wieder zurück. »Warum wartest du nicht einfach ab, was die Kollegen herausfinden?«

»Ich brauche Klarheit«, sagte Cedric. »Ich weiß nicht, wie

es bei mir weitergeht. Finanziell, beruflich ... Wahrscheinlich werde ich alles erben, aber wie lange es dauert, bis das rechtskräftig wird, und was bis dahin ist – ich weiß es einfach nicht. Ich weiß nicht, was mit meinem Halbbruder ist, wer sich um ihn kümmern wird, welche gesundheitlichen Folgen seine Krankheit noch nach sich ziehen wird. Ich weiß nicht, wer meinen Vater ermordet hat. Und jetzt wurde meine Stiefmutter ermordet, und wieder weiß ich nicht, was es damit auf sich hat. Ich hätte gerne ein paar Antworten. Ich weiß so wenig über diese Frau ...«

»Sie hat dich nicht interessiert.«

Er nickte. »Und sie hat sich mir entzogen. Ja.«

»Kommt ihre Mutter, um den Jungen zu holen?«, fragte Isobel. Sie pustete in die neue Tasse, wartete, bis der Tee sich etwas abgekühlt hatte, sah Cedric nicht an.

»Sie hat sich noch nicht gemeldet, aber ich gehe davon aus. Es gibt keine anderen Verwandten.«

»Es gibt dich.«

»Ich habe nichts mit ihm zu tun.«

»Ihr seid Brüder.«

»Ich könnte sein Vater sein, vom Alter her.« Er fühlte sich elend bei diesem Gedanken.

Jetzt sah sie ihn an. »Willst du eigentlich Kinder?«

»Nein.« Er hatte schon geantwortet, bevor sie ausgeredet hatte.

Sie lachte. »So sicher bist du dir? Oder hast du nur Angst vor dem Gedanken?«

»Ich glaube nicht, dass ich ein guter Vater wäre. Oder gute Gene weitergeben könnte.«

»Die Hälfte kommt von deiner Mutter. Und nicht alles von deinem Vater ist auf genetische Veranlagung zurückzuführen, sondern auch auf Sozialisation.«

»Von meiner Mutter habe ich …« Er zögerte. Kannte nicht das richtige Wort. »Das alles«, sagte er schließlich.

»Es muss nicht …«

»Isobel«, unterbrach er sie und kam nicht weiter.

»Was?«

»Ich muss wissen, wer Lillian umgebracht hat.«

Sie antwortete nichts, sah ihn nur abwartend an.

Er schwieg.

»Warum?« Als er Isobel vor drei Jahren als Student in St Andrews kennengelernt hatte, wirkte sie noch jung, unsicher, unerfahren. Sie machte Fehler, einer davon hätte sie ihr Leben und ihre Karriere kosten können. Isobel hatte ihn in seinen schwersten Zeiten erlebt, und sie kannte ihn besser als jeder andere. Besser noch als Ben, zu dem er trotz allem noch Distanz wahrte, vielleicht, weil er ein Mann war. Vielleicht, weil er nicht dabei gewesen war, als aus seinem Vater, dem er nie genügen konnte, dem er sich fremd fühlte, ein Albtraum wurde, der alles Menschliche verlor.

»Das ist doch offensichtlich, ich habe sie schließlich gefunden … sie war meine Stiefmutter«, sagte Cedric.

»Lüg mich nicht an. Warum bohrst du so herum, statt abzuwarten, was die Ermittlungen ergeben?«

»Weil ich glaube, dass ich der Nächste bin.«

Scottish Independent Online, 18. 2. 2004

Missglückte Geldübergabe endet mit Blutbad

Die Geldübergabe im Londoner Stadtteil Islington war generalstabsmäßig geplant – sowohl von den Erpressern als auch von der Polizei. Und doch ging alles schief. Zwei Menschen kamen ums Leben, eine Frau wurde schwer verletzt und schwebt noch in Lebensgefahr. Sie wurde mit dem Hubschrauber in ein nahe gelegenes Krankenhaus gebracht und notoperiert, um anschließend in das private London Bridge Hospital verlegt zu werden, wo sie derzeit auf der Intensivstation behandelt wird.

Bei den beiden Toten handelt es sich um die mutmaßlichen Erpresser, Glenn B. (27) und Robert W. (30), beide aus Croydon. Wie die Polizei mitteilte, sollte es am Dienstag um 9 Uhr zu einer Geldübergabe nahe der Underground-Station Angel kommen. Die beiden Männer hatten mit dem Schiffsbauer Alexander Murray aus Plymouth Kontakt aufgenommen und behauptet, den Freund seiner Tochter Philippa (28) in ihrer Gewalt zu haben. Die geforderte Lösegeldsumme von einer Million Pfund wollte Philippa Murray selbst überbringen.

Seit Dezember letzten Jahres ist ihr Freund Sean Butler (33) vermisst, und nun hoffte sie, endlich ein Lebenszeichen von ihm erhalten zu haben. Sie war bereit, den Erpressern den präparierten Koffer zu übergeben. Doch diese wurden misstrauisch, die Einsatzkräfte reagierten Sekunden zu spät, als bereits Schüsse auf Philippa abgegeben worden waren. Während der anschließenden Schießerei wurden Glenn B. und Robert W. tödlich verletzt.

»Philippa und ihre Familie müssen nun sehr stark sein. Nur dann hat sie eine Chance durchzukommen«, teilte die Pressesprecherin von Scotland Yard, Laureen Marsden, gestern Abend mit.

Glenn B. und Robert W. waren auf die Homepage aufmerksam geworden, mit deren Hilfe Philippa Murray nach dem verschwundenen Sean Butler sucht. Da Robert W. eine gewisse Ähnlichkeit mit dem Verschwundenen hatte, drehten die beiden Videos, in denen Glenn B. den Entführer und Robert W. das Opfer spielte. Die Polizei konnte die Authentizität der Videos nur anzweifeln, aber nicht vollkommen ausschließen.

»Jetzt muss genau untersucht werden, welche Fehler bei diesem Einsatz gemacht wurden«, sagte Marsden und versicherte eine schonungslose Aufklärung der Ereignisse. Außer Philippa Murray wurde noch eine Polizistin leicht verletzt. Murrays Eltern erlitten einen Schock, als sie die Nachricht erhielten, und stehen unter ärztlicher Aufsicht.

Von Sean Butler fehlt weiterhin jede Spur. Dass er mit den Erpressern in Verbindung stand, wird zunächst ausgeschlossen.

Detective Sergeant Reese von der Gayfield Square Police Station in Edinburgh ist für den Vermisstenfall Butler zuständig. »Ich habe noch vor der Geldübergabe mit Ms Murray telefoniert und sie gewarnt. Ich habe ihr gesagt, dass ich es für höchst wahrscheinlich halte, dass sie Betrügern aufsitzt.«

Reese arbeitet seit Dezember intensiv daran, das mysteriöse Verschwinden von Sean Butler aufzuklären. »Wir arbeiten eng mit den Kollegen von Scotland Yard zusammen, um die Umstände lückenlos aufzuklären, die zu dieser Katastrophe geführt haben«, sagte ein Sprecher der Lothian and Borders Police heute Morgen.

Freitag, 3. Dezember 2010

11.

Nach dem Sex eine Zigarette rauchen. Wie lange hatte Dana das nicht mehr gemacht? Simon rauchte nicht. Hasste es, wenn man in seiner Gegenwart rauchte. Fing jedes Mal an, Vorträge darüber zu halten, wie schädlich es war. Nicht etwa für die Raucher oder die Passivraucher, nein, für den Raum. Man bekäme den Gestank nicht mehr richtig aus den Polstern. Sogar die Schränke würden noch wochenlang nach Rauch stinken. Der Rauch würde in die Kleiderschränke kriechen und alle seine Anzüge kontaminieren. Und die Tapeten! Wenn sich Simon über die katastrophalen Folgen von Zigarettenrauch ausließ, sah man förmlich, wie sich die Tapeten langsam von den Wänden zu lösen begannen. Zigarettenrauch schadete nämlich vor allem den Tapeten. Simon liebte Tapeten. Er hatte Wochen damit zugebracht, die Tapeten für ihr gemeinsames Haus in Plymouth auszusuchen. Jeder Raum eine andere Tapete. Aus drei Räumen mussten anschließend die Tapeten entfernt werden, kaum, dass sie hingen, weil der Raumausstatter – angeblich – den falschen Farbton besorgt hatte. Oder das Muster abwich. Ihr Vater hatte schon den Verdacht geäußert, Simon wäre schwul. Dana hatte zu spät begriffen, dass sie es nicht aushalten würde. Dabei liebte sie ihn nicht. Simon zu heiraten war vernünftig gewesen, mehr nicht. Es war ihr immer wichtig gewesen, geliebt zu werden, und Simon hatte sie geliebt. Bis Pippa zurückgekommen war.

Seitdem sah er ihre Schwester, wenn er sie sah. Eine ältere Ausgabe von Pippa. Der erste Versuch der Eltern, die perfekte

Tochter zu erschaffen. Eine Lilith vor der Eva. Vielleicht hätte sie sich viel früher fragen müssen, was sie eigentlich vom Leben wollte. Wen sie lieben wollte. Jetzt war sie neununddreißig und musste sich fragen, ob sie noch Gelegenheit haben würde, jemanden zu lieben.

Es kotzte sie an, dass sie mit Michael geschlafen hatte. Eine Mischung aus Mitleidssex und dem Verlangen, Pippa den Mann zu nehmen, wenigstens für ein paar Minuten.

Michael kuschelte sich an sie, streichelte ihre nackte Brust, wirkte zufrieden. Sie wusste, was in seinem Kopf passierte: Er hatte gerade mit Pippa geschlafen. Wahrscheinlich rauchte Pippa nach dem Sex auch immer.

»Raucht sie nach dem Sex?«, fragte sie Michael.

»Nein«, sagte er. »Ganz selten, dass sie mal eine raucht. Und dann wirklich nur eine.« Er schob sich näher an sie heran und strich mit der Hand über ihren Bauch.

»Warum hatte sie noch diese Wohnung? Wollte sie sie nicht vermieten?«

»Wir haben sie als Gästewohnung behalten. Und sie hat manchmal hier übernachtet, wenn es spät wurde. Oder sie hat sich was gekocht. Alles Mögliche.«

»Du sprichst von ihr in der Vergangenheit«, sagte Dana.

Michael setzte sich auf, fuhr sich durchs Haar und stöhnte. »Ja. Ich fürchte, ich habe vorhin kapiert, dass sie nie mehr zurückkommt.« Er wirkte erschrocken über das, was er sagte. »Ich meine, zu mir zurückkommt. Nicht, dass sie ...«

»Tot ist.«

»Nein, nein, auf keinen Fall. Sie ... versteckt sich irgendwo. Oder sucht diesen Sean. Verdammt, ich wünschte, dieser Sean wäre ...«

»Tot?« Er schien Probleme mit dem Wort zu haben.

»Ja. Also, nicht, dass ich ihm etwas Schlechtes ... Ich meine,

215

es wäre nur einfacher für sie gewesen, wenn man seine Leiche gefunden hätte. Oder ... irgendwas.«

»Deshalb sucht sie ihn. Damit sie mit ihm abschließen kann«, sagte Dana und klang bewundernswert sanft, wie sie fand. Sie inhalierte tief, blies dann den Rauch in Richtung Zimmerdecke.

»Es sieht unglaublich sexy aus, wie du rauchst«, sagte Michael und ließ seine Hand zwischen ihre Beine gleiten.

Dana reagierte nicht.

»Ich bin mit ihr durch. Ich habe abgeschlossen. Diese Facebookseite hat mir die Augen geöffnet.« Er flüsterte es in ihr Ohr, küsste dann ihren Hals.

Sie betrachtete die glimmende Asche. »Ja, und du hast es ihr so richtig heimgezahlt, indem du mit ihrer Schwester gefickt hast. Herzlichen Glückwunsch.«

Er versuchte, sie zu umarmen. »Das darfst du nicht mal denken. So ist das nicht. Wirklich.«

Dana schob ihn von sich und stand auf. »Natürlich nicht. Und jetzt verschwinde.« Sie nahm einen letzten Zug, öffnete das Fenster und warf die Kippe raus. Sie blieb nackt in der kalten Morgenluft stehen, sah auf die leere Straße, wartete, bis sie zu zittern anfing und schloss das Fenster.

Michael war immer noch da. »Dana, ich weiß, das muss alles sehr komisch für dich sein, aber ich schwöre dir, ich ...«

»Raus«, sagte sie und ging ins Badezimmer, um zu duschen.

Dabei hatte sie Michael immer gemocht. Nach Pippas Zusammenbruch waren sich die Schwestern zum ersten Mal nähergekommen. Dana hatte in Pippas Wohnung gewohnt, hatte sie jeden Tag im Krankenhaus besucht, bei der Therapie unterstützt. Sie hatten viel geredet, und sie hatte Michael kennengelernt. Einen gut aussehenden Mann um die fünfzig. Dunkles, an den Schläfen schon etwas angegrautes Haar. Ein Gesicht wie Pierce Brosnan. Michael war wortgewandt, humorvoll, sensibel. Kein Thema, über das man mit ihm nicht reden konnte. Keine Minute, in der man nicht mit ihm zusammen lachte. Er liebte Musik, spielte mehrere Instrumente, traf sich mit Freunden in Pubs, um schottischen Folk zu spielen, und brachte am nächsten Tag seinen Studenten Händel und Beethoven und wie sie alle hießen näher. Er liebte die Natur und ging im Sommer gerne wandern, im Winter Ski fahren. Er war so anders als Sean.

Pippa hatte ihr erzählt, wie sich Michael um sie bemüht hatte. Sie hatte ihn kennengelernt, weil er jemanden brauchte, der kurz vor Weihnachten die Flügel und Klaviere an seinem Fachbereich stimmte. Der Klavierstimmer, den er sonst bestellt hatte, war ausgefallen. Sie hatte ihn sofort gemocht, und er hatte nicht wirklich ein Geheimnis daraus gemacht, dass er sie ebenfalls mochte. Sean war erst seit wenigen Tagen verschwunden, und so hatte Pippa damals noch kein Interesse an Michael. Oder vielmehr: Sie konnte sich unmöglich auf ihn einlassen. Sie war ganz damit beschäftigt, Sean zu finden. Michael verstand, hielt sich zurück, wartete, bis sie bereit war. Aber Sean würde weiterhin zwischen ihnen stehen.

Pippa hatte ihrer Schwester anvertraut, dass sie Sean gegenüber ein schlechtes Gewissen hatte, weil sie mit Michael zusammen war. Sie hatte sich zwar nicht Hals über Kopf in diese Beziehung gestürzt, im Gegenteil. Aber trotzdem fühlte es sich nicht richtig an. Sie dachte manchmal, sie hätte warten müssen, bis mit Sean alles geklärt war. Gleichzeitig wusste sie, dass dies Unsinn war. Das schlechte Gewissen blieb.

Dana hatte sie wegen Michael noch mehr beneidet als zuvor. Michael war genau die Art Mann, die sie sich für sich selbst gewünscht hatte. Nur, dass kein Mann wie Michael sich jemals auf eine Frau wie Dana einlassen würde. Sie trank zu viel, sie nahm ihre Tabletten entweder zu unregelmäßig oder zu oft, sie hatte sich nicht unter Kontrolle. Sie war keine Frau, mit der man wandern oder Ski fahren ging. Oder Musik machte. Dabei wünschte sie sich, genau so eine Frau zu sein. Mit Pippa konnte man wandern und Ski fahren und Musik machen. Mit Pippa ...

Sie trat aus der Dusche, wickelte sich in ein Handtuch, wischte den beschlagenen Spiegel frei und sah hinein. Sie sah nur ein verschwommenes Gesicht. Es könnte ihres sein. Es könnte Pippas sein.

Seit Pippa laufen konnte, versuchte Dana, den Unterschied zu ihr so groß wie möglich zu halten. Fühlte sich trotzdem beschissen. Vielleicht sollte sie versuchen, so zu sein, wie Pippa war. Vielleicht sollte sie herausfinden, wer sie, Dana, wirklich war, und nicht nur darüber nachdenken, wer sie nicht war.

Dana ging zurück ins Schlafzimmer. Michael war verschwunden, was sie halb bedauernd, halb erleichtert zur Kenntnis nahm. Aus Pippas Kleiderschrank zog sie eine ausgebeulte dunkelblaue Cordhose und ein schwarzes Hemd. In der Garderobe standen derbe, ausgetretene Docs. Alles passte ihr. Sie hatten dieselbe Größe, sogar dieselbe Schuhgröße. Dana ging zurück ins Bad, trug nur ein wenig Wimperntusche auf, einen Hauch Puder, band die Haare in einem einfachen Pferdeschwanz zusammen und setzte sich in die Küche. Überlegte, was ihre Schwester wohl frühstückte, konnte sich nicht erinnern, aß, was da war, trank Tee, und ging runter in die Werkstatt.

Es war sieben. Es würden keine Kunden kommen, niemand würde sie sehen. Dana ging von einem Instrument zum nächsten, nahm die Abdeckungen runter, betrachtete sie, versuchte, Pippas Blick zu bekommen. An einem schwarzen, matt lackierten Steinway-Flügel blieb sie hängen. Dieser Flügel interessierte sie. Sie ging langsam um ihn herum, öffnete ihn, sah sich sein Innenleben an, nahm einen Klavierhocker, legte die Hände auf die Tasten. Als sie den ersten Ton, mehr aus Versehen, spielte, erschrak sie so sehr, dass sie aufsprang. Sie sah sich nach allen Seiten um, ob jemand sie gehört hatte. Es war niemand da. Sie setzte sich hin, legte wieder die Hände auf die Tasten, suchte das C. Zuerst spielte sie die C-Dur-Tonleiter mit der rechten Hand. Dann suchte sie mit der linken Hand eine Oktave tiefer das C, spielte dort die Tonleiter. Als Nächstes mit beiden Händen. Erst rauf, dann runter. Sie merkte, dass es ihr Spaß machte, und probierte der Reihe nach alle Tonleitern durch. Übte jede so lange, bis sie sie mit beiden Händen rauf und runter spielen konnte, ohne die Tasten suchen zu müssen. Erst, als es energisch an der Tür klopfte, hörte sie auf. Sie sah auf die Uhr: Zwei Stunden lang hatte sie Tonleitern gehämmert. Wahrscheinlich stand ein genervter Nachbar draußen und winselte um Gnade.

»Hallo, sind Sie da? Miss Murray? Hallo!« Eine Frauenstimme.

Dana schloss die Tür auf. Eine alte Frau stand vor ihr, dick eingepackt in einen dunkelroten Steppmantel. Schal, Mütze und Handschuhe waren aus weißer Wolle, die Füße steckten in riesigen schwarzen Schneestiefeln. Alles teure Marken, stellte Dana fest. Das faltige alte Gesicht schien unnatürlich gebräunt, die dünnen Lippen waren rot geschminkt. Die Frau starrte sie aus trüben grauen Augen an.

»Sie sind ja wieder da.« Ihr Akzent verriet eine teure schottische Privatschule. »Ich hab doch gewusst, dass die Zeitungen nur Unsinn schreiben. Hören Sie, Miss Murray, mein Spinett können Sie nächste Woche abholen. Ich habe mit meinem Neffen gesprochen. Nächste Woche passt ihm gut. Wie wäre es Montag? Hier, ich gebe Ihnen seine Visitenkarte, dann können Sie ihn wegen der Uhrzeit anrufen.« Sie zog einen Handschuh aus und tastete in ihrer Manteltasche nach der Karte, ohne beim Reden eine Pause zu machen. »Wenn er nächste Woche wieder zu Hause ist. Wissen Sie, er ist noch in Südafrika, da hat er natürlich viel besseres Wetter als wir. Ich habe ihm gesagt: Bleib ruhig da, hier hast du keinen Spaß. Aber er sagte: Nein, wenn wieder Flieger in Europa landen, bin ich ab Sonntag zu Hause. In Europa! Können Sie sich das vorstellen? Offenbar ist in ganz Europa der Flugverkehr eingestellt wegen dieses schrecklichen Schnees. Unglaublich. Also, rufen Sie ihn an? Wegen Montag? Montag passt Ihnen doch auch?«

Dana hatte schon den Mund geöffnet, um das Missverständnis aufzuklären. Sie wartete nur darauf, dass die alte Dame eine Pause machte. Aber dann, als sich endlich die Gelegenheit bot, hörte sie sich nur sagen: »Gerne. Montag passt gut.« Sie nahm die Visitenkarte, verabschiedete die Frau und machte die Tür zu. Max de Lacy, stand in altmodisch geschwungenen Buchstaben darauf. Wenn die Tante schon aussah wie neunzig, war der Neffe auch nicht mehr der Jüngste.

Wie kindisch, sich als die eigene Schwester zu verkleiden. Wie dumm, das eigene Leben in ihrem zu suchen.

Sie ging nicht zurück an den Flügel, sondern ins Büro. Dort schaltete sie den Computer ein, und während sie darauf wartete, dass er hochfuhr, stützte sie die Ellenbogen auf den Schreibtisch und vergrub ihr Gesicht in den Händen.

Sie wusste jetzt, dass sie nie glücklich sein würde. Auch wenn ihre Schwester nie wieder zurückkam.

»Darf ich?«

Dana schrak hoch. »Wer zum Teufel sind Sie?«

»Oh, die Tür war offen, und bei Ihren Öffnungszeiten

steht ... Ich bin Cedric Darney. Sie sind vermutlich nicht Philippa Murray?«

Ein schmaler, blasser Junge stand vor ihr. Er trug einen dunkelgrauen Kaschmirmantel, sein zarter Kopf verschwand fast in einem schwarzen Schal, an den Händen schwarze Lederhandschuhe. Sie sah vor dem Fenster, das zur Einfahrt ging, einen Mercedes parken, der vorhin noch nicht dort gestanden hatte. Auf den zweiten Blick sah sie, dass er kein Junge mehr war, sondern Mitte oder Ende Zwanzig. Und dann erkannte sie ihn: Er hatte im Wagen der Polizisten gesessen, auf der Rückbank. Da hatte sie schon das Gefühl gehabt, ihn irgendwoher kennen zu müssen, aber erst jetzt fiel es ihr ein, erst jetzt brachte sie den Namen mit dem Gesicht in Verbindung. Natürlich, Cedric Darney, Williams Sohn. Auf den er nie stolz gewesen war.

Sie lächelte unsicher. »Ich bin Dana Murray. Die Schwester.«

»Ah«, sagte er. Natürlich wusste er nicht, wer sie war. Warum hätte sein Vater auch von ihr erzählen sollen. »Ihre Schwester hat meinen Flügel gestimmt. Ich habe sie nie persönlich kennengelernt, ich war immer ... beschäftigt, wenn sie kam. Es tut mir leid, dass sie verschwunden ist.«

»Danke.«

»Haben Sie ... gibt es Neuigkeiten?«

Sie schüttelte den Kopf. »Nichts.«

»Wenn ich etwas für Sie tun kann ...«

»Vielen Dank.«

Er ging nicht. Er blieb stehen und sah auf den Boden.

»Kann *ich* noch etwas für Sie tun?«, fragte Dana.

Cedric Darney hob seinen Blick, aber nicht den Kopf, was ihm etwas Lady-Di-haftes gab. »Ihre Schwester hat gesagt, dass sie etwas über den Mord an ... Sie wissen davon. Die Polizei war hier und hat mit Ihnen gesprochen. Die Frau, die getötet wurde, war meine Stiefmutter, und auch, wenn die Polizei nicht ganz von der Aussage Ihrer Schwester überzeugt ist ... Was halten Sie davon? Ich würde gerne mit Ihnen darüber reden. Sie kannten doch sicherlich Philippas Freund? Sean Butler? Vielleicht gibt es einen Zusammenhang, eine Verbindung zu meiner Stiefmutter, und wir verstehen etwas mehr, wenn Sie mir von ihm erzählen? Würden Sie das tun?«

Dana zögerte, offenbar zu lange.

Er sagte: »Entschuldigen Sie. Es war wohl keine so gute Idee von mir. Ich gehe besser. Wenn Sie wollen, lasse ich Ihnen meine Nummer da ...?«

Sie nickte. Er reichte ihr eine schlichte Visitenkarte, auf der nur seine Initialen und eine Handynummer standen.

»Entschuldigen Sie die Störung«, sagte er noch einmal, wirkte jetzt verstört und irgendwie panisch und verließ eilig die Werkstatt.

Dana weinte. Ihre Tränen hatten ihn so verwirrt, dass er geflohen war. Sie wusste nicht, warum sie weinte, es gab keinen Grund. Sie sollte froh sein, dass ihre Schwester fort war. Froh über so vieles andere in ihrem Leben. Froh darüber, dass sie es einfach ändern konnte, wann immer sie wollte. Man konnte sein Leben doch einfach ändern, oder nicht?

Dana ging zur Werkstatttür und schloss ab. Sie achtete darauf, dass das »Geschlossen«-Schild richtig hing, dass die Tür wirklich verriegelt war. Dann fuhr sie den Computer herunter, ohne ihn benutzt zu haben, ging nach oben in die kleine Wohnung, suchte das Fläschchen mit ihren Schlaftabletten heraus und beschloss, ein für alle Mal alles zu ändern.

Auszug aus Philippa Murrays Tagebuch

Mittwoch, 31. 3. 2004

Morgen soll ich entlassen werden.

   Ich habe so lange nichts mehr geschrieben. Ich konnte nicht und wollte nicht. Die ersten zwei Wochen habe ich mehr oder weniger komplett verschlafen. Ich wurde insgesamt dreimal operiert. Das erste Mal, um die Kugel zu entfernen und die Blutungen zu stoppen. Das zweite Mal, weil sie die Blutungen nicht in den Griff bekamen. Das dritte Mal, um mir die Milz zu entfernen, wegen der anhaltenden Blutungen. Ich bekam Bluttransfusionen, und es hat einige Wochen gedauert, bis meine Werte wieder im Normalbereich waren. Trotzdem fühle ich mich immer noch schwach und matt und – leer. Ich wage kaum, einen Schritt zu gehen. Mein ganzer Bauch fühlt sich an, als sei er nur notdürftig zusammengeflickt, auch wenn ich weiß, dass es nicht stimmt. Die Ärzte hier haben so oft mit mir darüber gesprochen. Sie haben mir alles erklärt, alle Fragen beantwortet. Natürlich, es ist eine Privatklinik, Vater zahlt, ich bekomme die beste Versorgung, die ich mir wünschen kann. Aber die Angst geht nicht weg. Dreimal in der Woche rede ich mit einer Psychologin und mache eine Verhaltenstherapie gegen die Angst, wo ich kleine Aufgaben gestellt bekomme, die ich langsam, aber stetig bewältigen soll. Wenn es nicht besser wird, sagt die Psychologin, sollten wir es mit einem Medikament versuchen. Gegen die Angst und gegen Depressionen.

   »Es ist alles Ihre Entscheidung«, sagt sie jedes Mal.

   »Ich kann mich nicht entscheiden, ich bin viel zu müde«, sage ich dann jedes Mal, und sie zieht die Augenbrauen hoch und notiert sich, was ich gerade gesagt habe. Glaube ich jedenfalls.

Seit einer Weile bekomme ich keine Schmerzmittel mehr. Die Schmerzmittel haben geholfen, die Gedanken abzustellen. Ich habe nur darüber nachgedacht, was ich als Nächstes esse und wie ich zur Toilette komme, solche Dinge. Jetzt fängt mein Gehirn langsam wieder an zu arbeiten. Ich habe mir im Internet die Meldungen über die Schießerei durchgelesen. »Die falsche Entführung« hieß es da, oder: »Lebt Sean Butler doch noch?« Und: »Werft-Erbin von Entführern angeschossen«. Die üblichen Vereinfachungen und Verfälschungen, die man eben so zu lesen bekommt. Reese hat mir geschrieben. Nicky besucht mich manchmal, sie hat nur einen Streifschuss abbekommen. Die Eltern und Matt kommen samstags, außerdem ruft Matt fast jeden Tag an. Dana und Simon haben eine Karte und Blumen geschickt. Angeblich waren sie auch mal da, aber da hätte ich gerade geschlafen. Es ist weit von Plymouth nach London, mindestens vier Stunden mit dem Auto. Ich wundere mich, dass meine Eltern das wirklich jedes Wochenende auf sich nehmen. Ich hätte es niemals erwartet. Oder für möglich gehalten.

Ach, und Pete schreibt mir ab und zu eine Postkarte. Er schreibt nicht viel, meistens sind es vorgedruckte »Gute Besserung«-Karten, auf die er noch ein paar Zeilen zum Wetter quetscht.

Professor Michael McLean hat mir wieder eine seiner selbstgebastelten Karten geschickt. Diesmal ein Foto von einem wegtauenden Schneemann in einem Garten, um ihn herum wird es bereits ein wenig grün, und der Schneemann sieht schon sehr, sehr zusammengeschrumpelt aus. Jemand hat ihm ein Pappschild aufgesteckt, auf dem steht: »Bis bald!« Ich musste so lachen, als ich das Foto sah, eine Krankenschwester kam sofort hereingelaufen und fragte, ob alles in Ordnung sei. Ich zeigte ihr das Foto, und sie sagte: »Muss ein toller Mann sein.«

»Ich kenne ihn nicht so gut«, sagte ich. In die Karte hatte er außer seinem Namen nichts geschrieben.

»Ein toller, geheimnisvoller Mann«, sagte die Schwester.

»Ich glaube, mit geheimnisvollen Männern bin ich durch«, sagte ich, und da erst schien ihr wieder einzufallen, wie ich hierhergekommen war.

Als Nicky heute Morgen zu Besuch war, sind wir ein paar Schritte durch den Park gegangen. Es ist Teil meiner Verhaltenstherapie, dass ich jeden Tag spazieren gehe, und Nicky hilft mir dabei, dass es immer ein paar Meter mehr werden.

Mittlerweile sucht das ganze Land nach Sean. Die Medien haben wochenlang sein Bild gezeigt. »Jetzt scheint es wahrscheinlicher, dass er Opfer einer Straftat geworden ist«, sagte Nicky. »Vorher sah es nicht danach aus.«

»Wieso ist es jetzt wahrscheinlicher? Weil zwei Junkies auf den Zug aufspringen wollten, um an Geld ranzukommen? Es ist wohl eher so, dass die Presse jetzt eine gute Geschichte hat, an der sie noch eine Weile rumspinnen kann, und deshalb tut ihr so, als würdet ihr an dem Fall arbeiten.«

Nicky nahm es mir nicht übel, wenn ich so mit ihr sprach. Sie lachte. »Das ist kaum die offizielle Version, Pippa.«

Aber die Wahrheit.

Wir setzten uns auf eine Parkbank und sahen zu, wie die anderen Patienten gemächlich vorbeitrotteten oder sich in Rollstühlen vom Pflegepersonal herumschieben ließen.

»Ich habe dir noch gar nicht von meiner Tante erzählt«, sagte Nicky. »Judy. Sie ist jetzt fünfundfünfzig, hat drei Kinder und war elf Jahre verheiratet. Dann verschwand ihr Mann Leslie. Eigentlich waren sie zu diesem Zeitpunkt schon getrennt. Er hatte sie betrogen, sie hatte ihn rausgeworfen, alle zwei Wochen durfte er seine Kinder sehen. Ein drei viertel Jahr später war Leslie verschwunden. Wie vom Erdboden verschluckt. Seine Wohnung war leergeräumt, seine Konten ebenso. Niemand schien etwas zu wissen. Tante Judy war lediglich bekannt, dass er mit seiner neuen Freundin, dem Trennungsgrund, zusammenziehen wollte, aber auch diese war nicht ausfindig zu machen. Er meldete sich einfach nie wieder. Nicht an Weihnachten, nicht an den Geburtstagen. Schrieb nie eine Karte, rief nie seine Kinder an. Es war, als sei er gestorben. Neun Jahre später bekam meine Tante einen Brief von einem Ralph. Er sagte, er sei ein alter Jugendfreund von Leslie, es gehe ihm gut und er wollte mit ihr reden. Ob sie sich zunächst bei Ralph melden könnte. Das tat sie, und so erfuhr sie, wo ihr Mann neun Jahre lang gewesen war.«

»Wo? Bei Ralph? Hat er spät seine Homosexualität entdeckt und nicht gewagt, sich zu outen?«

»Diese Frau, in die sich Leslie verliebt hatte, war Mitglied einer religiösen Sekte. Sie hatte ihn überredet, ebenfalls beizutreten. Leslie hatte sich offenbar schon länger einsam und überfordert gefühlt. Die Kinder, das Haus, sein Job, dazu eine selbstbewusste Frau, die schnell mit ihm ungeduldig wurde. Er schloss sich der Sekte an, mit allem, was dazugehörte. Er gab ihnen sein ganzes Geld, brach alle Kontakte ab, tauchte ganz in deren Welt ein.«

»Scheiße«, sagte ich. »Wieso macht jemand so etwas?«

»Heilsversprechen? Realitätsflucht? Es gibt eine Menge Gründe. Um es kurz zu machen: Nach gut acht Jahren wollte eine Fernsehproduktion eine Undercover-Doku über diese Sekte machen. Ralph ist von Beruf Dokumentarfilmer und Regisseur. Er schleuste sich ein, was sehr gefährlich war. Bei der Gelegenheit traf er Leslie wieder, mit dem er zusammen zur Schule gegangen war. Er tat alles, um Leslie da rauszuholen, was einige Monate dauern sollte. Anwälte mussten eingeschaltet werden, und erst wollte Leslie auch nicht aus der Sekte austreten. Aber dann schien sein Verstand wieder aufzutauen. Ralph zahlte eine Art Lösegeld für Leslie, damit der Spuk endlich ein Ende hatte. Dann päppelte er ihn bei sich zu Hause auf, brachte ihn zu Ärzten und Psychologen, half, um aus Leslie eine halbwegs stabile Persönlichkeit zu machen. Und schließlich meldete er sich bei Tante Judy. Die wollte Leslie natürlich nicht zurückhaben, aber die Kinder lernten endlich ihren Vater kennen – die beiden Kleinen konnten sich nicht mehr an ihn erinnern, der Große hasste ihn einfach nur und brauchte Jahre, um seinen Frieden mit ihm zu schließen. Ja, das ist die Geschichte meiner Tante und ihrem verschwundenen Ehemann.«

»Eine Sekte«, sagte ich langsam. An eine Sekte habe ich nie gedacht. Sean ist nicht der Typ für so etwas. Aber hätte Judy das nicht auch über Leslie gesagt? Es ist eine Möglichkeit. Eine von vielen. Vielleicht passt es doch zu Sean. Er ist unzufrieden, weil er keinen richtigen Job bekommt. Ich gehe ihm mit meiner Eifersucht auf die Nerven. Er fühlt sich mir unterlegen, weil er denkt, dass er mir nichts bieten kann. Seine Vergangenheit hat ihn möglicherweise auch für so etwas empfänglich gemacht, lässt ihn nach Halt und festen Strukturen suchen. Ja, vielleicht passt alles …

»Wie kann man denn herausfinden, ob jemand bei einer Sekte eingetreten ist? Die haben wohl kein Mitgliederverzeichnis online?«

»Ohne einen Anhaltspunkt, welche Sekte es sein könnte, kannst du nichts machen. Du weißt ja nicht mal, wo du mit Suchen anfangen musst. Er könnte im Ausland sein.«

»Er hat doch seine Papiere gar nicht dabei!«

»Wer sagt, dass er unter seinem Namen weiterlebt?«

Ich stand auf und machte mich auf den Rückweg zum Gebäude. »Das heißt also, ich kann nichts tun. Ich muss aufgeben. Vielleicht kommt er in neun Jahren zurück, weil ihn ein Dokumentarfilmer findet. Vielleicht wird seine Leiche irgendwo angespült. Vielleicht lebt er glücklich und zufrieden auf Barbados. Ich werde es nie erfahren, richtig?«

Sie nickte. »Ich fürchte, damit musst du dich abfinden. Und vor allem musst du an dich selbst denken. Damit du ganz gesund wirst und dein Leben leben kannst. Vergiss nicht, dass du ein Leben hast, hörst du?« Sie sagte es ganz leicht, ganz ohne Pathos.

Sie ist wirklich eine Freundin, glaube ich.

Auszug aus Philippa Murrays Tagebuch

Donnerstag, 8. 4. 2004

Der Privatdetektiv hat sich gemeldet. Er hat mir schon so lange keine Rechnungen mehr geschickt, dass ich ihn total vergessen habe. Wir hatten so eine Art Stand-by-Vereinbarung: Sein Kollege in New York und er halten die Augen offen und melden sich, wenn ihnen etwas unterkommt, stellen aber die aktiven Nachforschungen so weit ein, da es keine weiteren Anhaltspunkte mehr gibt.

Nun scheint es einen zu geben.

Sein Kollege in New York hat erfahren, dass im Steinway Village ein junger Schotte lebt, der in einer der Werkstätten arbeitet. Die Beschreibung passt auf Sean. Größe, Haarfarbe, Alter.

Ich fliege nach New York.

Alle versuchen, mich davon abzuhalten, aber ich muss es tun.

»Eine Kugel im Bauch hat dir wohl nicht gereicht«, hat Vater gesagt. Mutter sagt wie immer nichts.

Matt sagt, dass ich wahnsinnig bin, aber er gibt mir das Geld. Es ist nicht richtig, dass ich Geld von ihm nehme, er schenkt mir immer so viel, und jetzt borge ich mir auch noch etwas von ihm. Ich bin pleite. Meine Reserven waren durch den Kauf der Werkstatt sehr klein, dann die Kosten für den Detektiv, dann der Verdienstausfall, weil ich im Krankenhaus lag ...

Ich werde es ihm zurückzahlen. Ich gehe einfach für ein Jahr nach London und arbeite wieder bei Steinway. Oder ich suche mir etwas bei der Konkurrenz. Sie werden mich nehmen, keine Frage, und gut bezahlen. Es ist alles kein Problem. Ich muss nur Sean finden, um endlich damit abschließen zu können.

Ich muss wissen, warum er mich verlassen hat. Ich habe mein Leben für ihn riskiert. Da habe ich ein Recht zu wissen, warum er mir das alles antut.

Auszug aus Philippa Murrays Tagebuch

Sonntag, 25. 4. 2004

Strahlender Sonnenschein in New York. Die Werkstätten sind heute geschlossen, aber ich laufe durch das Steinway Village und hoffe. Erinnere mich daran, wie ich hier früher gearbeitet habe. So lange ist es noch nicht her. Eine Ewigkeit.

Der Flughafen LaGuardia ist sozusagen nebenan, ich kann fast die Passagiere sehen, wenn die Flieger starten oder landen. Ich stelle mir vor, wie Sean in einem der Flugzeuge sitzt, das gerade landet. Und dann, wie er in einem sitzt, das gerade abfliegt. Das Kerosin vermischt sich mit dem Geruch nach Industriegebiet, Kläranlage und der Bowery Bay. Alle sagten immer: »Du bildest dir das ein, es stinkt überall in New York, und so, wie es hier stinkt, kannst du nicht mehr unterscheiden, was wie stinkt.« Aber ich bin mir immer noch sicher. Ich kann das alles unterscheiden.

Ich ging die 19th Avenue runter, vorbei an den Fabrik- und Lagerhallen, an parkenden Trucks und Bussen und LKWs. Ich begegnete niemandem. Erst, als ich die Kreuzung zur Hazen Street erreichte, wurde es belebter. Der Polizeiausstatter war mir nie aufgefallen, ich konnte mich aber auch nicht erinnern, ob vorher ein anderes Geschäft in dem Gebäude gewesen war. Ich war nicht oft in dieser Ecke gewesen, wenn überhaupt … Ich hatte zuletzt in Manhattan gewohnt und mir ein Auto gekauft. Mit der U-Bahn hatte es doppelt so lange gedauert, zur Arbeit zu kommen. Die Hazen Street hatte nie auf meiner Route gelegen. Deshalb fiel mir erst jetzt auf, wohin sie führte: direkt nach Rikers Island. Ich stand an der Kreuzung zu der größten Gefängnisanlage der USA, in der angeblich die brutalsten Verhältnisse unter den Gefangenen herrschten. Und hinter mir lag das Steinway Village mit der Produktionsstätte der besten Pianos der Welt. Meine Welt. War Rikers Seans Welt? Wie können diese Welten, diese Universen so nah beieinander liegen?

Wenn ich weiter über so etwas nachdenke, werde ich verrückt.

Ich suchte die nächste U-Bahn-Station und fuhr zurück zu meinem Hotel in Manhattan. Es muss eine Reminiszenz an alte Zeiten gewesen sein, dass ich ein Hotel in der Nähe meiner früheren Wohnung gebucht habe, statt eins in Queens. Das Unbewusste schlägt manchmal wirklich brutal zu. Ich hätte damals in New York bleiben sollen. Dann wäre das alles nicht passiert. Das ist es doch, was es mir damit sagen will?

Morgen früh höre ich mich bei den alten Kollegen um. Wenn Sean dort ist, werde ich ihn finden.

Auszug aus Philippa Murrays Tagebuch

Samstag, 1.5.2004

Kein Sean. Der Detektiv ist ein Idiot. Habe mit ihm gesprochen. Er hatte nur sehr vage Informationen, nicht mal Fotos oder einen Namen. Der einzige Schotte, der bei Steinway im letzten halben Jahr eingestellt wurde, ist Mitte vierzig und arbeitet in der Personalabteilung. In den Werkstätten haben sie einen Neuen, Ende zwanzig, dunkelhaarig, Ire. Er ist von oben bis unten tätowiert und hat nicht einmal von Weitem Ähnlichkeit mit Sean. Er ist viel kleiner, dafür sehr viel breiter, nicht dick, aber muskulös. Sean ist groß und schlank. Dafür habe ich Tyrone getroffen.

Einer der wichtigsten Menschen war für mich Tyrone. Er arbeitet seit mindestens dreißig Jahren bei Steinway. Ein großer schwarzer Mann mit riesigen Händen und Fingern so geschickt wie die eines Konzertpianisten. Tyrone fertigt den Rahmen, und darauf ist er wahnsinnig stolz. Er behauptet, er könnte jeden Flügel, den er je gebaut hat, am Klang erkennen, und das Fertigungsjahr dazu. Es gibt niemanden, der ihm das nicht glaubt. So ist Tyrone. Ich wartete auf ihn, bis er Feierabend hatte. Wir setzten uns auf den Boden und rauchten eine Zigarette, ganz wie früher. Dabei erzählte ich ihm meine Geschichte.

»Der würde niemals hier arbeiten«, sagte Tyrone.

»Warum nicht?«

»Wenn er vor dir wegläuft, wird er bestimmt nicht dahin gehen, wo du jahrelang gelebt hast und dich jeder noch kennt.«

Natürlich hatte er recht. Im Urwald der wilden Theorien, die in meinem Kopf wucherten, war offenbar alles möglich. Ich wünschte, ich hätte mehr von Tyrones Klarheit.

»Außerdem würden wir ihn hier nie arbeiten lassen.«

»Weil er im Gefängnis war?«

»Nein. Weil er seine Arbeit nicht liebt.«

»Er hatte nur einen Aushilfsjob bekommen.«

»Genau. Wer seine Arbeit liebt, der arbeitet. Vielleicht muss man manchmal jobben, aber dann arbeitet man trotzdem weiter. Erinnerst du dich noch an Vojislav?«

»Den Lackierer?«

»Er hat eine Weile Zeitungen ausgeliefert, weil er keinen Job als Lackierer gefunden hat. Dieser Sean, das ist einer, der fährt dann eben Zeitungen aus. Vojislav hat sich nach dem Zeitungenausliefern in die Garage von seinem Schwager gestellt und alte Möbel aufpoliert. Repariert, abgeschliffen, lackiert, bei eBay reingestellt. Und puff!, hat er gutes Geld damit verdient und konnte aufhören mit den Zeitungen. Und irgendwann ist er bei uns gelandet.«

»Verstehe. Ein Leib-und-Seele-Lackierer.«

»Einer, der ganz krank wird, wenn er nicht mit dem arbeiten kann, was seine Bestimmung ist. Wie fühlst du dich, wenn du monatelang nicht wenigstens ab und zu in die Nähe einer Tastatur darfst? Kein Holz riechst? Keine Saiten siehst?«

»Du hast mich überzeugt. Er ist nicht hier. Aber vielleicht ist er in New York.«

»Warum, was will er hier?«

»Weglaufen, was weiß denn ich.«

»Und ich sage dir, er würde sich nicht an einem Ort verstecken, der so viel mit dir zu tun hat.«

»New York ist riesig!«

»Von Schottland aus ist es nur ein Punkt auf der Landkarte, neben dem dein Name steht.«

12.

David Bolitho saß neben ihm, als Cedric die Verbindung über Skype herstellte. Bolitho beschwerte sich nicht zum ersten Mal heute darüber, dass sich ihm der tiefere Sinn eines Anrufs bei dieser Frau nicht erschließe. Lillians Anwälte würden sich um sie kümmern, die Behörden würden über das Sorgerecht entscheiden, eine kleine Summe stünde dem Jungen aus dem Nachlass des Vaters zu, wo sei das Problem. Cedric brachte ihn mit einer Handbewegung zum Schweigen. Er wollte nicht mit einem Fremden darüber diskutieren, nicht mit einem Mann, der dafür bezahlt wurde, Profite zu maximieren und Eigentum zu schützen, Verträge zu prüfen und Rechtslagen zu klären. David Bolitho wurde natürlich auch dafür bezahlt, Cedrics Interessen zu vertreten, und Cedric hatte keine Lust, diese zu diskutieren. Bolitho würde versuchen, ihm etwas anderes einzureden. Auch dafür wurde er bezahlt – um Cedric vor einer möglichen Fehlentscheidung zu bewahren. Nur dass Cedric wusste, er würde keine Fehlentscheidung treffen. Er wollte nur, dass der Sohn seines Vaters bekam, was er brauchte.

Er selbst hatte es nicht bekommen. Als Kind nicht, später nicht. Er wollte nicht, dass der kleine William einmal dieselben Probleme bekommen würde wie er. Nur, weil er anders war und niemanden hatte, der ihn unterstützte, für ihn da war, in seiner Andersartigkeit stärkte. Und William war der Einzige, der von Cedrics Familie übrig war. Seine einzige Chance, einmal wirklich Familie zu haben. Einen Bruder zu haben.

Eine Frau erschien auf dem Bildschirm, Linda Kjellberg. Sie

sah verwirrt aus, vielleicht das erste Mal, dass sie über eine Webcam telefonierte. Er suchte in ihrem Gesicht nach Ähnlichkeit mit Lillian, aber er konnte keine finden. Sie kam vielleicht nach ihrem Vater. Linda Kjellberg, das wusste er, war neunundfünfzig, hätte aber auch älter sein können. Sie wirkte unsicher, überprüfte den Sitz ihres Haars, tastete vorsichtig ihr Gesicht ab, so als könnte sie fühlen, ob ihr Make-up richtig aufgetragen war.

Erst an diesem Morgen hatten es die isländischen Behörden geschafft, sie zu finden und ihr den Tod ihrer Tochter mitzuteilen. Mit Lillians Anwälten hatte sie schon gesprochen. Und nun ließ auch Cedric ihr keine Zeit zu trauern.

»Ich wusste nicht einmal, dass ich einen Enkel habe«, erzählte sie. Ihr Akzent hatte sich dem Englisch, das die Skandinavier sprachen, angenähert, aber man hörte noch heraus, woher sie kam: bestenfalls untere Mittelschicht. Von dem sauber antrainierten Oberschichtsenglisch, das Lillian gesprochen hatte, war sie meilenweit entfernt. Linda war wenigstens ehrlich, was ihre Herkunft anging. »Meine Tochter hat sich zuletzt bei mir gemeldet, das war ...« Sie sah rasch zur Seite, vielleicht, weil dort jemand stand, der ihr Sicherheit vermittelte, vielleicht auch nur, um sich zu erinnern. »... vor über sieben Jahren. Ich wusste auch nicht, dass sie geheiratet hatte. Und wen. Sie sind also ihr Stiefsohn? Sie sind nicht sehr viel jünger als meine Tochter. Kümmern Sie sich um meinen Enkel?«

Bolitho warf sich vor die Kamera und erklärte ihr, dass über das Sorgerecht noch zu entscheiden sei.

»Ich kann ihn nicht nehmen«, sagte Linda. »Wirklich nicht. Muss ich ihn denn nehmen?«

»Nein«, sagte Cedric.

»Ja«, sagte Bolitho.

»Nein«, sagte Cedric wieder. »Sie müssen nicht. Der Junge muss speziell gefördert werden. Ich kann verstehen, dass Sie diese Verantwortung nicht übernehmen wollen.«

Bolitho räusperte sich. »Könnte ich kurz mit Ihnen ...«

Wieder brachte er den Anwalt mit einer Handbewegung zum Schweigen. »Sie müssen sich keine Sorgen machen, Mrs Kjellberg.«

»Linda«, sagte sie. »Kümmern Sie sich dann um ... Ihren Bruder, nicht wahr? Der Junge ist dann wohl Ihr Bruder. Halbbruder. Macht mich das zu Ihrer Großmutter? Ich glaube, ich bin Ihre Stiefgroßmutter, falls es so etwas gibt.«

»Er wird es in jedem Fall gut haben, und wenn Sie ihn besuchen wollen, umso besser.«

Sie zögerte.

»Wenn Sie wollen«, wiederholte Cedric.

»Gut, gut ... Das hört sich großartig an.« Sie klang nicht aufrichtig.

Bolitho schaltete sich ein. »Wir haben ja nun Ihre Kontaktdaten und Sie unsere. Sicher gibt es noch eine Menge zu besprechen, das werden Ihnen die Anwälte Ihrer Tochter schon gesagt haben, und ich vermute, wir sehen uns bei der Beerdigung ...«

»Oh, nein«, sagte Linda, viel zu hastig. »Ich weiß nicht, ob ich das kann. Zur Beerdigung gehen, meine ich. Ich ... ich bin nicht besonders gut mit solchen Sachen.«

Bolitho schien so überrascht, dass es ihm die Sprache verschlug.

»Was macht Ihnen Angst, Linda?«, fragte Cedric leise.

»Ich weiß nicht ... Ich kenne doch dort niemanden ... Meine Tochter, mit einem Lord verheiratet. Wer kommt zu so einer Beerdigung? Ich könnte mit niemandem reden. Und ich würde die Einzige sein, die keine Ahnung hat, wer Lillian war.

Ich bin ihre Mutter, und ich kenne sie nicht.« Sie verstummte. Tränen, die Cedric erwartet hatte, blieben aus. Linda starrte mit verkniffenem Mund in die Kamera. »Sieben Jahre aus dem Leben meiner Tochter sind mir vollkommen fremd, und davor hatten wir auch schon nicht das beste Verhältnis, weil ich nie mit ihren Männergeschichten einverstanden war. Ich habe ihr immer gesagt: Lilly, du musst auf dich achten, du darfst dich nicht immer mit diesen zwielichtigen Gestalten herumtreiben. Es war, als hätte sie eine Schwäche für Männer, die schon mal saßen. Sie sagte, ich solle sie in Ruhe lassen, sie wisse genau, worauf sie sich einlasse, und es seien alles ganz harmlose Jungs, nette Männer, missverstandene Seelen. Wir haben uns fürchterlich zerstritten, und dann hat sie sich nicht mehr gemeldet. Sicher auch mein Fehler. Aber es ist nicht mehr zu ändern.« Sie atmete tief durch, um ihre Stimme, die angefangen hatte zu zittern, zu beruhigen. »Wissen Sie, ich dachte, ihr sei etwas zugestoßen. Ich dachte, einer ihrer ... Freunde hätte ihr etwas angetan. Ich dachte, sie sei auf die schiefe Bahn geraten. Selbst im Gefängnis. Und jetzt höre ich, sie war mit einem Lord verheiratet und hatte ein Kind von ihm, und ihr Mann ist verstorben. Aber wer ermordet eine Frau, die mit einem Lord verheiratet war?«

Cedric schwieg. Er wollte ihr nicht sagen, dass auch sein Vater ermordet worden war. Dass auch sein Vater ins Gefängnis gehört hätte. Dass sich Lillian in dieser Hinsicht bei der Auswahl ihrer Männer treu geblieben war.

Als er nichts sagte, fuhr Linda fort: »Ich würde viel lieber an ihr Grab, wenn niemand dabei ist.«

»Man könnte eine offizielle Trauerfeier abhalten. Und Sie beerdigen Ihre Tochter alleine. Wäre Ihnen das lieber?«

Linda nickte.

»Sprechen Sie mit Lillians Anwälten. Sagen Sie denen genau, was Sie wollen.«

Sie nickte wieder. Aus dem Augenwinkel sah er, dass Bolitho kopfschüttelnd in der Bibliothek auf- und abmarschierte.

»Linda, darf ich Sie noch etwas wegen Lillian fragen?«

»Klar.«

»Haben Sie irgendeine Vorstellung, wie Lillian und mein Vater sich kennengelernt haben könnten?«

Kopfschütteln. »Ich frage mich das auch schon die ganze Zeit. Ich dachte, Sie wüssten es . . . ?«

»Ich fürchte, Ihre Tochter hat mir gegenüber nicht ganz die Wahrheit gesagt, was Ihren Hintergrund betrifft. Und ich kann Ihnen nicht sagen, ob mein Vater darüber informiert war und es mir nicht sagen wollte, oder ob sie ihn ebenfalls im Unklaren gelassen hat.«

Sie blinzelte. »Ihr Vater . . . wusste nichts über Lillian?«

»Oder er hat mich nicht informiert.«

»Sie haben sich nicht so gut mit ihm verstanden?«

»Nein.«

»Oh.« Sie dachte einen Moment nach. »Tut mir leid.«

»Das muss es nicht.«

»Ich kann mir wirklich nicht vorstellen, woher Lillian jemanden wie Ihren Vater . . .« Sie hielt inne und riss die Augen auf.

»Sagen Sie es ruhig.«

Linda hielt sich eine Hand vor den Mund und schüttelte den Kopf.

»Linda, bitte.«

»Nein, ich . . . ich kenne Ihren Vater doch gar nicht.«

»Trotzdem.«

»Sie werden mir böse sein. Und es ist Unfug. Wirklich. Es war nur so ein ganz dummer Gedanke. Ich will es nicht sagen.«

»Vielleicht würden Sie mir damit helfen.«

»Ein ganz dummer Gedanke. Meine Tochter hat viel Unsinn gemacht, aber ...«

»Sie denken, dass sie sich prostituiert und auf diesem Weg meinen Vater kennengelernt hat?«

Linda biss sich auf die Lippen und kniff die Augenbrauen zusammen.

»Sie könnten damit recht haben, zumindest, was meinen Vater angeht.«

»Nicht meine Lillian«, flüsterte Linda. »Hab ich denn alles falsch gemacht mit ihr? Das kann doch nicht sein.«

»Linda, es ist eine Vermutung von Ihnen, das heißt nicht, dass es wahr ist.« Auch, wenn es wahrscheinlich ist, dachte er. »Gibt es noch Bekannte aus der Zeit, bevor sie meinen Vater kennenlernte, zu denen Sie Kontakt haben? Eine beste Freundin vielleicht?«

Linda Kjellberg hob die Schultern, ihre Augen wanderten unruhig hin und her. »Nein ... sie hatte mal eine beste Freundin, das war noch in der Schule ... aber dann haben sich die beiden zerstritten ... es ging um einen Jungen.« Sie lachte auf. »Was auch sonst. Der letzte feste Freund, an den ich mich erinnere, war dieser Typ, der ins Gefängnis musste, weil er einen Schauspieler ausgeraubt und zusammengeschlagen hat. Als er wieder rauskam, ließ sie alles für ihn stehen und liegen. Wie hieß der noch mal ...« Sie kratzte sich am Kinn.

»Melden Sie sich, wenn es Ihnen eingefallen ist.«

»Warum wollen Sie das alles wissen? Ist das denn wichtig, um herauszufinden, wer meine Tochter ...«

»Ich weiß es nicht. Vielleicht möchte ich einfach nur besser verstehen, wer ... mein Vater war. Auf Wiedersehen, Linda.«

Bolitho hatte sich an eines der Regale gelehnt, die Arme vorm Körper verschränkt. »Warum haben Sie versucht, ihr auszureden, sich um den Jungen zu kümmern?«

»Fragen Sie das im Ernst?« Cedric schaltete den Computer aus und stand auf. »Lassen Sie uns zu der Pflegefamilie fahren. Ich will sichergehen, dass William gut versorgt ist.«

»So viel Interesse plötzlich? Der Junge ist nicht erbberechtigt. Sie müssen nicht ...«

»Darum geht es nicht.« Cedric öffnete die Tür und verließ die Bibliothek. Bolitho rannte ihm eilig hinterher. »Und warum ist es so wichtig, wie Ihr Vater Lillian kennengelernt hat?«

Er blieb stehen, und der Anwalt rannte ihn fast um. »Ich muss irgendwie herausfinden, ob sie wusste, mit wem sie verheiratet war. Ob sie bei seinen ... Nebengeschäften vielleicht mitgemacht hat. Ob das ein Grund ist, warum sie sterben musste, genau wie er. Und ob jemand nun auch hinter mir her ist. Oder hinter William.«

»Hinter einem Kind?«

»Hören Sie, ich habe keine Ahnung, was gerade geschieht. Aber warum bringt jemand eine Frau um, die zurückgezogen auf einem einsamen Landsitz in Fife mit ihrem behinderten Sohn lebt und mit so gut wie niemandem spricht?«

»Wenn William hätte sterben sollen, wäre er längst tot. Er war auch im Haus.«

»Vielleicht wurde der Täter gestört.«

»Vielleicht sind Sie einfach nur auf der falschen Spur.« Es war mit Abstand das Unhöflichste, das je einer seiner Anwälte zu ihm gesagt hatte. Cedric deutete ein Lächeln an.

»Lillian hatte eine Schwäche für das kriminelle Milieu. Zählen Sie eins und eins zusammen.«

»Aber weder Sie noch Ihr Bruder wären davon betroffen.«

Jetzt lächelte Cedric richtig. »Und da können wir uns wirklich ganz sicher sein?« Er ließ den Anwalt stehen und ging die Treppe hinunter, nahm Mantel, Handschuhe, Schal, Auto-schlüssel, verließ das Haus und ging zu seinem Wagen.

Island, dachte er. Knapp über dreihunderttausend Einwoh-ner. Die Hauptstadt Reykjavík: hundertzwanzigtausend Ein-wohner. Warum wusste er solche Fakten, aber so gut wie nichts über seinen Vater?

Auszug aus Philippa Murrays Tagebuch

Samstag, 8.5.2004

Dana ist in Edinburgh. Sie stand heute Mittag einfach vor meiner Tür.

»Dad hat mich geschickt«, sagte sie zur Begrüßung, schob sich an mir vorbei und setzte sich in die Küche. »Und das ist das satte Künstlerparadies, für das du dein ödes Luxusleben hinter dir gelassen hast?«

Ich sah die Küche mit ihren Augen. Erinnerte mich daran, wie ich vor ein paar Monaten losgerannt war, um die Wohnung schöner zu gestalten, damit sich Sean wohl fühlte, wenn er zurückkam. Ich hatte entsetzlichen Spießerkram gekauft. Deckchen und Kisschen, Obstschalen und Vasen, Topflappen und Untersetzer, alles farblich aufeinander abgestimmt. Bei John Lewis hatte es im Schaufenster noch gut ausgesehen. In meinem Haus wirkte es, als hätten sich Bühnenbildner und Requisiteur nicht abgesprochen.

»Ich habe keine Zeit zum Einrichten«, sagte ich und hoffte, das Thema sei damit erledigt.

»Ist das Seans Geschmack?«, fragte sie.

»Ja«, log ich. Was sollte ich auch sonst sagen? Etwa: »Es ist überhaupt kein Geschmack, aber ich habe es gekauft, weil ich dachte, es könnte Sean gefallen. Vorher sah es nämlich nach etwas aus, das ich gerne spartanisches Chaos nenne«???

»Dann sei froh, dass du ihn los bist«, sagte Dana.

»Aber was machst du hier? Ich glaube keine Sekunde, dass Dad dich geschickt hat.«

»Sag mal, und diese Bruchbude hast du also gekauft?« Sie war aufgestanden und inspizierte alle Ecken, öffnete sogar die Schränke. Jetzt war sie auf dem Weg ins Wohnzimmer.

»Ja, ich fühle mich hier sehr wohl!« Ich lief ihr hinterher.

»Oh, diese Karten passen aber gar nicht zu dem geschmacksfreien Rest. Von wem sind die?« Sie nahm die Karten von Professor Michael McLean in die Hand und las sie durch. »Viel schreibt er ja nicht. Trotzdem, originell ist er. Seht ihr euch?«

»Ich bin ehrlich gesagt nicht in der Stimmung, ausgerechnet mit dir über mein Beziehungsleben zu diskutieren. Aber bevor du auf falsche Gedanken kommst: Ich arbeite für ihn, sonst nichts. Er schickt seinem ganzen Bekanntenkreis solche Karten.« Letzteres war frei erfunden. Solange es Dana schluckte, sollte es mir recht sein.

»Sei froh, dass du Sean los bist«, sagte sie wieder.

»Wegen was diesmal? Wegen der Lampenschirme? Oder stört dich die Tapete? Die war schon drin.«

»Sieht man.« Sie ließ sich auf das Sofa fallen. »Ich nehme mir ein Hotel, keine Sorge. Auf diesem Ding kann man ja kaum sitzen, geschweige denn schlafen.«

»Du hast nicht wirklich erwartet, dass ich dir anbiete, bei mir zu übernachten«, sagte ich kopfschüttelnd.

»Ich wohne im Scotsman. Ist nicht weit von hier, glaube ich. Drei Minuten mit dem Taxi, oder was meinst du?«

»Ich meine, dass normale Leute diese Strecke zu Fuß gehen.«

»Ganz genau. Ich hab mir schon Nummern für Taxizentralen notiert. Am Flughafen.« Sie schloss die Augen und strich mit einer Hand über eines der Sofakissen.

»Was machst du hier, Dana?«

Sie öffnete die Augen, sah mich aber nicht an. »Du hast mir das Leben gerettet, und ich habe gesagt, dass ich dir das nicht vergessen werde.«

»Hast du mir das gesagt?«

Sie zuckte die Schultern. »Jedenfalls hab ich es gedacht. Und jetzt brauchst du mich, wie es aussieht. Damit ich dir helfe.«

»Jetzt brauche ich dich?« Ich wurde immer fassungsloser. »Jetzt? Was war, als ich im Krankenhaus lag? Nur mal so als Beispiel?«

»Ach, ja, das war etwas anderes. Außerdem gab es da Ärzte und Pfleger, und die Eltern waren immer da, und diese eine Freundin von dir ... Monique?«

»Nicky.«

»Genau. Ich hoffe, du hast noch Kontakt zu ihr. Du hast nicht viele Freundinnen. Hast du überhaupt Freundinnen? Du hattest schon in der Schule nie wirklich Freundinnen.«

»Oh! Ich habe eine große Schwester! Warum hat mir das nie jemand gesagt?«, rief ich.

»Spar dir den Spott und hör zu. Wir wollen uns beide so wenig wie möglich quälen, und ich habe mir sagen lassen, dass es in der George Street ein paar anständige Geschäfte geben soll. Ist Jenners weit von der George Street? Da will ich auch noch hin.«

»Weiß Simon, dass du hier bist?« In mir keimte der Verdacht, dass sie mich zu Hause als Grund vorschob, eine Stadt leer zu kaufen, in der ihr Mann noch keine Kreditkartensperre für sie verhängt hatte.

»Wenn dir Edinburgh nicht reicht, bleib einfach länger und versuch es mit Glasgow.«

»Das soll so gewöhnlich sein«, sagte sie.

»Dana. Hast du nicht gerade gesagt, du willst uns beide so wenig wie möglich quälen?« Die Ungeduld.

»Ich bin hier, um dir zu sagen, dass Sean ...« Sie zögerte. Ich konnte in ihrem Gesicht sehen, wie es in ihr kämpfte. »... dich nicht verdient hat.« Mir etwas Nettes zu sagen, war vermutlich der größte innere Kampf, den sie in ihrem Leben auszutragen hatte.

»Er hat mich nicht verdient? Wie meinst du das?«

Sie stöhnte. Jetzt sie: ungeduldig. »Du warst ... bestimmt nicht die einzige Frau in seinem Leben. Hast du nicht selbst gesagt, dass er wahrscheinlich mit einer anderen durchgebrannt ist?«

»Das sagt Vater.«

»Oh. Dann hat er das gesagt. Ja. Aber ich finde, da ist was dran. Ich hatte von Anfang an ein schlechtes Gefühl bei ihm. Ich wette, er ist nicht der treueste Typ. Oder? Was meinst du?«

»Dana, verpiss dich. Ich ertrage dich nicht mehr.«

Sie lachte. »Hey, Pippa! Beruhig dich wieder! Du weißt doch, ich bin nicht so gut, wenn es um Smalltalk geht. Ich trete in jedes Fettnäpfchen.«

»Fettfass.«

»Weißt du, ich habe wirklich nur vor, so von Schwester zu Schwester nachzusehen, ob es dir gut geht, und außerdem fand ich es meine Pflicht, dir zu sagen, dass er einfach nicht zu dir passt.«

»Das ist jetzt einer dieser Momente, in denen ich ernsthaft darüber nachdenke, ob ich es nicht bereuen sollte, dich vom kalten Badezimmerboden weggezerrt und in die stabile Seitenlage gebracht zu haben.«

Wieder dieses Lachen. »Dieser Michael McLean, weißt du, er hat Geschmack. Da ist etwas in seinen Fotos ... Hat er die selbst gemacht?«

Ich zuckte mit den Schultern. »Ich bin wirklich nicht so eng mit ihm.«

»Schade. Es spricht so viel aus diesen Bildern, und aus dem Wenigen, was er schreibt. Es ist so ganz anders. Ich wette, er ist ein ganz toller Mann.«

»So toll wie Simon?«, fragte ich scharf.

»Hoffentlich nicht so langweilig!« Sie lachte. Welche Tabletten hatte sie heute bloß wieder vertauscht? »Simon legt jeden Abend

Sophistakated

die Kleidung für den nächsten Tag raus. Dazu vergleicht er drei unterschiedliche Wetterdienste mit ihren Vorhersagen. Dann legt er sich ins Bett und liest Science-Fiction-Romane. Er sagt, das sei hoch anspruchsvoll, man müsse dazu viel über Physik und Chemie – und den Rest hab ich vergessen – wissen, und die Typen, die so was schreiben, seien Genies. Das geht schon immer so. Er war nie anders.«   _Rampant_

»Zügellose Leidenschaft.«

»Ganz genau«, sagte sie trocken. »Aber Simon ist immer für mich da. Er passt auf mich auf. Sean lässt dich hängen. So, das war's mit den warmen Worten von Schwester zu Schwester.« Sie stand auf und ging zur Tür. Sie trug ein Kleid, noch nicht zu sommerlich, darüber eine Strickjacke. Passende Handtasche, passende Schuhe, passendes Make-up. Das genaue Gegenteil von mir. Als sie mich mit einem Blick musterte, war mir klar, dass sie gerade genau dasselbe dachte. Nur eben mit anderen Vorzeichen.

»Du kommst über ihn hinweg, ehrlich«, sagte sie, legte eine Hand auf meinen Arm, lächelte. Dann drehte sie sich um und ging. Ohne Gruß. Ich blieb im Flur stehen und starrte auf die geschlossene Tür. Musste erst verstehen, dass das wirklich gerade passiert war.

Nachtrag:

Als ich zum Einkaufen ging, begegnete mir McLean. Er lud mich spontan zu einem Kaffee ein. Aus dem Kaffee wurde ein Essen. Aus dem Essen ein Pubbesuch. Wir redeten und redeten, bis sie uns rauswarfen. Dann gestand er mir, dass unser Treffen kein Zufall war. Er hat nach mir Ausschau gehalten, und wenn er mich nicht auf der Straße erwischt hätte, wäre er in den nächsten Tagen in der Werkstatt vorbeigekommen. Meine Einkäufe muss ich irgendwo vergessen haben, jedenfalls bin ich ohne sie nach

Hause gekommen. Jetzt liege ich im Bett und – strahle. Einfach so. Ich strahle so sehr, dass mir schon das Gesicht wehtut.

(Von Dana habe ich nichts mehr gehört oder gesehen. Ich rufe morgen Matt an und frage ihn, ob er mehr darüber weiß. Bin immer noch misstrauisch.)

Auszug aus Philippa Murrays Tagebuch

Montag, 1. November 2004

Ich glaube, es ist vorbei. Nein, ich bin mir ganz sicher: Für mich ist die Suche vorbei. Ich habe nicht mehr viel unternommen in den vergangenen Monaten. Immer mal wieder melden sich die Hellseher und die anderen Verrückten über die Homepage. Ich bekomme Angebote, für einen »exklusiven Sonderpreis« von so ziemlich allem zwischen fünfzig und fünftausend Pfund den Aufenthaltsort von Sean durch Pendeln oder eine spiritistische Sitzung oder eine Seelenreise ausfindig machen zu lassen. Ich habe noch nie an so was geglaubt. Und ich scheine bei aller Verzweiflung auch nie bereit gewesen zu sein, diesen Schritt zu gehen. Natürlich bin ich es jetzt noch weniger, weil ich alles hinter mir lassen will.

Wäre Sean etwas zugestoßen, hätte man ihn mittlerweile gefunden. In irgendeinem Krankenhaus auf dieser Welt. Oder seine Leiche wäre aufgetaucht. Offenbar will Sean nicht gefunden werden, und das muss ich dann wohl respektieren.

Es fällt mir einfacher, weil ich jetzt verliebt bin. Michael sagt, er unterstützt mich, wenn ich weitersuchen will. Er kann verstehen, dass ich mir Klarheit wünsche. Es ist vorbei, ich habe mit Sean abgeschlossen.

Über Weihnachten fliegen wir für einen ganzen Monat nach Thailand. Michaels Bruder arbeitet dort, er ist Arzt. Ich mache mir ein wenig Sorgen um Pete, aber er meint, er hätte einen großen Bekanntenkreis und käme klar. Wir sehen uns eigentlich kaum noch, aber manchmal rufe ich ihn an, um zu hören, dass alles mit

249

ihm in Ordnung ist. Er lässt sich nicht anmerken, wie sehr ihn der Verlust seines Sohnes mitnimmt. Auch ihn quält die Ungewissheit. Aber dieser Mann ist so tapfer.

Ich freue mich sehr auf die vier Wochen Auszeit. Die Werkstatt läuft gut, meine Kunden kann ich in Notfällen an einen Kollegen verweisen. Michael ist ganz wunderbar. Er hat mir zu so vielen neuen Aufträgen verholfen – interessanten Aufträgen! Er sagt immer, er hat nicht viel getan, nur den Leuten gesagt, wer ich bin. Ich sage dann immer: Eine Hochglanzwerbebroschüre könnte keinen besseren Job machen. Natürlich kennt er als Musikprofessor jeden in der Branche. Aber das ist mir gar nicht so wichtig. Er könnte genauso gut Mathe oder Literatur unterrichten. Was ich an ihm liebe, ist seine unkonventionelle und offene Art. Wie er mich zum Lachen bringt. Wie er kleine Dinge im Alltag entdeckt und wahre Poesie aus ihnen machen kann, indem er sie fotografiert, wie nur er sie fotografieren kann. Nur ein Hobby, sagt er, aber er ist auch auf diesem Gebiet ein wahrer Künstler. Ich habe noch nie jemanden mit so viel Energie und Lebensfreude kennengelernt.

Er tut mir gut, und ich liebe ihn.

Sean ist Vergangenheit. Deshalb schließe ich dieses Buch.

13.

Die Schweizer sollten Schnee eigentlich gewohnt sein. Das sagten sie sogar selbst. Sie kämpften aber auch mit dem Wintereinbruch, und genau wie die Schotten waren auch sie vollkommen überrascht davon, als sei es ihr erster Winter. Ben versuchte, sich nicht allzu sehr zu wundern. Ehrlich gesagt hatte er die ganze Zeit gehofft, sie würden ihre Flughäfen nicht frei bekommen und seinen Flug streichen. Es wurden auch an diesem Tag Flüge gestrichen, obwohl in den Nachrichten etwas von »Entspannung der Lage« erzählt wurde. Seine Flüge fanden statt. Erst nach Amsterdam, dann weiter nach Zürich, und Cedric hatte ihm außerdem versichert, dass sich Zürich im Zweifel auch mit dem Zug ganz hervorragend erreichen ließe.

Mit dem Zug quer durch Europa. Genau.

Im Flieger nach Holland saß er neben zwei Jungs, die erzählten, dass sie seit Dienstagmorgen auf dem Edinburgher Flughafen campiert und auf einen Flug gewartet hatten. Sie rochen auch so. In Amsterdam hoffte Ben noch halb darauf, dass wenigstens sein Anschlussflieger nicht ging, aber er war dieser Tage wahrscheinlich der einzige Fluggast, der sein Ziel wie geplant erreichte. Am frühen Nachmittag befand er sich auf Schweizer Boden, hatte Schweizer Franken im Geldbeutel und ein Bahnticket nach Zug. Die Schweizer sprachen gut Englisch, und jedes Mal, wenn er mit jemandem ins Gespräch kam, beschwerte man sich über das Wetter, über die katastrophalen Straßenverhältnisse und die vielen Unfälle, die es gab, weil die Leute keine Winterreifen hatten.

Nach einer weiteren Stunde war er in Zug angekommen und froh, nicht mehr über Schnee reden zu müssen. Er fragte sich durch, wie er am besten zu der Adresse kam, zu der er wollte, und gegen halb vier saß er mit seinem Kontaktmann in einem Café mit Blick auf den Zuger See, ließ sich erklären, wie er zum Haus der Chandler-Lyttons kam und was ihn dort erwartete.

Ben hatte im vergangenen Jahr für Andrew Chandler-Lytton als Chauffeur gearbeitet. Es war ein Undercoverjob gewesen, Ben nah dran an einer Titelstory. Fiona, die Frau, die Ben liebte und deren Schicksal eng mit Chandler-Lyttons Vergangenheit verknüpft war, war der Grund gewesen, warum alles letztlich schiefgegangen und Chandler-Lytton aus dem Land geflohen war.

Ben hatte keine Ruhe gegeben, bis er den Mann wieder aufgespürt hatte. Er hatte Kontakte zu Journalisten überall auf der Welt, und dank mühsamer Kleinarbeit, unzähligen Mails und Telefonaten, ewigem Puzzlespiel und viel Glück fand er ihn. Ließ sich über jeden seiner Schritte informieren. Wusste deshalb ganz genau, wo er heute lebte. Was auf das kriminelle Konto dieses Mannes ging, interessierte ihn wenig, darüber konnte nach wie vor nur spekuliert werden. Aber was er Fiona und noch einigen anderen Menschen durch sein jahrzehntelanges Schweigen angetan hatte, das vergaß Ben ihm nicht.

Er wusste nun, dass das Leben der Chandler-Lyttons im Schweizer Kanton Zug sehr viel weniger aufwendig war als seinerzeit in Großbritannien. Andrew verzichtete auf einen Chauffeur und fuhr selbst mit dem Auto ins Büro. Seine Frau Shannon hatte wieder eine Praxis als Gynäkologin, über die sie, da war sich Ben sicher, weiterhin finanzkräftigen Paaren zu Wunschkindern verhalf, unter Umgehung der Schweizer

Gesetzeslage. Andrew würde nach wie vor die entsprechenden Laboruntersuchungen koordinieren.

Der Kanton Zug war bekannt für die vielen Briefkastenfirmen. In Zug zahlte man sogar im Vergleich zum Rest der Schweiz wenig Steuern. Dafür war das Leben sehr teuer, wie Ben nicht nur an der Rechnung für den Kaffee feststellen musste.

Das Haus der Chandler-Lyttons lag etwas außerhalb der Stadt, unauffällig in einem neueren Siedlungsgebiet. Er hatte es seinem Kontakt nicht glauben wollen, aber es gab tatsächlich keine erkennbaren Sicherheitsvorkehrungen. Man konnte ganz normal das Grundstück betreten. An der Tür klingeln. Niemand öffnete.

Er ging zurück zur Straße und lief weiter in die Richtung, in der er Darneys Villa vermutete. Er erreichte sie schneller als gedacht. Offenbar hatte er die Entfernung von der Karte her überschätzt. Es war eine große Villa im Bauhaus-Stil. Hätte Ben nicht nach ihr gesucht, es wäre ihm an ihr nichts Außergewöhnliches aufgefallen. Erst auf den zweiten Blick entdeckte er die Kameras und Bewegungsmelder. Wenn das Haus schon zu Darneys Zeiten so unter Bewachung gestanden hatte – und davon war auszugehen –, dann hatte sich jemand sehr viel Mühe gegeben, um diesen Mord zu begehen. Langwierige und präzise Planung waren nötig gewesen.

Er fragte sich, wer nun in diesem Haus lebte. Ein dunkelgrauer Geländewagen stand vor der Garage, und in mindestens zwei Zimmern brannte Licht. Da er nicht auffallen wollte, hatte er nur einen kurzen Blick auf das Haus geworfen, ohne stehenzubleiben. Eine Kreuzung weiter begegnete ihm eine blonde schlanke Frau in seinem Alter, die einen silbergrauen Weimaraner ausführte.

»Wunderschöner Hund«, sagte er auf Englisch.

»Danke«, antwortete sie ebenfalls auf Englisch und tätschelte den Hund. »Nur der Schnee bringt ihn ein bisschen durcheinander.«

»Ist es ihm zu kalt?«

Sie zuckte die Schultern. »Wem nicht?«

»Das ist ein Langhaar, die sind selten, oder?«

Jetzt lachte sie. »Wollen Sie ihn mir abkaufen oder einfach nur mit mir flirten?« Ihr Schweizer Akzent klang sehr charmant, und Ben lachte mit ihr. Der Weimaraner fing an, Bens Hand zu beschnüffeln.

»Entschuldigen Sie, ich gehe hier nur ein bisschen spazieren und warte auf Freunde. Ich bin viel zu früh eingetroffen, und sie sind noch beim Arbeiten.«

»Oh, wen besuchen Sie denn?«

»Die Chandler-Lyttons. Kennen Sie sie?«

Die Blondine lächelte. »Nicht sehr gut, aber natürlich kenne ich die beiden. Hier kennen sich fast alle, mehr oder weniger.«

»Ach, Sie wohnen auch hier?« Er ließ den Weimaraner an seiner Hand lecken.

»Sehen Sie mal, er mag Sie«, sagte die Frau fröhlich.

»Das ist übrigens ein interessantes Haus«, sagte Ben und deutete auf die Bauhaus-Villa.

»Noch mal danke. Wir sind vor Kurzem erst dort eingezogen.« Sie streichelte ihrem Hund den Rücken. »Es ist eine schöne, ruhige Gegend. Sie entschuldigen mich, ich muss wieder zurück, sonst frieren wir noch fest. Hoffentlich kommen Ihre Freunde bald!« Sie nickte Ben freundlich zu und ging zügig mit ihrem Hund weiter.

Ben sah ihr nach. Eine perfekt schöne Frau. Groß, schlank, langes blondes Haar, strahlende blaue Augen, gerade weiße Zähne und ein Gesicht wie ein Hollywoodstar. Natürlich reich verheiratet. Die Reichen hatten solche Frauen. Und solche Häuser.

Die Frau drehte sich zu ihm um, bevor sie das Tor der Einfahrt zum Haus öffnete, und winkte ihm kurz zu.

Ben ging weiter, sah sich in der Nachbarschaft um. An einigen Häusern fanden sich Maklerschilder. Es war immer derselbe. Große Häuser auf großen Grundstücken. Keine Gastronomie, keine Geschäfte. Nichts, wo er warten könnte. Aber vielleicht musste er auch gar nicht warten. Er ging zurück zur Bushaltestelle, wunderte sich mittlerweile, dass es überhaupt eine in dieser Gegend gab, vermutete, dass sie einzig zu dem Zweck eingerichtet worden war, damit das Personal den Weg hierherfand, und fuhr zu Andrews Büro.

Es war beängstigend leicht, zu ihm durchzukommen. Sein Büro war in einem modernen, etwas zurückgesetzten Neubau. An der Straße befand sich eine Tafel, auf der sämtliche Firmen, die in dem Gebäude untergebracht waren, aufgeführt wurden. Auch große internationale Namen waren darunter. Irgendwo stand klein und bescheiden »ACL Consulting«, und ein Pförtner erklärte ihm den Weg in den vierten Stock.

Natürlich hatte der Pförtner ihn angekündigt, und Chandler-Lytton stand in der Tür seines kleinen Büros, um ihn in Empfang zu nehmen. Er hatte genug Zeit gehabt, sein Erstaunen über Bens Besuch zu verdauen.

»Wie geht es Ihnen? Haben Sie tatsächlich einen Flug bekommen? Oder sind Sie schon länger in der Gegend? Falls ja, bin ich natürlich beleidigt, dass Sie mich erst jetzt besuchen. Kommen Sie doch rein.«

Der Teufel persönlich könnte nicht charmanter sein, und Ben musste sich eingestehen, dass er diesen Mann mochte. Ganz egal, was er alles über ihn wusste, er war ihm sympathisch.

Ben ließ sich Kaffee anbieten, hörte sich ein paar Klagen über die Schweizer und ihre Eigenarten an, gab höflich Auskunft über das Wohlbefinden Fionas, erkundigte sich ebenso höflich nach Shannon, und war erleichtert, als er endlich gefragt wurde: »Hat Cedric Sie geschickt?«

Ben nickte.

»Schlimme Sache, mit seiner Stiefmutter. Ich habe sie nicht wirklich gut gekannt, aber ich finde es natürlich trotzdem höchst tragisch.«

»Sie haben sie nicht gut gekannt? Haben Sie vergessen, mit wem Sie gerade reden?«

Andrew lachte. »Sie war die Patientin meiner Frau, und während der Sprechstunde bin ich nun wirklich nicht dabei.«

»Andrew, Sie kennen den Vorwurf, der im Raum steht. Cedric glaubt, dass seine Stiefmutter so lange mit Embryonen hat herumexperimentieren lassen, bis ein gesunder Junge abzusehen war. Betonung auf *gesund* und *Junge*, weil es so im Testament ihres Mannes gefordert war. Und Cedric glaubt weiter, dass Sie und Ihre Frau ihr dabei in welcher Form auch immer geholfen haben.«

»Ja«, er seufzte, »das ist wohl bei ihm zu einer fixen Idee geworden ... Er konnte schon damals nichts beweisen. Es gab auch nichts zu beweisen, selbstverständlich. Aber er schickt Sie doch nicht den ganzen weiten Weg bei diesem Wetter, um wieder mit alten Geschichten anzufangen?«

»Sie wissen, dass Lillians Sohn krank ist?«

Er wusste es nicht. Für den Bruchteil einer Sekunde weiteten sich seine Augen. Ben glaubte nicht, dass er schauspielerte.

»Krank? Nein. Das hätte ich doch erfahren. Ich meine, sicher hätte sich Lillian doch bei meiner Frau gemeldet. Immerhin hat sie sie während der Schwangerschaft betreut ... Was hat der Junge denn?«

Selbst jetzt behielt Andrew die Nerven, wählte seine Worte mit Bedacht. Ben entschied sich dafür, noch eine kleine Bombe zu zünden, und wieder behielt er Andrew genau im Blick. »Eine Erbkrankheit.«

Andrew öffnete den Mund, war aber schlau genug, nichts zu sagen. Ben fragte sich, was ihm wohl auf der Zunge gelegen hatte. Etwa: »Aber wir haben ihn doch auf alle Krankheiten untersucht!«? Stattdessen sagte er: »Das ist ja furchtbar. Welche Krankheit ist es?«

»Das Usher-Syndrom.«

Er sah, wie der Mann sich entspannte. Usher-Syndrom, darauf hatte er nicht getestet, dazu hatte es keinen Grund gegeben. Er hatte also keinen Fehler gemacht, nicht gegenüber seiner Auftraggeberin Lillian Darney. Dass diese keinen Anspruch mehr auf das Erbe ihres Mannes gehabt hätte, konnte ihm egal sein. Vielleicht hatte sie ihn und seine Frau bei der Anamnese angelogen, die Krankheit in der Familiengeschichte verschwiegen. Vielleicht hatte sie nichts davon gewusst. Jedenfalls hätte sie ihn nie zur Verantwortung ziehen können. Rechtlich sowieso nicht, weil die Auswahl von Embryonen nach Kriterien wie Geschlecht ungesetzlich war. Aber sie hätte ihn auch nie damit erpressen oder unter Druck setzen können.

Andrews Reaktion zeigte Ben, dass sie es auch nie getan hatte.

Er war völlig umsonst in die Schweiz geflogen. Er hatte es geahnt.

»Ich wusste gar nicht, dass die Veranlagung vorhanden war, weder bei den Darneys noch in Lillians Familie.«

»Was hat Sie Ihnen eigentlich über ihre Familie erzählt?«

Er zuckte die Schultern. »Nichts von Bedeutung. Die Eltern haben sich früh getrennt, der Vater ist zurück nach Schweden … Keine Geschwister … Kein Wort von Krankheiten. Wirklich nicht.«

»Und sie hat Sie oder Ihre Frau nie kontaktiert, auch nicht, um sich Hilfe und Rat zu holen?«

Er schüttelte den Kopf. »Ich frage gerne noch mal meine Frau, aber ich bin sicher, sie hätte es mir erzählt.«

Davon war Ben auch überzeugt.

»Ben, wer kümmert sich denn jetzt um den Jungen? Er braucht Therapeuten, die mit ihm arbeiten. Er muss Zeichensprache lernen, von den Lippen ablesen … solange er noch sehen kann … Brauchen Sie Adressen? Namen von fähigen Ärzten, Fachpersonal, Beratungsstellen?« Er klang ehrlich besorgt.

»Ich richte es Cedric aus«, sagte Ben. »Soweit ich weiß, kommt Lillians Mutter, um den Jungen zu holen.«

»Lillians *Mutter?*«

»Okay, das klingt, als gäbe es da etwas, das ich wissen sollte.«

»Ich sage das nur im Interesse des Jungen. Und Sie haben es nicht von mir erfahren.«

»Alles klar.«

»Lillians Mutter ist schwere Alkoholikerin. Sie hat schon getrunken, bevor sie mit ihr schwanger war. Lillian hatte deshalb Angst, irgendetwas abbekommen zu haben. Irgendeinen bleibenden genetischen Schaden zu haben, den sie weitergeben könnte. Das war Unsinn. Sie war vollkommen gesund. Dass sie Trägerin des Usher-Syndroms war, hat damit allerdings nichts zu tun. Und war auch nicht zu vermuten.«

»Ich nehme an, Lord Darney hat nichts Genaues über seine Schwiegermutter gewusst.«

»Exakt. Ich denke, selbst, wenn die Frau in den letzten Jahren einen Entzug gemacht hat und seitdem trocken ist, wäre es

keine gute Idee, ihr ein kleines Kind, zumal mit einer Behinderung, um die man sich intensiv kümmern muss, anzuvertrauen. Eine Woche, und sie hinge wieder an der Flasche, das wollen wir ihr doch nicht wünschen, und dem Kind schon gar nicht. Nach allem, was Lillian erzählt hat, hat ihre Mutter auch Tendenzen einer bipolaren Störung, noch ein Grund, das Kind nicht in ihre Nähe zu lassen, wer weiß, ob sie in Behandlung ist. Das alles würde ich so nie öffentlich sagen, haben Sie verstanden?«

Ben wusste, was er meinte. Der nächste Gedankenschritt wäre: Sollen Frauen mit psychischen Problemen überhaupt Kinder bekommen, Kinder erziehen dürfen? Ein heikles Thema, ein viel zu heißes Eisen, nichts, wo der Name Chandler-Lytton genannt werden sollte. Mit ein bisschen Pech waren mehr als die Hälfte der Patientinnen, denen seine Frau »half«, die *richtigen* Kinder zu kriegen, depressiv, bipolar oder Borderliner, dachte Ben.

»Wer könnte sich sonst noch kümmern?«

»Es gibt keine anderen Verwandten«, sagte Ben. »Außer...«

Andrew lachte. »Vom Regen in die Traufe. Was soll man dem Jungen da wünschen? Die Chancen für eine Adoption stehen auch schlecht, wer will schon ein krankes Kind. Was wird nun aus dem Jungen...« Er wandte sich ab und sah aus dem Fenster. Kein Blick auf den Zuger See, nur ein weiteres Bürogebäude mit Beton, Stahl, Glas und vielen Briefkästen. »Was wird aus so einem Kind...«, murmelte er noch einmal und schien ganz zu vergessen, dass er nicht allein war.

Ben wartete ein paar Minuten, in denen er ihn genau beobachtete. Dann sagte er leise: »Sie hatten selbst mal ein krankes Kind, und Sie haben zugelassen, dass Ihre damalige Frau es verleugnet hat. Sie haben da etwas wiedergutzumachen. Wir wissen beide, wessen Labor es war, in dem William gezeugt wurde, und unter welchen Umständen. Dass Sie und Shannon heute noch mit diesen Geschäften Geld schaufeln, ist mir vollkommen egal. Aber wenn Ihnen etwas einfällt, wie man diesem kleinen Jungen helfen kann – und ich rede jetzt nicht von Adressen für Spezialisten und Therapeuten. Wenn Ihnen also irgendwas einfällt, dann machen Sie wenigstens einen kleinen Teil der Scheiße, die Sie in Ihrem Leben fabriziert haben, wieder gut.«

Andrew sah ihn nicht einmal an, er starrte weiter aus dem Fenster. Aber Ben wusste, dass er jedes Wort gehört und verstanden hatte. Er stand auf und verließ das Büro ohne ein weiteres Wort.

Als er im Zug zum Flughafen saß, schlug ihm das Herz immer noch bis zum Hals. Er war aufgewühlt, aber er fühlte sich gut. Auch wenn er keinen Schritt weitergekommen war, was Lillians Mord anging. Aber er hatte endlich die Gelegenheit gehabt, Andrew Chandler-Lytton dazu zu bringen, sich wirklich scheiße zu fühlen.

Erst am Flughafen fiel ihm ein, was er für ein Idiot war. Eine der wichtigsten Fragen hatte er gar nicht gestellt: Warum wohnten Andrew und seine Frau nur wenige hundert Meter von der Villa entfernt, in der Darney ermordet worden war?

Ben fluchte. Dachte darüber nach, ob er zurückfahren sollte. Einen Moment lang war er überzeugt davon, dass er genau das tun musste. Dann dachte er: Wozu? Was würde ihm Chandler-Lytton schon verraten? Entweder er fand selbst etwas heraus, oder es würde ein ewiges Geheimnis bleiben. Ben schrieb seinem Kontaktmann eine SMS und bat ihn, etwas über den Hauskauf herauszufinden. Wann, durch wen, wie war es abgelaufen. Er schuldete dem Schweizer mittlerweile mehr Gefallen, als er in diesem Leben noch erwidern konnte.

Nachdem er für den Rückflug eingecheckt hatte, rief er auf seinem eigenen Festnetzanschluss an. Sein Vater ging dran.

»Jaaa?«

»Ich bin's. Alles okay bei dir?«

»Klar. D. L. hat seine Freunde zu Besuch. Sie hängen ein bisschen bei uns rum, ist doch okay?«

Ben stellte sich Brandlöcher im Teppich, Chipskrümel auf dem Sofa und verschüttetes Bier vor. »Kein Problem. Hab ein Auge auf sie. Ich bin in ein paar Stunden zu Hause.«

Kaum hatte er aufgelegt, ging ein resigniertes Stöhnen durch die Reihen: Auf dem Monitor war jetzt zu lesen, dass der Flug ausfiel.

Notizzettel in Philippa Murrays Tagebuch

Montag, 3. 1. 2005

Wir sitzen am Flughafen von Phuket und warten darauf, nach Hause zu fliegen. Nur weg ...

Michaels Bruder James und seine Frau sind rund um die Uhr im Einsatz, um den Tsunami-Überlebenden zu helfen. Wir brauchen keine Hilfe. Nur einen Flug zurück.

Der Flughafen war nur kurz geschlossen, weil am Tag der Katastrophe die Landebahn überschwemmt war. Es landen so gut wie keine Touristen mehr. Ein paar Zyniker, die sich freuen, dass jetzt die Hotels, die noch stehen, billiger sind als sonst. Die meisten kommen, um zu helfen. Man sieht es ihnen an. Ernste Gesichter, keine Urlaubskleidung. Die Abreise ist chaotisch, weil seit Tagen alle, die hier nichts mehr zu suchen haben (oder sollte es heißen: die hier niemanden mehr zu suchen haben), das Land verlassen wollen.

Eine Minute waren wir vom Tod entfernt. Wir fuhren nur eine Straße entlang, als die Welle keine hundert Meter vor uns alles verschlang. Das Wasser ging zurück, und die Straße war weg. Ich wollte den Wagen wenden und zurückfahren, aber Michael schrie, dass wir rausmüssten. Er zerrte mich hinter sich her einen Hügel hinauf, und die zweite Welle war längst da, als ich mich umdrehte.

Als das Wasser weg war, lagen überall Leichen. Ich denke, die Menschen müssen geschrien haben, aber ich erinnere mich an kein einziges Geräusch. Ich habe nur Stille im Kopf, wenn ich daran zurückdenke. Lähmende, drückende Stille.

In allen Nachrichten ist die Rede von vielen tausend Toten, die Zahl ändert sich ständig. Es heißt, dass es Monate dauern wird, bis man alle Leichen identifiziert hat.

In einer kleinen, geheimen Kammer meines Gehirns steckt der Gedanke, Sean könnte unter den Toten sein. Als Aussteiger nach Thailand. Vom Tsunami erwischt. Nie identifiziert.

Es soll mir egal sein! Ich habe überlebt, mir ist nichts passiert, Michael und ich sind gesund. Wären wir eine Minute früher gewesen, wären wir tot. Ich will dieses Leben genießen! Das geht nur, wenn Sean aus meinem Kopf verschwindet. Aus meinem Herzen ist er schon gegangen.

14.

Dana wurde ein zweites Mal geboren. Etwas zog sie aus der wohlig warmen Schwärze empor, brachte Licht und Laute und Gerüche und Schmerz zurück in ihr Bewusstsein, bis sie sich übergeben musste.

Kein Wunder, dass Babys als Erstes schrien. Reiner Protest, weil sie wieder zurückwollten. So, wie Dana wieder zurückwollte.

Man brachte sie in ein Krankenhaus, pumpte ihr zur Sicherheit noch einmal den Magen aus, nahm ihr Blut ab, hängte sie an einen Tropf, sprach beruhigend auf sie ein. Ernst blickende Krankenschwestern und gelangweilt blickende Ärzte wurden durch eine verständnisvoll blickende Psychologin ersetzt, mit der sie »über alles reden« sollte/konnte/durfte. Dana wusste, was jetzt kam, es war nicht das erste Mal, und sie hätte sich gerne das Gewäsch von »Sie sind doch noch jung« und »Das Leben hat so viel zu bieten« über »Für alles gibt es Lösungen« bis hin zu »Sie bekommen überall und jederzeit Hilfe« gespart. Natürlich blieb es nicht aus. Gäbe es einen Psychologen, der sich genau das ersparte, sie würde gerne mit ihm reden.

Sie musste ihre Gedanken laut ausgesprochen haben, sie wusste es nicht mehr, weil sie wieder einschlief. Nicht lange, nur lange genug, um wieder in ein fremdes Gesicht zu sehen, als sie die Augen aufmachte.

»Sie sehen aus wie Ihre Schwester«, sagte der Mann. Er war alt, vielleicht so alt wie ihr Vater. Eher älter. Er sah nicht aus wie ein Psychologe oder ein Arzt. Sie hatte ihn noch nie gesehen, aber etwas Vertrautes lag in seinen Gesichtszügen.

»Ich kenne Sie nicht«, sagte sie.

»Ich habe Sie gefunden.«

Dana setzte sich langsam auf. Ihr Kopf dröhnte, und ihr war schwindelig. Alkohol und Schlaftabletten, ein guter Teil davon war bestimmt in ihrem Blut angekommen, aber offensichtlich nicht genug. »Und wieso haben Sie mich gefunden? Ich war in der Wohnung meiner Schwester. Was hatten Sie da zu suchen?«

Er lächelte. »Ich traf Mrs de Lacy. Sie erzählte mir, Pippa sei wieder da und würde sich nächste Woche um ihr Spinett kümmern, das bei ihrem Neffen steht.« Sein Arme-Leute-Jackett hatte schon bessere Zeiten gesehen. Die Stoffhose war fleckig und ausgebeult. Sein Zahnarzt und er waren nicht die besten Freunde. Die Haare sahen aus, als würde er sie selbst schneiden, und auf Rasieren legte er keinen gesteigerten Wert. Aber seine Augen wirkten freundlich, wenngleich traurig. Er sah nicht aus wie jemand, mit dem eine Mrs de Lacy mal eben auf der Straße plauschte.

Er schien ihre Gedanken zu erraten. »Ich kenne sie, weil ich mir bei ihr mal ab und zu ein paar Pfund als Hilfsgärtner dazuverdient habe.«

»Und dann mussten Sie unbedingt nachsehen, ob die Gute ein Gespenst gesehen hat?«

»Ich hätte mich sehr gefreut, Pippa wiederzusehen. Sehr.«

»Stattdessen finden Sie mich. Was für eine Enttäuschung. Sie hätten mich liegenlassen sollen. Jetzt muss ich mir was Neues überlegen.«

»Warum wollen Sie sterben? Haben Sie etwas angestellt?«

»Ich habe mit dem Freund meiner Schwester geschlafen«, sagte sie. »Und ich bin froh, dass sie weg ist. Ich wünsche meiner eigenen Schwester den Tod. Reicht das?«

»Darf ich mich setzen?« Er nahm sich einen Besucherstuhl und schob ihn neben ihr Bett, um sich draufzusetzen. »Immerhin quält es Sie so sehr, dass sie deshalb nicht mehr leben wollen. Sie wären ein wirklich schlechter Mensch, wenn es Ihnen egal wäre.«

»Dann würde ich aber nicht sterben wollen. Sie haben gefragt, ich habe es Ihnen gesagt. Sie hätten mich in Ruhe lassen sollen.«

Er schüttelte den Kopf. »Es ist schon genug passiert. Es sind schon genug Menschen ... gegangen.«

Dana sah ihn misstrauisch an. »Was meinen Sie damit?«

»Pippa ... Lillian ... Sean ...«, sagte er und sah sie nicht an.

Sie betrachtete ihn genau. Sein Gesicht hatte Ähnlichkeit mit jemandem ... Es war schon so lange her ... und sie konnte sich auch irren. Vielleicht waren es auch nur die Augen, vielleicht nur etwas, das sie sich einbildete. »Wer sind Sie?«

Der alte Mann stand langsam auf und streckte den Rücken durch, als hätte er Schmerzen im Kreuz. Mit einer Hand machte er eine wegwerfende Bewegung. Er drehte sich um und ging zur Tür. »Ich bin Seans Vater«, sagte er, bevor er das Zimmer verließ.

Auszug aus Philippa Murrays Tagebuch

Montag, 21. 11. 2005

Ich dachte wirklich, ich müsste Reese und Mahoney nie mehr wiedersehen.

Sie kamen in mein Büro, als ich gerade die Werkstatt zumachen wollte. »Nur auf ein Wort«, sagte Reese, und ich wusste schon, dass es um mehr als nur ein Wort ging.

»Es geht vermutlich um Sean«, sagte ich.

»Ja, wir ...«

»Ich habe damit abgeschlossen. Es interessiert mich nicht mehr. Diese ganze Sache ist jetzt zwei Jahre her. Reden Sie mit seinem Vater. Ich habe damit nichts mehr zu tun.«

»Es gibt da ein paar Fragen ...«

Ich unterbrach ihn. »Reden Sie mit seinem Vater.«

»Wir haben eine Spur«, sagte er.

Ich sagte nichts. Sah ihn nur an, während mein Herz raste. Mahoney streifte wie üblich durch den Raum und beäugte alles, aber ich blendete ihn aus, so gut ich konnte. Konzentrierte mich ganz auf Reese.

»Seit über einem Jahr gibt es eine Einbruchsserie im ganzen Land. Achtzehn Villen von Cornwall bis Glasgow wurden ausgeraubt. Jedes Mal schienen andere Dinge im Mittelpunkt zu stehen: mal Bilder, mal Schmuck, mal Antiquitäten, mal der Safe mit dem Bargeld. Insgesamt beläuft sich das Diebesgut auf knapp sechs Millionen Pfund. Es dauerte eine Weile, bis jemand auf die Idee kam, die Einbrüche als Serie zu sehen, und erst dann fielen die

Gemeinsamkeiten auf, die es in der Planung hatte geben müssen. Letzte Woche konnten zwei der mutmaßlichen Täter in St Andrews gefasst werden. Es gibt noch einen dritten, aber seine Komplizen sagen nicht aus. Bisher wurde auch nur ein geringer Teil der Beute sichergestellt. Um es kurz zu machen: Einiges deutet darauf hin, dass Sean Butler der dritte Mann sein könnte.«

Ich sagte immer noch nichts.

»Er kennt einen der Männer aus seiner Zeit im Gefängnis. Der andere wurde damals verdächtigt, ein Komplize von Sean Butler zu sein, aber es konnte ihm nichts nachgewiesen werden.«

»Und was habe ich damit zu tun?« Ich verschränkte die Arme, hätte mir aber am liebsten die Ohren zugehalten.

»Ich möchte, dass Sie sich Fotos von den Männern ansehen und uns sagen, ob Sie sie schon einmal gesehen haben.«

»Zusammen mit Sean?«

»Möglicherweise.«

Ich zögerte, dann nickte ich.

Die beiden Männer kamen mir bekannt vor.

»Wissen Sie noch, wann Sie sie wo gesehen haben? In welchem Zusammenhang?«

»Nein.«

»Lassen Sie sich Zeit.«

»Wenn Sie hier vor mir sitzen und mich erwartungsvoll ansehen, kann ich mich ganz bestimmt nicht erinnern. Das setzt mich ein wenig unter Druck«, sagte ich und war so genervt, wie ich klang. »Können Sie die Fotos einfach hierlassen?«

Sie waren nicht zufrieden, natürlich nicht. Aber ich brauche wirklich Zeit zum Nachdenken. Nicht nur darüber, wo ich die Männer schon einmal gesehen habe. Sondern auch und vor allem über Sean. Er ist gegangen, um Einbrüche zu begehen? Er wollte also doch nur an das große Geld? Hatte mich verlassen, weil ich nicht nur kein Geld abwarf, sondern ihm auch noch auf die Nerven ging mit meiner Eifersucht?

Ich muss nachdenken.

Und ich dachte, es sei alles ein für alle Mal vorbei.

Nachtrag:

Ich habe mir die Bilder mit Pete zusammen angesehen. Einer von den Männern ist ein Schulfreund von Sean. Ich habe ihn manchmal im Pub gesehen, wenn ich mit Sean unterwegs war, aber die beiden haben nie viel miteinander gesprochen. Sich gegrüßt, Smalltalk gehalten, das war's. Ich hatte ihn mir gemerkt, weil er weißblondes Haar und stechend blaue Augen hat, außerdem steht ein Ohr etwas mehr ab als das andere. Über zwei Jahre habe ich ihn nicht gesehen, und deshalb brauche ich etwas länger, um mich an alles genau zu erinnern. Es gibt aber nicht viel zum Erinnern.

Der andere ist der, den Sean aus dem Gefängnis kennt. Mir will nicht einfallen, wo ich ihn schon mal gesehen habe. Pete sagt, er hat ihn noch nie gesehen. Selbst wenn es mir einfällt, frage ich mich, was die Polizei damit anfangen kann. Sie wissen doch längst, dass Sean die beiden kennt.

Auszug aus Philippa Murrays Tagebuch

Mittwoch, 30.11.2005

Ich habe es in der Wohnung nicht mehr ausgehalten. Michael hat mich gebeten, zu ihm zu ziehen.

»Du gibst deine Selbstständigkeit nicht auf. Du behältst das Haus doch«, sagte er. Er hat recht. Ich bin sowieso jedes Wochenende in seinem Haus, oft auch unter der Woche. Wir sind selten bei mir. Wir mussten nie darüber reden, aber es ist klar, dass meine Wohnung nicht der richtige Ort für unsere Beziehung ist. Ich habe schon überlegt, das ganze Haus zu verkaufen, aber dazu müsste ich erst einen guten Platz für eine neue Werkstatt finden. Ich muss das nicht heute entscheiden. Aber ich denke ständig darüber nach.

Am Wochenende habe ich alles zusammengepackt und bin zu Michael gefahren. Es fühlt sich noch ein bisschen seltsam an, als hätte ich einen bedeutsamen Schritt gemacht. Natürlich fühlt es sich auch gut an. Vielleicht vermiete ich die Wohnung. Michael findet, ich könnte mir langsam auch einen Mitarbeiter leisten und ihm die Wohnung vermieten. Warum nicht? Sie ist voll möbliert, die Lage ist gut …

Ich merke erst jetzt, wie froh ich bin, dort nicht mehr zu wohnen. Ich hätte viel früher dort ausziehen müssen.

Auszug aus Philippa Murrays Tagebuch

Freitag, 2.12.2005

Manchmal geht es schneller als gedacht: Es gibt einen Interessenten für die Werkstatt samt der Wohnung.

Ich habe leider noch nichts gefunden, wo ich hinkönnte, aber ich habe auch noch nicht sehr intensiv geschaut. Die meisten Sachen sind mir zu weit außerhalb. Was zentraler liegt, kann ich mir kaum leisten. Ich hoffe, ich finde schnell was, sonst springt mir am Ende noch der Interessent ab. Er will eine Galerie eröffnen. Als gäbe es nicht schon genug Galerien in Edinburgh, aber was geht mich das an.

Auszug aus Philippa Murrays Tagebuch

Montag, 5. 12. 2005

Das ganze Wochenende haben wir uns Immobilien angesehen. Keine einzige kommt in Frage. Ich hatte mir das leichter vorgestellt. Michael findet, ich müsste gar nicht zwingend so zentral sein, da es bei mir nicht um Laufkundschaft geht. Ich betreue meine Kunden ja nicht in meiner Werkstatt, sondern dort, wo sie ihre Instrumente haben. Aber ich will nicht in irgendeiner trostlosen Gegend sitzen, wenn ich meine Werkstatttage habe. Irgendwo, wo man nicht mal einen Kaffee bekommt. Außerdem hat Broughton eine gute Atmosphäre. Viele Künstler sind dort . . .

Ich träume nachts manchmal von Sean. Ich sehe ihn dann mit den beiden Männern von den Fotos, und im Traum weiß ich ganz genau, wer die beiden sind, aber sobald ich aufwache, ergibt nichts mehr Sinn.

Die Vorstellung, dass er die ganze Zeit nur auf mein Geld aus war . . . Jetzt sitzt er irgendwo mit seiner Beute im Wert von ein paar Millionen Pfund. Ob er sich damit ein schönes Leben macht? Was macht er mit den Anteilen für seine Partner? Wird er ihnen etwas übrig lassen, bis sie aus dem Gefängnis kommen? Wegen diesem Arschloch wäre ich fast erschossen worden. Kann ich das jetzt noch glauben? Wie dumm war ich die ganze Zeit. So naiv. Ich erinnere mich wieder an mein Telefonat mit Simon, als er mir sagte, ich sei nur mit Sean zusammen gewesen, um meinen Vater zu provozieren. Um Aufmerksamkeit zu bekommen.

Stimmt das?!?

Auszug aus Philippa Murrays Tagebuch

Dienstag, 6.12.2005

Ich sehe ihn jeden Tag vor mir, jede Stunde, wie er hier herein-
kommt und zu mir sagt: »Du bist echt das Dümmste, was mir je
untergekommen ist.« Ich sehe ihn vor mir stehen und ausholen,
und manchmal in meiner Phantasie schlägt er zu.

Es läuft nicht wie ein Film vor mir ab, eher ganz so, als wäre ich
in Trance, und dann stehe ich da und muss wirklich überlegen, was
Realität ist und was ein Streich meiner Nerven.

Ich höre es ihn sogar sagen.

Ich muss unbedingt eine neue Werkstatt finden.

Ich muss dieses Haus verkaufen.

Auszug aus Philippa Murrays Tagebuch

Mittwoch 7. 12. 2005

Aus der Notaufnahme zurück. Mein Unterarm musste genäht werden, und auch die Handinnenfläche. Ich habe die halbe Werkstatt
vollgeblutet, es sieht aus, als hätte hier jemand ein Schwein ge-
schlachtet.

Der Käufer ist abgesprungen, heute Morgen. Ich hatte mich
gerade damit abgefunden, dass ich alles verkaufe und mir für die
Suche nach einer neuen Werkstatt Zeit lasse, mich übergangsweise
irgendwo einmiete ... aber er ist abgesprungen. Ich war so müde
und verzweifelt, weil ich die ganze Nacht nicht hatte schlafen
können. Immer, wenn ich die Augen schloss, stand Sean vor mir und
schrie mich an. Heute ist es genau zwei Jahre her, aber warum
kommen diese Albträume erst so spät? Und warum mit einer solchen Gewalt? Warum auch tagsüber? Ich saß im Büro und starrte
auf das Telefon, war enttäuscht und erschöpft, weil ich jetzt wieder jemand Neues suchen musste, und dann – sah ich Sean vor mir
stehen, die Hand erhoben, den Mund weit aufgerissen, er schrie
mich an, er schlug zu, und als ich wieder in der Realität ankam,
kauerte ich auf dem Sofa und hielt schützend die Arme über meinem Kopf.

Ich konnte mich nicht daran erinnern, vom Bürostuhl aufgestanden und zum Sofa gegangen zu sein.

Mein Bein war eingeschlafen. Und die linke Schulter fühlte sich
taub an. Mein Gesicht brannte. Was war passiert? Wie konnte ich
einfach so zehn Minuten – oder länger? – vergessen? Ich rieb

meine Schulter, bis ich wieder Gefühl darin hatte, trat fest mit dem Fuß auf, bis die Durchblutung zurück war. Dachte an Sean, wie sehr er mich noch beherrschte, sah die Tür mit der Glasscheibe, die ich damals erneuern musste, ballte eine Faust und zertrümmerte die Scheibe.

Ich brachte mich selbst ins Krankenhaus, was rückblickend keine gute Idee gewesen war. Ich werde die Autositze reinigen lassen müssen, und kurz bevor ich den Krankenhausparkplatz erreichte, wurde ich fast ohnmächtig, weil ich immer noch blutete.

Sie fragten mich, wie das passiert sei, und ich sagte, ich sei gestolpert und auf einen Glastisch gefallen. Sie glaubten mir kein Wort. Ich erwartete, jeden Moment von einer fürsorglichen Sozialarbeiterin in Empfang genommen zu werden, die mir einen Vortrag über häusliche Gewalt hielt, aber nichts in der Art passierte. Ich wurde genäht, dann rief ich Michael an, damit er mich abholte. Er war entsetzt, er dachte im ersten Moment, ich sei überfallen worden.

»Meine Schuld«, sagte ich, als wir zu ihm fuhren. (Ich kann noch nicht »zu uns« sagen, das ist viel zu früh.) Ich erzählte ihm, wie es dazu gekommen war. Er nickte, schien zu verstehen.

»Ich muss eine andere Tür einbauen. Am besten die ganze Werkstatt umbauen«, sagte ich.

»Du musst sie verkaufen, damit du da weg bist. Das ist ein Gebäude in einer guten Lage in Broughton«, sagte er. »Dafür einen Käufer zu finden, sollte nicht schwer sein.«

Es geht mir nicht gut. Ich habe ein ganz schlechtes Gefühl bei der Sache. Ich glaube irgendwie nicht, dass ich diese Werkstatt je wieder losbekomme ...

Sie war mal die Erfüllung meiner Träume. Dachte ich.

15.

Eine halbe Stunde, nachdem der alte Mann gegangen war, saß Dana im Taxi und ließ sich zurück in die Wohnung ihrer Schwester bringen. Das Treppensteigen fiel ihr schwer, sie brauchte Ewigkeiten in den ersten Stock. Als sie endlich im Flur stand, war sie in Schweiß gebadet. Im Krankenhaus zu bleiben, war aber auch keine Lösung.

Es war nicht das erste Mal, dass sie sich fast umgebracht hätte. Nicht das erste Mal, dass sie im Krankenhaus aufwachte und ihr ein paar Stunden fehlten. Sie wunderte sich, dass ihr Körper immer noch mitmachte. Aber so, wie ihr Herz gerade raste, dauerte es vielleicht nicht mehr lange... Noch vor ein paar Stunden hatte sie sich umbringen wollen, und jetzt hatte sie Angst davor zu sterben? Sie überlegte, kam zu dem Schluss, dass sie selbst bestimmen wollte, wann es zu Ende ging. Sie allein. Heute war kein guter Tag zum Sterben. Das hatte sie verstanden. Sie hatte nämlich noch etwas vor: ihre Schwester finden.

Sich jetzt aus dem Leben zu verabschieden, wäre reine Feigheit. Dann wäre sie gegangen, ohne zu wissen, wer sie wirklich war, was sie wirklich wollte – und ob sie wirklich auf ganzer Linie gescheitert war. Sie musste erst mit Pippa abschließen. Mit ihr reden und ihr und sich klarmachen, was zwischen ihnen schiefgelaufen war. Sie musste mit ihren Eltern reden, ob diese nun zuhören wollten oder nicht. Mit Simon reden. Mit Matt. Mit Michael.

Aber zuerst mit Pippa. Ihre Schwester konnte nichts dafür, dass es so gekommen war. Sie hatte nicht absichtlich die Liebe aller auf sich gelenkt, weg von Dana. Sie konnte nichts dafür. Zeit, sich zu entschuldigen.

Dana fühlte zum ersten Mal seit Langem, wie sich Ruhe in ihr ausbreitete.

Sie kam gerade aus der Dusche, wo sie weggespült hatte, was von diesem verrückten Tag noch an ihr klebte, als sie hörte, wie jemand die Wohnungstür aufschloss und eintrat.

»Michael?«

»Ja! Dana, was machst du! Ich habe es eben erst erfahren, und weißt du wie? Weil mich dein Vater angerufen hat. Ich hätte nicht richtig auf dich aufgepasst, hat er gesagt! Hast du ihn als nächsten Verwandten im Notfall angegeben? Jedenfalls hat er so herumgetobt, dass ich auflegen musste. Ich hab dich im Krankenhaus gesucht. Sie haben gesagt, du wärst einfach abgehauen, ohne Bescheid zu geben. Wenn ich dich finde, soll ich dich sofort wieder zurückbringen.«

Sie rieb mit dem Handtuch ihr Haar trocken. »Nein. Bring mich lieber woanders hin.«

»In ein anderes Krankenhaus? Haben sie dich nicht richtig behandelt? Eigentlich haben sie dort einen halbwegs guten Ruf, was für ein NHS-Krankenhaus eine Menge ist. Vielleicht sollten wir lieber in ein privates Krankenhaus und ...«

»Zu Cedric Darney«, unterbrach sie ihn.

»Ist das ein Arzt?«

»Das ist der Stiefsohn der Frau, die Sean angeblich umgebracht hat. Er war heute Morgen bei mir.«

Michael sah auf die Uhr. »Es ist halb neun. Ist das nicht ein bisschen spät?«

Sie zog das Badetuch fester um ihren Körper und nahm die Hose ihrer Schwester, die sie den ganzen Tag getragen hatte. Die Visitenkarte von Cedric Darney steckte in der Tasche. »Rufen wir ihn an, dann wissen wir es.«

Auszug aus Philippa Murrays Tagebuch

Freitag, 9. 12. 2005

Musste wieder in die Notaufnahme. Eine Wunde ist aufgegangen und hat schrecklich geblutet.

»Wie kann denn so was passieren, ich hab gar nichts Anstrengendes gemacht«, sagte ich.

»Kommt oft genug vor«, sagte die Krankenschwester. Sie klang nicht sehr besorgt.

Jetzt denke ich: Was, wenn Seans Wunde auch wieder aufgegangen ist? Und er keine Hilfe bekommen hat? Was, wenn er irgendwo verblutet ist?

»Dann hätte man seine Leiche längst irgendwo gefunden«, sagte Matt. Ich habe ihn gleich vom Krankenhaus aus angerufen, weil ich mit jemandem sprechen musste.

»Aber wenn er sich irgendwo versteckt hat, wo ihn keiner findet?«

»Wo soll das denn bitte gewesen sein?«

»Ich weiß es nicht . . . ein leer stehendes Haus, eine alte Lagerhalle . . .«

»Da treiben sich doch immer irgendwelche Typen rum. Penner, die dort übernachten, Jugendliche, die sich beim Kiffen nicht erwischen lassen wollen . . . Nein, das glaub ich nicht.«

»Und wenn er irgendwo gestorben ist, wo ihn niemand identifizieren konnte?«

»Hätte man alle Polizeistationen informiert, damit sie sein Profil mit den Vermisstenanzeigen abgleichen. Nein, Pippa, du verrennst dich da in was. Ich dachte, es sei vorbei? Es ginge dir besser? Was sagt Michael eigentlich dazu?«

»Mit ihm habe ich noch nicht gesprochen.«

»Pippa, tust du mir einen Gefallen?«

»Klar.«

»Sag nichts zu ihm.«

»Was?«

»Sean ist Vergangenheit. Leb endlich in der Gegenwart. Denk an die Zukunft. Denk an Michael. Schließ das Kapitel Sean endgültig ab.«

Ich schwieg für einen Moment, dachte nach. Sagte dann: »Stell dir vor, es war so: Er haut mit seinen kriminellen Kumpels ab, um diese Einbruchsserie zu planen. Sie sind schon irgendwohin unterwegs, als seine Wunde wieder aufgeht. Ich meine, das waren sehr, sehr tiefe Schnittwunden. Ich glaube, noch viel schlimmer als bei mir. Jedenfalls, Sean stirbt unterwegs, und sie entsorgen einfach die Leiche? Dann hätte ich ihn umgebracht, oder?«

»Das stammt jetzt aus der Abteilung >Blühende Phantasie<.«

»Es könnte doch so gewesen sein?«

»Vielleicht hat er versucht, durch die Nordsee bis nach Dänemark zu schwimmen und ist dabei ertrunken.«

Ich seufzte. »Matt, nimm mich doch mal ernst ...«

»Sorry, Pippa. Ich habe dir gerade gesagt, was ich denke: Vergiss Sean. Denk an dich. Vergiss nicht, dass du ein Leben hast!«

Ich werde nichts zu Michael sagen. Ich werde die Werkstatt streichen, die Wohnung auch, und dann sollte es ein Leichtes sein, das Haus zu verkaufen.

Auszug aus Philippa Murrays Tagebuch

Dienstag, 14. 3. 2006

Das Haus lässt sich nicht verkaufen. Ich versuche es seit fast drei Monaten. Niemand will es. Immer wieder kommen Interessenten, aber in Wirklichkeit interessieren sie sich für etwas anderes. Manche fragen gleich zu Beginn: »Und das ist das Haus, aus dem dieser Mann verschwunden ist?« Die einen glauben, Sean sei hier gestorben, die anderen erzählen, er sei auf den Bahamas, wieder andere fragen, ob er in die Unterwelt – sie sagen wirklich Unterwelt – abgeglitten sei. Nicht mehr lange, und sie werden dieses Haus in eine der Geisterführungen für Touristen aufnehmen. Worüber reden die Leute? Wie kommen sie auf diese Ideen? Oder wissen sie mehr als ich? Immer, wenn jemand fragt, ob der verschwundene Mann in Wirklichkeit hier gestorben sei, denke ich: Sie wissen mehr als ich ...

Ist Sean tot? Habe ich ihn umgebracht? Auch, wenn er erst ein oder zwei Tage später gestorben ist, bin ich doch schuld daran. Ich habe ihn ins Fenster gestoßen, und er ist verblutet.

Manchmal kommen Leute vorbei, die wirklich Interesse an dem Haus haben, aber immer, wenn sie in die Werkstatt gehen, werden sie komisch. Ich glaube nicht an so etwas, aber wenn man es so sieht, könnte man meinen, eine Art schlechter Energie hält sie zurück.

Ich werde dieses Haus nie los. Und es macht mich ganz krank. Ich will es einfach nur loswerden ...

Matt sagt, ich darf nie mit Michael darüber reden. Ich rede auch nicht mit ihm darüber. Nur mit Matt.

Brief von Matthew Murray

Samstag, 22. 7. 2006

Pippa,

Du gehst nicht ans Telefon bzw. rufst nicht zurück, du checkst deine Mails nicht, ich hoffe, du liest wenigstens diesen Brief. Ich bin seit gestern in Edinburgh, weil ich mir Sorgen um dich mache. Michael hat mir alles erzählt. Er sagt, du kannst jederzeit zu ihm zurück, wenn du willst.

Ich kann nicht verstehen, warum du bei ihm ausgezogen bist? Er liebt dich, und du liebst ihn auch! Warum wohnst du ausgerechnet in deiner Werkstatt? Nicht mal in der Wohnung! Du musst da raus! Das Haus loswerden! Wie ich hörte, arbeitest du auch kaum noch, du hast dich total zurückgezogen.

Du musst bitte aufhören, deine Rechnungen an mich schicken zu lassen. Das kann so nicht weitergehen. Ich bezahle sie gerne, wenn du in Not bist, aber nicht unter diesen Umständen.

Bitte, Pippa, komm raus und rede mit mir. Wir finden für alles eine Lösung, versprochen.

Und lass es dir noch einmal versichern: Du hast Sean nicht auf dem Gewissen. Hast du eigentlich mal darüber nachgedacht, was du Michael und uns und vor allen Dingen dir selbst gerade antust? Willst du denn alles verlieren?

Rede mit mir. Ich kann mir noch zwei, drei Tage freinehmen und mich nur um dich kümmern. Ruf mich auf meinem Handy an. Oder melde dich bei Michael. Er hat seit vier Wochen nichts mehr von dir gehört. Wie wir alle!

Matt

16.

Cedric wartete hinter der Haustür. Er wusste nicht, was er sonst tun sollte. In der Bibliothek oder woanders zu sitzen und zu warten kam ihm sinnlos vor. Und da er wusste, dass gleich Besuch kam, konnte er sich auch nicht auf etwas anderes konzentrieren. Nicht auf ein Buch, nicht auf die Nachrichten. Er konnte nur warten, und wenn er schon warten musste, konnte er es auch gleich an der Tür tun.

Natürlich war er nicht in der Stimmung, Besuch zu empfangen. Er überlegte, in welcher Lebenslage er sich auf Besuch freuen würde, und es fiel ihm nichts ein. Er sah die Notwendigkeit dieses Treffens, und er reagierte entsprechend. Die Tabletten halfen ihm, nicht allzu nervös zu werden. Sein Herzschlag blieb normal, sein Blutdruck stieg nicht nennenswert, seine Gedanken überschlugen sich nicht. Obwohl fremde Menschen in wenigen Minuten in sein Haus kommen würden. Er dachte zwar mit einem gewissen Unbehagen daran, dass er hinterher die Gästetoilette desinfizieren und die Bibliothek reinigen müsste, aber es brachte ihn nicht zur Verzweiflung.

Er wünschte sich, er hätte schon vor zehn Jahren angefangen, diese Tabletten zu nehmen. Sein Leben wäre ein anderes gewesen. Freier, selbstbestimmter.

Heute hatte er zwei Stunden bei seinem Bruder verbracht. Williams Pflegemutter hatte ihn ihre Skepsis spüren lassen. Sie mochte ihn nicht. Cedric war es gewohnt, dass Leute ihn nicht mochten. Er hatte irgendwann zu ihr gesagt: »Was, denken Sie, wird das Beste für ihn sein?«

»Er braucht Liebe, wie jedes Kind. Geduldige Menschen, die ihm beibringen, sich in einer Gesellschaft zurechtzufinden, die ihn im Moment noch mehr behindert als fördert. Dass es einen Jungen wie ihn gibt, muss man als Vielfalt begreifen und nicht als Problem.« Die Frau hatte Cedric von oben bis unten gemustert und dann gesagt: »Sie haben ja immer alles im Leben gehabt. Keine Schwierigkeiten, nehme ich mal an. Immer auf die Füße gefallen.«

Er ging nicht darauf ein. »Er muss Zeichensprache lernen? Und von den Lippen ablesen?«

Sie nickte. »Er wird es ganz schnell lernen, wenn er die richtige Förderung bekommt. Wenn er später blind wird ...«

»Wie sicher ist das?«

»Zumindest wird er Sehprobleme bekommen. In dem Fall kann er das Taubblindenalphabet lernen. Eine Art zweihändiges Fingeralphabet. William ist intelligent, das merkt man gleich.« Sie sah ihn wieder scharf an. »Wollen Sie ihn bei sich aufwachsen lassen?«

»Nein.«

Sie wirkte erleichtert und betrachtete ihn mit neuem Interesse.

»Ich will, dass er alles bekommt, was er braucht, damit es ihm gut geht. Ich werde viel Geld erben, und dieses Geld soll ihm genauso zur Verfügung stehen.«

»Großzügig. Falls Sie das nicht nur so dahersagen. Was stellen Sie sich für ihn vor?«

»Was schlagen Sie vor?«

»Ich bin nicht in der Position, das zu entscheiden.«

»Wir reden nur über Ideen.«

Die Frau sah zu William, der mit zwei anderen Kindern still spielte. Die beiden fremden Kinder waren älter als er, sie verständigten sich in Gebärdensprache, und William sah ihnen interessiert zu, wann immer ihre Hände vor ihren Gesichtern wie aufgeregte kleine Vögel herumflogen. Wenn sie ihm etwas mitteilen wollten, tippten sie ihn an, bewegten die Hände langsamer, zeigten auf etwas. William war erst einen Tag hier, aber er schien ihrer Geheimsprache schon folgen zu können und unternahm erste zaghafte Versuche, sich zu verständigen. Hatte Lillian angefangen, ihm die Gebärdensprache beizubringen? Er versuchte, sich Lillian dabei vorzustellen, wie sie selbst die Gesten lernte, und war sich sicher, dass sie es nie auch nur vorgehabt hatte. Das Haus der Pflegefamilie war klein, es hatte zwei kleine Schlafzimmer im ersten Stock, im Erdgeschoss ein großes Wohnzimmer. Man konnte noch sehen, wo der Durchbruch gemacht worden war, um aus zwei kleinen Räumen einen großen entstehen zu lassen. Der perfekte Ort, um Cedrics Klaustrophobie auszulösen. Das und eine entsetzliche Angst, die Luft einzuatmen, weil es hier nicht besonders ordentlich war. Unordnung setzte er mit Schmutz gleich, selbst wenn kein Dreck, kein Staub zu sehen war. Er spürte, wie die Ängste sich in ihm regten, wie der Ekel in ihm aufstieg, aber nichts davon schaffte es bis an die Oberfläche. Cedric blieb ruhig stehen, atmete normal, brachte es fertig, über das, was er sagen wollte, nachzudenken.

»Sie glauben, er braucht ein Umfeld, wie Sie es bieten können«, sagte er, als die Frau nicht antwortete.

»Ich sage nicht, dass er bei uns bleiben soll. Wirklich nicht.« Sie verschränkte die Arme. »Aber er braucht Kinder, die ... so sind wie er.« Er sah, dass sie noch etwas auf dem Herzen hatte, und ließ sie reden. »Wissen Sie, manche Leute sind der Meinung, man müsse Kinder mit Behinderungen auf normale Schulen schicken, um sie zu integrieren. Aber dann fehlen die Lehrkräfte, die sich um sie kümmern. Und die anderen Kinder kommen mit dem Stoff viel besser klar. Oder grenzen die behinderten Kinder aus. Weil sie Berührungsängste haben. Oder weil es ihnen zu anstrengend ist, sich auf sie einzulassen. Ich glaube, er entwickelt sich am besten, wenn er viele kennenlernt, die so sind wie er. Und man ihn gleichzeitig nicht vor dem Rest der Welt versteckt. Er braucht *beides*. Verstehen Sie, was ich meine?«

Cedric nickte, dachte: Wäre ich körperlich behindert gewesen, hätte ich es einfacher haben können. Dachte dann: Vielleicht sollte ich aufhören, mir leidzutun. Sagte zu ihr: »Es soll ihm gut gehen. Er wird nicht bei mir wohnen können, aber ich werde für alles sorgen.«

Nicht, dass die Frau das Ausmaß dessen, was er gerade gesagt hatte, hätte begreifen können. Wie auch.

Er wunderte sich immer noch darüber, wie klar seine Entscheidung für William gewesen war, wie logisch sie ihm vorgekommen war. Als wäre er aufgewacht und hätte genau gewusst, was richtig war.

Cedric öffnete die Tür fast zeitgleich mit dem Klopfen. Die Frau, die er am Morgen in der Klavierwerkstatt gesehen hatte, trug einen Jogginganzug, darüber eine Daunenjacke. Sie war nicht geschminkt und sah müde und erschöpft aus. Gleichzeitig aber strahlte sie Entschlossenheit aus. Der Mann sah ausgeruht aus, wirkte aber fahrig. Er trug einen Tweedanzug, darüber einen ältlichen Wollmantel, fingerlose Handschuhe und einen blaugrau gemusterten Schal, der weder zu seinem Anzug noch zu dem Mantel passte. Dana Murray und Michael McLean.

Er ging mit ihnen wie geplant in die Bibliothek, wo er Tee und Mineralwasser bereitgestellt hatte. Kein Gebäck, nicht am Abend. Alkohol hatte er keinen im Haus, er trank nicht, und er verzichtete, darauf hinzuweisen. Anders als geplant setzte sich Dana Murray nicht in einen der bereitgestellten Sessel, sondern lief die Regale ab, strich mit ihren Fingern über die Buchrücken, inspizierte die antiken Bibliothekslampen mit den grün emaillierten Schirmen, den Messingfüßen, den Tintenfässern aus Glas.

»Zwanziger Jahre?«, fragte sie.

Er nickte. »Sie können sich gerne setzen.« Er deutete auf den Sessel, aber sie schüttelte den Kopf.

»Ich muss in Bewegung bleiben. Ich darf mich doch umsehen? Wir können uns trotzdem unterhalten.« Sie zog ein Buch heraus und fing an, darin zu blättern.

»Natürlich«, sagte er, und sie hob den Blick, um ihn anzusehen. Es war ein langer, forschender Blick.

»Verstehe«, sagte sie, stellte das Buch zurück und setzte sich. Ihr Blick schien sich in ihn zu bohren. Er versuchte, es zu ignorieren und sah zu Michael McLean.

»Haben Sie Neuigkeiten von Philippa?«, fragte er.

McLean schüttelte den Kopf. »Nichts.« Kurzer Blick zu Dana. »Wir lassen nichts unversucht. Wir telefonieren jeden Tag mit den Behörden ... den Krankenhäusern ... Freunden ... Sie haben sicher mitbekommen, dass Fotos von Pippa durch die Medien gehen, aber niemand ...« Er verstummte.

»Vielleicht hat sie das Land verlassen«, sagte Dana, wenig überzeugt.

»Sie hat der Polizei gesagt, sie weiß, wer meine Stiefmutter getötet hat.«

»Absurd. Sie behauptet, ihr Exfreund wäre es gewesen. Der seit Jahren verschwunden ist. Sein Vater hatte vor, ihn für tot erklären zu lassen, und offenbar wollte sie das verhindern. Auf die Idee muss man erst mal kommen. Den Ex als Mörder hinstellen, damit er nicht für tot erklärt wird.«

Michael sagte schnell: »Sean Butler heißt ihr Exfreund. Sein Vater, Pete, war letzte Woche bei uns und hat ein paar Sachen von Sean vorbeigebracht, altes Zeug. Er wollte wissen, ob Pippa etwas davon behalten will. Als Andenken. Dann fing sie an, in uralten Notizbüchern herumzublättern und ... ach, egal.« Er winkte ab. »Sie hat diesen Sean nie vergessen können. Nie. Keinen einzigen Tag. Er war immer da. Egal, was wir ...«

»Michael«, unterbrach Dana. »Wir wollen Cedric nicht langweilen.« Sie wandte sich ihm zu. »Hat Ihnen die Polizei nicht gesagt, dass sie Pippas Aussage für eine Sackgasse halten?«

»Und trotzdem suchen sie nach ihr.«

»Natürlich, sie schließen nicht einmal aus, dass Pippa selbst etwas mit dem Mord ... Entschuldigung. Mit Ihrer Stiefmutter ...« Sie zog die Augenbrauen zusammen.

»Etwas mit dem Mord an meiner Stiefmutter zu tun hat? Wollten Sie das sagen?«

Dana nickte. »Dabei ist doch klar, dass Pippa und Lillian nichts miteinander zu tun hatten.« Sie sah ihn scharf an. »Oder etwa nicht?«

»Kannten Sie Lillian?«, fragte Cedric.

»Nein, aber Ihren Vater.«

Er bemerkte Michaels Erstaunen, ging aber nicht darauf ein. »Woher?«

Dana schüttelte ganz leicht, kaum merklich den Kopf. Cedric verstand und nickte: eine frühere Affäre, ein One-Night-Stand. Vielleicht sogar zu der Zeit, als seine Mutter noch gelebt hatte. Dana wäre damals Anfang zwanzig gewesen.

»Kann es sein, dass ich gerade irgendetwas verpasse?«, fragte Michael McLean höflich.

Keiner der beiden antwortete. Cedric sagte stattdessen zu

Dana: »Ich habe einen Anruf von Lillian bekommen, an dem Abend, als sie starb. Sie sagte nur ein Wort: Sean.«

Ihre Augen weiteten sich. »Sicher?«

»Ja.«

»Glauben Sie, er war da?«

»Ich weiß es nicht. Ich weiß nichts über irgendeinen Sean. Deshalb wollte ich mit Ihnen reden.«

»Und ich wollte mit Ihnen reden, weil ich das Gefühl hatte, Sie könnten mir helfen, meine Schwester zu finden«, sagte Dana, und Michael machte mittlerweile ein Gesicht, als versuchte er, sich auf ein kompliziertes Stück Zwölftonmusik zu konzentrieren.

»Wie sollte ich Ihnen da helfen können?«

Dana lächelte. »Sie suchen Sean. Ich suche Pippa. Pippa sucht Sean. Ich denke, wir haben denselben Weg. Wir sollten uns zusammentun.«

»Und wo fangen wir an? Bisher ergibt alles wenig Sinn. Lillian ruft mich kurz vor ihrem Tod an und nennt den Namen Sean. Woher sollte sie ihn kennen? Selbst, wenn er noch lebt, bei ihr eingebrochen ist, woher sollte sie seinen Namen kennen? Und wie hätte Ihre Schwester davon erfahren sollen?«

»Das Notizbuch«, sagte Michael. »Sie hat darin etwas gelesen, dann ist sie aus dem Haus gestürmt. Oh, mein Gott, ich bin ein Idiot.« Er fuhr sich mit beiden Händen durchs Haar. »Ich bin ein solcher Idiot. Wie hieß Ihre Stiefmutter mit Mädchennamen?«

»Kjellberg.«

»Lillian Kjellberg. In Seans Notizbuch war dieser Name fast bis zur Unkenntlichkeit durchgestrichen, und daneben stand: Stirb, Schlampe.«

»Von wann war der Eintrag?«, fragte Cedric. Sein Herz schlug schneller.

»Ich weiß es nicht. Alt. Keine Ahnung ... sie hat es mitgenommen. Wir könnten Pete fragen?« Michael zuckte mit den Schultern.

»Sean und Lillian haben sich also gekannt. Vielleicht waren sie ein Paar. Ich werde Mrs Kjellberg fragen, ob sie ihn kennt.« Ihm fiel etwas ein: Sean war im Gefängnis gewesen. Linda Kjellberg hatte von einem Freund ihrer Tochter gesprochen, der wegen Körperverletzung in Haft gewesen war.

»Vielleicht war die Sache nicht ganz vorbei, und Pippa war eifersüchtig?«, sagte Dana. »Sie konnte sehr eifersüchtig sein. Falsch: Sie neigte dazu, rasend vor Eifersucht zu sein.«

»Ehrlich?« Michael schüttelte den Kopf. »Reden wir von derselben Frau?«

»Wenn es um Sean ging«, sagte Dana, und Michael fiel in sich zusammen.

»Warum würde Sean sie umbringen wollen? Nach so vielen Jahren? Dieser Eintrag muss ja älter als sieben Jahre sein. Und mein Vater hat sie ungefähr vor sieben Jahren geheiratet ...« Cedric unterbrach sich, dachte, was wahrscheinlich alle dachten: Sean Butler, eifersüchtig auf Lillian und ihren neuen Mann. Und dann verschwindet Sean ... »Oh, nein«, sagte er, mehr zu sich. »Bitte nicht.«

»Lillian bringt Sean um, und Pippa kriegt es Jahre später raus und bringt Lillian um?«, sagte Dana. Sie sprach sehr leise. Die Worte trugen trotzdem durch den ganzen Raum.

»Nein«, sagte Michael. »Nein. Nicht Pippa. Nicht ... Oh nein.« Er schloss die Augen. »Sie sagte, sie kennt diese Frau. Sie hätte sogar mal mit ihr Tee getrunken. Ich habe das nicht verstanden ...«

»Ich fürchte«, sagte Dana, »wir wissen jetzt, was mit Sean geschehen ist. Und wer Ihre Stiefmutter getötet hat.«

»Und dass Sie zu mir am Telefon Sean sagte, war so etwas

wie eine Erklärung dafür, dass sie gleich sterben würde?«
Cedric fuhr sich erschöpft mit der Hand über die Augen.
»Vielleicht haben Sie recht. Vielleicht ist alles so einfach...«

»Einfach?«, rief Michael McLean. »Meine Lebensgefährtin ist eine Mörderin, und Sie reden von einfach?«

»Michael, lass uns gehen und morgen weiterreden«, sagte Dana und legte ihm eine Hand auf den Arm. »Cedric, ich denke, wir sollten gleich morgen früh mit der Polizei reden. Ich werde Pete bitten, dazuzukommen, er kann sicher noch einige Fragen beantworten. Wir lassen Sie in Ruhe schlafen. Entschuldigen Sie die späte Störung, und vielen Dank, dass Sie uns empfangen haben.« Sie zog Michael am Arm aus dem Sessel und führte ihn zur Tür. »Wir finden selbst hinaus, vielen Dank«, sagte sie.

Cedric dachte: Oberschicht, in jeder Situation. Irgendwann kommen die Manieren einfach durch.

Er hörte die Haustür, kurz darauf, wie ein Wagen startete und losfuhr. Dann schaltete er das Licht aus, setzte sich in den Sessel, in dem er zuvor schon gesessen hatte, in dem er immer saß und sonst niemand, sah aus dem Fenster, durch das der abnehmende Mond schien. Cedric mochte den Mond so viel lieber als die Sonne, als Kind schon. Vor der Sonne hatte er sich immer in Acht nehmen müssen, damit sie seine empfindliche Haut nicht verbrannte. Ein Schattenkind war er gewesen, sein Leben lang, in jeder Hinsicht...

Lillian und dieser Sean, ein Ex-Häftling. Sie haben eine Beziehung. Bis Lillian seinen Vater kennenlernt. Sie verlässt Sean. Sean ist sauer und streicht ihren Namen in seinem Notizbuch durch. Einige Zeit später verschwindet er spurlos ... Cedrics Vater, Experte im Verschwindenlassen von Menschen ... Dr. Jekyll am Tag, Kopf eines Medienimperiums, Liebling der Boulevardpresse, Mr Hyde in der Nacht, organisierte Kriminalität, ein Mann, der über Leichen geht und dabei noch lächelt ... Hatte Lillians Mutter nicht gesagt, ihr letzter Freund hätte ihr das Herz gebrochen? War das ein anderer gewesen? Er musste noch einmal mit dieser Frau reden. Trotzdem war ihm klar, dass sein Vater dafür gesorgt hatte, dass Sean verschwand. Ein Teil in ihm hoffte, er hätte dem Mann Geld gegeben, damit er untertauchte. Ein anderer Teil wusste, dass sein Vater ihn eher umgebracht hätte. Aber wozu? Welche Rolle hatte Sean? Nur, weil jemand eifersüchtig war, ließ man ihn nicht verschwinden ... Sean musste ihm im Weg gewesen sein ...

Hatte Sean Lillian und seinen Vater erpresst? Vielleicht mit Lillians Vergangenheit, die nicht in die besseren Schichten passte? Wäre das ein Grund, einen Menschen zu töten?

Sein Vater hatte schon wegen weniger getötet.

Philippa Murray musste es herausgefunden und sich an Lillian gerächt haben.

Auch an seinem Vater? War es möglich? Handelte es sich um eine Eifersuchtsgeschichte, und er, Cedric, befand sich nicht in Gefahr? War sein Vater letztlich über eine Frau gestolpert, nachdem er jahrelang kriminelle Geschäfte gemacht hatte?

Nein, irgendetwas störte Cedric, irgendetwas passte nicht.

Er schreckte auf. Offenbar war er über diesen Gedanken eingenickt. Als er auf die Uhr sah, war es halb elf. Er wollte aufstehen, um ins Bett zu gehen, als er ein Geräusch hörte. Dasselbe, von dem er wach geworden war: zersplitterndes Glas.

Auszug aus Philippa Murrays Tagebuch

Sonntag, 13. 5. 2007

Sean lebt.

Ich hatte schon ganz vergessen, dass es diese Homepage gibt …
In den letzten Monaten haben kaum noch Verrückte angerufen,
und Mails habe ich auch keine mehr bekommen. Bis dann heute
Mittag jemand schrieb:

> Liebe Ms Murray,
> Ich lebe in St Andrews, wo Sean aufgewachsen ist. Ich kenne ihn
> seit seiner Geburt. Ich bin ein entfernter Cousin seiner ver-
> storbenen Mutter. Ich beobachte Ihre Internetseite schon sehr
> lange. Gestern habe ich Sean gesehen, in St Andrews. Ich habe
> seinen Vater angerufen. Er sagt, es kann nicht sein. Ich weiß
> aber, dass ich ihn gesehen habe. Ich kenne ihn, seit er ein Baby
> war, und ich habe das Bild hier auf dieser Seite im Computer
> gesehen, ich schaue es mir immer mal wieder an, wenn ich daran
> denke. Deshalb bin ich mir ganz sicher.
> Mit freundlichen Grüßen,
> Ihr John Baddeley

Darunter eine Telefonnummer. Ich rief ihn sofort an, er sprach
genauso, wie er schrieb, einfach Sätze. Er sprach sehr laut, wie ein
Schwerhöriger. Gleich geht mein Zug, ich muss mich beeilen.

Auszug aus Philippa Murrays Tagebuch

Montag, 14.5.2007

Dieser Mann, John Baddeley, hat ein vietnamesisches Restaurant in St Andrews. Er selbst ist schon in Rente, sein Sohn führt es. Sein Sohn heißt Ethan, er ist etwas älter als ich, Mitte dreißig vielleicht, und man sieht, dass seine Mutter Vietnamesin war. »Eine schöne Frau«, sagte John, »zum Glück kommt Ethan ganz nach ihr.« Ganz natürlich nicht, aber ich denke, er hat von beiden Seiten das Beste mitbekommen. Seine Frau ist eine umwerfend hübsche Amerikanerin mit japanischen Eltern. Sie wollte nur für ein Jahr nach St Andrews zum Studieren kommen, verliebte sich in Ethan und blieb. Sie alle gaben mir vom ersten Moment an das Gefühl, bei Freunden zu sein. Wenn ich dachte, John Baddeley sei ein tütteliger Alter, dann lag ich damit ganz falsch. Er ist ein einfacher Mann, was seinen schlichten Schreibstil erklärt, und er ist sehr intelligent. Sein Sohn hat in Oxford studiert und in Philosophie promoviert, fühlt sich zu Hause aber am wohlsten, wie er sagt. »Ich gehöre in die Küche. Lesen kann ich dann immer noch genug.« Und auch seine Frau, Terry, fühlt sich rundum wohl. Sie haben drei Kinder zusammen, und Terry unterrichtet Geschichte an der Uni. Wenn sie unterwegs ist, passt einer der Männer auf die Kinder auf. Ich weiß nicht, ob ich jemals eine so glückliche Familie gesehen habe. Mein Herz ist noch ganz voll von ihnen.

John sagte mir, er hätte Sean immer mal wieder in größeren Abständen in St Andrews gesehen.

»Zuletzt gestern. Er hat sich mit einer Frau getroffen. Groß, blond, jung. Hab ihn schon mal mit ihr gesehen. Da sahen sie nicht wie ein Liebespaar aus. Gestern . . . gestern schon.«

Er sah mich bedauernd an.

»Schon gut, Mr Baddeley. Ich bin drüber weg.«

»John, nicht Mr Baddeley. Keiner nennt mich so. Höchstens die vom Finanzamt. Warum suchen Sie ihn, wenn Sie drüber weg sind?«

Ich hob die Schultern. »Ich glaube, ich will einfach nur wissen, was damals los war. Ich habe alle Theorien durch, die es gibt. Und ich merke, ich kann damit nicht abschließen, wenn ich es nicht endlich weiß. Zwischendurch war ich sogar der festen Überzeugung, ihn umgebracht zu haben . . .« Ich unterbrach mich. So offen hatte ich nicht sein wollen.

John nickte, stand auf und verschwand in der Küche. Terry war nach Hause gefahren zu ihren Kindern, und Ethan stand hinter der Theke und diskutierte mit einem Angestellten. Ein Student, vermutete ich. Groß und muskulös und schwarz. Dem Akzent nach aus London, und da er jobbte, ging ich davon aus, dass er ein Stipendium hatte und sich etwas dazuverdienen musste. John kam zurück mit einer warmen Suppe und stellte sie vor mich.

»Heiß und scharf«, sagte er. »Macht einen klaren Kopf.«

Ich löffelte gehorsam und probierte vorsichtig. Sie schmeckte hervorragend.

»Meine Frau ist damals auch verschwunden«, sagte er.

»Das tut mir leid.«

»Es ist fünfzehn Jahre her, sechzehn. Ende September. Sie kam irgendwann nicht mehr nach Hause. Wir hatten uns gestritten. Es ging um einen anderen Mann. Ich wusste, dass sie jemanden kennengelernt hatte. St. Andrews ist sehr klein. Jemand von der Royal Air Force, war mal hier zum Essen, ließ nicht mehr locker, bis er sie rumgekriegt hatte. Spielte sich alles sozusagen unter meinen Augen ab. Konnte nichts dagegen tun. Schreckliches Gefühl. Sie verschwand also. Ich dachte: Sie ist mit ihm durchgebrannt. Dann kam er eine Woche drauf und fragte nach ihr. Hatte wirklich den Nerv, mich nach ihr zu fragen! Aber dann wusste ich, dass sie nicht bei ihm ist. Ich ging zur Polizei, wir suchten sie. Drei Wochen lang. Fanden sie schließlich auf einem Campingplatz ganz in der Nähe. Die Straße hoch Richtung Boarhills.«

»Ging es ihr gut?«

»Jemand hatte sie ermordet.«

Ich verschluckte mich an der Suppe.

»Essen Sie weiter. Gibt Ihnen einen klaren Kopf. Die Polizei sagte, einer von den Campern hat sie wohl entführt und dann umgebracht, und dann hat wochenlang niemand nach dem Platz geschaut, weil die Saison vorbei war. Der Mörder hat sie vergraben, aber nicht besonders tief. Die Polizei brauchte nicht lange, um ihn zu fassen. Und seinen Freund. Und noch einen dritten. Sie waren zu dritt gewesen. Hatten sie zu dritt vergewaltigt und zu dritt umgebracht und zu dritt vergraben. Erst dachte ich: Warum hat man sie gefunden? Ich will das gar nicht wissen. Es hat eine Weile gedauert, dann war mir klar: Es nicht zu wissen wäre tausendmal schlimmer gewesen. Aber ich verstehe vielleicht ein bisschen mehr als andere Leute, dass Sie wissen müssen, was los war.«

Ich hatte Tränen in den Augen. »John, ich weiß nicht, was ich sagen soll«, war das Einzige, was ich zu sagen fähig war. Die hilfloseste aller Floskeln.

Er schüttelte den Kopf. »Schon in Ordnung, junge Frau. Es ist lange her, und ich konnte mich danach sogar wieder neu verlieben. Wieder nichts für die Ewigkeit, aber es ging weiter. Geht es bei Ihnen weiter?«

Ich erzählte von Michael, und dass wir uns getrennt hatten. Ich erzählte ihm von der ganzen furchtbaren Zeit, was ich Michael alles zugemutet hatte, und dass er trotzdem der wunderbarste, verständnisvollste Mensch auf diesem Erdboden geblieben war.

»Ich glaube, der letzte klare Verstandesrest, den ich hatte, wollte ihm das nicht mehr zumuten. Ich hatte mich so hineingesteigert in die Vorstellung, Sean sei tot und ich schuld daran ... Um es kurz zu machen: drei Monate freiwilliger Aufenthalt in der psychiatrischen Anstalt. Ganz freiwillig war der Aufenthalt natürlich nicht, mein Bruder zwang mich dazu, damit ich endlich zur Vernunft kam. Seitdem nehme ich etwas gegen die Depressionen und verpasse so gut wie nie meine Therapiesitzungen. Hört sich gut an, oder? Wahrscheinlich denken Sie jetzt: Hilfe, diese Gestörte, wenn ich das gewusst hätte ...« Unsicheres Lachen.

Er brauchte eine Weile für die Antwort. »Ich verstehe das. Ich wache heute noch manchmal auf und denke: Wenn ich ihr keine Vorwürfe gemacht hätte, wäre sie nicht weggelaufen. Ich verstehe das.«

Ich hatte Ethan nicht kommen hören. Er stellte jedem von uns ein Glas Whisky hin. Ich zuckte zusammen, und er legte eine beruhigende Hand auf meine Schulter, ganz kurz nur, bevor er sich wieder zurückzog.

»Großartiger Junge«, sagte John, und ich nickte.

»Wo haben Sie Sean eigentlich genau gesehen?«

»Unten bei den Golfplätzen. Stieg mit der Frau gerade ins Auto. Großer schwarzer Range Rover. Einer von diesen Angebertraktoren, wie sie die Reichen fahren.«

»Oh.«

»Ich hatte denselben Weg, jedenfalls für eine Weile. Sie haben die Largo Road aus der Stadt raus genommen. Aber ich weiß natürlich nicht, wohin sie gefahren sind.« Er hob bedauernd die Schultern.

Ethan setzte sich zu uns. Er hatte sich auch einen Whisky eingeschenkt. Hob das Glas und sah uns an. »Auf das, was wir lieben«, sagte er, und wir tranken mit.

»Wo soll ich jetzt nach ihm suchen?«, fragte ich.

»Ich kenne jemanden, der im Golfclubhaus arbeitet«, sagte Ethan. »Er kann sich umhören.«

»Das würden Sie tun?«, fragte ich. Dankbar.

»Natürlich. Ich bin schließlich sein Sohn.« Er deutete auf John und lächelte. Traurig. »Als meine Mutter weglief, war ich einundzwanzig. Ich hatte Semesterferien und half natürlich bei der Suche nach ihr. Wir wissen alle noch ziemlich genau, wie das ist, auch wenn es schon lange her ist. Und wir wissen auch noch, wie man seine Netzwerke nutzt, wenn man an Informationen gelangen will.«

Ich fahre gleich mit dem Neun-Uhr-Zug hin. Ethan hat vorhin angerufen und gesagt, es wäre gut, wenn ich noch ein paar von den Flyern mitbringen könnte. Gestern hatte ich sie vergessen.

17.

Im Haus der Chandler-Lyttons brannte nur ein einziges Licht, von dem Ben vermutete, dass es Einbrecher verunsichern sollte. Er zweifelte, dass sich irgendjemand davon täuschen ließ. Und klingelte trotzdem, in der Hoffnung, jemand sei zu Hause.

Niemand öffnete.

Er klingelte ein zweites Mal, wartete wieder. Im Haus rührte sich nichts. Als er um das Haus herumging, war das Knirschen des Schnees unter seinen Stiefeln das lauteste Geräusch in der ganzen Gegend. Ben entdeckte keine weiteren Lichter, keine Bewegungen in der Dunkelheit, nichts. Frustriert verließ er das Grundstück und ging denselben Weg wie einige Stunden zuvor. In der Dunkelheit wirkte die Gegend nicht mehr friedlich, eher feindselig. Die Stille hatte etwas Lauerndes. Was Blödsinn war. Er ging an der Bauhaus-Villa vorbei, die nun hell erleuchtet war. Vor der Doppelgarage standen weitere Autos, als hätten die Bewohner Besuch, der auf ihrem Grundstück parkte. Halb hoffte er, der Frau mit dem Weimaraner zu begegnen oder sie wenigstens hinter einem der Fenster zu sehen.

Er ging weiter durch den knirschenden Schnee, der von Straßenlaternen beleuchtet wurde. Es war ein anderes Licht als in Großbritannien, grell und weiß, er wusste nicht, ob es ihm gefiel.

Während er ziellos herumging, schrieb er seinem Kontaktmann eine SMS, um zu fragen, ob er später für eine Weile auf dessen Couch schlafen konnte. Er schickte die Nachricht dann aber doch nicht ab, weil er ihm nicht zur Last fallen wollte. Am Flughafen kann ich irgendwo für ein, zwei Stunden schlafen, dachte er, ich bin nicht der Einzige, der ohne Hotelzimmer hier gestrandet ist und auf den ersten Flug am nächsten Tag warten muss.

Er hoffte, dass Chandler-Lytton bald nach Hause kam. Die Kälte setzte ihm zu, obwohl er in Bewegung blieb, und er wollte Antworten. Er ärgerte sich, dass er sich so aus dem Konzept hatte bringen lassen. Einfach zu vergessen ihn zu fragen, wie es kam, dass er in unmittelbarer Nachbarschaft von Cedrics ermordetem Vater lebte. Aber Chandler-Lytton wusste, welche Knöpfe er bei seinen Gesprächspartnern drücken musste, um sie aus der Bahn zu werfen. Fiona war Bens wunder Punkt.

Während er durch die stillen Straßen mit den großen, teuren Häusern strich, versuchte er selbst eine Antwort darauf zu finden, warum das Ehepaar ausgerechnet in unmittelbarer Nähe von Cedrics Vater wohnte. Gut, sie waren nach dessen Ermordung dorthin gezogen, aber konnte es wirklich ein Zufall sein? Ein gemeinsamer Bekannter, der ihnen wie auch Darney hier etwas vermittelt hatte? Derselbe Makler? Andererseits war es wirklich nicht so ungewöhnlich. Der Kanton war sehr beliebt als Steueroase, und besonders groß war er auch nicht. Vielleicht sah Ben ein Muster, wo keins war. Er beschloss, es wieder bei den Chandler-Lyttons zu versuchen, da mittlerweile fast eine Dreiviertelstunde vergangen war.

Immer noch niemand zu Hause. Oder schliefen sie? Es war elf, warum nicht. Er klingelte noch einmal, diesmal länger, aufdringlicher. Wenn jetzt niemand kam, würde er es lassen. Zur Bushaltestelle gehen und runter zur Stadtmitte fahren, eine Gaststätte suchen, in der er sich aufwärmen und etwas essen und trinken konnte – falls noch etwas offen war – und vielleicht doch bei seinem Kontakt übernachten, um morgen in aller Frühe noch einen Versuch zu starten.

Wieder klingelte er, nur zur Sicherheit. Er überlegte, was er seinem Kontakt sagen würde. Ob er ihm erzählen würde, dass er seinen Auftrag mehr oder weniger vermasselt hatte. Oder ob er lieber schweigen sollte. Andererseits könnte der Schweizer vielleicht noch etwas für ihn herausfinden ... Wer in der Darney-Villa lebte, oder wichtiger noch: wem sie vor Darney gehört hatte. Wer sie vermittelt hatte. Vielleicht war alles eine Sackgasse. Aber gab es wirklich solche Zufälle? Das Ehepaar, das Lillian zu ihrem Erbe verholfen hatte, wohnte nur wenige Straßen von der Stelle entfernt, wo Lillians Ehemann ermordet worden war.

Es musste irgendeine Verbindung geben.

Die Chandler-Lyttons hatten Lillian nahegestanden, dem Lord auch? Cedric hatte seinerzeit vermutet, dass Chandler-Lyttons Firma in illegale Aktivitäten verstrickt sei – Wunschbabys für die Reichen, was allerdings nie bewiesen werden konnte, nur Vermutung blieb. Welches Interesse hätte Darney daran haben können, mit Chandler-Lytton gemeinsame Sache zu machen? Darney hatte mit Drogen, Waffen, Menschenhandel zu tun gehabt. Brachte Stammzellenforschung so viel Geld? Warum aber dann in ein Land gehen, in der die Stammzellenforschung nur eingeschränkt erlaubt war, anders als in Großbritannien? War es wirklich das, woran Chandler-Lytton saß, oder steckte er hinter ganz anderen Dingen? Seine Frau war Gynäkologin. Aber er hatte zuletzt einen Konzern geleitet, der in erster Linie Impfstoffe herstellte ... Jetzt trat er als Berater auf, seine Kundenliste war geheim.

Und damit der Schlüssel. Es ging hier um mehr als nur Designerbabys. Damit konnte sich eine Gynäkologin eine goldene

Nase verdienen, aber warum sollte jemand, der es gewohnt war, im großen Stil zu agieren, auf ein so kleines Geschäftsfeld zurückgreifen? Chandler-Lytton liebte es groß. Wie viele Patientinnen konnte seine Frau schon haben, die bereit waren, Unsummen für die richtige Augenfarbe ihrer Kinder zu zahlen? Nein, es ging um sehr viel mehr.

Der eine hatte mit Waffen gehandelt. Mit Drogen. Mit Menschen. Der andere hatte Medikamente hergestellt. Drogen? Ben versuchte, sich Chandler-Lytton im Keller seines Schweizer Einfamilienhauses vorzustellen, wie er Crystal Meth herstellte, und musste lachen. Nein, wenn, dann würde er die Produktion koordinieren. Es war eine Möglichkeit. Es gab noch andere. Chandler-Lyttons Forschung … Waffen … Chemische Waffen? Biologische Waffen?

Und dafür saß er in einem winzigen Büro ohne Aussicht? Warum zog das Ehepaar nach Darneys Tod hierher, falls sie zusammengearbeitet hatten? Warum hatten sie nicht zeitgleich hier gelebt? Um nicht aufzufallen? Oder – war Chandler-Lytton gekommen, um etwas fortzusetzen, an dem Darney gearbeitet hatte? Kontrollierte er nun an Darneys Stelle irgendeine Organisation? Von Drogendealern oder Menschenhändlern oder Waffenschmugglern?

Ben hatte Chandler-Lytton die ganze Zeit im Auge behalten, aber nur, weil er wissen wollte, wo er sich aufhielt. Um seine Geschäfte hatte er sich nicht gekümmert. Jetzt war es an der Zeit, ihn richtig zu durchleuchten. Wie gut, dass der Flug gecancelt worden war.

Ben war auf dem Weg zur Bushaltestelle, als er Schritte hinter sich hörte.

»Sie sind ja immer noch hier«, sagte die Frau mit dem Weimaraner. Diesmal hatte sie den Hund nicht dabei, und sie lächelte auch nicht.

»Wo ist Ihr bester Freund?«, fragte Ben. »So spät ohne ihn unterwegs?«

»Er passt immer gut auf mich auf«, sagte sie und pfiff leise, und da sah er, wie der Hund aus dem dunklen Schatten eines Gebüschs auf ihn zugestürzt kam. Er konnte sich noch umdrehen, um wegzurennen, aber der Hund war schneller, sprang an seinem Rücken hoch und warf ihn zu Boden. Als Ben den Kopf hob, sah er die Stiefel der Frau vor sich. Er spürte den Atem des Hundes in seinem Nacken, hörte sein dumpfes Knurren. Die Frau kniete sich zu ihm herunter, eine Waffe in der Hand, und sagte in ihrem reizenden Schweizer Singsang: »Sehen Sie, auf ihn kann ich mich jederzeit verlassen.« Dann schlug sie die Waffe hart gegen Bens Schläfe, und er verlor das Bewusstsein.

Auszug aus Philippa Murrays Tagebuch

Dienstag, 15.5.2007

Der Freund von Ethan war sich nicht sicher, ob er Sean schon einmal gesehen hat. Aber er weiß, welche blonde Frau John gesehen hat, und er sagte, sie sei »nicht immer nur mit ihrem Ehemann« anzutreffen. Sie heißt Lillian Darney, und die Männer sahen mich an, als müsste mir das irgendetwas sagen.

Ich zuckte nur mit den Schultern.

»Die Frau von Darney«, sagte Ethan und rollte mit den Augen.

Wir saßen in einem Pub, das The Oak Rooms heißt und zu dem Hotel gehört, in dem ich heute übernachte, aber dazu gleich mehr.

»Ich kenne keinen Darney«, sagte ich.

»Der Medien-Darney«, versuchte Ethan es noch einmal, und als er merkte, dass ich nicht den Hauch einer Ahnung hatte, erklärte er: »Ihm gehören ein paar private Fernsehsender und Radiostationen in London. Und der Scottish Independent.«

Ehrlich gesagt hatte ich mir noch nie Gedanken darüber gemacht, welche Zeitung wem gehörte. Ich las so gut wie nie den Scottish Independent, eher den Guardian. Ich fühlte mich unglaublich dumm und wurde wohl auch rot.

»Haben die nicht so ein Häuschen irgendwo in Fife?«, fragte John. »Kam letztens im Fernsehen was drüber. Der Adel zwischen Stadtwohnung und Landhaus.«

»Das Häuschen ist ein halbes Schloss«, sagte der Mann vom Clubhaus. »Richtung Largo irgendwo.«

»Ah«, sagten Ethan und John gleichzeitig, als wüssten sie jetzt, wo die Darneys wohnten.

»Was soll denn Sean mit der Frau von diesem Darney zu tun haben?«, fragte ich. Überfordert und hilflos.

John, Ethan und der Mann vom Golfclubhaus sahen mich wieder so an, als müsste ich von selbst darauf kommen. Diesmal funktionierte es.

»Ach so. Ja. Natürlich. Ich meinte eher: Woher soll Sean diese Frau kennen?«

»Ich hab ihn schon vor Jahren mit ihr gesehen, da bin ich ganz sicher«, sagte John. »Ich bin ihm hier in St Andrews begegnet, und sie war dabei. Sie haben sich gestritten wie die Kesselflicker. Ich habe Sean erkannt und ihn angesprochen. Hat mich auch gleich erkannt. War ihm alles ganz unangenehm. Sagte: Onkel John, schön dich zu sehen, ich habe nur gerade gar keine Zeit. Vielleicht melde ich mich bald mal. Das war's auch schon.«

»Onkel John?«

»Ich bin ein entfernter Cousin seiner Mutter. Nannte mich Onkel John, als er ein kleiner Junge war. Dann zogen sein Vater und er weg. Am Anfang schickte mir sein Vater manchmal noch Fotos von den beiden. Ich war der einzige lebende Verwandte mütterlicherseits. Aber Pete hat sich mindestens fünfzehn Jahre nicht mehr gemeldet. Sechzehn. Nach dem Tod meiner Frau habe ich nie wieder von ihm gehört. Habe gestaunt, dass Sean mich so ohne Weiteres erkannt hat. Und ich ihn. Stand vor ihm und wusste, wer er war.«

»Hat er sich danach gemeldet?«

»Nein.«

»Und wann – wissen Sie noch, wann genau das war?«, fragte ich aufgeregt und hoffte.

John sah seinen Sohn nachdenklich an, und auch Ethan legte die Stirn in Falten. Offenbar hatte sein Vater ihm damals von der

Begegnung erzählt, und nun zerbrachen sich beide den Kopf, wann es gewesen war.

»Da waren die Zwillinge noch nicht da«, sagte John.

»Aber Terry war schwanger. Ich weiß genau, dass sie mit den Zwillingen schwanger war«, sagte Ethan.

»Also 2003 oder 2004 . . .«

»Sean ist 2003 verschwunden.« Ich, aufgeregt.

»Es muss 2003 gewesen sein. Es war in der Zeit, in der Terry furchtbar gekotzt hat. Also noch relativ am Anfang der Schwangerschaft.«

»Richtig. Ich kam rein und erzählte euch von Sean. Terry wollte wissen, wie wir genau verwandt sind. Bevor ich was sagen konnte, rannte sie aufs Klo und kotzte.«

»Das muss so im November gewesen sein«, sagte Ethan.

»Anfang Dezember?«, fragte ich.

Die Männer dachten nach. Diskutierten weiter Details, an die sie sich zu erinnern glaubten. Schlossen bestimmte Tage und Wochen aus, kreisten das Datum der Begegnung immer weiter ein, bis Ethan sagte: »Dann Ende November, ja.«

»Oder Anfang Dezember?«

»Ausgeschlossen. Aber ich frage mal Terry.« Er nahm sein Handy und rief bei seiner Frau an.

Sie sagte, dass sie ab Anfang Dezember 2003 ihre Eltern zu Besuch hatte. Ganze vier Wochen, bis nach Weihnachten.

»Sie kamen pünktlich am ersten Advent. Wann genau ist Sean noch mal verschwunden?«

»Am 7.12.«, sagte ich, hoffnungslos.

»Definitiv vorher war das. Mitte, Ende November. Hier in St Andrews, stritt sich mit der Darney. Nur, dass sie damals noch keine Darney war. Das war Sean, kein Zweifel.«

Ich zweifelte keine Sekunde. Hier also war er gewesen, wenn er seine sogenannten Überstunden gemacht hatte. Um sich mit dieser Frau zu treffen. Aber wenn sie verheiratet war, konnte er schlecht bei ihr leben ... Wie passte das alles zusammen? Hatte er über Jahre eine heimliche Affäre mit ihr aufrechterhalten und wohnte in Fife, um ihr näher zu sein? Ergab das Sinn? Zumindest war es möglich.

»Wer weiß, vielleicht hat der gute Darney nicht genug, ähem, Zeit für seine Frau und spendiert ihr einen Liebhaber«, sagte Clubhaus. Lachte ein Männerlachen.

Die Baddeleys sahen ihn kopfschüttelnd an.

»Ich vertrag das«, sagte ich, klang aber nicht so.

Als wir zu Fuß zurück zum Golfclub gingen, fuhr ein schwarzer Range Rover an uns vorbei.

»Das sind sie doch«, sagte John.

Ethan sprintete los zu seinem Wagen und rief mir zu: »Kommen Sie!« Ich rannte hinter ihm her.

Wir fuhren in die Richtung, in der Ethan das Landhaus der Darneys vermutete, und nach einigen halsbrecherischen Kurven sahen wir endlich den Range Rover. Folgten ihm und sahen ihn auf freier Strecke links abbiegen.

»Fährt der übers Feld?«, murmelte Ethan.

Aber dann sahen wir den schmalen Weg.

»Privatstraße«, sagte ich.

»Jetzt oder nie«, sagte Ethan und bog ab.

Der Weg führte über die hügeligen Felder, bis hinter einer Kuppe das Anwesen auftauchte. Ein großes, gelb gestrichenes Landhaus, hufeisenförmig angelegt, mit einer großen Garage seitlich und dahinter etwas, das nach Pferdeställen aussah.

Vielleicht war Sean hier als Gärtner oder Hausmeister oder Chauffeur oder so etwas, dachte ich. Ich war mittlerweile bereit, alles zu glauben und zu denken, egal wie absurd es mir vorkam. Ich musste auch an die Einbruchsserie denken, von der Reese einmal gesprochen hatte. Ich konnte nicht genau sagen, was es war, aber aus irgendeinem Grund schien das alles richtig zu sein. Die erste Spur seit dreieinhalb Jahren.

Die beiden waren aus dem Range Rover ausgestiegen, als wir auf das Haus zufuhren. Sie hatten ihn vor der Garage geparkt, Platz genug war ja überall. Ich sah beide nur von hinten, den blonden Pferdeschwanz der Frau, die dunklen Haare von Sean.

Es war Sean. Seine Größe, seine Statur, aber er trug einen Anzug, was ich noch nie gesehen hatte. Es gab wohl einiges, das ich von Sean nie erfahren hatte. Die Bewegungen passten. An einem Ohr das Handy, das andere Ohr zugehalten. Er drehte sich ins Profil, und ja, das war Sean. Die blonde Frau drehte sich zu uns, machte ein pikiertes Gesicht, ging uns entgegen. Ethan hatte gute zweihundert Meter entfernt angehalten und wartete geduldig, bis sie zum Wagen gekommen war. Ich hätte ihn töten können.

»Das ist Privatgelände«, sagte sie, als er das Fenster herunterließ.

»Entschuldigen Sie, wir sind hier, um Sie etwas zu fragen«, sagte Ethan. »Mein Name ist Ethan Baddeley, und das ist Pippa Murray. Wir sind auf der Suche nach diesem Mann.« Ethan hielt ihr einen Flyer hin, und die Frau nahm ihn stirnrunzelnd entgegen.

»Verschwunden am 7. 12. 2003«, las sie vor.

»Kennen Sie ihn? Sein Name ist Sean Butler.«

»Was soll das, Ethan, da steht er doch«, rief ich. Beide sahen mich erschrocken an. Ich riss die Tür auf und ging auf Sean zu, der immer noch telefonierte. Er hatte uns nur einen kurzen Blick für einen Sekundenbruchteil zugeworfen.

So weit weg stand er . . .

Zweihundert Meter. Ich musste nur noch zweihundert Meter gehen, dann war ich bei Sean.

»Bleiben Sie stehen!«, rief die Frau.

»Pippa, nicht«, rief Ethan.

Hundert Meter.

Sean telefonierte weiter, bewegte sich dabei auf das Haus zu. Ich fing an zu rennen.

»Verdammte Scheiße, stehenbleiben!«, kreischte die Frau jetzt.

Ich war nur noch zwanzig Meter von Sean entfernt und konnte hören, wie sie angerannt kam.

Sean stand vor der Haustür, steckte den Schlüssel ins Schloss. Ich erreichte ihn, packte seine Schulter, die ich damals in die Glastür gestoßen hatte, und zerrte ihn herum.

Er war viel älter. Und sah ihm aus der Nähe gar nicht mehr ähnlich. Derselbe Typ Mann, aber nicht Sean.

»Was zum Teufel wollen Sie?«, rief er, ließ das Handy fallen und packte mich so fest, dass ich schreien musste. Eine Sekunde später lag ich auf den Treppenstufen, er hielt mit einer Hand meine Arme auf dem Rücken, mit der anderen meinen Kopf runter und kniete auf mir.

»Malcolm!«, brüllte er.

Ein Mann erschien nach wenigen Sekunden, riss mich vom Boden hoch, presste mich gegen die Tür. »Polizei?«, fragte er.

»Was wollen Sie?«, wurde ich gefragt.

»Ich habe Sie verwechselt«, keuchte ich.

»Sie sucht ihren verschwundenen Freund«, hörte ich die Frau sagen, jetzt viel ruhiger. »Malcolm, lassen Sie sie los.«

Und fünf Minuten später saßen Ethan und ich bei den Darneys im Salon und tranken grünen Tee aus Japan. Darney entschuldigte sich für englische Verhältnisse sehr ausführlich bei mir. Dann erkundigte er sich besorgt nach Sean.

»Ich habe Sie nur von hinten gesehen, und jemand hat mir erzählt, er hätte Ihre Frau mal mit Sean in St Andrews gesehen«, sagte ich. Konfus.

»Lillian, kennst du den Mann?«

Sie zuckte die Schultern. »Wann soll das gewesen sein? Und wo?«, fragte sie.

Ethan erzählte ihr, was John gesagt hatte.

Lillian Darney dachte nach. »Vor über drei Jahren? Du meine Güte … Ich weiß nicht einmal mehr, mit wem ich vor drei Wochen geredet habe.«

»Vor drei Wochen waren wir nur auf zwei Ausstellungseröffnungen in London und bei der Geburtstagsparty von Charlene. So viele Leute kannst du da gar nicht getroffen haben.« Die beiden lachten.

»Dreieinhalb Jahre«, sagte Lillian wieder. »Ich habe keine Ahnung, tut mir leid.«

»Mein Vater sagte, Sie hätten sich gestritten, sehr heftig.«

Sie zuckte die Schultern.

»Vielleicht der Kerl, der dir ins Auto gefahren ist und sich einfach aus dem Staub machen wollte? Hast du dich mit dem nicht auf offener Straße angeschrien?«, sagte Darney.

Lillian kaute nachdenklich auf ihrer Unterlippe. »Ja, das kann sein … Vor dreieinhalb Jahren? Soll ich in den Versicherungsunterlagen nachsehen?«

Die Darneys sahen mich erwartungsvoll an. Lillian war schon halb aufgestanden.

»Das müssen Sie nicht«, sagte ich. »Es ist in Ordnung. Wir müssen uns bei Ihnen entschuldigen. Ich war mir so unglaublich sicher, dass Sie Sean sind …« Zerknirscht, traurig.

»Nein, wirklich, so etwas ist eine schlimme Sache. Tut mir wahnsinnig leid, dass wir Ihnen nicht weiterhelfen konnten. Und bitte entschuldigen Sie, dass ich Sie angegriffen habe. Aber es gibt so viele Verrückte da draußen, denen das Fernsehprogramm nicht passt …«

Wir entschuldigten uns noch eine Weile, dann fuhren Ethan und ich zurück nach St Andrews.

»Nette Leute«, sagte Ethan und war beeindruckt.

»Leider eine falsche Spur«, sagte ich.

Ich bleibe trotzdem heute Nacht. Ich mag die Baddeleys so gerne, und sie scheinen mich zu mögen. Sie wollen mir die Gegend zeigen, ich kenne Fife wirklich noch gar nicht. Ich freue mich auf morgen. Endlich freue ich mich auf etwas.

Nachtrag:

Pete hat mich angerufen. Er hat irgendwie rausbekommen, wo ich bin. Wie kann er das rausbekommen haben? Er sagte: »Komm zurück, es hat doch alles keinen Sinn, wir müssen akzeptieren, dass Sean fort ist und mit uns nichts mehr zu tun haben will.«

Ich habe aufgelegt.

Nachtrag 2:

John hat Pete angerufen. Deshalb wusste er, dass ich hier bin.

18.

Danas Finger schwebte über der Return-Taste, aber sie drückte sie nicht. In ihrem virtuellen Einkaufswagen befanden sich Waren im Wert von über fünftausend Pfund. Sie hatte die Nummer ihrer Kreditkarte eingegeben, ihre Adresse ebenso, sie hatte die Datenschutzbestimmungen und Geschäftsbedingungen akzeptiert, sie musste nur noch auf »absenden« drücken, um ihre nächtliche Einkaufsorgie abzuschließen. Die Sachen würden an ihre Adresse in Plymouth geliefert werden. Simon würde sie zurückschicken. Das Geld würde wieder auf ihre Karte gebucht werden. Irgendwann würde dieser Luxus-Onlineshop sie als Kundin sperren, vielleicht aber auch nicht. Manchmal behielt sie einfach ein paar der Dinge, um nicht gesperrt zu werden. Sie hatte längst vergessen, was sie alles in ihrem begehbaren Kleiderschrank hatte, und so war es jeden Morgen ein neues Abenteuer, als ginge sie in eine Boutique, um sich rasch einzukleiden. Sie fand immer etwas, von dem sie glaubte, es nie zuvor gesehen zu haben.

Der Impuls war da, Return zu drücken, aber sie gab ihm nicht nach. Sie schloss stattdessen den Browser und fuhr den Computer ihrer Schwester herunter. Sie war schon im Schlafanzug, aber sie musste nachdenken, über sich, vor allem aber über ihre Schwester.

Sie ging aus dem Büro und setzte sich auf eine Klavierbank, lehnte sich mit dem Rücken an einen Flügel und schloss die Augen. Wann hatte sie mit dem Einkaufen angefangen? Es war schon früh losgegangen, schon während des Studiums. Sie war da irgendwie reingerutscht. Anfangs hatte man es ihr einfach als Klamottenfimmel durchgehen lassen, bis die Beträge, die sie den Boutiquen schuldete, monatlich in die Tausende gingen. Verhaltenstherapien, Tabletten gegen zwanghaftes Verhalten, das ganze Programm, nichts hatte geholfen. Es sei ein Versuch, etwas zu kompensieren, sagten die Therapeuten. Mangelndes Selbstbewusstsein. Sie hatte dann immer nur gelacht und gesagt: Ja, das habe ich, das weiß ich spätestens seit der Pubertät, und jetzt? Nein, sie hatten ihr alle nicht helfen können. Ihr Wunsch, endlich die geliebte Tochter zu sein, nicht das Schattenkind neben Pippa, war geblieben, den hatte man ihr nicht wegtherapieren können. Sie wollte dieses Loch im Herzen mit neuen Kleidern stopfen, und für ein paar selige Minuten funktionierte es. Manchmal.

Sie fragte sich schon seit Langem, ob sie wirklich Pippa hasste oder ihre Eltern und ihren Bruder. Sich selbst. Dafür, dass sie nicht einfach loslassen, das Thema Pippa hinter sich lassen konnte. Die Antwort darauf war ihr eines Nachts, als sie nicht schlafen konnte, klar geworden: Sie wünschte sich eine Schwester, mit der sie über alles reden konnte. Die Vergangenheit, die Zukunft. Die Eltern, den Bruder. Sie wünschte sich jemanden, der genau wusste, wie sie aufgewachsen war, der sie ihr Leben lang kannte. Eine Schwester, noch vertrauter, als es jede beste Freundin sein konnte. So eine Schwester hatte sie sich als Kind gewünscht, als ihre Mutter schwanger war, aber dann hatte sie Pippa bekommen, die talentierte, schöne, kluge Pippa, die ihren eigenen, selbstgerechten Kopf hatte und alles kaputtmachen musste, wovon Dana geträumt hatte.

Mit Liebe zu Sean hatte Pippas Beziehung nicht viel zu tun gehabt, auch wenn sie es so dargestellt hatte. Sean war der lebende Beweis, dass sie anders war als ihre Familie. Das Aushängeschild dafür, ein besserer Mensch zu sein. Nicht am

Geld interessiert, nicht an Glamour und Partys. Nicht oberflächlich und auf Klassenschranken bedacht. Abseits von verstaubten, erstarrten gesellschaftlichen Konventionen. Eine Beziehung zu Sean hatte all das bewiesen: Pippa war anders. Pippa war besser.

Nein, mit Liebe, wahrer Liebe hatte das nichts zu tun gehabt ...

Sieben Jahre lang nach Sean zu suchen, war zur fixen Idee geworden, weil Pippa Angst bekommen hatte, er könnte sie verlassen haben, wegen ihr gegangen sein. Sie hatte befürchtet, etwas falsch gemacht zu haben. Ihn durch ihre Eifersucht vertrieben zu haben.

Je länger Dana nachdachte, desto unwahrscheinlicher erschien es ihr, dass Pippa Sean gerächt haben sollte, indem sie seine vermeintliche Mörderin erschlug. Dieser Gedanke hatte nahezu biblische Ausmaße. Und es war auch gar nicht sicher, dass Lillian etwas mit Seans Verschwinden zu tun hatte. Es war alles nur Vermutung. Pippa konnte unmöglich irgendwo Beweise gefunden haben. Es sei denn, sie wären zusammen mit Pippa verschwunden ... Aber selbst wenn ihre Schwester davon überzeugt gewesen wäre, mit Lillian die Mörderin von Sean gefunden zu haben – würde sie sie tatsächlich erschlagen? Im Affekt? Danach abhauen und untertauchen?

Menschen änderten sich. Die Pippa, die früher besserwisserische Vorträge über Umweltschutz und gegen Tierquälerei gehalten hatte, war dieselbe, die nach einer veganen Phase wieder Fleisch gegessen hatte. Ansichten änderten sich. Aber Temperamente? Dana konnte sich vorstellen, dass Pippa zu Lillian gefahren war, um sie zur Rede zu stellen. Es war nicht so, dass sie ihr keinen Mord zutraute, weil sie ihre Schwester war. Dana traute ihrem Vater sofort einen Mord zu. Sogar ihrem Bruder. Nicht zwingend ihrer Mutter, dazu war diese zu phlegmatisch.

Vorhin in der Bibliothek von Cedric Darney hatte alles noch so logisch geklungen. Michael war nach Hause gefahren mit den Worten, er müsse jetzt erst einmal unbedingt schlafen, es sei ihm alles zu viel. Allein in der Wohnung ihrer Schwester waren ihr Zweifel gekommen, und aus diesen Zweifeln war Sicherheit geworden: Der Abend, der Lillian Darney den Tod gebracht hatte, musste ganz anders verlaufen sein, als sie gedacht hatten. Rache war das Motiv gewesen, aber nicht Pippa hatte sich gerächt ...

Einen Anruf würde sie führen müssen, ein Gespräch, und wenn sie Glück hatte, würde derjenige reden, weil sie ihn mit der Wahrheit konfrontierte. Einen Anruf war sie entfernt.

Sie brauchte noch etwas Geduld. Mit einem traurigen Lächeln stand sie auf und ging in das Büro ihrer Schwester. Dort fand sie, wie erwartet, eine Zigarettenschachtel in der untersten Schublade des Schreibtisches. Sie war halb voll. Dana nahm eine heraus, suchte Streichhölzer, holte den wärmsten Mantel, den sie dabei hatte, und ging raus.

Kalte Luft und Nikotin würden ihr beim Warten helfen.

Auszug aus Philippa Murrays Tagebuch

Dienstag, 29. 5. 2007

MEINE SCHEISSSCHWESTER HAT MIT SEAN GESCHLAFEN!

19.

Cedric schloss sich ein.

Die Tür, die zur Bibliothek führte, stellte kein Hindernis dar. Nicht, wenn es jemand wirklich ernst meinte.

Dann rief er die Polizei und nannte seine Adresse.

»Verhalten Sie sich ruhig und unternehmen Sie nichts, das Sie gefährden könnte«, sagte man ihm.

Indirekt unterstellte man ihm tatsächlich Mut. Als ob er etwas tun würde, das ihn gefährden könnte.

Vielleicht war es an der Zeit, so etwas zu tun. Irgendwann. Nicht heute.

Der Streifenwagen würde so schnell wie möglich kommen, hatte man ihm gesagt. So schnell wie möglich, was bedeutete das in Minuten? Und bei diesem Wetter? Er bekam keine Antwort. Wurde nur aufgefordert, ruhig zu bleiben, die Tür weiterhin geschlossen zu halten und sich an einem sicheren Ort zu verstecken.

Gab es in einer Bibliothek einen sicheren Ort? Er ging leise in den der Tür am entferntesten liegenden Teil und drückte sich hinter das letzte der Bücherregale in eine Ecke. Er hatte darauf geachtet, nicht fest aufzutreten, damit sie unter ihm keine Schritte hörten. Vermutlich sinnlos. Es gab hier einen Safe, womit dieser Raum wohl der unsicherste Ort im ganzen Haus war. Falls es sich um Einbrecher handelte.

Cedric war sich sicher, dass kein Einbruch stattfand: Sie wollten ihn.

Er wusste nur nicht warum.

Er musste irgendetwas wissen, das für einen anderen sehr wichtig oder sehr gefährlich war. Vielleicht war Lillian aus ebendiesem Grund tot. Weil sie etwas gewusst hatte. Nur was das sein könnte – bei Lillian, bei ihm –, wollte sich ihm nicht erschließen.

Warum sonst wollte man ihn umbringen?

Sein Medikament ließ ihn seltsam ruhig bleiben. Die Angst war etwas, das in ihm entstand und sich ausbreitete, ihn aber nicht mehr lähmte. Zur Sicherheit nahm er noch eine Tablette, schluckte sie trocken, weil er sich nicht bewegen wollte, dankte sich selbst für die Vorsichtsmaßnahme, nun immer eine Notfallration Tabletten am Körper zu tragen. Er hörte leise Stimmen und Schritte im Stockwerk unter ihm, hörte, wie Schränke und Schubladen geöffnet wurden.

Sie sahen sich um. Ließen ihn warten.

Was war das Bindeglied zwischen seinem Vater, Lillian und ihm? Unzählige Verbindungen fielen ihm ein. Geschäftliches. Privates. Sie waren eine Familie, bei allen Differenzen. Natürlich hatte sich Cedric den beiden nie nahe gefühlt. Und in die geschäftlichen Dinge seines Vaters – die offiziellen – hatte er sich erst einarbeiten müssen. Lillian hatte davon vermutlich am wenigsten Ahnung. Cedric kannte einen Großteil der Leute, mit denen sein Vater befreundet gewesen war. Aber Cedric war nicht mit ihnen befreundet. Gemeinsamkeiten, die dann doch keine waren. Was konnte es sein?

Unten war es ganz still geworden. Vielleicht waren sie gegangen. Er wartete, lauschte, immer noch nichts zu hören.

Dann ein lauter Knall, als wäre etwas Schweres umgefallen. Jemand schrie auf. Eine andere Stimme rief etwas. Schließlich Schritte, das Zuschlagen der Haustür. Sie gingen.

Cedric ging eilig ans Fenster. Er sah drei Männer, die zu Fuß flohen. Sie trugen dunkle Jacken mit Kapuzen, jeder hatte eine große Reisetasche dabei. Mehr erkannte er nicht. Sie rannten einfach links die Straße hinunter. Nur Sekunden, bevor von rechts die Polizei kam.

Er rannte die Treppe hinab, stürmte den Polizisten entgegen, rief: »Sie sind gerade weg, Sie müssen ihnen nach!« Er zeigte in die Richtung, in der die drei Männer verschwunden waren. Die Polizisten sprangen in ihren Wagen und fuhren los. Cedric ging zurück ins Haus, ließ sich erschöpft auf eine Treppenstufe sinken und stützte das Gesicht in die Hände.

Auftragskiller, die zu Fuß flohen? Niemals. Einbrecher, die zu Fuß flohen? Cedric stand auf und ging die Räume ab. In der Küche lag der Messerblock auf dem Boden. Die Messer fehlten. Hätte jemand vorgehabt, ihn zu töten, hätte er seine eigene Waffe mitgebracht. Oder hatte es nach einem Einbruch, der schieflief, aussehen sollen? Hauseigentümer überrascht Einbrecher und wird mit eigenem Küchenmesser erstochen?

Erst jetzt merkte Cedric, dass er zitterte. Er konnte seine Hände nicht ruhig halten. Seine Knie drohten nachzugeben. Er setzte sich auf einen Küchenstuhl, hörte, wie ein Wagen vorfuhr, sah einen Moment später zwei Streifenpolizisten vor sich. Sie brachten zwei schwarze, alte, geschundene Reisetaschen mit.

»Ihre Sachen?«, fragten sie ihn. Er sah in die erste Tasche: Küchenutensilien. Die Auswahl sah relativ willkürlich aus. Das teure Silber war nicht darunter. In der zweiten Tasche – Sofakissen.

»Wer klaut Sofakissen?«, fragte er.

»Sir, kann es sein, dass Ihnen jemand einen Streich spielen wollte?« Der Polizist konnte ein Schmunzeln nur schlecht unterdrücken.

Einen Streich spielen. So hatten sie es in der Schule genannt, wenn sie Jungs wie ihn mit dem Kopf in die Kloschüssel gesteckt hatten. Nein, ihm spielte niemand mehr Streiche.

»Wir haben die Taschen mitten auf der Straße gefunden. Die Einbrecher haben sie wohl einfach abgeworfen, damit sie schneller abhauen können. Würden Sie nachsehen, ob noch etwas anderes fehlt? Bargeld, Wertgegenstände, Papiere?«

»Dazu muss ich nicht nachsehen. Davon war nichts hier unten. Ich war die ganze Zeit in der Bibliothek. Sie war abgeschlossen. Alles von Wert ist oben. Was fehlt, ist die dritte Tasche. Alle drei hatten eine Tasche. Und was im Haus fehlt – die Garderobe ist leergeräumt. Mäntel, Schuhe, und so weiter.«

Man fragte ihn, was er gehört und gesehen hatte. Ob er Streit mit jemandem hatte. Ob er Pläne gehabt hatte, für ein paar Tage wegzufahren, die er dann geändert hatte. Sie stellten eine Menge Fragen, und irgendwann sagte Cedric: »Kann ich mit DS Hepburn darüber reden?«

»Sie ist für solche Sachen nicht zuständig«, sagte einer der beiden.

»Ich möchte sie trotzdem sprechen«, sagte Cedric.

»Sorry, Sir, aber . . .«

Cedric zog sein iPhone aus der Hosentasche und tippte Isobels Nummer an. Nachdem er mit ihr gesprochen hatte, sah er die beiden nachdenklich an und sagte: »Sie kommt gleich. Wollen Sie einen Tee oder Kaffee?«

Als er eine halbe Stunde später versuchte, Isobel zu erklären, dass er glaubte, man hätte vorgehabt, ihn zu töten, merkte er selbst, wie schwach alles klang.

»Und was hat sie dann vertrieben? Die Kollegen sind nicht mit Blaulicht gekommen«, sagte sie.

Cedric nickte, hatte den Gedanken selbst schon gehabt. »Ich weiß es nicht. Ich finde es nur merkwürdig, dass jemand so kurz nach Lillians Tod bei mir einbricht.«

»Es gibt Zufälle«, sagte Isobel. »Welches Motiv sollte der Täter haben? Du hast doch niemanden in Lillians Haus gesehen, als du bei ihr warst? Oder ist dir noch etwas eingefallen? Verschweigst du was?« Cedric wusste, dass sie nur so leichthin klang, weil zwei andere Polizisten dabei waren.

»Ich denke die ganze Zeit darüber nach. Ich suche nach einer Verbindung zwischen uns ...«

»Familie«, murmelte einer der Polizisten. Sie glichen sich fast wie Brüder. Die gleiche Statur, die gleiche Haarfarbe, das gleiche Alter, den gleichen Gesichtsausdruck, der gleiche Tonfall mit einem identischen Akzent. Cedric machte sich nicht die Mühe, sie auseinanderzuhalten.

»Familie?«, wiederholte er. »Wie meinen Sie das?«

»Ich sage nur: Vater ermordet, Stiefmutter ermordet, irgendwas mit einem Halbbruder ... Bleibt alles in der Familie.«

»William«, sagte Cedric. »William verbindet uns stärker als alles andere. William ist mit jedem von uns verwandt. Blutsverwandt.«

Isobel verdrehte die Augen. »Er und noch eine Menge anderer Dinge. Was soll mit William sein? Was hat jemand davon, ihm die Eltern und den Bruder zu nehmen? Etwa das Erbe?«

»Möglich. Wenn ich sterbe, erbt William ... und sein Erziehungsberechtigter verwaltet es.«

»Wer sollte das sein? Seine Großmutter?«

Isobels Kollegen langweilten sich mittlerweile. Sie folgten dem Gespräch schon eine Weile nicht mehr, lehnten an den Küchenschränken und tauschten Tratschgeschichten vom Revier aus.

»Vielleicht hat es etwas mit den Geschäften meines Vaters zu tun ...«, begann Cedric.

»Tut mir leid, aber das klingt sehr kompliziert, sehr unwahrscheinlich und sehr – entschuldige nochmal – paranoid. Ich bringe dich in ein Hotel. Pack ein paar Sachen zusammen.«

»Ich kann auf mich selbst aufpassen«, sagte Cedric.

»Die Fenster im Wohnzimmer wurden eingeworfen, das Haus ist nicht sicher, du bleibst hier nicht. Oder willst du lieber zu Ben? Soll ich ihn anrufen?«

Er hob die Schultern. »Gut. Ich fahre zu Ben.«

»Versprochen?«

»Ja.«

»Und ich glaube wirklich nicht, dass dich jemand umbringen wollte.«

»Danke. Wahrscheinlich hast du recht«, sagte er, damit sie ihn in Ruhe ließ, und dachte: Wer weiß, wie lange ich wohl noch habe.

Auszug aus Philippa Murrays Tagebuch

Freitag, 1.6.2007

Dana sagt: »Ich hab es dir doch nur erzählt, damit du endlich aufhörst, ihm nachzutrauern.«

Ich sage: »Ich weiß nicht, wer von euch das größere Arschloch ist.«

Sie hatten Sex, als ich ihn gerade kennengelernt hatte. Ganz am Anfang.

»Das zählt doch gar nicht«, sagt Dana. »Da lief doch noch gar nichts zwischen euch.«

»Ich war in ihn verliebt! Und ich dachte, er ist in mich verliebt! Man schläft doch nicht einfach mit anderen Frauen, wenn man sich gerade frisch verliebt?!«

»Ich hab ihn angemacht. Okay? Ich hab ihm gesagt, dass ich verheiratet bin und ein bisschen Spaß mit ihm will.«

Ein bisschen Spaß. Klar. Dana läuft herum und fragt den nächstbesten Arbeiter, ob er mit ihr ein bisschen Spaß haben will.

»Dana, was willst du eigentlich? Erst erzählst du mir, was für ein Schwein er ist, weil er mit dir gevögelt hat, und dann verteidigst du ihn? Was jetzt?«

»Na ja, ich hab nicht damit gerechnet, dass du so austickst. Ich dachte, du vergisst ihn endlich und machst einen Haken hinter die Sache.«

»Du hast gar nicht mit ihm geschlafen, hab ich recht? Du denkst dir das nur aus.«

» Tut mir leid, aber es stimmt.«

»Beweis es mir!«

»Wie soll ich dir das denn beweisen? Also wirklich!«

Ich zwinge sie schließlich dazu, mir Einzelheiten zu erzählen, und am Ende weiß ich, dass sie nicht gelogen hat. Trotzdem stimmt etwas nicht an ihrer Geschichte.

Mit wem hat er noch alles geschlafen? Ich habe die ganze Zeit gewusst, dass ich nicht grundlos eifersüchtig war. Ich bin offenbar nur viel zu spät erst eifersüchtig geworden. Hätte ich von Anfang an gewusst, dass man dem Mistkerl nicht trauen kann, wäre das alles nicht passiert.

Ich bin immer noch wütend.

Dienstag brachten sie mich in die Klinik, weil ich angefangen hatte, alles in meiner Wohnung zu zerschlagen. Aber was hätte ich sonst tun sollen? Dana verprügeln?

Vielleicht.

Ich kann mich nicht mal mehr erinnern, wie ich in die Klinik gekommen bin. Wahrscheinlich hat man mit Betäubungspfeilen auf mich geschossen. Sie sedieren mich hier immer noch, aber diese Wut bleibt. Kippt manchmal in Verzweiflung.

Ich werde noch länger hierbleiben müssen, sagt der Therapeut.

Dana hat sich in meine Wohnung gewanzt. Schläft dort und lebt dort, besucht mich jeden Tag. Ist bei der Hälfte der Therapiesitzungen dabei. Damit wir unsere »Probleme lösen« und uns »besser kennenlernen«.

Wozu muss ich eine Frau besser kennenlernen, die versucht hat, mir den Freund auszuspannen?

»Hatten Sie einen Grund, sich ausgerechnet den Mann auszusuchen, an dem Ihre Schwester interessiert war, oder war das Zufall?«, fragt der Therapeut, und ich weiß, dass er nicht an Zufälle glaubt.

»Ich hab die beiden zusammen gesehen. Wie sie in den Rauchpausen geturtelt haben«, gibt Dana zu.

»Du hast das absichtlich gemacht.« Jetzt würde ich sie am liebsten erwürgen.

»Ja, vielleicht, ein bisschen«, murmelt sie. »Er ... hat mir eben auch gefallen, und außerdem ...«

»Außerdem was?«

Jetzt rückt sie endlich damit raus: »Simon ist in dich verliebt.«

20.

Cedric war einfach davon ausgegangen, Ben müsste zu Hause sein. Er hatte nicht vorgehabt, bei ihm zu übernachten. Er hätte mit ihm geredet, eine Weile zusammengesessen, um dann wieder in sein Haus zu fahren. Er übernachtete nicht bei anderen Leuten, wenn er es vermeiden konnte. Wenn, dann nur in einem sehr sauberen Hotel.

Ben war nicht da. Sein Vater ging ans Telefon und versicherte ihm, es sei vollkommen in Ordnung, jetzt noch vorbeizukommen. M. Edwards hatte noch nicht geschlafen, er saß mit einem Teenager im Wohnzimmer, auf dem Sofa lag Bettzeug. Der Junge nickte Cedric freundlich zu. Cedric wünschte sich, er wäre nicht gekommen.

»Wir können nicht schlafen, weil Ben noch nicht da ist«, erklärte Bens Vater. »Das ist D. L., er wohnt einen Stock unter uns.«

Unter *uns*. Offenbar war John Edwards hier bereits eingezogen. Cedric fragte sich, wie Ben das wohl fand.

»Er sollte längst hier sein. Am Flughafen haben sie gesagt, dass der Flug gestrichen worden ist. Aber jetzt erreichen wir ihn nicht mehr. Er geht nicht an sein Handy.«

»Vielleicht ist sein Akku leer?«, sagte der Junge.

»Es klingelt, wenn ich anrufe«, sagte John Edwards. »Es klingelt ganz komisch.«

»Das liegt am Ausland«, sagte der Junge.

»Ach so.«

»Aber dann geht sein Akku noch.«

»Ja, ich weiß nicht, was mit ihm ist.«

»Er ist bestimmt in einem Hotel und nimmt morgen früh den ersten Flug«, sagte Cedric. »Ich gehe jetzt besser wieder. Es ist ohnehin absurd spät. Sie entschuldigen ...«

»Sie können hierbleiben. Irgendwo schaufeln wir Ihnen eine Ecke frei, was, D. L.?«

»Nein, das ist ... nett, aber ich fahre lieber nach Hause.«

»Verraten Sie mir wenigstens, warum sie nachts um zwölf meinen Sohn sprechen wollen?«

In dem Moment sah Cedric die Tasche. Es gab vermutlich Millionen schwarze Reisetaschen auf der Welt, und Cedric konnte sie unmöglich in der Dunkelheit genau erkannt haben, als die Einbrecher weggerannt waren, aber aus irgendeinem Grund wusste er, dass in dieser Tasche seine Sachen waren. Bevor ihn jemand zurückhalten konnte, kniete er daneben und zog den Reißverschluss auf. Starrte auf einen seiner Mäntel. Sah verständnislos in die Gesichter von John Edwards und dem Jungen.

»Warum sind meine Sachen hier?«

Der alte Mann bewegte sich bewundernswert flink, als D. L. versuchte abzuhauen. Er packte ihn an den Schultern, drehte ihm die Arme auf den Rücken und schob ihn aufs Sofa.

»Du hast das geklaut?«, brüllte Edwards den Jungen an. »Du hast diesem Mann da Sachen geklaut?«

»Ich kann das erklären«, wimmerte der Junge.

»Was kannst du erklären? Du hast gesagt, du warst bei einem Freund, und in der Tasche sind deine Sportsachen, das hast du zu mir gesagt! Lügen und klauen, das tust du! Was gibt's da noch zu erklären?«

Der Junge fing an zu heulen.

»Und das Zeug, das du mir mitgebracht hast, ist das auch geklaut?«, schrie Edwards weiter. »In dem Mantel, den du mir gegeben hast, hab ich noch nen Brief in der Innentasche gefunden. Was passiert, wenn ich den Mann anrufe und frage, ob er sein Zeug in den Second-Hand-Laden gibt? Was wird er mir sagen? Sagt er mir dann: Nee, aber bei mir wurde vor Kurzem was geklaut? Na?«

Der Mann sah aus, als würde er gleich zuschlagen. Er stand über den Jungen gebeugt, hatte schon ausgeholt, doch sein Arm schien mitten in der Luft einzufrieren. Er sah aus wie ein Handballspieler, der jeden Moment aufs Tor werfen würde. D. L. heulte laut, die Arme schützend über den Kopf gelegt. Und John Edwards ließ die Hand sinken. Strich sich übers Gesicht, war knallrot angelaufen.

»Ich tu dir nix, Junge. Ich tu dir nix. Ich bin nicht deine Mutter. Alles klar? Tut mir leid. Ich bin ausgerastet. Aber ich tu dir nix. Beruhig dich wieder, ja? Ich tu dir nix.«

D. L. beruhigte sich langsam, blieb aber zusammengekauert und wimmernd auf dem Sofa sitzen.

»So, und jetzt sag uns, wo du das Zeug herhast.«

»Er hat es aus meinem Haus«, sagte Cedric. »Er war mit zwei anderen in meinem Haus. Warum bist du bei mir eingebrochen?«

»Er hat gesagt, es ist niemand zu Hause!«, heulte D. L.

»Wer hat das gesagt?« Cedric sah zu John Edwards rüber, der aufgebracht im Zimmer hin- und herging wie ein Tiger im Käfig. »Doch nicht er?«

»Nein, dieser Typ ... Er hat uns gemailt, Adresse und alles ... Er hat geschrieben, dass das Haus leer ist.«

»Wer?«

»Ich kenn den doch nicht!«

»Und wieso mailt er dir?«

D. L. wischte sich die Nase am Pulloverärmel ab. »Keine Ahnung, er hat einfach geschrieben.«

Cedric brauchte eine gute halbe Stunde mit D. L., um die Zusammenhänge zu verstehen: Offenbar hatten sich ein paar Jungs aus Edinburgh und Umgebung über das Internet aus Langeweile zusammengetan, um sich zu allen möglichen Abenteuern zu verabreden. Streng geheim, selbstverständlich. Sie knackten Autos und fuhren damit herum. Sie kletterten nachts auf Baustellen. Sie erschreckten die Kühe von irgendwelchen Bauern. Sie brachen in leer stehende Häuser ein. Alles, von harmlos bis kriminell. Aber niemand wurde verletzt, schwor D. L. Und eingebrochen wurde nur bei denen, die sowieso alles hatten. Oder versichert waren. Oder es verdient hatten. Die »Aufträge« kamen von Leuten, die aus irgendwelchen Gründen wussten, wo ein Haus leer war, wo ein bestimmtes Auto parkte. Es waren Leute, die die Opfer kannten und ihnen eine Lektion erteilen wollten. Ihnen einen Schreck einjagen wollten. Sich für etwas rächen wollten. Die Jungs führten die »Aufträge« aus, weil es ihnen Spaß machte. Weil sie nichts anderes mit sich anzufangen wussten.

»Wer?«, wollte Cedric wissen.

»Keine Ahnung, so was fragen wir nicht!«, sagte D. L. Mittlerweile wirkte er, als würde er schmollen.

»Und den Grund hat derjenige auch nicht genannt? Er muss doch was geschrieben haben. Oder war es eine Frau?«

»Hey, ich ... keine Ahnung. Irgendwas mit ›ist an dem Abend über Nacht weg‹ und ›bisschen Angst einjagen, schadet nicht‹ und unterschrieben war's mit irgendeinem Männernamen. Hab ich mir nicht gemerkt. Da schreibt doch keiner mit seinem echten Namen was. Klare Sache.«

»Und Lillian?«

»Hä?«

»Wart ihr am Montag, bevor es angefangen hat zu schneien, in Fife unterwegs?«

D. L. nickte stumm, die Augen riesig.

»Wart ihr in einem abgelegenen Landhaus bei Largo?«

Kopfschütteln, die Augen immer noch riesig. Er glaubte dem Jungen, auch wenn er keinen Grund dazu hatte.

»Und der Einbruch bei mir – dieser Mann hat sich wirklich zum ersten Mal bei euch gemeldet?«

Nicken.

Es war eine Warnung. Cedric glaubte, es in diesem Moment zu verstehen. Man wollte ihm zeigen, wie ungeschützt er war. Wie angreifbar. Das nächste Mal würden keine Jugendlichen auf der Suche nach Spaß durch sein Haus ziehen. Das nächste Mal würde jemand nachts an seinem Bett stehen und mit einer Waffe auf ihn zielen. Wie bei seinem Vater. Oder ihn erschlagen. Wie seine Stiefmutter erschlagen wurde.

Jemand war ganz nah.

Cedric nahm die beiden gar nicht mehr wahr, als er zur Wohnungstür stürzte, die Treppen hinunterrannte und sich in seinen Mercedes warf. Er verriegelte das Fahrzeug von innen, wollte den Motor anlassen, bekam sofort Angst, jemand könnte eine Bombe installiert haben. Er drehte sich um und kontrollierte, ob er wirklich allein im Wagen war. Natürlich war er allein. Konnte tatsächlich jemand eine Bombe ... Er tastete im Handschuhfach nach seinen Tabletten, würgte eine trocken runter und wartete, bis die Wirkung einsetzte.

Er würde nicht durch eine Autobombe sterben. Cedric startete den Motor – tatsächlich geschah nichts Außergewöhnliches – und fuhr los. Er überlegte, wohin er fahren sollte. Nach Hause traute er sich jetzt nicht mehr. Er könnte zu Isobel fahren. Sie würde begeistert sein.

Sie würde ihn in ein Hotel schicken. Sie brauchte ihren Schlaf. Er brauchte jemanden zum Reden. Außerdem erwartete man ihn vielleicht sogar schon vor ihrer Tür ...

Cedric fuhr ziellos durch die verlassenen, verschneiten Straßen von Edinburgh. Ziellos, aber nicht unaufmerksam. Er kontrollierte genau, ob ihm jemand folgte. Um diese Uhrzeit fiel ein anderes Fahrzeug leicht auf, besonders, wenn es den gleichen verrückten verschlungenen Weg hätte. Aber niemand folgte ihm. Jedenfalls sollte es für Cedric so aussehen. Er glaubte keine Sekunde, dass er in Sicherheit war.

Er fuhr weiter herum. Um den, der ihm folgte, herauszufordern. Irgendwann musste er sich zeigen. Vielleicht war aber auch ein GPS-Signal an seinem Wagen befestigt worden, und man musste ihm gar nicht folgen. Er würde es herausfinden. Sein Puls war erhöht, und er schwitzte. Hatte er schon eine Tablette genommen? Er sollte lieber eine nehmen. Er fuhr weiter.

Dann hielt er an. Wartete. War sich sicher, dass sich irgendwo jemand versteckte und ihn beobachtete. Er würde ihn finden und vom Gejagten zum Jäger werden. Er wendete, fuhr die Strecke zurück, die er gekommen war. Ein wirrer Weg durch schmale Nebenstraßen und verlassene Gegenden. Er fuhr gegen Einbahnstraßen, bog verboten ab, kam mehrfach auf den glatten Straßen ins Rutschen, blieb einmal fast liegen, weil die Reifen durchdrehten, suchte, wer ihn verfolgte, fand auch nach über einer Stunde immer noch niemanden. Als er zwischendurch müde wurde, nahm er zur Sicherheit eine weitere Tablette und ermahnte sich, noch nicht aufzugeben. Er hatte jetzt den Beweis, dass man hinter ihm her war. Ihn aufscheuchen wollte.

Und dann endlich sah er jemanden, der ihn offen beobachtete. An eine Hauswand gedrängt kauerte die Gestalt und starrte ihn an. Behielt ihn im Auge. Die glimmende Zigarette ließ seine Augen aufblitzen, als er daran zog.

Cedric hielt an, stieg aus, knallte die Autotür zu, sagte: »Da bin ich! Und jetzt? Was wollen Sie jetzt tun?«

Es war gar kein Mann. Es war Dana, die aus dem Schatten trat. Sie versank fast in dem großen Daunenmantel, darunter schauten Pyjamahosen hervor und riesige Fellstiefel. Ihr Haar war zerzaust, und sie hielt eine Zigarette in der Hand. Dana ging auf ihn zu, packte ihn am Arm und zog ihn unter eine Laterne.

»Verdammte Scheiße, wie viele Tabletten haben Sie sich eingeworfen?«

»Was? Nein! Was tun Sie hier? Verfolgen Sie mich?«

»Das ist das Haus meiner Schwester. Sehen Sie? Die Werkstatt. Sie waren schon mal hier, zwei Mal. Scheiße, Sie sind ja völlig durch. Pupillen so groß wie ein Teich. Versuchen Sie, langsamer zu atmen. Ganz ruhig, okay? Wie lange geht das schon?« Sie steckte sich die Zigarette zwischen die Lippen, legte ihm eine Hand auf die Stirn, mit der anderen fühlte sie seinen Puls. »Schon Halluzinationen gehabt? Hören Sie, Sie bleiben kurz hier, ich fahre den Wagen weg, der kann da nicht bleiben.«

Er sah zu seinem Mercedes, der quer auf der Straße stand. »Warum folgen Sie mir?«, rief er ihr nach und verstand nicht.

Als sie den Wagen am Straßenrand geparkt hatte, nahm sie seinen Arm und zog ihn in die Werkstatt. »Was machen Sie hier?«, fragte sie.

»Jemand ist mir gefolgt! Waren Sie das? Man will mich umbringen.« Er versuchte, ihr zu erklären, was passiert war. »Verstehen Sie nicht, die sind bei mir eingebrochen, und das nächste Mal schickt er jemanden, der mich umbringt. Wie Lillian! Und meinen Vater!«

»Setzen Sie sich hin. Ich bringe Ihnen ein Glas Wasser. Wissen Sie noch, wie viel Sie genommen haben?«

»Was?«

»Sie sehen aus wie eine ausgewachsene Überdosis Psychopharmaka, und glauben Sie mir, damit kenne ich mich aus. Was nehmen Sie? Irgendwas gegen Angststörungen? Depressionen? Bitte sagen Sie nicht, dass Sie bipolar sind oder so. Also?«

Er starrte sie nur an. »Sie wissen Bescheid?«

»Sie sind bipolar? Scheiße.«

»Nein, nein … aber …« Ihm wurde übel. Sein Magen verkrampfte sich, und gleichzeitig schienen sich alle seine Innereien aufzulösen und zu Brei zu werden. Sein ganzer Körper fühlte sich glühend heiß und feucht an. Er würgte.

Dana sprang zu ihm, zog ihn hoch und verfrachtete ihn in ein winziges Badezimmer.

»Nicht abschließen«, sagte sie. »Ich hab keine Lust, die Tür aufzubrechen.«

Was sie dann noch sagte, hörte er nicht mehr. Er sank auf die Knie und erbrach sich in die Toilette.

Auszug aus Philippa Murrays Tagebuch

Samstag, 1. 9. 2007

Dana ist weg. Ich wohne wieder zu Hause. Michael will mich morgen besuchen. Er kam manchmal in die Klinik. Dana hat viel mit ihm gesprochen (nicht mit ihm geschlafen).

»Sie dürfen es nicht zu sehr als Geschenk oder als Wunder betrachten, dass Michael sich um sie kümmert«, sagt der Therapeut.

»Ich denke, es ist erstaunlich«, sage ich.

»Machen Sie sich nicht von seiner Zuneigung abhängig«, sagt der Therapeut. Manchmal hat er gar keine Ahnung, was er so redet, aber insgesamt ist er gut, es geht mir schon wieder sehr viel besser, und ich will Dana nicht mehr umbringen, wenn ich sie sehe. Ich wollte sie wirklich umbringen, noch vor drei Monaten. Dann wollte ich mich umbringen. Vor zwei Monaten. Jetzt niemanden mehr.

»Ich hoffe, es bleibt dabei«, meinte Matt letztens am Telefon.

»Beenden Sie mental die Sache mit Sean. Machen Sie bewusst Schluss mit ihm«, sagt der Therapeut, und wir diskutieren Rituale.

Ein Teil davon ist, dass ich in meinem Tagebuch Schluss mit ihm mache. Ich habe das Tagebuch ja nur wegen ihm angefangen. Um alles zu erinnern. Der Rest seiner Vorschläge sind so alberne Dinge wie Fotos verbrennen und in den Firth of Forth werfen.

»Fließendes Wasser«, sagt der Therapeut. »Um die Erinnerungen wegzutragen.«

Warum dann der Firth of Forth? Im Klo fließt das Wasser auch.

Ich habe aber versprochen, all das zu tun.

Also:

Sean, ich kann nicht mehr. Ich habe jahrelang gehofft und gebangt, aber du bist nicht wiedergekommen. Jetzt respektiere ich deinen Wunsch, mich nicht mehr sehen zu wollen. Ich habe dich einmal sehr geliebt, oder vielmehr: Ich habe einmal sehr den Menschen, für den ich dich hielt, geliebt. Seit du fort bist, erfahre ich Dinge über dich, die mir zeigen, wie wenig ich in Wirklichkeit von dir wusste, und dieser neue, dieser andere Sean hat in meinem Herzen keinen Platz. Dieser Sean hat mich verletzt und belogen.

Ich verabschiede mich von dir. Lass dir sagen, dass ich ab sofort nicht mehr wünsche, etwas von dir zu hören. Ich bin fertig mit dir. Ich schließe für immer dieses Buch, ich beende für immer das Kapitel mit dir. Ich habe jetzt ein neues Leben, ein glücklicheres, eines, das zu mir passt, mit einem Mann, dem ich von Herzen vertrauen kann.

Bleib ganz weit weg.

Leb wohl,

Pippa

ENDE

Samstag, 4. Dezember 2010

21.

Ben erwachte mit den schlimmsten Kopfschmerzen in der Geschichte der nordenglischen Arbeiterklasse. Er war in einem schmalen, länglichen Raum, in dem alles aus hochglanzlackiertem hellem Holz zu sein schien. Der Boden war mit beigem Teppich ausgelegt, und Ben lag in einem cremefarbenen Sessel. Motoren brummten, und alles vibrierte. Ihm gegenüber saß Andrew Chandler-Lytton und tippte etwas in einen Laptop.

»Ah, Sie sind wach«, sagte er und lächelte. »Wie geht es Ihrem Kopf? Die Beule ist wirklich hässlich. Sie sollten sie kühlen.«

Ben sah auf seine Handschellen, dann auf den glänzenden Tisch vor sich, auf dem eine Kältekompresse lag. Er nahm sie nicht, sah stattdessen auf die kleinen Fenster mit den abgerundeten Ecken, hinter denen alles schwarz war. »Wo sind wir?«

Andrew sah auf die Uhr. »Zehn vor vier … Wir müssten über Belgien sein. Interessiert es Sie? Soll ich die Flugroute anzeigen lassen?«

»Über Belgien? Fliegen wir nach Schottland?«

»Aber ja doch.«

»Und wem gehört dieses Flugzeug?«

»Mir.«

»Sie wohnen in einem schlichten, eigentlich spießigen Einfamilienhaus, das nicht mal halb so groß ist wie damals ihr Haus in Durham, Sie arbeiten in einem winzigen Büro ohne Mitarbeiter, und dann besitzen Sie einen *Privatjet*?«

»Sie sollten aufhören, Fragen zu stellen, und sich lieber darüber freuen, dass ich Sie nach Hause bringe, bevor Ihnen Schlimmeres zustoßen konnte.«

»Wer war diese Frau, die mich ...«

»Stellen Sie keine Fragen. In Ordnung?«

»Machen Sie mir diese Dinger ab«, sagte Ben und hielt die Arme hoch.

»Wenn Sie versprechen, schön brav sitzenzubleiben, bis wir gelandet sind? Und noch ein paar andere Dinge müssten Sie mir versprechen.«

Das ewige Lächeln des Mannes verwandelte sich dank Bens Kopfschmerzen in eine Karnevalsmaske. Er schloss die Augen und lehnte sich in dem Sitz zurück. »Was noch?«

»Wir hatten ja schon: keine Fragen mehr. Brav sitzenbleiben und tun, was ich Ihnen sage. Und ansonsten ... hören Sie auf, mir hinterherzuschnüffeln. Glauben Sie, ich hätte nicht mitbekommen, dass Sie Ihren Schweizer Kollegen auf mich angesetzt haben? Und vorher auch schon jemanden? Lassen Sie es. Sie glauben gar nicht, wie viele Ihrer Kollegen käuflich sind. Wenn Sie es wegen Fiona tun, machen Sie sich keine Sorgen. Ich habe das Mädchen im Blick, ihr wird schon nichts geschehen.« Endlich hörte er auf zu lächeln. Stattdessen entspannte sich sein Gesicht, und Ben hoffte schon, der Mann würde endlich wie ein normaler Mensch mit ihm reden. »Natürlich liegt es auch in Ihrer Hand, dass Fiona nichts geschieht. Oder Cedric, wo wir schon dabei sind. Wobei Fiona Ihre Achillesferse ist, hab ich recht?«

Das also war der wahre Andrew Chandler-Lytton. Fast wünschte sich Ben das alberne Lächeln zurück. Andererseits lagen jetzt die Karten endlich auf dem Tisch. »Fiona bedeutet Ihnen was«, sagte er.

»Ich habe zwei leibliche Töchter und eine Frau, die ich sehr liebe. Da muss man wissen, was einem wichtiger ist. Machen Sie also keinen Unsinn. Rühren Sie nicht weiter im Dreck. Versuchen Sie nicht dauernd, mir irgendwas anzuhängen. Es wird Ihnen nicht gelingen. Und merken Sie sich: Ich bekomme sofort mit, wenn Sie's doch versuchen.«

Ben starrte ihn an. Dachte nach. Es war alles Scharade gewesen. Eine Inszenierung, die in ihrer Vordergründigkeit die wahren Spuren verwischte. Der Mann arbeitete gar nicht in diesem kleinen Büro. Er hatte nur für Ben dort gesessen. Er wohnte gar nicht in dem Haus, dessen Adresse Ben kannte. Sein Schweizer Kontaktmann, den er auf seiner Seite geglaubt hatte, stand in Wirklichkeit auf Chandler-Lyttons Gehaltsliste und hatte Ben auf die falsche Fährte gesetzt. Wäre der Flug nicht so überraschend gestrichen worden, sondern bereits Stunden zuvor, sodass klar gewesen wäre, dass Ben eine Nacht in der Schweiz bleiben musste, dann wären die Chandler-Lyttons vermutlich in diesem kleinen, bescheidenen Haus gewesen, von dem sie vorgaben, es zu bewohnen. Aber so ... wahrscheinlich hatte Chandler-Lytton sich erkundigt, ob Ben eingecheckt war, und danach die Situation am Flughafen nicht weiter beobachtet. Sein Fehler ... Die Frau mit dem Weimaraner arbeitete wohl für ihn. Sicherheitspersonal. Sie hatte gesagt, sie wohne in Darneys ehemaliger Villa. Was wohl nicht einmal gelogen war. Sie wohnte dort, um die Chandler-Lyttons zu schützen. Und war sicherlich nicht die Einzige. In dem riesigen Haus konnte ein ganzes Sicherheitsteam wohnen, ohne dass man sich über Platzmangel beklagen müsste. Das kleine Wohnhaus ein paar Straßen weiter wurde anders genutzt. Als Gästehaus. Als Büro. Was auch immer. Das ganze Theater nur für Ben? Für ihn und Cedric natürlich. Für wen auch immer. Sie waren vielleicht nicht die Einzigen, die Fragen stellten, und es sollten keine Fragen mehr gestellt werden.

Ben müsste eigentlich tot sein, weil er Chandler-Lytton zu nahe gekommen war. Warum lebte er noch?

»Eine Frage muss ich stellen. Sie betrifft mich, und Sie müssen Sie nicht beantworten. Nur eine Frage, dann halte ich den Mund.«

Andrew lachte. »Journalisten! Ihr hört nie auf zu fragen! Also gut. Fragen Sie.«

»Warum lebe ich noch?«

»Das wissen Sie nicht?«

»Würde ich sonst fragen?«

Er hob die Schultern. »Oh weh, sollte ich Sie wirklich so falsch eingeschätzt haben? Na gut. Schieben wir es auf Ihre Kopfschmerzen. Warum nehmen Sie nicht die Kältekompresse? Sie wird Ihnen guttun. Wir sind noch eine Weile unterwegs, und bis Sie vom Flughafen zu Hause sind ... Nein? Lieber eine Tablette? Ich könnte Ihnen Ibuprofen anbieten. Oder Paracetamol? Auch nicht?«

»Antworten Sie einfach.«

Er hatte wieder zu seinem Lächelgesicht zurückgefunden. »Sie leben noch, weil es sonst niemanden gibt, der Cedric Darney im Zaum halten kann. Wie Sie das machen, ist mir egal. Lügen Sie ihn an oder sagen Sie ihm die Wahrheit, nämlich dass Sie nichts wissen, aber falls Sie mehr wissen, werden Sie alle sterben ... Erzählen Sie ihm irgendwas. Nur halten Sie ihn mir vom Leib.«

Ben schwieg.

»Wissen Sie, wenn ich Sie töten lasse, dann weiß Cedric, dass etwas nicht stimmt. Das denkt er ja ohnehin schon, nur denkt er in die falsche Richtung, zu meinem Glück. Ich will nicht, dass sich das ändert. Er hat mir schon genug Ärger gemacht, und mittlerweile, mein lieber Ben, mittlerweile geht es bei mir um eine ganze Menge mehr als noch vor ein paar Jahren.«

»Sonst hätten Sie keinen Privatjet. Und bekämen nicht so ohne weiteres Start- und Landeerlaubnis für einen internationalen Flug. Sonst würde man Ihnen keine Startbahn freischaufeln, während reguläre Passagierflüge einfach gestrichen werden. Ja, ich dachte mir schon so etwas.« Es konnte nicht um Drogen gehen. Oder um Prostitution. Es ging um was anderes. Waffen. Geld. Auf einem Level, für das sich die ermittelnden Behörden nicht mehr zu interessieren hatten ...

Ben hatte keinen einzigen Hinweis, er könnte vollkommen falschliegen. Aber er wusste, dass er recht hatte. Andrew Chandler-Lytton hatte sich verändert. Er war großspuriger geworden. Weltmännischer. Er hatte die volle Dosis Macht inhaliert und genoss es jede Sekunde ohne Angst, ohne Skrupel. Andrew Chandler-Lytton war dem Größenwahn verfallen. Jetzt blieb es nicht mehr nur bei dem Versuch mitzuspielen, er spielte längst ganz oben mit, was auch immer ganz oben bedeuten mochte. Er fühlte sich unsterblich, und er glaubte, sich alles erlauben zu können. Ohne die Position, in der er gerade war, würde man ihn dezent in die nächste Klinik stecken.

»Wollen wir frühstücken? Wir haben hier eine hervorragende Kaffeemaschine an Bord. Na, überlegen Sie es sich. Ich habe noch ein bisschen zu arbeiten.« Er wandte sich seinem Laptop zu und tippte, vor sich hin summend, auf der Tastatur herum. Ben schloss die Augen und hoffte, wieder bewusstlos zu werden. Um dann aufzuwachen und alles nur geträumt zu haben.

Manchmal wünschte er sich, er hätte diesen verdammten Cedric Darney niemals persönlich kennengelernt. Sein Leben könnte so schön sein.

Drei Stunden später war er endlich zu Hause. Andrew Chandler-Lyttons Flugzeug war auf dem Militärflughafen in Leuchars gelandet, und ein ziviles Fahrzeug mit einem sehr schweigsamen Fahrer hatte ihn bis zweihundert Meter an das Haus gebracht, in dem er wohnte.

Bens Vater, der offenbar auf seine Schritte im Treppenhaus gewartet hatte, riss die Tür auf und umarmte ihn wie einen Totgeglaubten, und bevor er etwas sagen konnte, erzählte John ihm eine wirre Geschichte über D.L., geklaute Klamotten und einen durchgeknallten Cedric. Er wurde gar nicht erst gefragt, wie es in der Schweiz war. Wie sein Flug war. Was er dort gemacht hatte. D.L. lag mit verheultem Gesicht unter Johns Bettdecke auf der Couch und starrte auf den stumm geschalteten Fernseher. Auf dem Tisch stand ein Becher mit etwas, das Ben für Kakao hielt, und John schlurfte lamentierend und kopfschüttelnd durch die Wohnung. Dauernd sagte er so etwas wie: »Was soll aus dem Jungen werden?«

Als D.L. Ben sah, zog er sich die Decke über den Kopf, heulte los und stammelte eine wirre Beichte: Er war aus Spaß mit ein paar Kumpels bei Leuten eingebrochen, wenn die nicht zu Hause waren. Aber sie hätten nie wirklich wichtigen Kram geklaut. Und nie jemanden verletzt. Und die Stiefmutter von diesem Typen, der heute Nacht da war, schon gar nicht. Und bitte, Ben solle auf keinen Fall seiner Mutter etwas davon sagen, die würde ihn totprügeln, seit sein Vater gestorben ist, rastete sie doch wegen jedem Scheiß aus.

John Edwards erzählte Ben, was es mit dem Besuch Cedrics auf sich gehabt hatte, und dass er das Gefühl hatte, dieser »Oberschichtsschnösel« wäre jetzt auf einem ganz schrägen Trip irgendwo da draußen unterwegs und würde glauben, dass ihn jemand umbringen wollte. D.L. füllte weinerlich die

Lücken, indem er von den Mails berichtete, die er und seine Freunde bekommen hatten.

»Wo treibt ihr euch im Internet rum?«, fragte Ben alarmiert und dachte an Andrew Chandler-Lytton, an seine Drohung, alles stets unter Kontrolle zu haben.

»Das läuft über soziale Netzwerke. Wir haben da irgendwo ne Gruppe gegründet und gesagt: Wir langweilen uns, Leute, sagt uns, was wir machen sollen. Fing alles ganz harmlos an, Kühe schubsen und Schafe mit Farbe ansprühen, so Sachen, und dann, vor ein paar Wochen ...« Seine zittrige Stimme verlor sich.

»Wer hat euch gesagt, ihr sollt bei Cedric Darney einbrechen?«

»Ich weiß es nicht. Das hat er mich auch schon gefragt!«

»Hast du die Nachricht noch?«

»Klar, aber ... du kannst da nichts mit anfangen, echt nicht.«

»Zeig sie mir trotzdem.« Er hielt dem Jungen sein Smartphone hin. D. L. begann darauf herumzutippen, zog immer wieder die Nase hoch und warf John und Ben zerknirschte Blicke zu. Dann endlich hatte er die Nachricht gefunden. Er hielt Ben das Telefon hin.

»Da, schau's dir an. Mit einem Nickname unterschrieben, und sein Profil ist nicht richtig ausgefüllt, klar.«

»Von wann ist die Nachricht?«

D. L. zeigte es ihm. Gestern Nachmittag, vier Uhr. In der Schweiz fünf. Als er noch bei Chandler-Lytton im Büro gesessen hatte. Ja, der Mann hatte am Computer herumgetippt, diese Mail musste er vorbereitet haben, um sie abzuschicken, wenn Ben bei ihm auftauchte. Der Nickname lautete: TONY L. Fehlte nur noch ein T, und es war ein Anagramm von LYTTON. Es könnte Zufall sein. Aber wie wahrscheinlich war das? Steckte Chandler-Lytton hinter dem Mord an Lillian? Und – warum war er mit nach Schottland geflogen? Sicher nicht, um Ben Gesellschaft zu leisten oder ihm einzuschärfen, dass er Cedric zurückpfeifen sollte. War Andrew wirklich schon wieder auf dem Rückweg? Hatte er hier noch etwas zu besprechen? Wenn er auf der Militärbasis landen konnte, was bedeutete das?

Oder war er auf der Suche nach Cedric?

Noch während Ben Cedrics Nummer wählte, rief er seinem Vater zu: »Pass auf den Jungen auf! Ich muss weg!« Dann rannte er ins Treppenhaus. Cedric meldete sich nicht. Er versuchte es noch einmal, und eine Frauenstimme brachte ihn dazu, sofort abzubremsen. Langsam ging er weiter bis zur Haustür.

»Wer ist da?«, fragte er verwundert. »Habe ich mich verwählt?«

»Nein, hier ist Dana Murray. Ihr Freund kann nicht ans Telefon gehen.«

»Was ist mit ihm? Ist etwas passiert?« Er riss die Haustür auf und rannte die Straße hinunter zu seinem Auto.

»Ja, wir . . .«

»Kann ich helfen? Wo sind Sie?« Er schloss die Wagentür auf und wollte gerade einsteigen, als es hinter ihm hupte.

Cedrics Mercedes. Am Steuer eine Frau mit einem Handy. Sie winkte ihm zu. Als er neben dem Wagen stand, sah er Cedric auf der Rückbank liegen. Er rührte sich nicht.

»Was haben Sie mit ihm gemacht?«, schrie er die Frau an.

»Nichts. Er hat von ganz alleine angefangen zu kotzen, sonst hätte ich versucht, ihn dazu zu bringen. Er hat seine Pillen überdosiert. Das hat er auch ganz alleine geschafft. Und jetzt ist er durch.«

»Scheiße. Er muss ins Krankenhaus.«

»Die können auch nichts mehr machen. Glauben Sie mir, ich kenne mich damit aus.«

»Wir können ihn doch nicht so ...«

»Er wird wieder. Wir haben noch eine Menge vor.«

»Oh. Ja. Er ist in Gefahr, Sie müssen ihn wegbringen. *Wir* müssen ihn wegbringen. Der Typ, der seine Stiefmutter umgebracht hat, ist wahrscheinlich noch in Schottland und hinter ihm her. Wir ...«

«Lillians Mörder ist wirklich in Schottland, aber ich glaube nicht, dass er vorhat, dem armen Jungen etwas anzutun.«

»Was?«

Sie ging ums Auto herum und öffnete die Beifahrertür, wie eine Chauffeurin. Er sah durch das Fenster auf Cedric, der unbeweglich auf dem Rücksitz seines eigenen Wagens lag. Unmöglich zu sehen, ob er überhaupt noch atmete.

»Steigen Sie ein. Wir reden unterwegs.«

»Wo fahren wir hin?«

»Zu meiner Schwester.«

Auszug aus Philippa Murrays Tagebuch

~~ENDE~~

Montag, 29. 11. 2010

Kjellberg? Was ist das für ein Name ... schwedisch?

Pete war bei uns. Er hat uns noch nie besucht. Michael wusste im ersten Moment gar nicht, wer das war. »Pete Butler«, sagte er, und Michael brauchte zehn Sekunden, bis es Klick machte. Seans Vater.

»Ich werde Sean für tot erklären lassen«, sagte Pete.

Michael sagte nichts, sah mich nur an. Ich konnte seine Gedanken lesen: »Endlich.«

»Das geht erst nach sieben Jahren. Morgen in einer Woche sind es sieben Jahre. Ich habe schon alles vorbereitet. Ich werde seine Sachen wegwerfen. Oder begraben. Ich muss mich befreien.«

»Ich halte das für eine gute Idee ... für den richtigen Weg.« Michael platzte damit heraus, und ich sagte immer noch nichts. Was auch?

»Ja, jedenfalls, Pippa, willst du etwas behalten? Als Andenken?«

Ich schüttelte den Kopf, aber Pete kannte mich besser.

»Ich habe ein paar Dinge aus seinem alten Zimmer dabei ... vielleicht siehst du sie bei Gelegenheit durch.« Ein Leben in einem Schuhkarton. Er stellte den Karton neben den Wohnzimmertisch, vorsichtig, als enthielte er etwas Zerbrechliches. Tat er irgendwie wohl auch. »Ich geh wieder nach Hause. Hoffentlich hab ich euch nicht zu sehr gestört.« Und bevor er zur Haustür rausging: »Er war kein schlechter Mensch.«

.Ich sah mir alles mit Michael zusammen an. Alte Postkarten, die sich Sean offenbar als Junge irgendwo gekauft und selbst geschrieben hatte. Fotos von Sean als Kind mit seiner Mutter, mit Pete, mit beiden. Am Strand, in St Andrews, in den Highlands, in Glasgow. Wenige Fotos aus der Pubertät, noch weniger von Sean als jungem Mann. Er hatte gut ausgesehen, aber irgendwann hatte er einen harten Zug um die Augen herum bekommen. Einen kalten Blick, den ich manchmal auch gesehen hatte.

Ein paar handgeschriebene Blätter, Schulaufsätze. Ein paar selbst gemalte Bilder.

»Warum gibt er mir das?«, fragte ich Michael.

»Damit du siehst, dass Sean auch mal ein Kind war. Fragen wir ihn das nächste Mal, wenn wir ihn sehen.«

»Was ist das?« Ich hielt ein dunkelblaues Büchlein in der Hand.

»Kalender? Notizbuch? Adressbuch?«

Ich öffnete es. Ein Notizbuch mit einem Adressregister. Im Notizteil hatte sich Sean alle möglichen Geburtstage notiert, es gab ein paar Skizzen, die wie Wegbeschreibungen aussahen, Einkaufslisten, alles Mögliche. Ich blätterte zum Adressteil vor und sah nur Namen, mit denen ich nichts anfangen konnte. Es waren nicht viele, aber keiner war mir bekannt. Seans Leben vor meiner Zeit. Vor einer Zeit, in der er ein Handy besitzen würde.

»Moment.« Michael nahm mir das Büchlein aus der Hand und blätterte ein paar Seiten zurück. »Hier. Oh, da hat er wohl jemanden gar nicht gemocht. ›Stirb, Schlampe!‹ steht hier. Den Namen hat er leider durchgestrichen.«

Ich nahm es wieder an mich. Versuchte, den Namen unter den Kugelschreiberstrichen zu lesen. Hielt die Seite gegen das Licht, kniff die Augen zusammen, konzentrierte mich auf jeden einzelnen Strich.

»Kjellberg«, entzifferten wir nach ein paar Minuten. »Was ist das für ein Name?«

»Skandinavisch, glaube ich«, sagte Michael. »Schwedisch?«

»Nie gehört. Er hat nie von einem schwedischen Freund gesprochen.«

»Wohl eher eine schwedische Freundin«, sagte Michael. »Immerhin soll die Schlampe sterben.«

Ich versuchte es weiter. »Mit L...«, sagte ich. Und dann sah ich den Namen vor mir, als hätte ihn Sean nie durchgestrichen: »Lillian Kjellberg!«

»Wer ist das? Du klingst, als würdest du sie kennen.«

Ich nickte. »Ich habe mal Tee mit ihr getrunken.«

Es gibt keine Zufälle. Nie.

22.

Die Fahrt zum Loch Awe dauerte fast vier Stunden. Dana musste langsam fahren, weil die Straßen abseits der Autobahn nur schlecht geräumt waren. Cedrics Mercedes hatte zwar Winterreifen, aber das half bei vereisten Stellen und Schneeglätte nicht. Ben hatte sich nicht auf den Beifahrersitz, sondern nach hinten gesetzt, um nach Cedric zu sehen. Er kontrollierte immer wieder Cedrics Puls und achtete darauf, dass er richtig lag.

Sie sprachen nur das Allernötigste. Dana hatte den Eindruck, dass es Ben ähnlich schlecht ging wie Cedric, aber wohl aus anderen Gründen. Er hatte eine Schwellung an der Stirn, seine Augen waren blutunterlaufen, darunter dunkle Ringe, und immer wieder nickte er ein. Er schien froh, nicht viel reden zu müssen, und er gab sehr schnell auf, ihr Fragen zu stellen. Sie hatte nur gesagt: »Wir fahren zu Loch Awe. Dort ist meine Schwester. Ich habe es heute Morgen erfahren.« Alles Weitere würde er noch früh genug mitbekommen.

Es hatte die ganze Nacht nicht geschneit, und Dana erlebte nun einen der schönsten Sonnenaufgänge ihres Lebens. Die hügelige Landschaft schien mit einer perfekten Schneedecke überzogen, die Sonnenstrahlen glitzerten darauf, als träfen sie auf geschliffenes Glas. Sie fuhr bei Stirling von der Autobahn ab, die Straße schlängelte sich durch Callander und den Loch Lomond and the Trossachs National Park, vorbei an wunderschönen kleinen Seen und durch märchenhaft verschneite Wälder, später dann am Südufer von Loch Awe entlang bis zu einer mittelalterlichen Ruine. Pete wartete dort auf sie. Er stand neben einem klapprig wirkenden alten Vauxhall, und als er Dana erkannte, ging er zum Kofferraum und öffnete ihn. Dana parkte neben ihm.

»Der Junge kann nicht mit«, sagte Pete, als er Cedric sah. »Der sieht krank aus.«

»Alles in Ordnung«, sagte Cedric, und Dana musste lächeln, als sie sah, wie er sich um Haltung bemühte.

»Keiner von Ihnen hat anständige Kleidung. Haben Sie denen denn nichts gesagt?«

Dana zuckte die Schultern. »Sie sagten, es wird ein bisschen kalt, und wir müssen ein bisschen laufen?«

»Anderthalb Kilometer Luftlinie, aber wir müssen da rauf.« Er zeigte auf etwas hinter Dana. Sie drehte sich um. »Wir gehen in die Berge?«

»Berge sind das noch nicht. Aber wir müssen da rauf, ja.«

Sie sah auf ihre gefütterten Winterstiefel. »Na gut, los geht's.«

»Und die feinen Herren?«

Die beiden trugen warme Jacken. Bens Schuhe schienen einiges zu vertragen, aber die von Cedric sahen eher nach einem Stadtspaziergang aus.

»Es geht«, versicherte er tapfer und sah gleichzeitig so aus, als würde er am liebsten in den nächsten Straßengraben kotzen.

»Sie können auch hier warten. Oder ein Stück die Straße runterfahren, bis sie was finden, wo sie sich reinsetzen und aufwärmen können.« Pete fühlte sich sichtlich unwohl in Cedrics Gegenwart, aber der junge Mann interessierte sich nicht dafür.

»Ich komme mit.«

»Ich pass schon auf ihn auf«, sagte Ben.

Pete warf einen letzten zweifelnden Blick in die Runde, dann nickte er und ging voran. »Sie folgen mir. Wir werden bestimmt eine Stunde unterwegs sein, das Gelände ist nicht das gängigste.«

Und dann zogen sie los. Es war das erste Mal für Dana, dass sie so etwas wie eine Wanderung unternahm. Und so weit weg war von Cafés, Funkmasten und Verkehrslärm. Sie wüsste nicht, wann es jemals so still in ihrem Leben gewesen war. Da sie am Ärmelkanal lebte, war das Meeresrauschen ein ständiger Begleiter. Aber hier in den Highlands – noch ein erstes Mal für sie – hörte man nichts, außer dem Knirschen des Schnees unter ihren Füßen.

Sie kamen gut voran. Cedric und Ben fielen manchmal etwas zurück, und einmal stürzte Cedric. Die Wege waren unter normalen Bedingungen schon schwierig: teilweise steil auf- oder abwärts, meist sehr schmal, durchweg uneben. Der Schnee machte es nicht besser, Cedrics handgenähte Lederschuhe waren schon jetzt komplett ruiniert, seine Füße vermutlich Eisklumpen. Aber sie schafften es. Am frühen Nachmittag, nach etwas über einer Stunde Fußweg, brach der Wald auf, und sie standen vor einem malerischen kleinen See mit zwei winzigen Inseln in der Mitte. Der See war zugefroren, und das Ufer war rundum abschüssig.

»Kein Ort für Touristen«, sagte Ben.

»Das ist der Grund«, sagte Pete.

»Wofür?«

»Dass wir hier sind.«

Dana sah Panik in Cedrics Augen. »Nein«, sagte sie schnell. »Sie müssen keine Angst haben. Ich habe Ihnen doch gesagt, wir gehen zu meiner Schwester. Pete, ist das die Stelle?«

Pete nickte. »Sie ist hier«, sagte er. »Unter dem Eis.« Er sah Dana direkt in die Augen. »Dana, es tut mir sehr, sehr leid.«

Sie nickte nur und sah auf die geschlossene Eisdecke.

»Mr Darney«, hörte sie Pete sagen. »Verzeihen Sie mir. Ich wünschte, ich könnte die Zeit zurückdrehen.«

Als sie sich umdrehte, sah sie, wie Pete davoneilte. Ben wollte ihm folgen, aber Cedric hielt ihn zurück.

»Lassen Sie ihn.«

»Aber er hat Ihre ...«

»Lassen Sie ihn.« Cedric ging auf Dana zu, nahm ihren Arm und drückte ihn leicht. »Kann ich etwas für Sie tun?«

Sie schüttelte den Kopf. »Nein. Nur ... bleiben. Bis ich ...« Sie deutete auf den See und konnte ihn kaum noch erkennen. Alles vor ihren Augen war verschwommen. Sie zog einen Handschuh aus und wischte sich die Tränen weg. »Ich brauche Zeit.«

Dana zog den Reißverschluss ihres Daunenmantels auf. In der Innentasche steckte etwas, das dick mit Papier umwickelt war. Sie musste auch den zweiten Handschuh ausziehen, um es zu lösen. Darin lagen zwei junge rote Röschen, deren Dornen so klein und zart waren, dass sie wie Stecknadeln piekten. Sie ging vorsichtig ein Stück weiter, bis sie zu einer Stelle kam, an der es ziemlich flach zum See hinunterging. Schritt für Schritt arbeitete sie sich vorwärts, und als sie nahe genug am Ufer stand, warf sie die beiden Rosen auf das Eis.

PIPPA

Pete parkt den Wagen, und wir gehen zu Fuß weiter. Es ist schon stockdunkel, obwohl noch früher Abend ist, und Pete ist unsicher. Er sagt: »Ich habe eine Karte und einen Kompass und eine starke Taschenlampe, aber ich war noch nie vorher hier. Und vielleicht hat sie mir auch einfach nur Scheiße erzählt.«

»Wir gehen trotzdem weiter«, sage ich und leuchte mit seiner Taschenlampe den Weg.

Ich sagte heute Morgen zu Pete, dass Sean noch lebt. Ich sagte zu ihm: »Hör mir zu, ich weiß es. Er hat jemanden getötet, wir müssen etwas unternehmen. Die Hauptsache ist doch, dass er erst einmal gefunden wird.«

Aber Pete sah mich nur an und schüttelte den Kopf. »Er lebt längst nicht mehr«, sagte er.

Ich erzählte ihm, was passiert war. »Nachdem wir telefoniert haben wegen des Namens in seinem Notizbuch. Lillian Kjellberg. Danach bin ich fast durchgedreht. Ich dachte: Diese Frau muss etwas wissen. Ich hab sie damals auf diesem Landsitz in der Nähe von St Andrews gefragt, ob sie ihn kennt, und sie hat gesagt, sie könnte sich nicht mal dran erinnern, mit wem sie in den letzten drei Wochen alles gesprochen hat. Und dann meinte ihr Mann was von so einem Typ, der ihr mal ins Auto gefahren wäre. Aber jetzt weiß ich, dass sie mich angelogen hat. Wahrscheinlich haben mich beide angelogen.«

»Pippa ...«

»Nein. Warte. Ich konnte an nichts anderes mehr denken. Und dann bin ich zu ihr hinausgefahren, um mit ihr zu reden, aber sie war schon tot. Die Tür stand auf, ich bin rein und hab sie gefunden. Jemand hatte ihr den Schädel eingeschlagen, ihr Gesicht war ... Es sah furchtbar aus.«

»Pippa, hör auf ...«

»Und dann sah ich diesen Zettel neben dem Telefon, da stand eine Nummer drauf. Und ein Name. Hingeschmiert. Es sah aus wie *SEAN*! Also habe ich dort angerufen. Er ist drangegangen! Es war eine Nummer in Edinburgh! Er ist hier!«

»Nein.« Pete war ganz traurig, er hatte Tränen in den Augen. »Setz dich hin«, sagte er. Aber ich setzte mich nicht, und dann sagte er: »Sean ist tot, und deshalb habe ich diese Frau umgebracht.«

Jetzt musste ich mich setzen. Ich brauchte eine Weile, um zu verstehen. »Warum hast du das getan?«, fragte ich ihn, und Pete erzählte mir alles. Ich sah es vor mir, während er erzählte, ich erlebte es mit.

Sean war einmal mit dieser Frau zusammen gewesen. Eine Beziehung mit leidenschaftlichen Höhen und Tiefen. Es tat mir weh, davon zu hören, ich wäre immer gerne die Einzige für Sean gewesen, so wie er diese ganz große, ganz besondere Liebe für mich war. Jedenfalls hatten die beiden eines Tages so schrecklichen Streit, dass sie sich trennten. »Schwer zu sagen, wer wen verlassen hat, sie warfen sich die schlimmsten Beschimpfungen an den Kopf, prügelten sich sogar, und ab diesem Tag hassten sie sich wie die Pest.«

Eine Weile danach lernte Sean mich kennen, und er hatte große Angst, ich würde ihn verachten, weil er kein Geld hatte und mir nichts bieten konnte. Diese Angst wuchs ständig und wurde am größten, als wir in Edinburgh zusammenlebten. Er bekam einfach keinen richtigen Job. Er überlegte schon, ob er wieder seine Kumpels von früher kontaktieren sollte, die, mit denen er die Einbrüche verübt hatte. Aber dann hörte er von Lillian, und dass sie einen reichen Typen an Land gezogen hatte. Nicht nur reich, sondern steinreich. Einen Lord, der vor Geld nicht geradeaus gehen konnte. Sean rief deshalb bei Lillian an und verabredete sich mit ihr. Er schilderte ihr seine Situation. Sagte ihr: »Ich will diese Frau behalten. Ich will nicht ohne sie leben. Ich werde sie verlieren, wenn ich ihr nichts bieten kann.«

Lillian lachte ihn aus. Er kam wieder und wieder, und sie lachte ihn jedes Mal aus. Schickte ihn weg. Sie erzählte Pete sogar, dass sie seinen Sohn ausgelacht hatte. Sie lachte Sean auch bei ihrem letzten Treffen aus und sagte: »Welchen Grund hätte ich, dir auch nur ein Pfund zu geben?« Und er sagte: »Ich könnte deinem Zukünftigen so einiges aus deiner Vergangenheit erzählen, von dem er bestimmt noch nichts weiß.« Dass sie mit einem verurteilten Straftäter zusammen gewesen war. Dass ihre durchgeknallte Mutter sie als kleines Mädchen losgeschickt hatte, um Alkohol zu kaufen. Dass sie manchmal mit Männern für Geld geschlafen hatte, um sich ein schönes neues Kleid leisten zu können. Dass sie nicht nur ein Mädchen aus einfachen Verhältnissen war, sondern eher das, was ein Darney als ausgemachte Schlampe bezeichnen würde. Falls er diese Worte in seinem Vokabular hatte.

Daraufhin wurde sie wütend und schrie: »Wenn du das tust, wirst du es dein Leben lang bereuen! Und jetzt hau ab. Schau doch selbst, wo du dein Geld herbekommst, ich finanziere dir doch nicht *deine* Schlampen.«

Mit einem Mal war wieder alles wie früher. Sie schrien sich an, beleidigten sich gegenseitig, Sean holte aus, um sie zu ohrfeigen, und Lillian schlug zurück. So hart und fest, dass er das Gleichgewicht verlor und mit dem Genick auf der Tischkante landete. Das Geräusch würde sie niemals vergessen, sagte sie zu Pete und sah ihm dabei ohne Reue ins Gesicht. »Das Geräusch der Freiheit«, nannte sie es. Endlich frei von Sean, der ihr so zugesetzt hatte. Sie hatte ihm eine halbe Ewigkeit nachgeweint, und er hatte immer gesagt: Ich habe jetzt eine andere. Und dann kam er vorbei und wollte sich von ihr für seine Neue bezahlen lassen? Sie erpressen? Und jeder wusste: Wenn man sich einmal erpressen ließ, dann hörte es nie mehr auf. Dann ging es jahrelang so weiter.

»Sean war tot, und ich war in Sicherheit. Ich wusste nur nicht, was ich mit ihm machen sollte.« Sie rief ihren neuen Freund an, den Lord, und erzählte ihm in geschönter Form, was geschehen war. Der Lord kam zu ihr, und sie schafften Sean in der Dunkelheit ins Auto, fuhren mit ihm an einen abgelegenen Ort, an den sich so schnell niemand verirrte, schon gar nicht in der Nacht, wickelten ihn in Gartenfolie, verschnürten ihn, beschwerten ihn mit Gewichten und versenkten ihn im Wasser. Auf dass er nie wieder auftauchen würde. Auch dieses Geräusch, sagte Lillian zu Pete, würde sie niemals vergessen. Das Platschen der Leiche, als sie auf die Wasseroberfläche traf. Lillian lächelte, während sie davon erzählte. Das war der Moment, in dem Pete die Kontrolle verlor. Er packte sie und schlug sie mit dem Kopf gegen die Wand. Schrie sie an, sie solle aufhören zu lachen, aber sie hörte nicht auf. Bis er irgendwann merkte, dass sie längst tot war und er ihr Lachen immer noch hörte. Er war sich nicht einmal sicher, ob sie überhaupt gelacht hatte. Pete trug sie zu einem Sessel und setzte sie dorthinein. Dann verließ er das Haus und fuhr nach Hause.

Ich fragte ihn: »Woher wusstest du, wo sie war?«

Er sagte: »Von dir. Wir haben doch drüber gesprochen. Ich habe mir das Auto von meinem Nachbarn genommen und bin hingefahren. Er ist im Urlaub, ich habe seine Schlüssel.«

Ich sagte: »Pete, stimmt das? Wollte er sie erpressen, um Geld zu haben, damit er mir etwas bieten kann? Ich war doch zufrieden mit allem, wie kam er denn auf diesen Blödsinn?«

Pete zuckte die Schultern und sagte nichts. Ich wusste nicht, was wir tun sollten. Zur Polizei gehen? Vorher wollte ich wissen, wo Sean war. Ich fragte Pete, ob er mir die Stelle zeigen könnte.

Er sagte: »Das Wetter ist schlecht. Es ist gefährlich. Ein langer Weg mit dem Wagen, dann noch eine Wanderung. Es wird bald dunkel.«

Aber ich überredete ihn, und dann saßen wir im Auto und fuhren. Es dauerte schrecklich lange, und es schneite immer stärker. Ich stellte ihm Fragen über Sean, damit die Zeit verging. Ich fragte ihn auch nach Sachen, die ich längst wusste. Ich fragte ihn: »Bist du erleichtert zu wissen, was mit ihm geschehen ist?« Ich fragte ihn: »Fühlst du dich besser, weil die Frau tot ist, die seinen Tod zu verantworten hatte?« Ich hörte die Antworten nicht richtig. Ich vergaß sie auf der Stelle, weil ich für mich versuchte, Antworten zu finden.

Ich dachte die ganze Zeit: Er ist wegen mir gestorben. Er wollte mir etwas beweisen, und deshalb ist er gestorben. Ich habe alles versucht, um ihm klarzumachen, dass es mir nichts ausmacht, wenig Geld zu haben. Dass mir egal ist, was er arbeitet. Er hat mir nicht geglaubt. Wie konnte er auch. Ich bin immer nur die Oberschichtzicke gewesen, egal, wie sehr ich auch versucht habe, genau das Gegenteil meiner Schwester zu sein.

Er musste wegen mir sterben. Wie soll ich damit leben?

Pete parkte den Wagen, und wir gingen zu Fuß weiter. Es war schon stockdunkel, obwohl noch früher Abend war, und Pete war unsicher, er sagte, er hätte eine Karte und einen Kompass und eine starke Taschenlampe, aber er wäre noch nie zuvor hier gewesen, und vielleicht hätte Lillian ihm auch Scheiße erzählt. Wir gingen trotzdem weiter. Ich leuchtete mit der Taschenlampe den Weg. Wir verliefen uns ein paar Mal, aber nach zwei Stunden ...

Wir kommen an.

Er sagt: »Ja, hier muss es sein. Hier haben sie Sean ...«

»Begraben«, sage ich. »Lass es uns so nennen. Hier ist sein Grab.«

Wir stehen in der Dunkelheit nebeneinander und schweigen. Wir verabschieden uns von ihm. Jeder auf seine Art. Ich denke daran, dass unser letzter gemeinsamer Tag so schrecklich war.

»Sieh mal, der See ist schon zugefroren«, sagt Pete. »Hier oben ist es immer ein paar Grad kühler als in der Stadt. Und auf der Höhe sowieso.« Er scharrt mit dem Fuß im Schnee herum, dann hebt er einen Stein auf und wirft ihn auf den See. Tatsächlich bleibt der Stein liegen. Ich leuchte die Oberfläche ab, so weit der Lichtkegel der Taschenlampe reicht.

»Das sieht schön aus«, sage ich. Ich gehe näher ran.

Pete sagt: »Pass auf, es ist steil und rutschig.«

Es ist mir egal. Ich will so nah wie möglich an Seans Grab sein. Ich muss mich bei ihm entschuldigen, denn wie ich es auch betrachte, ich bin letzten Endes schuld an seinem Tod.

Pete ruft: »Geh ein Stück weiter nach rechts, da ist es flacher.«

Ich sage: »Mach dir keine Sorgen, ich hab feste Schuhe an.«

Was soll schon passieren, es ist nur Schnee. Ich taste mich Schritt für Schritt den Abhang hinunter. Die Taschenlampe behindert mich. Ich stecke sie so in den Schnee, dass sie mir den Weg bis ans Ufer leuchtet.

Pete sagt: »Warte, ich nehme die Lampe und leuchte dir den Weg. Wir sollten es weiter da drüben versuchen, bitte.«

Ich sage: »Wieso, es geht doch gut. Bleib du dort oben.«

Beim nächsten Schritt verliere ich den Halt und rutsche den Abhang hinunter. Ich versuche, mich festzuhalten, ich bekomme keinen Halt mehr. Pete ruft etwas.

Ich höre meinen Schrei ...

... und ich höre ...

... wie das Eis unter mir kracht ...

Philippa Murray

† 30. November 2010

Freitag, 5. März 2011

23.

Cedric hasste es, unter Menschen zu sein. Je mehr Menschen, desto unwohler fühlte er sich. Vor allem, wenn es Anlässe waren, bei denen Gefühle drohten, außer Kontrolle zu geraten. Die Beisetzung von Sean Butler und Pippa Murray hatte ihn schon seine ganze Kraft gekostet, aber jetzt zwangen sie ihn noch, im Pub zu sitzen und zuzusehen, wie sich alle um ihn herum betranken.

Alkohol, der umgangssprachliche Name für Ethanol, C_2H_6O. Flüssig, durchsichtig, leicht entzündlich. Entsteht aus der Vergärung von Zucker oder stärkehaltigen Lebensmitteln. Vielseitig einsetzbar wie beispielsweise ...

Ben unterbrach seinen Gedankengang. »Halten Sie es noch einen Moment aus?« Seine Aussprache war nicht mehr ganz klar. Er war bei seinem fünften Pint.

Cedric schüttelte den Kopf, aber Ben sah gar nicht mehr zu ihm, weil seine Freundin Fiona etwas zu ihm sagte, das Cedric nicht hören konnte. Sie zeigte auf ihr Smartphone und Ben richtete seine ganze Aufmerksamkeit auf das, was er offenbar durchlesen sollte.

Cedric lehnte sich vorsichtig zurück, schloss die Augen und konzentrierte sich ganz auf die Atmung. Seine Notfallroutine brauchte er nicht mehr ganz so häufig wie früher, aber es gab immer noch diese Momente. Er hatte den Arzt gewechselt und damit auch die Medikamente, was er nun einnahm, war längst nicht so stark, half aber trotzdem, insgesamt ruhiger zu sein. Der neue Arzt hatte ihn auch beraten können, was seinen

Bruder William betraf. Er war jetzt sicher, dass William in der Pflegefamilie bestens untergebracht war, und seine finanziellen Zuwendungen halfen auch den anderen Kindern, mit denen William zusammen in den nächsten Jahren aufwachsen würde. Und noch etwas hatte der neue Arzt bewirkt: Er hatte Cedric klargemacht, dass es überhaupt keinen Grund gab, sich selbst unter Druck zu setzen. »Sie sind, wie Sie sind. Wenn Sie das als Erstes akzeptieren könnten und sich in dieser Beziehung keinen Stress mehr machten, wäre uns schon viel geholfen.«

Auf diesen Arzt hatte er sein Leben lang gewartet.

Und ohne ihn hätte er die vergangenen Wochen sicher nicht ertragen. Dana hatte ihn gebeten, ihr zur Seite zu springen, als es darum ging, die Murrays zu überreden, dass Pippa zusammen mit Sean beigesetzt werden sollte. Keiner wusste zu dem Zeitpunkt, wann es so weit sein würde, wann das Wetter eine Bergung der Leichen zulassen würde.

»Ich habe nichts damit zu tun«, sagte Cedric und fühlte sich hilflos.

»Auf Sie wird man hören«, sagte Dana, blieb stur und tauchte eines Tages wirklich mit ihren Eltern, ihrem Ehemann, ihrem Bruder und dessen Frau vor seiner Haustür auf. Er kam nicht wirklich zu Wort, da Dana ununterbrochen auf ihre Sippe einredete. Aber seine Aufgabe bestand ohnehin darin, lediglich hin und wieder beipflichtend mit dem Kopf zu nicken oder zustimmende Geräusche von sich zu geben. Aus einem ihm unverständlichen Grund hatten die Murrays solchen Respekt vor ihm, dass sie Dana schließlich nachgaben und sich am Ende bei ihm für das erkenntnisreiche Gespräch bedankten.

Es gab immer noch viel zu viele Dinge in der zwischenmenschlichen Kommunikation, die sich ihm nicht erschließen wollten.

Die Beisetzung hatte er nun hinter sich, und da es niemanden gab, der die Gäste bei sich zu Hause aufnehmen wollte (Michael McLean, der Lebensgefährte von Pippa, weigerte sich aus nachvollziehbaren Gründen, und Pete, der Vater von Sean, befand sich seit einigen Wochen im Gefängniskrankenhaus), saß die Trauergesellschaft in einem Pub und benahm sich Cedrics Empfinden nach schlecht. Was nicht nur, aber zu großen Teilen, am Alkohol lag.

»Ich muss wieder ins Büro«, sagte Isobel Hepburn und drückte seine Schulter. Er hatte nicht bemerkt, dass sie neben ihm war. »Du hältst dich gut.«

»Findest du?«, fragte er, lächelte aber. Sie winkte ihm zum Abschied noch einmal zu, und auch Ben und Fiona winkten zurück, als Bens Vater John mit einer neuen Runde Bier an den Tisch trat. Er sagte etwas zu Fiona, oder vielmehr, er erzählte ihr eine aufregende Geschichte, wenn Cedric die Mimik der beiden richtig deutete.

Ben rutschte näher zu Cedric. »Unglaublich, wie gut sie mit ihm umgehen kann. Ich habe nie so viel Geduld.«

»Neuigkeiten, wie es mit ihm weitergeht?«

»Meine Mutter will ihn immer noch nicht zurück. Sie sagt, sie hat gerade die beste Zeit ihres Lebens. Die Kinder aus dem Haus, der Mann aus dem Haus, ich soll ihn bitte behalten, damit ich einen Eindruck bekomme, was sie jahrzehntelang mitmachen musste.« Ben lachte.

»Wenigstens hat er eine eigene kleine Wohnung«, sagte Cedric.

»Dank Ihnen.« Ben prostete ihm zu.

»Wie geht es sonst?« Cedric nickte in Fionas Richtung.

»Chandler-Lytton hat ihr schon wieder geschrieben«, sagte Ben.

»Schon wieder?«

»Schon wieder.«

»Wie oft schreibt er ihr mittlerweile, jede Woche?«

Ben stieß Luft aus. »Tut so, als hätte er seine späten Ex-Stiefvater-Pflichten entdeckt. Ex-Stiefvater? Kann man das so sagen?«

»Genau genommen müsste man ihn ...«

»Nicht jetzt«, sagte Ben. »Ich weiß, dass Sie gleich komplizierte Dinge sagen werden, und dazu bin ich zu betrunken.«

»Was schreibt Chandler-Lytton? ›Grüße aus der Schweiz, und zieh dich warm an, wenns draußen kalt ist, mein Kind‹?«

»So ähnlich. Es geht ihm nicht um sie, es geht ihm darum, uns zu zeigen, dass er präsent ist. Aber ich bring's nicht übers Herz, ihr das zu sagen. Sie freut sich komischerweise, dass er den Kontakt sucht.«

Cedric antwortete nicht. Er konnte Fiona verstehen. Da vermittelte jemand Liebe und Fürsorge und Interesse, und sie saugte all das auf wie ein Schwamm. Stattdessen sagte er: »Glauben Sie wirklich, er würde ihr etwas tun, wenn Sie ...«

Ben nickte. »Ihr. Ihnen. Uns allen.«

»Denken Sie immer noch, es geht um Militärgeheimnisse? Oder Waffen?«

Ben nickte wieder und trank sein Bier aus. Fiona zog an seinem Ärmel und zeigte ihm wieder etwas auf ihrem Smartphone. Bevor sich Ben zu ihr drehte, sah er Cedric an und rollte mit den Augen, lächelte aber dabei.

Cedric lächelte zurück. Der Lärm um ihn herum ebbte ab, weil eine größere Gruppe das Pub verlassen hatte. Er atmete auf, ganz so, als gäbe es nun auch mehr Luft für ihn. Niemand der noch anwesenden lauten, betrunkenen Menschen zeigte Anzeichen dafür, demnächst aggressiv zu werden, was Cedric beruhigte.

Dann fiel ihm sein Bruder wieder ein, und er machte etwas,

das er sich in den vergangenen Monaten angewöhnt hatte: Er hielt sich die Ohren zu.

Und sah sich die Menschen an, ohne sie hören zu können.

Er versuchte, ihre Gesichter, ihre Gesten zu lesen, merkte, wie sich etwas in ihm beruhigte.

Vielleicht, dachte er nämlich, vielleicht war es gar nicht so schlimm, unter Menschen zu sein. Man konnte sie ausblenden, dann ging es ganz gut. Wie absurd, etwas so Wichtiges von einem Kleinkind zu lernen. Das, wenn es nach dessen Mutter gegangen wäre, gar nicht hätte geboren werden dürfen.

Cedric wusste jetzt schon, dass er seinem Bruder niemals die Wahrheit über seine Mutter sagen würde. Jedenfalls nicht die ganze Wahrheit.

»Spannend, emotional, atmosphärisch dicht.«

Sebastian Fitzek

Zoë Beck
DER FRÜHE TOD
Psychothriller
304 Seiten
ISBN 978-3-404-16309-0

Nur eine Hand ragte aus dem Ufergestrüpp hervor, sein Ehering funkelte im noch schwachen Licht. Weiterlaufen!, rief ihr die Stimme wieder zu, aber sie hörte nicht auf sie. Langsam bog sie stattdessen die Zweige auseinander, um ihn sich näher anzusehen …

Beim Joggen macht Caitlin eine grausige Entdeckung: Der Mann, der da im Gebüsch vor ihr liegt, ist tot. Doch noch schlimmer ist: Er ist kein Unbekannter. Bei der Leiche handelt es sich um ihren Exmann, den sie gehofft hatte nie wieder sehen zu müssen. Vor Kurzem erst ist sie von London in die schottischen Highlands gezogen, um vor ihm und ihrer Vergangenheit zu fliehen. Doch wer hätte ein Motiv haben können, ihn zu töten – außer Caitlin selbst?

Bastei Lübbe Taschenbuch

Werden Sie Teil der Bastei Lübbe Familie

⁑ Lernen Sie Autoren, Verlagsmitarbeiter und andere Leser/innen kennen

⁑ Lesen, hören und rezensieren Sie Bücher und Hörbücher noch vor Erscheinen

⁑ Nehmen Sie an exklusiven Verlosungen teil und gewinnen Sie Buchpakete, signierte Exemplare oder ein Meet & Greet mit unseren Autoren

Willkommen in unserer Welt:

 ⁑ www.luebbe.de

 ⁑ www.facebook.com/BasteiLuebbe

 ⁑ www.twitter.com/bastei_luebbe

 ⁑ www.youtube.com/BasteiLuebbe